ULRIKA ROLFSDOTTER

BEUTE HERZ

Kriminalroman

*Aus dem Schwedischen
von Sabine Thiele*

Wilhelm Heyne Verlag
München

Die Originalausgabe *Rovhjärta* erschien erstmals 2021 bei
Bazar Förlag, Stockholm.

Sollte diese Publikation Links auf Webseiten Dritter enthalten,
so übernehmen wir für deren Inhalte keine Haftung,
da wir uns diese nicht zu eigen machen, sondern lediglich
auf deren Stand zum Zeitpunkt der Erstveröffentlichung verweisen.

Penguin Random House Verlagsgruppe FSC® N001967

Deutsche Erstausgabe 09/2023
Copyright © 2021 by Ulrika Rolfsdotter
Published in Agreement with Ahlander Agency
Copyright © 2023 der deutschsprachigen Ausgabe
by Wilhelm Heyne Verlag, München,
in der Penguin Random House Verlagsgruppe GmbH,
Neumarkter Straße 28, 81673 München
Redaktion: Julie Hübner
Umschlaggestaltung: Nele Schütz Design
unter Verwendung von © Shutterstock.com
(Alex Stemmers, Wirestock Creators)
Satz: GGP Media GmbH, Pößneck
Druck und Bindung: GGP Media GmbH, Pößneck
Printed in Germany
ISBN: 978-3-453-42664-1

www.heyne.de

*Für alle Frauen, die für sich einstehen.
Und für Ådalen, meine wunderschöne Heimat,
die mich zu der gemacht hat, die ich bin,
und die ich immer in mir trage.*

1

Ein kalter Luftzug weckte Sven Bergsten, der hinter seiner Kasse eingenickt war. Er sah in die Richtung der zuschlagenden Ladentür, auf die hereinwehenden Schneeflocken.

Die alte Tür hätte er schon längst gegen eine moderne mit einem ordentlichen Schloss austauschen sollen. Wo auch immer er das Geld dafür hernehmen sollte.

Sven ging um die Kasse und die Einkaufswagen herum und zog den Schlüsselbund aus der Tasche. Er seufzte. Die Straße lag verlassen da, und Schneeflocken wirbelten im Schein der Straßenbeleuchtung. Noch mehr Schnee. Hörte das denn gar nicht mehr auf? Der Winter war schon im Oktober eingekehrt, und jetzt war es April.

Sven sah auf seine Armbanduhr. Halb fünf, eine halbe Stunde war noch geöffnet. Doch es würden sicher keine Kunden mehr kommen. Es war Gründonnerstag, die Leute saßen alle zu Hause und begannen mit den Osterfeierlichkeiten. Und heutzutage fuhr man zum ICA-Supermarkt nach Nyland, der fünfzehn Kilometer nördlich lag und eine größere Auswahl zu niedrigeren Preisen als Bergstens Livs hatte. Die Leute haben einfach keinen Anstand mehr, dachte Sven und schob den Schlüssel ins Schloss. Steif bückte er sich nach der Vase mit Osterzweigen vor der Tür, um sie hereinzuholen. Zwei glänzende Augen blickten ihm entgegen. Sven zuckte so heftig zusammen, dass ihm die Vase aus den Händen glitt und zerbrach.

Die Katze rannte davon und blieb ein paar Meter weiter stehen, von wo aus sie ihn anstarrte.

»Los, hau ab, geh nach Hause!«, scheuchte er das Tier weg, das in der Dunkelheit verschwand. Was musste das verfluchte Vieh ihn auch so erschrecken.

Sven verschloss sorgfältig die Tür. Die Scherben versteckte er in einer Schublade hinter der Fleischtheke und ging durch den schmalen Flur zur Laderampe.

Vor dem kleinen Büro neben dem Treppenhaus zögerte er. Dort lag der Brief in einer Schublade, immer noch ungeöffnet. Verfolgte ihn.

Sven öffnete die Tür zum Treppenhaus einen Spalt und lauschte. Im Obergeschoss befand sich die Vierzimmerwohnung, in der er aufgewachsen war und immer noch wohnte, seit er als einziger Sohn den Laden von seinen Eltern übernommen hatte. Lillemor kochte gerade das Abendessen und würde sicher nicht nach unten kommen.

Entschlossen ging er ins Büro, holte den Umschlag hervor und riss ihn mit raschen Bewegungen auf.

Sein Blick zuckte zur letzten Zeile. Die Buchstaben verschwammen, vor seinen Augen flimmerte es. Er hatte es befürchtet, aber dennoch auf einen anderen Bescheid gehofft. *Ein weiterer Kredit wird nicht bewilligt.*

Schwer ließ er sich auf den Schreibtischstuhl fallen. Gütiger Gott, hilf mir, flehte er stumm. Was sollten sie jetzt tun? Sie hatten keine Angestellten; Saga, ihr einziges Kind, half ihnen. Sie bezahlten sich ein geringes Gehalt aus, gönnten sich keine Reisen, hatten keine extravaganten Hobbys. Trotzdem trug sich der Laden nicht länger. Sein ganzes Erbe, sein Leben drohte ihm zu entgleiten.

Sven sah zu dem Foto über dem Schreibtisch, das seinen Vater und ihn selbst als kleinen Jungen vor dem Geschäft zeigte. Lebensmittelhändler Lars Bergsten hatte sein Lebenswerk in die Hände seines Sohnes gelegt, ihm vertraut, dass er sich gut darum kümmern würde.

Nur zwei Jahre noch, dachte Sven. Mehr hätten sie nicht gebraucht. Dann hätten sie in Rente gehen und alles Saga übergeben können, die dann mit neunzehn das Familienunternehmen weiterführen könnte.

Seine Kehle wurde eng, und er biss sich in den Fingerknöchel, um nicht zu weinen. Reiß dich zusammen, dachte er und schloss die Augen. Lillemor würde es sicher bald herausfinden und wäre am Boden zerstört. Natürlich wegen der Situation an sich, aber vor allem, weil er sie belogen und ihr das wahre Ausmaß ihrer Probleme so lange verheimlicht hatte. Aber er würde es in Ordnung bringen. Irgendwie.

»Was sitzt du denn da im Dunkeln?«, fragte eine Stimme hinter ihm.

Sven zuckte zusammen und drehte sich um. Lillemor stand in der Tür. Ihr von grauen Strähnen durchzogenes, schulterlanges Haar hatte sie zu einem Pferdeschwanz zusammengebunden, und sie sah aus wie früher als junge Frau. Als alles noch gut gewesen war.

»Essen ist fertig«, sagte sie und trat neben ihn. »Kommst du?«

Sven sah auf die Uhr. »Aber ich muss doch noch Saga von Fridebo abholen.«

»Sie ist schon zu Hause, Johan Hoffner hat sie mitgenommen.«

»Was? War sie wieder im Stall?«

Lillemor tätschelte seine Wange. »Das war doch nett von ihm, so musst du bei diesem Wetter nicht noch mal losfahren. Stell das Auto in die Garage, bevor das Essen kalt wird.«

Sven schob den Brief unter ein paar Ordner und stand hastig auf. Er schwankte, und Lillemor packte seinen Arm. Sie musterte ihn besorgt.

»Was ist denn los, Sven? Du bist ja ganz blass.«

Er wedelte abwehrend mit der Hand. »Ich bin nur müde.«

Sie waren schließlich beide über sechzig, rief er ihr in Erinnerung. Da waren ein paar Wehwehchen ja wohl nichts Ungewöhnliches, oder?

Vor dem Haus hielt Sven schützend die Hand über die Augen, um die beißenden Schneeflocken abzuwehren.

»Nett!? Von wegen!«, murmelte er und manövrierte den Wagen in die Garage.

Er und Lillemor waren unterschiedlicher Meinung darüber, dass ihre Tochter den Hoffners auf ihrem Hof mit den Trabrennpferden half. Als Saga eines Tages verkündete, dass man sie gefragt hatte, ob sie im Stall mithelfen wolle, hatte sich Svens Magen umgedreht. Trabrennpferde waren unberechenbar. Außerdem traute er keinem Hoffner über den Weg, das hatte er ihr ganz deutlich vermittelt. Im Gegensatz zu Lillemor wusste Saga nichts von der alten Familienfehde und verstand natürlich nicht, warum er immer so auf die Hoffners schimpfte. Sie hielt ihn einfach für einen übervorsichtigen Vater, und das durfte sie ruhig weiter glauben. Sie sollte den Grund nur erfahren, wenn es sich überhaupt nicht vermeiden ließ.

Sven sah das Gesicht seines Vaters vor sich, als dieser ihm sein Herz ausgeschüttet hatte.

Wir trafen uns oft zum Pokern, eine ganze Gruppe. Eines Abends trank mich John Hoffner unter den Tisch, und ich setzte meinen ganzen Waldbesitz. Am nächsten Tag kam er mit den Übertragungspapieren. Ich erinnerte mich an nichts mehr, aber es gab Zeugen, weshalb ich nur noch unterschreiben konnte. Ich wollte nicht das Gesicht verlieren. Ich war so dumm, Sven. Dumm und betrunken. Doch ich musste dazu stehen und die Verantwortung dafür übernehmen. Unrecht Gut gedeiht nicht, und eines schönen Tages werden die Hoffners dafür bezahlen müssen. Ihre Zeit wird kommen. Früher oder später, wenn auch vielleicht nicht mehr zu meinen Lebzeiten. Denk an meine Worte.

Sven hatte seinem Vater versprochen, es niemals zu vergessen.

Irgendwie werde ich den Wald zurückbekommen, dachte er. Kommt Zeit, kommt Rat.

Er fuhr das Garagentor wieder herunter und ging zum Haus. Aus dem Augenwinkel nahm er plötzlich eine Bewegung wahr und erstarrte. Im Dunkeln stand jemand.

Eine Frau in einem weißen, knöchellangen Kleid, das grauschwarze Haar hing ihr ins Gesicht. Sie starrte ihn an.

Eine Hexe, dachte Sven.

Die Frau streckte die Hände nach ihm aus. Ihre Stimme klang schwach und geisterhaft.

»Hilfe«, flüsterte sie. »Das Mädchen! Hilf dem Mädchen.«

2

Annie Ljung betrachtete die magere Frau, die auf der Stuhlkante saß. Das ungewaschene Haar hing ihr strähnig ins Gesicht, die Nägel waren abgekaut und unlackiert. Sie trug eine verschlissene, schmuddelige Jacke und Batikhosen. Wie eine Vogelscheuche sieht sie aus, dachte Annie.

Der Bluterguss am linken Wangenknochen der Frau war seit dem letzten Besuch verblasst. Der unverkennbare Geruch nach Zigarettenrauch und Bier umgab sie.

Die Frau wippte nervös mit einem Bein, während sie die Unterlagen für den angebotenen Klinikaufenthalt durchsah. »Rosenhem heißt die Einrichtung? Und da ist es gut, meinen Sie?«, sagte sie, ohne aufzublicken.

»Es ist Schwedens bestes Therapiezentrum für misshandelte Frauen mit Suchtproblemen. Es liegt weit draußen auf dem Land, in der Nähe von Hudiksvall.«

Die Frau sah Annie unsicher an. »Und er wird nicht erfahren, wo ich bin?«

»Solange Sie es ihm nicht erzählen. Diese Information ist vertraulich. Niemand darf wissen, wo Sie sich aufhalten.«

Die Frau senkte wieder den Blick und zog die Pulloverärmel über die Hände. »Ich weiß nicht«, sagte sie zögernd. »Ich habe irgendwie das Gefühl, als würde ich ihn im Stich lassen.«

Er hat sie immer noch in seiner Gewalt. Er beherrscht sie.

»Der Aufenthalt ist vollkommen freiwillig«, antwortete Annie. »Niemand kann Sie zum Bleiben zwingen, wenn es Ihnen dort nicht gefällt.«

Die Frau wiegte sich vor und zurück. Annie beugte sich zu ihr und legte ihr eine Hand auf den Unterarm. »Jetzt oder nie. Tun Sie es.«

Komm schon, flehte Annie stumm. *Sag Ja. Bevor er dich totschlägt.*

»Okay«, willigte die Frau ein. »Ich fahre. Aber erst nach Ostern.« Sie schlang die Arme um den Oberkörper.

Annie ballte unter dem Schreibtisch frustriert die Faust, lächelte dann jedoch und sagte: »Gut, dann hören wir am Dienstag voneinander.« Sie stand auf. »Passen Sie über die Feiertage auf sich auf.«

Als sie die Bürotür öffnete, kam gerade ihr Vorgesetzter Tord Hellman vorbei und blieb abrupt stehen. Annie brachte ihre Klientin zur Schleuse am Ende des Korridors, wartete, bis sich die Tür hinter ihr geschlossen hatte, und ging zurück zu ihrem Büro, wo Tord immer noch stand.

»Was war das denn gerade?«, fragte er.

»Das ist die Klientin, der ich einen Platz in der Klinik Rosenheim verschafft habe. Sie will ihn antreten.«

Annie drängte sich an ihm vorbei und setzte sich an ihren Schreibtisch.

»Du weißt, was ich meine, Annie«, erwiderte Tord. »Was hatte sie hier in deinem Büro zu suchen? Klienten werden ausschließlich im Besuchsraum empfangen. Niemand kommt durch die Schleuse. Wir haben diese Regeln nicht ohne Grund.«

»Sie war so fragil, und meiner Einschätzung nach hat sie keine Gefahr dargestellt. Außerdem hätte ich jederzeit den Alarm betätigen können.«

Tord schüttelte den Kopf. »Das ist nicht deine Entscheidung, Annie. Diese Frauen sind keine Engel. Sie sind drogenabhängig und kriminell. Sie könnten dir für eine Packung Zigaretten die Kehle durchschneiden. Du hast uns alle in Gefahr gebracht.«

»Das stimmt alles, aber zuerst einmal sind sie misshandelte Menschen. Man hat ihnen Dinge angetan ...«

Tord hob die Hand. »Das darf nicht mehr vorkommen, hast du verstanden? Außerdem halten wir uns an die Einrichtungen, mit denen wir Rahmenverträge haben, das weißt du ganz genau. Svanudden hat einen freien Platz, den die Klientin morgen schon antreten kann.«

Annie verschränkte die Arme. »Svanudden ist nicht nur für Frauen. Dort sind lauter Männer, die ...«

»Und Rosenhem berechnet von allen therapeutischen Kliniken den höchsten Tagessatz.«

»Weil es die beste Einrichtung für misshandelte Frauen im ganzen Land ist, ja. Ich habe ihr jetzt Rosenhem versprochen.«

Tord zuckte mit den Schultern. »Dann ändere das, sie kommt nach Svanudden, keine Widerrede«, sagte er. »Dort erzielt man sehr gute Behandlungsergebnisse, über die du dich informieren solltest.«

Annie senkte den Blick. Das alles wusste sie schon längst. Svanudden war eine Klinik fünfhundert Kilometer nördlich von Stockholm, in der Nähe von Kramfors. Eine Gegend, über die sie alles wusste. *Und sie hatte sich vor vielen Jahren geschworen, nie wieder dorthin zurückzukehren.*

Tord kam zu ihr an den Schreibtisch. »Nimm es nicht so schwer, Annie. Du steigerst dich in jeden Fall zu sehr hinein. Das soll keine Kritik sein, versteh mich nicht falsch.« Er runzelte die Stirn. »Wie geht es dir eigentlich?«

»Warum?«

»Du bleibst oft für dich. Zum Beispiel habe ich keine Ahnung, wie du deine Freizeit so verbringst. Eigentlich weiß ich fast nichts über dich. Da mache ich mir natürlich Gedanken.«

Tord legte ihr die Hand auf die Schulter. Er war ihr so nahe, dass sie seinen Schweiß riechen konnte und noch etwas anderes. Etwas Bekanntes, das in ihrem Innersten widerhallte. Ihr Herz schlug schneller.

Abrupt schob sie den Stuhl zurück und stand auf.

»Fass mich nicht an«, sagte sie scharf, riss Mantel und Tasche an sich und eilte zur Toilette, wo sie sich auf den Klodeckel sinken ließ. Sie beugte sich vor, legte den Kopf zwischen die Knie und versuchte sich zu beruhigen. *Einatmen. Halten. Ausatmen.* Reiß dich zusammen. Du hast nur eine Vertretungsstelle. Gib ihm keinen Grund, dir zu kündigen.

Sie tastete nach der Pillendose in ihrer Handtasche, schüttete zwei Tabletten in die Handfläche und schluckte sie mit etwas Wasser. Langsam beruhigte sich ihr Herzschlag.

Als der Schwindel sich gelegt hatte, stand sie auf und spritzte sich am Waschbecken kaltes Wasser ins Gesicht. Sie musterte ihr Spiegelbild. »Nimm dich zusammen«, sagte sie leise.

Ein dumpfer Ton erklang in ihrer Handtasche. Sie holte das Handy heraus und sah Sven Bergstens Namen im Display, der Cousin ihres Vaters. Ihr Magen verkrampfte sich. Es klingelte ein zweites Mal. Ein drittes Mal. Widerwillig nahm sie das Gespräch an.

Sven klang angespannt. »Bekomm keinen Schreck, Annie, aber deine Mutter ist bei mir. Ich habe sie vor dem Haus gefunden, nur im Nachthemd. Sie war unterkühlt und verwirrt.«

Annie biss die Zähne zusammen. Das verdammte Pflegeheim. »Wie geht es ihr?«, fragte sie.

»Nicht gut. Der Krankenwagen ist unterwegs«, informierte sie Sven. »Du musst dir keine Sorgen machen, aber ich dachte, es hilft ihr vielleicht, wenn sie deine Stimme hört. Sie versucht ständig, etwas zu sagen, aber ich verstehe sie nicht. Ich habe das Handy auf laut gestellt.«

Annie holte Luft. »Mama«, sagte sie. »Ich bin's, Annie. Deine Tochter.«

Stille, dann hörte sie ein Flüstern.

»Pass auf ... Rette das Mädchen.«

Annie schloss die Augen. *Sie vermischt früher und heute. Lass dich nicht darauf ein, sonst wird sie nur noch verwirrter.*

»Mama, hör mir zu. Mir geht es gut, du musst dir keine Sorgen machen.«

Annie hörte, wie Sven im Hintergrund versuchte, ihre Mutter zu beruhigen, bevor er ihr das Telefon aus der Hand nahm.

»Wir haben sie in ein paar Decken eingewickelt, und gleich bringt sie der Krankenwagen ins Krankenhaus«, versicherte er Annie. »Du musst nicht alles stehen und liegen lassen, aber es wäre gut, wenn du morgen herkommen könntest. Ruf an, wenn du unterwegs bist, ja?«

Annie biss sich fest auf die Unterlippe, um nicht zu weinen. *Nein. Ich schaffe das nicht*, dachte sie. *Es geht nicht. Ich will nicht.*

3

Auch wenn bereits ein Tag vergangen war, sah Sven immer noch Birgitta Ljungs geisterhafte Gestalt vor sich, als er im Auto vor dem Pflegeheim Fridebo saß und auf Saga wartete. Er schauderte. Seine Tochter, die als Aushilfe in der Einrichtung arbeitete, hatte angerufen und erzählt, dass es Birgitta so weit gut ging und sie bereits wieder im Heim war. Aber wo blieb Saga jetzt nur? Ihre Schicht war um fünf zu Ende, und es war schon Viertel nach. Sie wusste doch, dass Annie unterwegs war und sie zum Abendessen zu ihnen kommen würde.

Es begann wieder zu schneien. Kleine Flocken fielen auf die Windschutzscheibe, und das Thermometer zeigte null Grad an.

Sven schaltete die Scheibenwischer ein und sah zum Eingang, doch niemand war zu sehen.

Er griff nach seinem Handy und wählte Sagas Nummer. Nach dem vierten Klingeln meldete sie sich.

»Ich stehe draußen, wo bist du denn?«, fragte er.

»Im Stall, ich habe dir eine SMS geschrieben, hast du die nicht bekommen?«

»Nein. Und was machst du da überhaupt, wenn ich fragen darf? Annie kommt bald, hast du das vergessen? Ich hole dich jetzt ab.«

Er seufzte laut und startete den Motor. Aufgebracht lenkte er den Wagen auf die Straße und beschleunigte die lang gezogene

Steigung hinauf. Als er auf den Hof fuhr, sah er wütend zum Wohnhaus der Familie Hoffner hinüber, der hellgelben Achtzimmervilla mit Kristallkronleuchtern und Eichenparkett in allen Räumen. Vor dem Stall blieb er stehen und ließ demonstrativ den Motor laufen. Er ging niemals hinein.

Durch das schmutzige kleine Stallfenster sah er eine Silhouette, die sich im Inneren bewegte. Komm schon, dachte er.

Fünf Minuten vergingen, zehn.

Resigniert stellte Sven nun doch den Motor aus und blickte wieder zum Wohnhaus. Auf der Weide links daneben nahm er eine Bewegung wahr. Ohne den Atem, der in weißen Wölkchen vor dem Maul stand, hätte er den großen Jungstier fast nicht bemerkt. Das kohlschwarze Tier stand völlig still und verschmolz mit dem dunklen Wald hinter ihm. Es starrte das Auto an und blähte die Nüstern. Der Stier hieß Zlatan, doch alle im Ort nannten ihn Satan, weil er genau das war. Unberechenbar und gefährlich. Er ging auf alles los. Maschinen, Bäume, Menschen.

Sven schauderte und sah zurück zum Stall. Weitere fünf Minuten vergingen. Musste er etwa wirklich hineingehen und sie holen?

Was würde sein Vater sagen, wenn er ihn jetzt sähe? *Lässt du zu, dass die Hoffners deine eigene Tochter ausnutzen? Setz dich durch, Sven.*

Er wollte Saga gerade noch einmal anrufen, als sie aus dem Stall eilte und sich beim Einsteigen die Kapuze ihrer Jacke über den Kopf zog.

»Nun fahr doch«, sagte sie angespannt und sah aus dem Beifahrerfenster.

Sven startete den Wagen und fuhr auf die Straße. »Ist etwas passiert?«, fragte er.

Saga schwieg.

»Sie haben dich doch hoffentlich bezahlt?«

Saga gab keine Antwort.

»Haben sie dich bezahlt?«, wiederholte Sven, ein wenig lauter.

»Ich bekomme das Geld später«, murmelte Saga.

Sven starrte aufgebracht nach vorn. »Du gehst da nicht mehr hin«, sagte er.

»Ich kann tun und lassen, was ich will.«

»Du bist noch nicht achtzehn«, erwiderte er. »Noch bestimmen wir, deine Eltern, und ich werde nicht zulassen, dass Johan Hoffner dich schuften lässt, ohne dich zu bezahlen.«

Saga drehte den Kopf zu ihm um. Ihre Augen glänzten. »Aber ich will im Stall arbeiten. Du kannst es mir nicht verbieten.« Sie sah wieder aus dem Fenster.

Sven parkte den Wagen vor dem Haus. »Sei nicht traurig«, sagte er. »Es ist nicht deine Schuld. Sie nutzen dich aus, verstehst du?«

»Ach, hör auf. Du denkst nur ans Geld, du kapierst überhaupt nichts!«, rief Saga und stieg hastig aus. Sie stürmte ins Haus und knallte die Tür hinter sich zu.

Sven umklammerte das Lenkrad. Was ist denn nur in sie gefahren?, dachte er. So hatte er seine Tochter noch nie erlebt. Sonst stritten sie nie.

Nein, dachte er. Jetzt reicht es. Er ließ den Motor an und fuhr rückwärts aus der Einfahrt.

Im Stall war noch Licht. Sven stieg aus. Sein Mund war trocken, die Halsschlagader pochte, als er die Stalltür aufschob. Johan Hoffner stand im Gang zwischen den Boxen und füllte

Wasser in einen Eimer. Sven ließ die Tür offen und ging auf ihn zu.

»Jetzt reicht es, verdammt noch mal«, sagte er aufgebracht. »Hast du denn keinen Funken Anstand im Leib?«

Johan Hoffner drehte den Wasserhahn zu. »Was meinst du damit?«

Sven kam näher. »Das weißt du ganz genau, Johan. Hör auf, Saga auszunutzen, so wie deine Familie meine ausgenutzt hat. Ich habe lange genug geschwiegen, aber jetzt ist Schluss.«

Hoffner stellte den Eimer ab. »Wovon redest du, Sven?«

»Ich will meinen Wald zurückhaben.«

Johan schüttelte den Kopf. »Das ist doch längst Schnee von gestern, Sven. Wir leben jetzt. Du kannst mir nichts vorwerfen, was meine Vorfahren getan haben. Ich habe damit nichts zu tun.«

Sven schnaubte. »Ja, das war vor deiner Zeit. Aber die Habgier hast du geerbt. Jeder weiß, dass du die Leute mit deiner Schneeräumerei übers Ohr haust. Und ganz bestimmt hat niemand so viel bei mir im Laden anschreiben lassen wie du.«

Sven ballte die Fäuste. Dieser Mistkerl hatte Saga ohne Lohn arbeiten lassen.

»Und warte nur, wenn sich im Ort herumspricht, dass du junge Mädchen ausnutzt«, platzte er heraus, bevor er sich zurückhalten konnte.

Johan Hoffner wurde hochrot.

»Red nicht so einen Unsinn, Sven«, sagte er und trat näher. »Worauf willst du eigentlich hinaus?«

»Gib mir den Wald zurück, ein für alle Mal. Es ist höchste Zeit.«

Johan schwieg.

»Na, was ist?«, drängte Sven.

»Du erwartest doch nicht, dass du darauf jetzt sofort eine Antwort bekommst? Ich muss das erst durchrechnen.«

»Dann beeil dich.«

Sven drehte auf dem Absatz um und marschierte mit hoch erhobenem, glühendem Kopf zum Auto. Mit zitternden Händen fuhr er nach Hause. Konnte es sein, dass sich tatsächlich alles klären würde?

4

Die Schneeflocken peitschten gegen die Windschutzscheibe. Annie hatte das Gefühl, durch einen weißen Tunnel zu fahren. Sie stellte die Scheibenwischer eine Stufe höher und ging ein wenig vom Gas. Das Mietauto hatte Sommerreifen, und sie hatte nicht damit gerechnet, dass noch Schnee liegen würde. Sie hatte verdrängt, wie es hier oben sein konnte. *Die Dunkelheit. Die Kälte.*

Sie fuhr über die Sandöbron, von der aus sie die Lichterreihe der Högakustenbron im Süden sah. Auf der Südseite des Flusses war die Straße beleuchtet gewesen, doch hier wurde es immer dunkler. Die Birken und Fichten bogen sich unter der Schneelast, wie ein Tor zum Reich des Bergkönigs. Sie hatte ganz vergessen, wie schön es hier war. Fichtenwälder und schwarzes Wasser. Schotterstraßen, stillgelegte Sägewerke. Verschlossene Gesichter, die durch einen Spalt in den Gardinen spähen. Abgestellte Schrottautos. Der Fluss ohne Grund. Wälder, die sich kilometerweit erstreckten und in denen man sich verirren konnte.

Keine zehn Kilometer mehr bis Lockne. Ihr Herz schlug immer schneller. Sie ließ das Fenster einen Spalt herunter, und die kalte Luft strömte herein, doch es half nichts. Alles kam zurück, wie Diabilder. Die Anrufe, oft mitten in der Nacht. Eine eingeschlagene Scheibe. Zerstochene Fahrradreifen. Die Worte ihrer Mutter von damals hallten in ihren Ohren wider.

Annie, so geht es nicht weiter. Du musst hier weg. Sie werden nie aufgeben, sieh das doch ein. Es ist egal, Annie, keinen interessiert, was wirklich passiert ist. Die Leute entscheiden sich für eine Wahrheit und glauben dann daran.

Jetzt war sie doch wieder auf dem Weg zurück. An den Ort, an den sie nie mehr hatte zurückkehren wollen. Vor drei Jahren hatte Sven sie schon einmal angerufen, als man im Dorf darüber sprach, dass Birgitta Ljung im ultrakurzen Minirock und mit tiefem Ausschnitt einkaufen ging. Kurz darauf hatte es eine Diagnose für Birgittas Persönlichkeitsveränderung gegeben, für die aggressiven Ausbrüche und das zügellose Verhalten. Sie war an Frontotemporaler Demenz erkrankt, mit gerade mal fünfundsechzig Jahren. Da war Annie nur ganz kurz in Lockne gewesen, und keiner außer den Leuten im Pflegeheim und Sven und seiner Familie hatte sie gesehen.

Sven und Lillemor hatten so viel geholfen, wie sie konnten, damit Annie nur im äußersten Notfall nach Hause kommen musste.

Nach Hause. Sie hatte jetzt ein neues Zuhause. Eine Wohnung, einen Job, ein neues Leben weit weg von allem, was früher einmal ihr Leben gewesen war. Einen Tag nachdem sie das Gymnasium abgeschlossen hatte, war sie nach Stockholm gezogen. Sie war gezwungen gewesen, alles hinter sich zu lassen, was sie geliebt und was ihr etwas bedeutet hatte.

Da hast du mich verloren, Mama, dachte sie. Und jetzt bist du selbst verloren. Du hast mich geopfert, und ich habe nie eine Antwort bekommen. Kein einziges verdammtes Mal hatten sie über das Geschehene gesprochen, und jetzt war es zu spät. Hoffnungslos zu spät.

Sie blinzelte und kämpfte gegen die Tränen an. Nicht daran denken. Sie schüttelte den Kopf und versuchte, ihre Gedanken ins Hier und Jetzt zu zwingen.

Hinter Lugnvik, an der Kreuzung bei Bergstens Livs, bog sie nach links in den Ort ab. Sie fuhr an der ehemaligen Grund- und Mittelschule vorbei. An den Birken bei den Fahrradständern, den Hagebuttenbüschen an der Längsseite des Gebäudes, in denen sie sich oft versteckt hatten, die mit den roten und weißen Rosen. Wo sie stundenlang gespielt und geschaukelt hatten. Dann waren sie älter geworden, ernst und fantasielos.

Zur Rechten, gleich hinter der Schule, lag das Pflegeheim Fridebo. Der braunrote, niedrige Backsteinbau war in die verschneite Landschaft eingebettet.

Annie parkte gegenüber dem Eingang, sah in den Rückspiegel und zupfte ihre Mütze zurecht. Unwillkürlich berührte sie die Narbe unter dem Ohr.

Sie griff nach ihrer Tasche auf dem Beifahrersitz. Die Tablettendose war nicht da. Hatte sie sie in die Reisetasche gepackt?

Nein. Die Personaltoilette. Sie musste sie dort vergessen haben. Und ihr Name stand auf dem Etikett. Sie hatte sie als Absicherung, für die wenigen Momente, in denen die Angst zuschlug, doch Tord wusste so wenig über sie und könnte sie daher leicht für tablettensüchtig halten.

»Verdammt«, fluchte sie laut.

Sie sah ein letztes Mal in den Rückspiegel, schlug den Mantelkragen hoch und stieg aus.

Eine rothaarige Frau in blauer Schwesternkleidung öffnete ihr die Tür.

»Hallo«, sagte Annie und streckte die Hand aus. »Ich bin Annie, Birgitta Ljungs Tochter.«

Die Pflegerin musterte sie rasch von oben bis unten.

»Ich weiß, wer Sie sind. Birgitta schläft, aber kommen Sie rein. Ich heiße Pernilla.«

Sie ging vor Annie in den dunklen Flur.

»Birgitta musste über Nacht im Krankenhaus bleiben, doch laut der Ärztin sind ihre Werte jetzt wieder in Ordnung. Sie hat ein Beruhigungsmittel bekommen und fast den ganzen Tag geschlafen.«

»Warum musste sie nicht länger bleiben? Was hat die Ärztin gesagt? Sie wird doch wieder, oder?«

»Sie war stark unterkühlt, hat sich dann aber schnell erholt. Sie können ganz beruhigt sein, es geht ihr gut.«

»Das ist gut zu hören, aber ich möchte trotzdem gern mit der Heimleiterin sprechen.«

»Sie hat heute frei, es ist ja Karfreitag«, antwortete die Pflegerin und blieb vor Birgittas Zimmertür stehen.

»Wissen Sie, wie meine Mutter nach draußen gelangen konnte?«

Die Pflegerin schüttelte den Kopf. »Das weiß ich nicht, ich war zu der Zeit nicht im Dienst«, sagte sie. »Gehen Sie jetzt zu Ihrer Mutter rein. Klingeln Sie, wenn etwas ist.« Sie lächelte und ging davon.

Annie drückte die Tür auf. Birgitta lag im Bett und hatte die Arme über der Brust gekreuzt. Wie dünn sie geworden war, dachte Annie.

Sie setzte sich auf einen Stuhl am Bett und nahm die linke

Hand ihrer Mutter. Sie fühlte sich zerbrechlich und leicht an. Annie sah die Gelenke, die unter der bläulichen, fast durchsichtigen Haut hindurchschimmerten, die kurz geschnittenen Nägel, die braunen Altersflecken, die zwei Goldringe, die Birgitta niemals abnahm.

Annie beugte sich vor. »Mama?«, flüsterte sie. »Ich bin's, Annie. Ich bin jetzt da.«

Birgittas Augenlider flatterten, sie wachte jedoch nicht auf. Ihre Atemzüge waren so leicht, dass sie kaum zu hören waren.

Annie streichelte ihre Hand.

Mehr tot als lebendig. So hatte Sven sie vor dem Laden gefunden, unterkühlt und verwirrt und nur im Nachthemd.

»Was wolltest du denn da draußen, Mama?«, fragte sie leise.

Bei der Vorstellung, wie ihre Mutter allein in der Kälte unterwegs gewesen war, musste sie sich eine Träne abwischen.

Was wäre passiert, wenn Sven sie nicht gefunden hätte? Was, wenn sie erfroren wäre? Birgitta war schon einmal davongelaufen, doch da war es Sommer gewesen. Ein anderes Mal war sie auf der Toilette gestürzt und hatte sich das Gesicht aufgeschlagen. Einmal hatte sie eine Blasenentzündung, und nach vielem Hin und Her war herausgekommen, dass man sie nach einem Ausflug draußen vergessen hatte. Die Heimleiterin hatte den Vorfall rasch auf den Personalmangel geschoben.

Sven und Lillemor hatten sich jedes Mal um alles gekümmert, damit Annie nicht nach Hause fahren musste. Sie hatte es vor sich gerechtfertigt, dass sie Birgitta sowieso nur aufgeregt und verunsichert hätte.

Annie wischte sich eine weitere Träne ab. Warum?, dachte sie. Warum hast du mich im Stich gelassen? Hast du jemals bereut, dass du mich weggeschoben hast? Hast du jemals daran gedacht, wie es mir ging? Oder war dir nur der äußere Anschein wichtig?

Birgitta stöhnte leise, und Annie merkte, dass sie die Hand ihrer Mutter fest umklammert hielt. Sie ließ los und sah auf die Uhr. Sven und Lillemor warteten. Sie beugte sich zu Birgittas Ohr.

»Ich komme morgen wieder, Mama«, sagte sie leise.

5

Sven Bergsten öffnete die Tür, bevor Annie klingeln konnte.

»Willkommen«, sagte er und umarmte sie. »Ich hoffe, die Fahrt verlief problemlos.«

Annie nickte. Sven hatte sich kaum verändert, nur seine Haare waren dünner, und die Hose schien lockerer auf den Hüften zu sitzen als bei ihrem letzten Treffen.

Lillemor trat hinter ihn. Sie wirkte kleiner als in Annies Erinnerung. Trotz ihrer sechzig Jahre hatte sie keine Falten und immer noch volle Wangen.

Sie umarmte Annie fest und lange. »Wie schön, dass du wieder da bist, auch wenn der Anlass nicht so schön ist.«

Sven hängte Annies Mantel auf.

»Wie dünn du geworden bist!«, rief Lillemor. »Isst du überhaupt etwas?«

»In der Arbeit war es in letzter Zeit ein bisschen stressig«, antwortete Annie entschuldigend und zog die Strickjacke enger um den Oberkörper.

Lillemor scheuchte Annie kopfschüttelnd vor sich die Treppe hoch. »Jetzt bekommst du erst einmal etwas Gutes zu essen.«

Die kleine Küche sah immer noch so aus, wie Annie sie in Erinnerung hatte. Als hätte die Zeit stillgestanden. Die weißen Möbel – die Küchenschränke, der Tisch und die Stühle mit den blau geblümten Sitzkissen. Die karierten Tapeten, die Geranien in den Fenstern. Sogar die Kuckucksuhr hing noch an der Wand.

Der Tisch war schön gedeckt, Schüsseln mit verschiedenen Heringsarten, Eierhälften, Köttbullar und Kartoffeln standen bereit.

»Setz dich schon mal, Annie, ich hole schnell Saga«, sagte Lillemor und verließ den Raum.

»Wasser oder Leichtbier?«, fragte Sven.

»Wasser, bitte.«

Lillemor kam mit ihrer Tochter zurück.

»Hallo, Saga, wir haben uns ja schon lange nicht mehr gesehen«, sagte Annie lächelnd.

Saga musterte Annie zurückhaltend und machte keine Anstalten, sie zu umarmen.

Lillemor klatschte in die Hände. »Wie ähnlich ihr euch seid! Findest du nicht, Sven?«

Lillemor hatte recht. Saga war ungeschminkt und ganz eindeutig eine Bergsten. Das helle Haar, die hohen Wangenknochen, die tiefblauen Augen und die breite Stirn. Sie sahen sich wirklich sehr ähnlich, das war nicht zu leugnen. Man hätte sie für Schwestern halten können, wenn der Altersunterschied nicht so groß gewesen wäre.

»Du bist siebzehn, nicht wahr?«, fragte Annie.

Saga nickte kaum wahrnehmbar.

»Sie besucht den Wirtschaftszweig auf dem Gymnasium«, erzählte Sven und strahlte vor Stolz. »In einem Jahr macht sie Abitur und kann dann den Laden von uns übernehmen.« Er lächelte und klopfte seiner Tochter auf die Schulter.

»Das stellt er sich so vor, ja«, meinte Lillemor lachend an Annie gewandt. »Aber jetzt essen wir erst mal.«

»Ich habe keinen Hunger«, sagte Saga zu ihrer Mutter.

»Was ist denn, bist du krank?« Lillemor legte ihr die Hand auf die Stirn. »Ja, du fühlst dich ein bisschen warm an.« Sie strich ihrer Tochter über den Rücken.

»Ich lege mich etwas hin.« Saga verließ die Küche.

»Ruh dich aus, Schatz. Ich schaue dann später nach dir.«

Lillemor war so anders als Birgitta, dachte Annie. Saga war ein Einzelkind, genau wie Annie, und Sven und Lillemor hatten sie Birgittas Ansicht nach immer wie eine kleine Prinzessin behandelt. Eine verwöhnte kleine Primadonna, hatte sie Saga genannt. Vielleicht war das nicht ganz falsch, doch Annie hätte sich gewünscht, dass ihre eigene Mutter wenigstens ein wenig von Lillemors Mütterlichkeit an sich gehabt hätte.

Sie setzten sich an den Tisch.

»Nun, wenigstens konntet ihr euch kurz Hallo sagen. Saga ist sicher sehr müde, sie ist so beschäftigt«, sagte Lillemor und schüttelte den Kopf. »Sie hilft im Laden aus und arbeitet in Fridebo, und dann geht sie auch noch Hoffner mit seinen Trabern zur Hand.«

»Ach ja?« Annie spürte, wie ihr die Röte ins Gesicht stieg.

Lillemor schob ihr eine Schüssel zu. »Bitte, nimm dir.«

Annie gehorchte.

»Wie geht es Birgitta?«, fragte Lillemor.

»Erstaunlich gut, wenn man bedenkt, dass sie so unterkühlt war. Vielen Dank noch mal, dass ihr euch um sie gekümmert habt«, antwortete Annie.

»Völlig verantwortungslos von dem Heim«, sagte Lillemor. »Eine alte Frau … sie hätte erfrieren können.«

»Ja, ich finde das auch furchtbar. Und ich begreife nicht, warum sie nur eine Nacht im Krankenhaus bleiben durfte.«

Lillemor schüttelte den Kopf. »Da ist es wohl noch schlimmer. Fast jeden Tag steht etwas darüber in der Zeitung. Alle Stationen sind überbelegt, es herrscht das reinste Chaos.«

Sven seufzte. »Saga und Birgitta verstehen sich gut«, sagte er. »Wenn Saga Dienst gehabt hätte, wäre das niemals passiert. Wie hat sie es überhaupt nach draußen geschafft?«

»Das hat man mir nicht gesagt. Die Leiterin war heute nicht da, ich rede morgen mit ihr.«

Sven hörte auf zu kauen. »Bleibst du denn noch länger?«, fragte er.

»Ich muss nach Ostern wieder arbeiten«, antwortete Annie und sah auf ihren Teller. Sie glaubte zu spüren, wie Sven und Lillemor einen Blick tauschten.

Sie aßen schweigend.

»Es schmeckt sehr lecker, vielen Dank«, sagte Annie schließlich.

»Wie schön, nimm dir noch was!« Lillemor schob ihr die Schüssel mit den Kartoffeln zu.

»Ihr habt ja noch ganz schön viel Schnee«, meinte Annie nach einer Weile. »Ist mit dem Haus alles in Ordnung?«

»Ja, mach dir keine Gedanken. Ich habe die Heizung aufgedreht. Und Saga hat Johan Hoffner gesagt, er soll deine Einfahrt räumen«, erwiderte Sven. »Leider ist er der Einzige mit einem Traktor mit einer kleineren Schaufel als die all jener, die die Wege für die Gemeinde räumen. Diesen Winter hat er sich eine goldene Nase verdient.«

Johan Hoffner. *Ihr Johan.* Wann hatte sie ihn zum letzten Mal gesehen? Vor siebzehn Jahren? Und jetzt wusste er, dass sie zurück war.

Sie räusperte sich. »Wie geht es ihm?«

Lillemor schüttelte vielsagend den Kopf und kaute ihren Bissen zu Ende. »Seine Mutter Inger ist an Krebs gestorben, das müsste jetzt drei Jahre her sein. Sein Vater ist nur ein Jahr später gestorben. Johan hat den Hof übernommen, die Kühe aber schon bald verkauft. Er hat jetzt nur noch Trabrennpferde, und es scheint gut zu laufen, da sie sich kürzlich einen neuen Mercedes zugelegt haben.«

Annie spürte einen Stich in der Brust. »Sie?«

»Johan hat letztes Jahr geheiratet«, erklärte Lillemor.

Was hast du denn gedacht, Annie? Das Leben geht weiter. Für alle außer dich.

»Wir hatten ihn vorher nie mit einer Frau gesehen, wir dachten fast schon, dass er ... Du weißt schon«, meinte Lillemor lächelnd.

»Ist sie hier aus der Gegend?«

»Nein, aus Torsåker. Eine Krankenschwester. Sie arbeitet in Fridebo und heißt Pernilla.«

Annie sah die rothaarige Pflegerin vor sich. *Das* war Johans Frau? Sie hatte sich jemand Weiblicheren für Johan vorgestellt. *Jemand wie sie?*

»Aber sie haben keine Kinder«, fuhr Lillemor fort. »Man sagt, irgendetwas würde nicht stimmen, sie könnten keine Kinder bekommen. Aber das sind nur Gerüchte. Und du weißt ja, wie das ist, Annie.« Lillemor verzog das Gesicht.

»Tja, so läuft es, wenn man zu gierig ist«, sagte Sven leise. »Manche straft Gott sofort, wie mein Vater zu sagen pflegte.«

Lillemor legte ihre Hand auf die ihres Mannes. »Hier in der Gegend erkranken viele an Krebs und sind unfreiwillig kinderlos«, bemerkte sie. »Ich glaube, dafür ist Tschernobyl verantwortlich.«

»Ja, wir hatten unglaubliches Glück, dass wir Saga bekommen haben«, sagte Sven. »Sie ist unser kleines Wunder.« Er sah Lillemor zärtlich an.

Annie wollte noch mehr zu Johan und seiner Frau fragen, fand aber nicht die richtigen Worte.

Die Zeit verging. Die Kuckucksuhr schlug acht.

»Wie wäre es mit einem Kaffee?«, meinte Sven.

»Danke, aber es ist schon spät, und ich bin ziemlich müde«, erwiderte Annie. »Vielen Dank für das leckere Essen.« Sie stand auf. »Grüßt bitte Saga von mir. Hoffentlich geht es ihr bald besser.«

»Ach ja.« Sven holte eine Tüte aus dem Kühlschrank und reichte sie ihr. »Ein bisschen norrländisches Frühstück, falls du nicht zum Einkaufen gekommen bist.«

Annie warf einen Blick in die Tüte. Milch, Butter und ein Laib Brot. Sie lachte. »Stimmt, daran habe ich nicht gedacht. Danke, Sven.«

Sie umarmte ihn, und er tätschelte ihren Rücken.

»Wie gesagt, heute Morgen habe ich die Heizung aufgedreht, aber das Haus war ausgekühlt, es ist sicher noch nicht warm. Du brauchst bestimmt zwei Decken.«

»Das wird schon, ich bin so müde, dass ich im Stehen einschlafen könnte«, erwiderte Annie.

Lillemor umarmte sie. »Es ist gut, dass du da bist, wenn auch nur für ein paar Tage. Komm jederzeit zu uns, wenn es dir da oben in dem Haus zu einsam wird.«

6

Der Weg lag völlig im Dunkeln. Die Straßenbeleuchtung war hier nicht mehr in Betrieb, weshalb Annie das Fernlicht einschaltete. Die Straße war frisch geräumt und gestreut, und trotzdem rutschten die Räder bedenklich auf dem Weg den Hügel zu dem alten Haus hinauf. Lockne lag in einer Talsenke. Eine lange Schotterstraße wand sich durch den Ort, an der alten Grund- und Mittelschule vorbei, hinauf zum Sportplatz und weiter bis zum Kamm, wo sich die Abzweigung nach Saltviken befand, einer hübschen kleinen Bucht des Ångermanälven, die von Sommerhäuschen gesäumt war, die seit Generationen im Besitz der jeweiligen Familien waren.

Als Annie das Haus fast erreicht hatte, sah sie die Scheinwerfer eines Traktors. Ihr Herzschlag beschleunigte sich, und sie hielt das Lenkrad fester, während sie langsam auf die Einfahrt zurollte. Der Weg war zu schmal für zwei Fahrzeuge, weshalb der Traktor ein Stück zurückfuhr, um sie in die Einfahrt einbiegen zu lassen.

Sie stieg aus und beschattete mit der Hand die Augen gegen das grelle Scheinwerferlicht, doch sie wusste, wem sie gleich gegenüberstehen würde. Die Traktortür wurde geöffnet, der Fahrer kletterte heraus. Eine gefütterte Jacke, eine Mütze mit Ohrenklappen. Der vertraute Gang.

Ihr Herz schlug noch schneller. *Reiß dich zusammen, Annie. Atme.*

»Hallo, Johan«, sagte sie.

Johan blieb stehen. Die hellblauen Augen. Das Grübchen in seiner Wange.

»Hallo«, antwortete er schließlich. Er fuhr sich mit der Zunge über die Unterlippe. Die Erinnerung an ihren ersten Kuss kam mit aller Macht zurück. Seine weichen, tastenden Lippen. Zungenspitzen, die sich vorsichtig trafen.

Du bist dran. Sag etwas.

»Ganz schön lange her.« Sie schluckte. »Danke, dass du geräumt hast. Ich hätte nicht gedacht, dass noch so viel Schnee liegt. Wie viel bin ich dir schuldig?«

»Du bist mir gar nichts schuldig«, antwortete Johan ernst. »Zumindest nicht fürs Schneeräumen, darum hat sich Sven gekümmert.«

Schuldig. Diesen Blick hatte Annie schon einmal gesehen. Vor langer Zeit.

»Okay.« Sie wich zurück.

Johan schien noch etwas sagen zu wollen, kletterte dann jedoch wieder in den Traktor und fuhr davon.

Annie sah ihm nach. Tränen brannten in ihren Augen, und sie biss sich fest in die Innenseite der Wange.

»Fahr zur Hölle«, sagte sie laut.

Sie holte ihre Tasche und die Tüte mit dem Essen aus dem Wagen. Sven hatte die Lampe im Küchenfenster eingeschaltet, die anderen Fenster starrten ihr schwarz entgegen. Sie eilte die Stufen zur Veranda hinauf und schloss die Tür auf, trat in die Diele, stellte die Reisetasche ab und verschloss die Tür hinter sich. Sie streifte die Schuhe ab und hängte ihren Mantel auf, ging in die Küche und stellte die Tüte mit dem Essen in den Kühlschrank, den Sven eingeschaltet hatte. Dann holte sie die Reisetasche und eilte die grau gestrichene Treppe hinauf ins Obergeschoss.

Vor der geschlossenen Tür zu ihrem Kinderzimmer blieb sie stehen, ging dann aber weiter zu Birgittas und Åkes altem Schlafzimmer.

Darin war es noch kälter als im Erdgeschoss, doch sie wagte es nicht, den alten gusseisernen Kaminofen in der Küche, über den das Haus auch geheizt werden konnte, so kurz vorm Schlafengehen anzufachen.

Sie schaltete die Nachttischlampe ein, schlug den Überwurf zurück und ließ sich auf das Bett sinken. Das Kopfkissen war kühl und roch immer noch leicht nach Lavendel. Sie zog nur die Hose aus und kroch in Pullover und Unterwäsche unter die Decke, zog diese bis zum Kinn hoch und wickelte sich wie in einen Kokon ein.

Sie schloss die Augen. Die Wände knackten, während sich die Wärme langsam ausbreitete. Etwas raschelte auf dem Dach. Wenn sie als Kind die Mäuse in den Wänden gehört hatte, hatte sie nach ihrem Vater gerufen. Er hatte dann gegen die Wände gehämmert, und es war still gewesen. Dann hatte er auf ihrer Bettkante gesessen, bis sie eingeschlafen war.

Warum musstest du sterben, Papa? Ich brauche dich doch.

Jetzt kamen die Tränen, rollten ins Kopfkissen.

Wenn man die Zeit doch nur zurückdrehen könnte, dachte sie. Bis dahin, als alles noch in Ordnung gewesen war. Bevor alles zerbrochen und sie an allem schuld gewesen war.

7

Als sie die Augen aufschlug, wusste Annie zuerst nicht, wo sie sich befand. Es war kalt im Zimmer. *Das Haus. Lockne.*
 Sie tastete nach ihrem Handy auf dem Nachttisch. Neun Uhr, sie hatte lange geschlafen.
 Widerwillig setzte sie sich auf und zog zitternd die Jeans an, die sie vor dem Bett liegen gelassen hatte. Dann ging sie ins Bad, wusch sich das Gesicht mit kaltem Wasser und putzte sich die Zähne. Ihre Zahnpastatube war fast leer. Außerdem musste sie Lebensmittel kaufen und neue Tabletten holen, doch bei Bergstens Livs gaben sie keine rezeptpflichtigen Medikamente aus. Sie würde nach Nyland fahren müssen, das fünfzehn Kilometer Richtung Norden lag. Es war zwar Karsamstag, doch mit ein bisschen Glück hatte die Apotheke dort geöffnet.
 Sie ging rasch die Treppe hinunter. Das Thermometer im Küchenfenster zeigte drei Grad minus an. Am besten entfachte sie schnell den alten Kaminofen.
 Eine Kiste in der Diele enthielt eine alte Zeitung und zwei Holzscheite. Eine Streichholzschachtel lag auch dabei, doch alle Zündhölzer waren abgebrannt. Sie musste sich also um Tabletten, Feuerholz, Streichhölzer, neue Zahnpasta und Lebensmittel kümmern.
 Sie zog Mantel und Mütze an. In der obersten Kommodenschublade fand sie eine alte Pudelmütze ihres Vaters und

lächelte. Sie war dunkelblau, und Åke hatte sie nur aus dem Grund so oft getragen, weil Birgitta sie unglaublich hässlich fand. Annie hielt sie sich an die Nase und atmete ein, doch die Wolle roch nicht mehr nach Papa, nur nach Holz und Lavendel. Seufzend legte sie die Mütze zurück in die Schublade und ging hinaus zum Auto.

Die Sonne hatte Frost und Schnee auf der Windschutzscheibe weggetaut, doch der Wagen war störrisch und wollte erst beim vierten Anlauf anspringen. Langsam rollte sie den Hügel hinunter, vorbei an windschiefen Scheunen und knorrigen Bäumen, von denen sie als Kind Äpfel geklaut hatte, vorbei an dem halb zugefrorenen Fluss, über dem noch der Nebel stand.

Unten an der Kreuzung bei Bergstens Livs bog sie links ab. Die Straße war gestreut und geräumt, und die Fahrt nach Nyland verlief problemlos.

Annie bog auf den Parkplatz ein und schaltete den Motor aus. Die Apotheke befand sich immer noch neben dem ICA-Supermarkt.

Sie blieb noch eine Weile sitzen. Eine ältere Frau und ein Mann mit Rollator unterhielten sich vor dem Eingang. Eine andere Frau stand vor dem Geldautomaten an der Ecke. Mit ein bisschen Glück würde Annie alles erledigen können, ohne erkannt zu werden.

Mit gesenktem Blick stieg sie aus. Sie unterdrückte den Impuls, die Kapuze ihres Mantels aufzulassen und zog nur die Mütze ein wenig tiefer in die Stirn.

Zuerst ging sie in den Supermarkt, in dem sich nur wenige Kunden befanden. Schnell hatte sie ihre Einkaufsliste abgearbeitet und nahm noch ein paar Pflanzen für das Grab ihres Vaters mit.

Sie verstaute alles im Auto und ging zur Apotheke, in der ein älterer Mann auf einer Bank saß und wartete. Annie zog eine Wartenummer aus dem Automaten, konnte aber sofort zu einer der Kassen gehen. Sie bekam ihre Tabletten, bezahlte und wollte gerade gehen, als eine Frau mit einem Kinderwagen eintrat.

Das braune Haar, die Sommersprossen, die Lachfältchen. Alles wie früher. Helena Sundin. Ihre einzige gleichaltrige Freundin in Lockne. Ihre beste Freundin, ihr Ein und Alles. Bevor alles zerbrach.

Helena sah sie überrascht an.

»Annie?«, sagte sie ungläubig.

»Hallo, Helena«, sagte Annie im selben Moment und schob die Tabletten schnell in die Manteltasche.

Ein paar Sekunden stand Helena wie versteinert da, dann umarmte sie Annie lange.

»Du bist es wirklich«, murmelte sie. »Was machst du hier?«

»Meine Mutter lebt seit ein paar Jahren in Fridebo und ist aus dem Heim davongelaufen«, erzählte Annie leise. »Wenn Sven Bergsten sie nicht gefunden hätte, hätte sie erfrieren können.«

»Oh, wie schrecklich. Aber du wohnst doch so weit weg«, sagte Helena. »Du bist doch noch in Stockholm, oder?«

Annie nickte und sah zu dem Kleinkind im Wagen. »Und wen haben wir hier?«

»Das ist Ture, er wird bald ein Jahr alt. Hilma ist vier und gerade zu Hause bei ihrem Vater.«

»Bist du verheiratet?«

»Verlobt.« Helena hob die linke Hand und zeigte einen Ring aus Weißgold mit einem kleinen Diamanten. »Errätst du, mit wem?«

»Henrik Jönsson?«, vermutete Annie. Helena war während der letzten Schuljahre immer in denselben Jungen verliebt gewesen.

Helena lachte. »Er hat schließlich nachgegeben. Beharrlichkeit siegt.«

»Glückwunsch. Wohnt ihr hier in Nyland?«, fragte Annie.

»Auf Sandslån«, antwortete Helena. »Wir haben das Haus von Henriks Großvater übernommen, das große weiße, wenn du dich erinnerst.«

Annie sah den hübschen Hof mit der großen Scheune und Pferdeweiden fast bis ans Haus vor sich. Helena hatte seit ihrer Kindheit davon geträumt, eine Familie zu haben und auf einem Bauernhof zu wohnen. Wovon hatte sie selbst eigentlich geträumt?

»Warum hast du dich nie gemeldet?«, fragte Helena.

Annie blinzelte. *Hätte ich mich denn melden sollen? Mich hat man doch gezwungen, von hier fortzugehen.* »Du bist in die USA gegangen«, sagte sie.

»Und du hast dir eine geheime Telefonnummer zugelegt«, konterte Helena.

Sie schwiegen. Die nächste Nummer wurde piepsend angezeigt.

»Tut mir leid«, sagte Helena schließlich, »aber ich habe dich vermisst.«

Annie lächelte. »Ich dich auch.«

Es piepste erneut, und Helena sah auf ihren Nummernzettel.

»Ich bin dran.«

»Und ich muss los«, sagte Annie. »Es war schön, dich zu sehen. Frohe Ostern, und grüß Henrik.«

Helena legte ihr eine Hand auf den Arm. »Wie lange bleibst du?«

»Nur bis morgen.«

»Möchtest du heute Abend zu uns zum Essen kommen? Das würde mich riesig freuen. Henrik ist übrigens ein richtiger Meisterkoch.« Helena neigte den Kopf, wie früher, wenn sie ihren Willen durchsetzen wollte.

Annie zitterte innerlich und umklammerte die Tablettenpackung in ihrer Manteltasche. Sie hörte die Stimme ihrer Mutter. *Was werden die Leute sagen, Annie?* Es ist nur ein Abendessen, dachte sie. Und sie hatte ihr Auto, sie konnte jederzeit fahren. »Okay, ich komme gern.«

Helena strahlte.

»Wie schön! Sagen wir um sieben.«

8

Gunnar Edholm schlug die Augen auf. Sein Kopf schmerzte, die Zunge klebte am Gaumen. Langsam sah er zum Radiowecker. Halb elf. Sein Magen knurrte. Und er musste verdammt dringend pinkeln.

Er schob die Decke zur Seite und setzte sich mühsam auf, streckte sich nach den Strümpfen auf dem Boden und zog Pullover und Hose an, die über dem Bettpfosten hingen. Unsicher ging er die Treppe hinunter und auf die Toilette. Er stützte sich mit der Schulter an der Wand ab. Der Urin war rostfarben. Er wandte sich ab und sah seine von roten Adern durchzogenen Augen im schmutzigen Spiegel. Die Haare standen in alle Richtungen ab, er war unrasiert. Kerstin hätte bei seinem Anblick geweint.

Er spülte und ging in die Küche. Der Junge saß in Unterhosen und der Daunenjacke seiner Schwester am Tisch. Der Backofen stand offen und war eingeschaltet.

»Was zum Teufel soll das denn, Joel!«, rief Gunnar, machte zwei große Schritte durch die Küche und schaltete den Ofen aus. »Was habe ich dir gesagt? Glaubst du, ich kann Geld scheißen?«

Das Blut pulsierte in seinen Schläfen. Er holte ein Bier aus dem Kühlschrank und öffnete die Dose.

»Aber für das Zeug ist Geld da.«

Gunnar drehte sich um. Katta stand in der Küchentür. Das schwarz gefärbte Haar hing ihr fransig um das Gesicht.

»Halt den Mund«, zischte er zurück und stellte die Bierdose so heftig auf die Arbeitsfläche, dass etwas herausschwappte.

Das Mädchen ging zum Kühlschrank und nahm eine Flasche Cola heraus, aus der sie sich ein großes Glas einschenkte.

»Nennst du das Frühstück?«, sagte Gunnar und starrte sie an. Sie trank das Glas in einem Zug aus und goss sich nach.

»Hör auf.« Gunnar nahm ihr die Flasche weg.

»Aber Bier zum Frühstück ist in Ordnung, oder?« Katta sah ihn trotzig an. »Weißt du überhaupt, wie du aussiehst? Wie ein abgestandenes Bier.«

Und wie siehst du aus?, dachte Gunnar und warf ihr einen aufgebrachten Blick zu. Schwarzer Kajal unter den Augen, ausrasierte Lücken in den Augenbrauen. Außerdem zog sie sich wie ein kleines Luder an. Als Kind war das Mädchen so süß gewesen, und jetzt hatte sie alles kaputtgemacht. Tätowierungen auf beiden Armen, schwänzte dauernd die Schule. Aber sie war nicht dumm, hatte immer mühelos gute Noten bekommen. Erst nach Kerstins Tod war alles den Bach runtergegangen. Sollte wohl rebellisch wirken oder was auch immer. Warum war Kerstin nur gestorben und hatte ihn mit dem ganzen Mist allein zurückgelassen?

Kattas Handy piepste. Sie zog es aus der Tasche und ging aus der Küche. Gunnar folgte ihr, nahm ihr das Telefon aus der Hand und las die Nachricht.

Habe mich darum gekümmert. Uffe.

Katta riss das Handy wieder an sich.

»Finger weg«, sagte sie.

»Wer ist Uffe?«, fragte Gunnar. »Und was ist erledigt?«

»Das geht dich nichts an.«

»Warum bist du so frech? Ich habe es verdammt noch mal satt …«

Joel trommelte mit den Fingern gegen seine Schläfen. »Papa hat es satt, Papa hat es satt. Hat uns satt, hat uns satt.«

Katta stellte sich demonstrativ neben ihren Bruder. »Und wir haben dich satt, Papa«, sagte sie.

»Halt den Mund!«, brüllte Gunnar.

»Halt doch selbst den Mund.« Katta zeigte ihm den Mittelfinger und rannte die Treppe hinauf. Ihre Zimmertür fiel mit einem Knall ins Schloss.

»Wann bekomme ich ein neues Handy?«, fragte Joel.

»Hör auf zu quengeln. Du weißt, was ich gesagt habe. Wir haben kein Geld.«

»Aber Katta hat doch …«, begann Joel.

»Ja, weiß der Teufel, wo sie es her hat. Ich habe es ihr nicht gekauft.«

Gunnar seufzte und zog eine Schublade auf. Kein Snus. Verdammt.

»Können wir heute zum Angeln fahren?«, fragte Joel.

»Nicht jetzt. Später vielleicht. Ich habe keinen Tabak mehr. Fahr mit dem Mofa runter zum Laden.«

»Aber ich will angeln.«

»Hörst du, was ich sage? Das geht jetzt nicht. Später.« Gunnar fasste sich an den Kopf.

»Versprichst du es?« Joel blinzelte schnell und schnipste leicht mit den Fingern.

»Vielleicht. Wir werden sehen«, sagte Gunnar, auch wenn er wusste, dass das als Antwort nicht reichte.

Der Junge wurde still. Dann ging es los. Ringfinger, Zeigefinger, kleiner Finger, Daumen. Fingerwalzer nannte Gunnar es. So fing es immer an.

Joel stand auf, stieß gegen den Tisch, kam auf ihn zu. Gunnar spannte sich an, wusste, was gleich passieren würde. Zuerst ein Tritt gegen das Bein. Dann eine Faust in die Seite. Dann noch ein Schlag, schneller, fester.

Gunnar hielt den Arm schützend vor die Augen, als die harten Fäuste seines Sohnes auf ihn einschlugen, seine Brust, das Gesicht, den Kopf.

Irgendetwas stimmte nicht mit dem Jungen. Ohne Vorwarnung konnte er furchtbar böse werden. Mit zehn war Joel bereits so groß und so stark gewesen, dass seine Wutanfälle gefährlich waren. Einmal hatte er seine Mutter so fest gestoßen, dass sie gestürzt war und sich dabei das Schlüsselbein gebrochen hatte.

»Na gut«, sagte Gunnar nach einer Weile, auch wenn er wusste, dass es falsch war. »Wir gehen angeln. Aber du musst mir zuerst noch Snus kaufen.«

Annie bog auf den Parkplatz bei der Kirche ein, der leer war bis auf einen kleinen Traktor, der den Weg bis zur Friedhofskapelle räumte.

Sie nahm die Tüte mit den Blumentöpfen und ging rasch auf den Eingang des Friedhofs zu. Eine hohe, dichte Hecke umgab die Gräber, und leichter Nebel lag noch über den Feldern, die sich bis zum Wald erstreckten.

Auf dem Weg zum Grab ihres Vaters kam sie an Kerstin Edholms Grabstein vorbei. Die nette Frau ihres Nachbarn Gunnar, die auf dem inzwischen geschlossenen Postamt von

Lockne gearbeitet hatte. Immer freundlich war sie gewesen, immer hilfsbereit. Geduldig. Genau wie Papa. Warum mussten die Besten immer zuerst gehen?

Åkes Grabstein war halb unter dem Schnee begraben. Annie ging in die Hocke und strich mit dem Handschuh über die Inschrift.

Åke Bergsten *1949–2000*.

»Hallo, Papa«, sagte sie leise. »Ich bin jetzt da.«

Sie hatten ihn im Garten gefunden, inmitten seiner geliebten Rosen. Er hatte auf dem Rücken gelegen und nach oben in den blauen Himmel geblickt. Auch wenn schon so viele Jahre vergangen waren, konnte Annie immer noch nicht an den Tag denken, ohne dass ihre Kehle eng wurde. Plötzlich war ihr Vater nicht mehr da gewesen, mit gerade mal einundfünfzig Jahren.

Annie hatte ihre Mutter kein einziges Mal weinen gesehen, nicht einmal bei dem Begräbnis. Nur wenige Wochen nach Åkes Tod kam ein Brief. Birgitta und Annie hießen jetzt Ljung mit Nachnamen, Birgittas Mädchenname. Annie konnte sich nicht erinnern, etwas wegen der Namensänderung unterschrieben zu haben, doch Birgitta behauptete, sie hätten gemeinsam unterzeichnet. Als ob ein anderer Name etwas ändern würde, hatte Annie gesagt. Was geschehen ist, ist geschehen, egal, wie ich heiße.

Sie stellte die Tüte mit den Pflanzen ab. Der Boden war noch gefroren, sie musste sich mit einer kleinen Vertiefung im Schnee begnügen, in die sie die Plastikblumentöpfe drückte.

Um sie herum herrschte Totenstille. Ein leichter Wind strich wie eine Liebkosung über ihre Wange. So wie ihr Vater früher ihre Wange gestreichelt und sie sein kleines kluges Mädchen genannt hatte.

Sie erhob sich, stopfte die Tüte in die Manteltasche und zog die Mütze über die Ohren. Von einem Toten zu einer lebenden Toten, dachte sie und ging zum Wagen.

9

Auf dem Weg vom Friedhof kam Annie an einem großen, drahtigen Jungen vorbei, der mit den Händen in den Hosentaschen neben einem roten Mofa stand. Er trug viel zu dünne Kleidung und hatte nur eine Baseballkappe auf dem Kopf. Pickel auf der Stirn. Ein dunkler Flaum über der Oberlippe. Der Junge schien etwa dreizehn oder vierzehn zu sein. Zu jung, um etwas zu wissen, dachte Annie. Zu jung, um dich wiederzuerkennen.

Sie bremste ab, fuhr noch einmal zurück und ließ das Fenster herunter.

»Brauchst du Hilfe?«

Der Junge sah sie schüchtern an. »Mir ist das Benzin ausgegangen«, murmelte er.

»Wohnst du in der Nähe?«

Der Junge nickte und deutete hügelaufwärts.

»Wie heißt du?«

»Joel Edholm.«

Er musste Gunnar Edholms Sohn sein, dachte Annie. Gunnar war früher der Postbote im Ort gewesen. Ein Sonderling und Trinker. Früher hatten sie ihn einen Quartalssäufer genannt, als Kind hatte Annie jedoch die Bedeutung nicht verstanden. Sie hatte nur gewusst, dass die Post an den Tagen manchmal erst spätabends zugestellt wurde.

»Dann weiß ich, wo du wohnst. Komm, ich fahre dich nach Hause«, sagte sie und winkte auffordernd.

Der Junge schüttelte den Kopf. »Das ist das Mofa meiner Schwester, sie wird stinkwütend auf mich sein.«

»Ach was. Ihr müsst nur Benzin nachfüllen, das ist alles. Komm schon, ich fahre dich heim.«

»Man darf nicht zu Fremden ins Auto steigen«, sagte Joel und zog die Schultern hoch.

Wo er recht hat, dachte Annie. Sie lächelte. »Ich heiße Annie Ljung«, sagte sie. »Ich bin eine Cousine zweiten Grades von Saga Bergsten. Kennst du sie?«

Joel bewegte leicht den Kopf. »Sie geht mit meiner Schwester in eine Klasse«, antwortete er leise.

Er fingerte an seiner Kappe herum, als wüsste er nicht, was er tun sollte. Dann setzte er sich auf den Rücksitz.

Sie fuhren schweigend. Als sie an dem Wegweiser zum Sportplatz vorbeikamen, wandte Annie instinktiv den Kopf ab. Seit jenem Tag war sie nicht mehr dort gewesen. Der Tag, der alles verändert hatte.

»Ich wohne in Stockholm«, sagte sie. »Ich bin vor vielen Jahren dorthin gezogen, vor deiner Geburt.«

»Ich werde nie von hier wegziehen«, erwiderte Joel. »Ich werde immer hier wohnen.«

»Gibt es denn überhaupt noch Jugendliche in deinem Alter in Lockne?«

»Ein paar. Saga und ich werden übrigens heiraten.«

Annie lachte und bog in Edholms Einfahrt ein. »Ach ja?«

Joel spitzte den Mund und saugte schnell die Luft ein, dieses für Norrland so charakteristische Geräusch, das ein »Ja« bedeutete.

Die Jahre hatten es nicht gut mit Gunnar Edholms Haus gemeint, stellte Annie beim Aussteigen fest. An einer Wand war Feuerholz gestapelt, in einem Zwinger rannte ein Gråhund bellend hin und her. Die weiße Eternitverkleidung am Haus war grau geworden, die Platten sahen aus, als könnten sie jeden Moment herabfallen. Die Gardinen waren vergilbt. Vermutlich war das Haus seit Kerstins Tod so heruntergekommen.

Im Obergeschoss sah ein Mädchen mit schwarzem Haar durchs Fenster zu ihnen hinunter. Das musste Gunnar Edholms Tochter Katarina sein.

Die Veranda schwankte, als sie hinter Joel die Stufen hinaufging. Eines der Geländer löste sich bereits von der Wand.

Joel öffnete die Tür und streifte auf dem Dielenteppich die Schuhe ab. »Papa!«, rief er.

Annie blieb stehen. Ein leichter Essensgeruch lag in der Luft. Schuhe und Kleider lagen auf einem Haufen unter der Hutablage.

»Habe ich nicht gesagt, dass du die Tür zumachen sollst?«, schimpfte jemand aufgebracht. Ein bärtiger Mann in Flanellhemd kam aus der Küche und hielt inne, als er Annie sah.

»Hallo, Gunnar. Kennst du mich noch? Annie, Åkes und Birgittas Tochter.« Sie reichte ihm die Hand.

Er wischte sich mit dem Handrücken über den Mund.

»Ach ja, stimmt, jetzt erkenne ich dich. Hallo«, antwortete er und schüttelte ihr die Hand. Er war stark gealtert, seit sie ihn das letzte Mal gesehen hatte, doch seine Haare waren immer noch dicht und widerspenstig, wenn auch mittlerweile hier und da grau. Die Tränensäcke unter den Augen waren noch größer, wenn das überhaupt möglich war, die Augen selbst müde und wässrig. Die wulstige Nase war von kleinen roten Äderchen durchzogen, die sich bis zu den Wangenknochen erstreckten. Einen ordentlichen Bauch hatte er auch bekommen. Vielleicht hatte Gunnar Edholm als junger Mann anders ausgesehen, doch Annie konnte sich kaum vorstellen, was seine Frau an ihm gefunden hatte.

»Ich habe Joel unten vor dem Hügel aufgesammelt. Ihm ist das Benzin ausgegangen. Das Mofa steht noch am Straßenrand«, sagte sie.

Gunnar warf Joel einen wütenden Blick zu, der Junge sah jedoch starr zu Boden. »Hast du Snus gekauft?«

Joel schüttelte den Kopf. »Tank leer«, murmelte er.

»Du könntest mit mir noch mal zurückfahren?«, bot Annie an. »Ich war zwar gerade in Nyland, habe aber vergessen, Feuerholz zu kaufen.«

»Das musst du nicht«, sagte Gunnar und machte Anstalten, die Tür zu schließen.

»Okay.« Annie drehte sich um und ging die Stufen hinunter.

»Ich habe genügend Feuerholz«, rief Gunnar ihr nach. »Du musst nichts kaufen. Ich kann später mit einem Sack vorbeikommen.«

Annie lächelte ihn an.

»Danke, das wäre toll. Frohe Ostern«, sagte sie, doch Gunnar hatte die Tür schon zugezogen.

Der Hund stand auf seiner Hütte im Zwinger und bellte, während sie zum Auto ging. Annie drehte den Kopf und sah hinauf zum Obergeschoss, doch das Mädchen war nicht mehr da.

10

Zu Hause packte Annie die Lebensmittel aus, aß im Stehen ein Butterbrot und fuhr dann sofort weiter zum Pflegeheim Fridebo.

Sie klingelte, doch fünf Minuten später hatte immer noch niemand geöffnet. Es war Viertel nach zwölf. Mittagessen gab es erst um halb eins, aber vielleicht war es am Karsamstag anders?

Nach einigen weiteren Minuten eilte endlich eine Pflegerin herbei. Sie entschuldigte sich, das Heim sei unterbesetzt. Viele Angestellte seien krank, sogar die Leiterin musste heute als Pflegekraft einspringen.

»Das trifft sich gut, ich wollte sowieso mit ihr reden«, sagte Annie. »Könnten Sie sie bitten, kurz bei mir und meiner Mutter vorbeizukommen?«

Die Pflegerin wollte es ausrichten, konnte aber nichts versprechen.

Birgitta saß auf der Bettkante und sah Annie überrascht an, als diese ins Zimmer kam.

»Hallo, Mama, ich bin's, Annie.« Sie zog einen Stuhl ans Bett und setzte sich. »Ich war gestern schon hier, aber da hast du geschlafen. Wie geht es dir heute?«, fragte sie. »Du siehst etwas wacher aus.« Sie legte eine Hand auf Birgittas verschränkte Hände. »Hast du etwas gegessen?«

Ihre Mutter rieb schweigend die Hände aneinander, während sie ihre Tochter beunruhigt ansah.

»Ja, Mama, deine Hände sind kalt«, sagte Annie. »Weil du ohne warme Kleider draußen warst. Weißt du noch, dass Sven dich vor dem Laden gefunden hat? Weißt du noch, dass du dorthin gegangen bist?«

Birgitta nickte.

»Gut, Mama.«

Birgitta blinzelte. »Helfen«, murmelte sie.

Annie beugte sich vor. »Ja, Sven hat erzählt, dass du versucht hast, mit ihm zu reden. Was wolltest du ihm sagen? Hast du dir Sorgen um mich gemacht? Das musst du nicht.«

Es klopfte laut an der Tür, und die große, burschikos wirkende Heimleiterin trat ein. Monika Björk hatte sich in den letzten drei Jahren kaum verändert, vielleicht hatte sie ein wenig zugenommen. Die Haare trug sie jetzt kurz geschnitten, der Pony hatte ein paar graue Strähnen.

Monika blieb am Fußende des Bettes stehen. Der Geruch nach Zigarettenqualm schlug Annie entgegen.

»Was gibt es denn?«, fragte Monika.

Annie stand auf und bedeutete der Leiterin, sich mit etwas Abstand zu Birgitta zu unterhalten.

»Wie konnte sie einfach davonlaufen, ohne dass es jemand bemerkt hat?«, fragte Annie leise. »Sind die Türen nicht rund um die Uhr abgeschlossen?«

»Ja, es sollte eigentlich nicht möglich sein, aber irgendwie hat sie es nach draußen geschafft.«

»Ich bezahle dafür, dass sie hier sicher und gut aufgehoben ist. So etwas darf einfach nicht passieren.«

Die Leiterin seufzte. »Das hier ist ein Seniorenheim, und

hier leben viele Demenzkranke, es passiert ständig etwas. Wie gesagt, ich weiß nicht, wie es zugegangen ist, aber wir werden darauf achten, dass es nicht mehr vorkommt.«

»Könnte jemand sie unabsichtlich nach draußen gelassen haben? Ein Besucher vielleicht?«

»Nein, das glaube ich nicht. Donnerstagabend war keine Besuchszeit.«

»Aber wie war es dann möglich? Dass Heimbewohnerinnen und -bewohner einfach unbemerkt weglaufen können, ist nicht akzeptabel.«

Monika Björk presste die Lippen aufeinander. »Ich werde mit dem Personal sprechen, und wir werden die Abläufe überprüfen, aber so etwas ist jetzt zum ersten Mal passiert. Das Personal leistet hervorragende Arbeit mit den Bewohnerinnen und Bewohnern.«

Nur Floskeln. Ausflüchte und Ausreden, dachte Annie. »Meine Mutter hat außerdem stark abgenommen«, bemerkte sie.

Monika verschränkte die Arme. »Sie hat in letzter Zeit immer weniger gegessen. Diese Entwicklung ist normal. Wenn sie nicht mehr essen, kann es schnell gehen. Dann können Sie wieder zurück nach Stockholm fahren. Endgültig.«

Annie biss sich in die Wange und atmete durch die Nase ein. Beruhig dich. Reiß dich zusammen, dachte sie. Sie darf dich nicht aus dem Gleichgewicht bringen. Sie dürfen dich nicht kaputtmachen.

Auf der Heimfahrt hatte Annie Kopfschmerzen. Verdammtes Weib, dachte sie. Monika hatte zu denen gehört, die Annie aus Lockne vertrieben hatten. Und jetzt versuchte sie,

Annie Schuldgefühle einzureden, weil sie nicht bei ihrer Mutter war.

Als sie gerade vor dem Haus geparkt hatte, bog ein glänzend schwarzer Mercedes in die Einfahrt ein. Ein Mann in halblangem blauem Mantel stieg aus, und erst da erkannte Annie ihn. Sie versteifte sich, machte sich bereit.

Johan Hoffner blieb einen Meter vor ihr stehen. Er hatte das leicht gelockte braune Haar zurückgekämmt und einen Schal ordentlich um den Hals gebunden. Als hätte er sich fein gemacht.

»Hallo noch mal«, sagte er. »Du hast nicht zufällig eine grauschwarze Katze gesehen? Sie hat kein Halsband.«

»Nein, hier war keine Katze«, antwortete Annie knapp.

Ihr fiel auf, dass Johans Wangen gerötet waren.

»Der Kater war oft hier, als Birgitta noch im Haus gewohnt hat, weshalb ich dachte, dass er vielleicht hierhergelaufen ist. Er heißt Måns.«

»Okay. Ich halte die Augen offen.«

Sie schwiegen.

»Wie geht es Birgitta?«, fragte Johan.

»Sie scheint sich zu erholen.«

»Das ist schön. Und du, hast du alles? Ich wollte nach Nyland zum Einkaufen fahren, brauchst du etwas?«

»Nein, aber vielen Dank. Das ist nett.«

Johan betrachtete sie ernst. Einen Moment sah er aus wie an jenem Abend, als sie auf einer der Steinplatten oben am Badeplatz in Saltviken gesessen und über das Leben und die Zukunft gesprochen hatten, während die Sonne langsam im Wasser versank.

Willst du dein ganzes Leben hier verbringen, Johan?

Na klar, Annie. Hier ist doch alles, was man sich wünschen kann. Hier ist das Paradies auf Erden.

»Ich habe übrigens in Fridebo deine Frau getroffen«, fuhr Annie fort und sah, wie Johan zusammenzuckte. »Wie habt ihr euch kennengelernt?«

»Als meine Eltern gebrechlich wurden, habe ich den Hof übernommen. Sie haben so lange zu Hause gewohnt wie möglich, aber irgendwann ging es nicht mehr. Dann sind sie nach Fridebo gezogen. Ich war oft dort, und mit Pernilla konnte man sich gut unterhalten. So kam das dann.« Johan sah an ihr vorbei zum Haus. »Du hast dich jedenfalls nicht verändert«, sagte er.

»Du auch nicht.«

»Du hast nicht vor, wieder herzuziehen?«

Annie wollte schon antworten, als ein Telefon klingelte.

Johan holte sein Handy aus der Manteltasche. »Wenn man vom Teufel spricht«, sagte er und drückte den Anruf weg. »Ich muss los.«

Zögernd ging er zum Wagen. Reflexartig bückte sich Annie und warf einen Schneeball nach ihm, der ihn im Nacken traf. Er wirbelte herum und schaute sie überrascht an.

Annie atmete schwer. War er jetzt sauer?

Johan stand wie erstarrt da, dann schleuderte er ihr seinerseits eine Wolke Schnee ins Gesicht.

Sie bombardierten einander mit Schneebällen, bis sie beide auf dem Boden herumrollten. Annie kam unter ihm zum Liegen. Er hielt ihre Arme fest, wie früher, wenn sie miteinander gerungen hatten, und sah auf sie hinab.

Das Gewicht eines Körpers auf mir.

»Hör auf, Johan.« Sie wand sich unter ihm hervor und rappelte sich rasch auf.

Johan kam auf die Füße und wischte sich Schnee aus den Augen. »Du hast doch angefangen«, sagte er trotzig.

Annie wollte sich gerade rechtfertigen, als sich ein blauer Saab näherte und neben ihnen stehen blieb. Gunnar Edholm stieg aus. Warum war er hier? Annie sah, wie er den Kofferraum öffnete und einen großen Sack heraushob, und da fiel es ihr wieder ein. Das Feuerholz.

Johan warf ihr einen langen Blick zu, bevor er sich in seinen Wagen setzte und rückwärts vom Hof fuhr.

Gunnar ging an Annie vorbei und stellte den Sack mit einem dumpfen Geräusch auf die Veranda.

»Bitte sehr«, sagte er.

»Danke«, erwiderte sie. »Was willst du dafür?«

»Der geht auf mich, als Dank dafür, dass du dich um meinen Jungen gekümmert hast, aber zu einer Tasse Kaffee sage ich nicht Nein«, murmelte er.

11

Annie stellte zwei Tassen und die Kaffeekanne auf den Tisch. Ihr Herz hämmerte immer noch, doch Gunnar schien nichts zu bemerken.

»Ich habe leider kein Gebäck«, entschuldigte sie sich.

»Das macht nichts, Zucker reicht mir.« Gunnar wühlte mit seinen dicken, ungewaschenen Fingern in der Zuckerschale.

»Ist mit dem Mofa wieder alles in Ordnung?«, fragte Annie.

»Es gehört Katta. Er leiht es sich nur in Notfällen. Aber im Herbst wird er fünfzehn.« Gunnar strich sich über den Bart.

Annie sah wieder das bleiche Gesicht am Fenster vor sich.

Gunnar rührte seinen Kaffee sorgfältig mit dem Löffel um. »Ist schon eine ganze Weile her, dass wir dich hier gesehen haben«, bemerkte er. »Wie geht es deiner Mutter?«

Annie nippte an ihrem Kaffee, bevor sie etwas erwiderte. Gunnar wusste vielleicht nicht, dass Birgitta davongelaufen war, weshalb sie sich mit der Standardantwort begnügte. »Es ist, wie es ist. Sie lebt in ihrer eigenen kleinen Welt.«

Gunnar brummte.

»Und du wohnst noch in Stockholm? Was arbeitest du?«

»Ich bin beim Sozialen Dienst angestellt.«

Gunnar setzte die Tasse klirrend ab.

»Du bist also so eine Sozialtante?«

Annie lächelte. An Beschimpfungen war sie gewöhnt. »Und du, Gunnar? Bist du noch Briefträger?«

Gunnar senkte den Blick. »Ja, schon. Aber ich bin krankgeschrieben. Der Rücken, weißt du.« Er knetete seine Lendenwirbelgegend, wie um seine Worte zu betonen.

Er hustete, und jetzt nahm Annie den unverkennbaren Geruch wahr. Früher hatte Gunnar nur ab und an getrunken, doch seit Kerstins Tod kannte er wohl kein Maß mehr. Gunnars Frau war an erbarmungslosem, unheilbarem Krebs dahingesiecht. Mit dem Alkohol bekämpfte er wahrscheinlich seine Trauer, dachte Annie. Die vielleicht auch für seine Rückenschmerzen verantwortlich war.

»Wie alt bist du jetzt, Gunnar?«

»Fünfundfünfzig.«

»Und vor wie vielen Jahren ist Kerstin gestorben?«

Gunnar blinzelte und sah aus dem Fenster. Er holte eine Snusdose aus der Hosentasche und schob sich einen Tabakklumpen unter die Oberlippe.

»Vier«, sagte er leise. »Sie ist nicht mal fünfzig geworden.«

»Und hast du wieder jemanden kennengelernt?«

»Nein. Das war's wohl mit den Frauen für mich.« Er lachte nervös.

Sie schwiegen. Gunnar trank seinen Kaffee aus und stand abrupt auf. »Ich muss jetzt nach Hause.« Er nahm seine Handschuhe und ging zur Tür.

»Danke noch mal für das Holz«, sagte Annie.

Gunnar hielt inne und drehte sich um. »Kerstin und ich, wir haben nie geglaubt, was man über dich gesagt hat.« Er hustete. »Die hat sich für was Besseres gehalten, diese Familie. Der Junge hat immer seinen Willen durchgesetzt, ein verwöhnter Bengel. Den konnte ich nie leiden, das sage ich dir.«

Gunnar zog sich die Mütze über die Ohren und verließ das Haus.

Annie sah ihm nach. Er war ein wortkarger Mann, ein typischer Norrländer, und was er gerade gesagt hatte, hätte sie nicht erwartet. *Sie hatten ihr geglaubt.* Johan nicht, vielleicht nicht einmal ihre eigene Mutter, aber Gunnar und Kerstin Edholm hatten ihr geglaubt.

Sie räumte die Küche auf und ging dann nach oben, holte tief Luft und öffnete die Tür zu ihrem alten Kinderzimmer.

Aus einem Schrank nahm sie einen dunkelblauen Schuhkarton, der auf dem Boden an der Rückwand stand. Darin befanden sich alle Schuljahresberichte in chronologischer Reihenfolge. Sie schlug den ersten auf. Das blonde Mädchen lächelte ihr entgegen. Unschuldige blaue Augen, die noch nicht ahnten, was bald passieren würde.

Sie blätterte weiter zu Johan Hoffners Klasse. Er stand auf dem Foto ganz links. Sein dunkles, lockiges Haar. Die gleichmäßigen weißen Zähne. Das Grübchen in einer Wange. Die Augen. Ihre erste Liebe. So perfekt war sie ihr vorgekommen.

Die nächste Seite. Der Wirtschaftszweig. Sie konnte die oberste Reihe auf dem Foto nicht anschauen, sah nur das weiße Hemd und die blonden, zur Seite gekämmten Haare.

Die Erinnerungen kamen mit aller Macht zurück. Seine Hände, die überall waren.

Du bist so schön. So verdammt schön. Ich will dich. Komm schon, Annie. Ich weiß, dass du es auch willst. Ich habe doch gesehen, wie du mich anschaust.

Hör auf, ich will nicht.
Natürlich willst du es. Alle wollen mich.

Annie legte das Heft zurück in die Schachtel und verstaute diese wieder auf dem Boden ganz hinten im Schrank. Ihr Herz schlug hart gegen den Brustkorb, ihr war schwindelig.

Müdigkeit überwältigte sie. Sie wollte nur noch unter die Decke kriechen und schlafen. Sollte sie das Abendessen bei Helena und Henrik absagen? Vielleicht Migräne vorschieben? Um sieben sollte sie bei ihnen sein, sie hatte noch über zwei Stunden Zeit, bis sie losfahren musste.

Ich lege mich aufs Sofa und ruhe mich ein bisschen aus, dachte sie.

12

Annie setzte sich abrupt auf. Draußen war es dunkel. Wie lange hatte sie geschlafen? Sie ging in die Diele und holte ihr Handy. Zehn nach sieben.

»Verdammter Mist«, fluchte sie. Sandslån lag zehn Kilometer nördlich von Lockne, und sie war schon zu spät.

Um halb acht parkte sie vor Helenas und Henriks Hof. Ihr Puls beschleunigte sich wieder. Atme, dachte sie. Hoffentlich waren Helena und Henrik so klug und mieden die schwierigsten Gesprächsthemen. Über alte Zeiten zu sprechen würde sich sicher nicht vermeiden lassen, aber wenn sie sich an die schöneren Erinnerungen hielten, konnte es ein angenehmer Abend werden.

Zwei Marschall-Kerzen brannten einladend vor der Tür zu der alten zweigeschossigen Villa, die mittlerweile statt in Weiß in Hellgelb gestrichen war.

Annie klingelte. Ihr fiel ein, dass sie kein Gastgeschenk mitgebracht hatte, und hörte Birgittas Stimme im Kopf. *Jetzt muss ich mich schon wieder für dich schämen.*

Die Tür wurde geöffnet.

»Da bist du ja! Endlich!« Helena bedeutete Annie einzutreten.

»Entschuldige, dass ich zu spät bin«, murmelte Annie. »Ich bin eingeschlafen.«

Henrik kam in die Diele.

»Schön, dich zu sehen!«, sagte er und umarmte sie rasch. Er hatte sich einen Bart wachsen lassen und ein wenig zugenommen, doch es stand ihm. Er sah immer noch wie ein Spaßvogel aus, wirkte mit dem Bart und dem gebügelten Hemd, das er in seine dunkelblaue Jeans gesteckt hatte, aber ein wenig älter und seriöser.

Annie sah sich um. Bis auf leise Musik war es still im Haus. »Wo sind die Kinder?«

»Wir haben es ausnahmsweise geschafft, die Kinder mal etwas früher ins Bett zu kriegen«, antwortete Henrik grinsend. »Komm rein, das Essen steht schon auf dem Tisch.«

Sie hatten im Esszimmer gedeckt. Zwei Kerzen brannten, und der Kachelofen knisterte anheimelnd. Als Teenager war Annie öfter auf Partys in diesem Haus gewesen. Heute war es mit dem hellen Boden, den einfarbigen Tapeten und den neuen Möbeln völlig verändert.

»Schön habt ihr es hergerichtet«, sagte sie.

»Danke. Uns gefällt es auch.«

Henrik erzählte, wie sie das Haus neben der Arbeit Zimmer für Zimmer renoviert hatten und wie froh sie gewesen waren, dass beide Elternpaare sie unterstützt hatten. Jetzt sahen sie allmählich Licht nach den anstrengenden Jahren. Mehr Kinder wollten sie jedoch nicht. Zwei waren mehr als genug.

»Wenn man kleine Kinder hat und gleichzeitig ein Haus renoviert, dann schafft man alles«, meinte er lachend.

»Henrik kann nicht nur schreinern«, fügte Helena hinzu. »Er kann kochen, er putzt und spielt mit den Kindern. Nur zum Heiraten bringe ich ihn nicht.« Sie stieß ihn in die Seite.

»Weil du unbedingt eine große Hochzeit haben möchtest, also sind wir wahrscheinlich Rentner, bis wir uns das leisten können«, gab Henrik zurück und zwinkerte Annie zu.

Sie setzten sich an den Tisch. Henrik hielt eine geöffnete Weinflasche hoch, doch Annie legte die Hand auf ihr Glas. »Nein, ich bin doch mit dem Auto da. Ich nehme Wasser.«

»Aber ein Glas kannst du doch trinken? Du bleibst doch ein paar Stunden?«

»Ich will nicht mit Alkohol am Steuer erwischt werden.«

Henrik lächelte. »Auf dieser Seite des Flusses ist so spät am Abend nie Polizei unterwegs. Ein Glas ist kein Problem.«

Annie sah zu Helena, die mit den Schultern zuckte, und gab nach. »Na gut.«

Helena wartete, bis Henrik den Wein eingeschenkt hatte, und hob dann ihr Glas. »Willkommen zu Hause, Annie. Es ist so schön, dass du wieder hier bist.«

Sie prosteten einander zu. Annie stellte ihr Glas ab und nahm sich von dem Essen. Elchsteak und Kartoffelgratin.

»Hausmannskost ist großartig«, sagte sie und schöpfte sich Soße auf den Teller.

»Es war ein prachtvolles Tier«, erklärte Henrik und erging sich in einem ausführlichen Jagdbericht.

»Also, jedenfalls haben wir jetzt den ganzen Gefrierschrank voller Elchfleisch«, unterbrach ihn Helena irgendwann und warf Annie einen vielsagenden Blick zu.

Sie schwiegen. Annie spürte, wie ihre Freunde sie beobachteten.

»Das schmeckt großartig, Henrik«, sagte sie schließlich.

»In Stockholm isst man bestimmt viel Fast Food, oder?« Henrik warf ihr ein rasches Lächeln zu.

»Und alles ist schweineteuer, was?« Helena nahm einen großen Bissen.

Annie machte ein unbestimmtes Geräusch. »Man gewöhnt sich daran.«

Ich habe mich daran gewöhnt. Ich kann mich gut an Dinge gewöhnen.

»Das mit deiner Mutter tut mir sehr leid«, sagte Henrik und schüttelte mitfühlend den Kopf. »Meine Großmutter war auch dement. Sie hat dauernd aus dem Heim, in dem sie gelebt hat, angerufen und wollte, dass wir sie abholen. Sie hat geglaubt, dass sie nur jemanden besucht, hat nicht verstanden, wo sie eigentlich ist. Das war schrecklich.«

Henrik zuckte plötzlich zusammen und sah zu Helena. Sie musste ihn unter dem Tisch getreten haben, dachte Annie.

»Meine Mutter ruft nie an. Sie weiß oft nicht einmal, dass es mich gibt«, antwortete sie lächelnd.

»Ist es nicht schwer, so weit weg zu wohnen?« Helena nippte an ihrem Glas.

Annie sah auf ihren Teller. »Hier gibt es nichts mehr für mich«, erwiderte sie. »Ich habe das Gefühl, als hätte ich meine Mutter schon vor vielen Jahren verloren.«

Henrik schüttelte nachdenklich den Kopf. »Demenz ist eine furchtbare Krankheit.«

Das habe ich nicht gemeint, dachte Annie.

»Jetzt bleibst du aber eine Weile, oder?«

»Nur über Ostern, dann muss ich wieder arbeiten.«

»Und was arbeitest du?«

Annie zögerte. »Ich bin Sozialpädagogin und arbeite mit misshandelten Frauen.« Sie berührte unbewusst ihre Narbe.

»Ich bin auch Sozialpädagogin!«, rief Helena. »Jetzt gerade in Elternzeit, aber sonst arbeite ich beim Sozialamt in Kramfors.«

»Ach was? In welcher Abteilung?«

»Im Jugendamt. Wir bearbeiten alles. Drogensucht, vernachlässigte Kinder, wir haben ein breites Hilfsangebot. Es gibt sehr viel zu tun, die Arbeitslosigkeit ist hoch, und es sind viele Drogen im Umlauf.«

Annie wandte sich an Henrik.

»Und du? Du bist dann also Schreiner geworden, richtig?« Ihr war eingefallen, dass er auf dem Gymnasium den handwerklichen Zweig besucht hatte.

Henrik wischte sich den Mund mit der Serviette ab. »Das war ich nur ein paar Jahre, dann hatte ich keine Lust mehr und habe eine Ausbildung beim Rettungsdienst gemacht.«

»Was bist du dann jetzt, Sanitäter?«, fragte Annie.

»Feuerwehrmann. Ich rette viele Katzenbabys aus Bäumen«, meinte er lachend.

»Er ist ein richtiger Held«, sagte Helena und sah ihren Verlobten liebevoll an. »Und jeden Winter holt er das Feuerwehrauto und legt eine Eisbahn für die Kinder in der Nachbarschaft an, damit sie Schlittschuh laufen und Eishockey spielen können.«

»Aber jetzt genug von mir.« Henrik stand auf. »Setzen wir uns ins Wohnzimmer, ich koche uns Kaffee.«

Annie ließ sich auf das Sofa sinken und lehnte den Kopf nach hinten. Henrik hatte Helena Wein nachgeschenkt, und bevor Annie reagieren konnte, war auch ihr Glas wieder voll. Aber ich bleibe ja noch eine Weile, dachte sie.

Nach einer Stunde merkte Annie, wie sie sich langsam entspannte. Vielleicht lag es am Wein, vielleicht an den ungefährlichen Themen wie Kindererziehung, Nachbarschaftsstreits, Autokauf und Arbeitslosigkeit.

Plötzlich knisterte und knackte das Babyfon. Helena wollte schon aufstehen, doch Henrik hielt sie zurück.

»Ich gehe schon«, sagte er. »Bleib du sitzen.«

Annie hörte, wie er die knarrende Treppe nach oben ging.

»Du Glückspilz«, sagte sie und blinzelte Helena zu.

»Ja, nicht wahr, den kann man behalten.« Helena lachte und hob ihr Glas. »Und du? Gibt es einen Mann in deinem Leben?«

»Nein, ich bin Single.«

Single. Wie seltsam das klang. Sie hatte sich bisher weder für das eine noch für das andere gehalten, war nur Annie gewesen. Als ob es keine Alternative gäbe. Und vielleicht war es auch so.

»In Stockholm laufen doch sicher eine Menge hübscher Kerle herum, oder?«, meinte Helena.

»Kann schon sein. Darüber denke ich nicht nach. Ich arbeite viel und bin am liebsten allein.«

Helena betrachtete sie ernst. »Und wie ist es in Lockne? Hast du alte Bekannte getroffen?«

»Ein paar. Johan zum Beispiel.«

Helena stellte das Weinglas ab. »Aha. Wie war es, ihn wiederzusehen?«

Johan. Die Schneeballschlacht vor dem Haus.

»Er hat sich nicht verändert.«

»Hast du noch Gefühle für ihn?«

Annie schüttelte den Kopf. »Überhaupt nicht. Das alles ist doch ewig her. Außerdem ist er verheiratet.«

»Wirklich? Ich dachte immer, dass ihr zusammengehört.«

Der Wind heulte ums Haus. Ein Holzscheit zerbrach knackend im Kachelofen.

»Kannst du nicht noch länger bleiben?«, fuhr Helena fort. »Es wäre so schön, ein bisschen mehr Zeit mit dir zu verbringen.«

Mit einem Kloß im Hals sah Annie ihre alte Freundin an. »Ich kann nicht länger hier sein, das weißt du«, sagte sie langsam. »Ich bin hier nicht willkommen. Hast du vergessen, was damals passiert ist? Was alle geglaubt haben?«

Helena schüttelte den Kopf. »Nicht alle, Annie. Jetzt übertreibst du. Außerdem ist es lange her. Das Leben geht weiter.«

Annie presste die Lippen aufeinander. Fang bitte nicht damit an, dachte sie. Lass es ruhen.

»Hast du nie darüber nachgedacht, wieder herzuziehen?«, fragte Helena.

»Nein. Es geht mir gut in Stockholm«, versicherte ihr Annie.

»Wir werden beide dieses Jahr fünfunddreißig. Tickt deine Uhr nicht?«

Annie verkrampfte die Hände ineinander. »Nicht alle sind wie du. Nicht alle wollen eine Familie.«

»So habe ich das nicht gemeint«, erwiderte Helena leise. »Ich will nur, dass es dir gut geht. Ich habe mir Sorgen gemacht.« Sie beugte sich vor. »Hast du mit jemandem über das gesprochen, was passiert ist? Mit einem Therapeuten oder so?«

Annie schüttelte den Kopf. »Das ist jetzt unwichtig. Es ist so lange her. Und ich halte nichts davon, in der Vergangenheit herumzuwühlen.«

»Manchmal muss man aber zurückgehen, um voranzukommen«, sagte Helena. »Ich glaube wirklich, dass du mit jemandem reden solltest, der dir dabei hilft, alles zu verarbeiten.

Flucht kann langfristig keine Lösung sein. Man muss sich seinen schlimmsten Ängsten stellen.«

»Ich habe keine Angst«, erwiderte Annie rasch. »Wegzuziehen war nicht meine Entscheidung, das weißt du. Ich musste es.«

Helena senkte die Stimme. »Aber langsam ist es genug. Wann wirst du aufhören, dich zu quälen?«

»Das tue ich nicht. Niemand will, dass ich hier bin. Nicht einmal meine Mutter.«

»Wie du selbst gesagt hast, Annie, Birgitta weiß kaum, dass du hier bist. Du entscheidest jetzt selbst. Was willst du?«

Annie sah ins Feuer. *Was wollte sie? Wusste sie das überhaupt?*

Sie sah auf die Uhr und stand auf. »Vielen Dank für das Essen und den schönen Abend, aber es ist schon spät, und ich habe morgen eine lange Fahrt vor mir. Ich gehe jetzt besser«, sagte sie und ging in die Diele.

Helena folgte ihr und spähte durch das Fenster neben der Haustür. Draußen herrschte Schneegestöber.

»Bist du dir sicher, dass du jetzt fahren willst? Willst du nicht lieber ein Taxi nehmen?«

»Das geht schon, ich fahre ganz langsam«, meinte Annie lächelnd. Sie zog ihren Mantel an und umarmte ihre Freundin.

»Wir hören uns, ja?«, fragte Helena.

Annie öffnete die Tür, doch Helena packte ihren Arm. Sie hatte Tränen in den Augen. »Du warst meine beste Freundin, Annie«, sagte sie. »Ich wünschte, es wäre mir und nicht dir passiert.«

Annie sah sie ernst an. »Glaub mir, Helena«, erwiderte sie. »Das wünschst du dir nicht.«

13

Im Auto war es eiskalt, und es schneite heftig. Annie schaltete die Sitzheizung ein und stellte das Gebläse heißer. Sie war froh, dass sie ihren Wollmantel trug, denn es würde noch eine Weile dauern, bis das Auto warm war.

Alle Höfe, an denen sie vorbeikam, waren dunkel, und als sie auf die Straße Richtung Lockne abbog, brannte wie üblich keine Wegbeleuchtung mehr. Knappe zehn Kilometer würde sie im Dunkeln fahren müssen.

Sie blinzelte ein paarmal und versuchte, sich auf die Straße zu konzentrieren. In der Stadt käme sie nie auf die Idee, sich mit Alkohol im Blut ans Steuer zu setzen. Aber kaum war sie nicht mehr in Stockholm, nahm sie es nicht mehr so genau.

Sozialarbeiterin betrunken am Steuer. Ja, das wäre eine schöne Schlagzeile. Ausgerechnet sie, die so selten Auto fuhr, nicht einmal während der Arbeitszeit. Aber bei zwei Glas Wein, getrunken über mehrere Stunden, dürfte ein Alkoholtest doch nicht anschlagen, oder? Außerdem hatte sie viel gegessen. Und um diese Uhrzeit war sowieso kaum jemand unterwegs, geschweige denn die Polizei.

Gesetzloses Land.

Um sich abzulenken, schaltete sie das Radio ein und ging im Kopf noch einmal das Gespräch mit Henrik und Helena durch. Sie waren erwachsen, viele Jahre waren vergangen. Sie hatten eine Familie gegründet, hatten Freunde, Freundinnen, ein Leben. Was hatte sie? Wie hätte sich ihr Leben entwickelt, wenn sie in Lockne geblieben wäre? Wenn all das nicht geschehen wäre?

Die Kirchturmuhr in Bjärtrå erhellte den Himmel wie ein Leuchtturm im Dunkeln. Bald war sie zu Hause. Sie gab Gas und näherte sich der Abfahrt nach Lockne. Das Radio rauschte und fiepte, und sie stellte den Sender neu ein. Als sie wieder aufblickte, sah sie etwas am rechten Straßenrand. Sie trat auf die Bremse und verriss das Lenkrad. Ein dumpfer Aufprall am Kühler. Das Auto geriet auf der ungestreuten Straße ins Schlingern, und Annie prallte mit der Schulter gegen die Fahrertür, bevor sie nach vorn ans Lenkrad geschleudert wurde. Sie schlug mit der Stirn dagegen, und ihr wurde schwarz vor Augen. Der Motor erstarb, und es wurde still.

Stöhnend öffnete sie vorsichtig die Augen. Der Airbag hatte sich nicht geöffnet, und ihre Brust und ihre Stirn schmerzten von der Kollision mit dem Lenkrad.

Mit zitternder Hand drehte sie den Schlüssel. Der Wagen sprang an. Sie legte den Rückwärtsgang ein, doch die Räder drehten durch. *Verdammt.* Sie löste den Sicherheitsgurt und stieg vorsichtig aus.

Es war stockfinster und totenstill. Sie bückte sich und untersuchte die Vorderseite ihres Wagens, konnte jedoch keinen Schaden entdecken. Wenn sie etwas angefahren hatte, müsste das doch zu sehen sein?

Der rechte Hinterreifen steckte in einer Schneewehe. Ohne Hilfe würde sie den Wagen nicht befreien können.

Sie setzte sich wieder ins Auto und überlegte. Wen sollte sie anrufen? Helena und Henrik konnten ihr nicht helfen, sie hatten mehr Wein als sie getrunken.

Die Pannenhilfe? Nein, die würde sicher ein paar Stunden brauchen. Jemand mit einem Traktor. Johan Hoffner?

Da wurde es plötzlich heller, und Annie blickte direkt in die Scheinwerfer eines sich nähernden Wagens. Sie stieg aus und hob die Arme, um sich gegen das blendende Licht zu schützen.

Erst spät erkannte sie, dass es sich um einen Streifenwagen handelte. *Mist, um diese Uhrzeit sollte hier doch keine Polizei mehr unterwegs sein.*

Der Fahrer stieg aus, und Annies Herz schlug schneller. Sie schmeckte den Wein.

»Was ist passiert? Sind wir ein bisschen zu schnell gefahren?«

Annie schüttelte den Kopf. »Ich bin etwas ausgewichen und dann im Graben gelandet.« Sie hielt die Hände in den Handschuhen vors Gesicht und blies hinein, als sei ihr kalt.

Der Polizist musterte sie. »Was sind Sie ausgewichen? Einem Tier?« Er sah sich in der Dunkelheit um. »Da hatten Sie aber mächtig Glück. Und Sie haben auch Glück, dass ich gerade in der Gegend war. Ist das Ihr Auto?«

»Nein, ein Mietwagen. Ich bin nur zu Besuch hier, ich komme aus Stockholm, und dort liegt kein Schnee mehr.«

Der Polizist umrundete Annies Auto. »Sommerreifen, sind Sie wahnsinnig?«

Annie wurde rot. »Ich dachte nicht, dass im April hier noch Schnee liegt.«

Der Polizist schüttelte seufzend den Kopf. Okay, dachte Annie. Lieber für dumm gehalten werden als für betrunken. »Könnten Sie mich wohl aus der Schneewehe ziehen?«

Der Polizist ging schweigend zu seinem Streifenwagen und holte ein Abschleppseil. Kurz darauf stand Annies Auto wieder auf der Straße.

Annie streckte die Hand aus. »Vielen Dank«, sagte sie. »Sie waren mein Retter in der Not.«

»Nicht so schnell, Sie müssen noch blasen.«

Verdammt.

Der Polizist hielt ihr einen Alkoholtester hin. Annie holte tief Luft und pustete. *Bitte, lieber Gott.*

Nach einer gefühlten Ewigkeit piepste das Gerät, und der Beamte las das Ergebnis ab. Er sah zu Annie. »Grenzwertig. Ihren Führerschein, bitte.«

Annie holte ihren Geldbeutel aus der Handtasche. Der Polizist nahm den Führerschein entgegen und studierte ihn aufmerksam. »Annie Ljung«, sagte er. »Ach, Annie Bergsten, nicht wahr?«

Annie zuckte zusammen.

»Du erkennst mich nicht, was?« Er gab ihr den Führerschein zurück.

Hakennase. Bartstoppeln. Kantiges Gesicht. Grünblaue Augen.

»Nein. Sollte ich?«

»Jens Fredriksson. Ich war in der Schule einen Jahrgang über dir, in der 9B.«

»Ah, jetzt weiß ich, wer du bist. Jesse, nicht wahr? Aus Docksta?«

Er ließ die Nackenwirbel knacken. »Auch wenn ich damals etwa vierzig Kilo schwerer war.«

Jetzt erinnerte sie sich. Der Junge, der früher immer nach dem Schulmittagessen sitzen geblieben und mit sich selbst geredet hatte. Man hatte ihn wegen seines Übergewichts schikaniert. Aus ihm war ein Mann geworden. Ein recht gut aussehender noch dazu.

»Hattest du nicht eine Brille?«, fragte sie.

»Richtig. Aber ich habe mir vor ein paar Jahren die Augen lasern lassen. Jetzt habe ich Adleraugen. Bin der beste Schütze in meinem Jahrgang.« Er formte mit den Händen eine Pistole.

Annie lächelte. »Tut mir leid, dass ich dich nicht erkannt habe.«

»Kein Problem. Aber dich vergisst man nicht so leicht, Annie. Was machst du denn hier in unserem Kaff?«

»Meine Mutter ist krank.« Sie fröstelte. »Danke noch mal für deine Hilfe. Kann ich jetzt weiterfahren? Ich habe ein wenig Kopfschmerzen nach dem Aufprall.«

»Ich begleite dich am besten nach Hause.«

»Danke, aber das ist nicht nötig. Jetzt sind es ja nur noch ein paar Kilometer. Ich verspreche, langsam zu fahren.«

»Quatsch. Du fährst voraus, ich folge dir.« Jens ging zum Streifenwagen, ohne ihre Antwort abzuwarten.

Annie setzte sich wieder hinters Steuer und drehte den Schlüssel. Vorsichtig fuhr sie bis zu ihrer Abzweigung. Jens blieb den ganzen Weg bis zum Haus hinter ihr und wartete, bis sie die Haustür aufgeschlossen hatte.

Annie zog die Tür hinter sich zu und ließ sich auf den Dielenboden sinken. Jens hatte recht, sie hatte riesiges Glück gehabt. Sie hätte die Böschung hinunterschlittern und in der Schlucht landen können, außer Sichtweite von vorbeifahrenden Autos. Niemand hätte ihre Schreie gehört. Hätte man sie überhaupt vermisst? Sie hätte erfrieren können.

Morgen fahre ich, dachte ich. Ich soll einfach nicht hier sein.

14

Sven setzte sich auf und rieb sich die Augen. Er hatte von einer geisterhaften Frau mit Löchern im Rücken geträumt, die ihm ihre blau gefrorenen Hände entgegenstreckte.

Er schauderte und sah zu Lillemor, die noch tief und fest neben ihm schlief. Er würde auch gern unter der warmen Decke bleiben. Es war erst acht Uhr und Ostersonntag, doch Saga hatte Dienst in Fridebo, und er hatte versprochen, sie zu fahren.

Um Lillemor nicht zu wecken, stand er vorsichtig auf, zog sich leise an und schlich die Treppe hinunter.

Sven musste die Haustür kräftig aufdrücken. Über Nacht hatte es stark geschneit, der Schnee türmte sich wie eine nasse Decke vor der Tür.

Er befreite die Stufen von Schnee und schippte einen schmalen Weg zur Garage frei. Zum Glück war der Parkplatz bereits geräumt. Das Dröhnen von Johan Hoffners Traktor hatte ihn um fünf geweckt. Pünktlich war er zweifellos, aber dafür knöpfte er einem auch für jedes Räumen ein paar Hundert Kronen ab, je nachdem, wie viel es geschneit hatte. Als die Hoffners sich ihren neuen Mercedes gekauft hatten, musste Sven sich mit einem warmen Körnerkissen auf dem Bauch hinlegen. Wenn er eine andere Möglichkeit hätte, würde er die Vereinbarung mit Johan Hoffner kündigen, aber so war es nun mal.

Sven trat den Schnee ab und kehrte den Windfang ein letztes Mal, bevor er die Tür schloss. Er ging nach oben und klopfte vorsichtig an Sagas Zimmertür. Nichts rührte sich. Sven öffnete die Tür einen Spalt. Gestern hatte sie sich nicht gut gefühlt, vielleicht war sie noch krank.

»Guten Morgen, Prinzessin«, sagte er. »Es ist Viertel nach acht. Zeit zum Aufstehen!«

Warum war es hier drin denn so kalt? Hatte das Mädchen etwa die Heizung ausgedreht?

Sven ging zum Schreibtisch und zog das Rollo hoch. Das Fenster war angelehnt, kein Wunder, dass es so kalt war. Er schloss es.

»Saga, es ist schon spät, du musst jetzt aufstehen«, sagte er ein wenig lauter und starrte auf die Wölbung unter der Daunendecke, die Saga sich bis über die Ohren gezogen hatte. Er gab ihr noch ein paar Sekunden, doch als sie sich nicht bewegte, zog er die Decke zurück.

Große, glänzende Augen starrten ihn an. Sagas weißer Teddybär, einen Meter groß, den sie als Sechsjährige auf dem Rummelplatz gewonnen hatte.

Sven lachte. Nahm sie ihn auf den Arm? Versteckte sie sich im Schrank, wie früher, als sie noch klein gewesen war? Er riss die Schranktür auf, sah jedoch nur Kleider.

»Saga?«

Er ging zum Badezimmer, aber dort war sie auch nicht. Er sah in der Küche nach, im Wohn- und im Esszimmer, bevor er zurück ins Schlafzimmer ging und sich auf die Bettkante setzte.

Lillemor schlug widerwillig die Augen auf, als er sie an der Schulter rüttelte.

»Ich kann Saga nicht finden«, sagte Sven. »Ich wollte sie wecken, aber sie ist nicht in ihrem Zimmer.«

Lillemor setzte sich auf und sah ihn sprachlos an. Dann schlug sie die Decke zur Seite und drängte sich an ihm vorbei.

Sven hörte, wie sie in alle Zimmer ging und dann nach unten. Er folgte ihr und fand sie an der Haustür, wo sie Sagas Tasche auf dem Dielenboden ausgekippt hatte. Er sah ihre Hausschlüssel, ein Buch und ein Päckchen Kaugummi.

»Jacke und Schuhe sind weg, ebenso wie ihr Geldbeutel und das Handy. Sie ist vielleicht schon nach Fridebo gegangen, ohne uns zu wecken?«

Lillemor nahm hektisch das schnurlose Telefon von der Kommode und wählte Sagas Nummer. Natürlich, dachte Sven. Saga war schon zur Arbeit gegangen, und jetzt meldet sie sich gleich, und alles ist in Ordnung.

Lillemor schüttelte den Kopf. »Die Mailbox hat sich sofort eingeschaltet.« Wieder wählte sie die Nummer. »Hallo, Liebes, hier ist Mama. Wo bist du? Ruf doch bitte kurz an! Wir machen uns Sorgen.«

Sie starrte vor sich hin. »Ihr Handy liegt bestimmt irgendwo«, sagte sie plötzlich. »Ich versuche es mal in Fridebo.«

Sven sah, wie ihre Hand beim Wählen zitterte.

»Besetzt«, meinte sie. »Verdammte Klatschtanten.«

Sven zog seine Pulloverärmel nach unten. Die Kälte lag ihm wie ein Stein im Magen.

»Versuch es noch einmal«, sagte er nach einer Weile.

Lillemor gehorchte, erreichte jedoch wieder niemanden.

»Ich fahre hin.« Sven streckte sich nach seiner Jacke.

15

Annie schloss den Kofferraum und sah ein letztes Mal zum Haus. Sie hatte alles gepackt, der Kühlschrank war leer, die Heizung ausgeschaltet.

Sie war furchtbar müde. Helenas Worte hallten immer noch in ihrem Kopf wider. Dass sie doch nach Hause zurückziehen sollte. *Die Dunkelheit. Die Kälte. Der Wald. Die Erinnerungen.* Nein, schrie die Stimme in ihr. Hol nicht alles wieder hoch. Sie würde zurück nach Stockholm fahren und dort ihr Leben weiterleben. Das war die einzige, die richtige Alternative. So war es am besten, sagte sie sich und fuhr zum Pflegeheim.

Als sie dort klingelte, begann ihr Kopf zu schmerzen. Sie fröstelte und raffte den Mantel am Hals zusammen.

Die Eingangstür wurde geöffnet, und Pernilla Hoffner sah sie überrascht an.

»Hallo«, sagte Annie. »Ich wollte mich von meiner Mutter verabschieden.«

»Sie ist in ihrem Zimmer.«

Sie gingen durch die leeren Flure.

»Dann geht es jetzt also zurück nach Stockholm?«, sagte Pernilla.

Annie nickte. »Ich muss wieder arbeiten. Aber ich fühle mich hin- und hergerissen. Eigentlich sollte ich bleiben, doch ich weiß nicht, ob meine Mutter überhaupt versteht, dass ich hier bin. Oder ob sie will, dass ich hier bin.«

»Als ob sie schon nicht mehr hier wäre«, sagte Pernilla.

»Genau.«

Pernilla blieb vor Birgittas Zimmer stehen. »Ich verstehe, wie seltsam das sein muss«, sagte sie. »Ganz allein mit einer kranken Mutter, das eigene Leben spielt sich woanders ab. Denn du hast hier ja keine Freunde mehr, oder?«

Annie zuckte zusammen. Was wollte Pernilla damit sagen? Was wusste sie von damals?

»Weil du gleich nach dem Gymnasium weggezogen bist, meine ich.«

»Johan hat es dir also erzählt?« Annie duzte Pernilla jetzt auch.

»Er hat nur gesagt, dass du nicht bleiben konntest und weggegangen bist. Aber jetzt habe ich gehört, wie sie hier im Heim von einem Jungen geredet haben, der damals schwer verletzt wurde.«

Annie legte die Hand an den Hals, über die Narbe. Man redete also immer noch so. Er war schwer verletzt worden. Fürs Leben gezeichnet. Und was war mit ihr? Erinnerte man sich nur an seine Version der Ereignisse?

»Ich kann mir kaum vorstellen, wie es war, als dir keiner geglaubt hat«, fuhr Pernilla fort. »Als das ganze Dorf gegen dich war. Es klingt wie eine richtige Hexenjagd.«

Johans Frau legte ihr eine Hand auf die Schulter.

»Ich verstehe, dass du nicht länger als nötig hier sein möchtest. Du musst kein schlechtes Gewissen haben, ich kümmere mich um Birgitta. Klingel, wenn du fertig bist, dann bringt dich jemand hinaus.«

»Vielen Dank. Grüß Johan von mir«, erwiderte Annie und zog die Zimmertür auf.

Hexenjagd. Genau das war es gewesen, dachte sie. Egal, was Johan seiner Frau erzählt hatte, sie schien Annie nicht wie das restliche Dorf im Voraus verdammt zu haben.

Ihre Mutter saß wie am Tag zuvor auf der Bettkante und sah aus dem Fenster.

»Hallo, Mama«, sagte Annie und schloss die Tür hinter sich. Sie setzte sich auf den Stuhl am Bett und knöpfte ihren Mantel auf. »Wie geht es dir?« Sie legte ihre Hand auf die ihrer Mutter.

Birgitta schwieg.

Annie sah ebenfalls aus dem Fenster. Ein hartnäckiges steif gefrorenes Blatt klammerte sich an die Birke. Felder. Rauch, der von den Häusern aufstieg.

Annie räusperte sich. »Ich fahre jetzt wieder nach Stockholm«, sagte sie leise. »Aber du hast ja mein Foto, das du anschauen kannst.«

Sie sah zur Kommode, doch der Bilderrahmen stand nicht an seinem üblichen Platz. Das Hochzeitsfoto von Birgitta und Åke war noch da.

Sie stand auf und sah in die Kommodenschubladen, in denen Bücher und anderer Kleinkram lagen, aber kein Foto. Schließlich fand sie es in der Nachttischschublade.

Als sie es auf die Kommode zurückstellte, erhob sich Birgitta hastig vom Bett und deutete auf ihre Tochter. »Nein«, sagte sie scharf.

Annie hob den Rahmen hoch. Machte das Foto ihre Mutter unruhig? Lag es deshalb im Nachttisch? Vielleicht hatte Birgitta es sogar selbst dorthin gelegt.

Ihre Mutter deutete erneut auf sie.

»Schon gut«, sagte Annie und legte das Foto zurück in die Schublade.

»Nein.« Birgittas Blick flackerte. »Dem Mädchen helfen.«

»Alles in Ordnung, Mama.« Annie ging zu ihr.

Doch Birgitta deutete wieder auf die Kommode. »Aufpassen«, sagte sie.

Sie packte den Arm ihrer Tochter und murmelte etwas. Annie beugte sich zu ihr, doch da verstummte ihre Mutter.

Sie legte Birgitta den Arm um die Schultern. »Ganz ruhig, Mama«, sagte sie beschwichtigend.

Ihre Mutter schüttelte aufgebracht den Kopf. »Nein«, schrie sie. »Hilfe!«

Sie wird sich etwas tun, dachte Annie und drückte auf den Alarmknopf über dem Bett.

Nach wenigen Sekunden näherten sich Schritte auf dem Flur, und Pernilla Hoffner kam ins Zimmer.

Birgitta wich Richtung Wand zurück und schlug wild um sich, als ob sie einen unsichtbaren Angreifer abwehren würde.

»Geh bitte raus auf den Flur«, bat Pernilla, und Annie gehorchte.

Nach einer Weile holte Pernilla sie wieder ins Zimmer. Annie sah zu ihrer Mutter, die jetzt ruhig im Bett lag.

»Was ist passiert?«, fragte Pernilla leise.

»Ich weiß es nicht genau. Ich habe nur das Foto von mir aus der Schublade geholt, da wurde sie unruhig.«

»Dann hat das sie bestimmt aufgeregt.«

»Ich habe kein gutes Gefühl dabei, zu fahren, wenn es ihr so geht«, sagte Annie.

»Es wechselt ständig und muss nichts bedeuten. Fahr ruhig nach Stockholm, wir melden uns, wenn sich etwas verändert. Verabschiede dich, dann bringe ich dich hinaus.«

Annie ging zu ihrer Mutter und strich ihr vorsichtig über den Kopf.

So ist es am besten, sagte sie sich. Birgitta vermisst nichts. *Nicht einmal dich.*

»Tschüss, Mama«, flüsterte sie.

16

Die Straße nach Saltviken war frisch geräumt, der Schnee glitzerte in der Sonne. Das Licht blendete Gunnar.

»Schau, es ist bis zum Sommerhaus geräumt!«, rief Joel, als sie von der Straße abbogen.

»Hol's doch der Teufel«, murmelte Gunnar und stieg aus. Johan Hoffner hatte einfach auch die Einfahrt von Schnee befreit, der gierige Mistkerl. Und später würde er dann mit einer fetten Rechnung ankommen.

Silver sprang sofort aus dem Kofferraum, als Gunnar die Klappe öffnete, und rannte mit der Nase auf dem Boden davon. Joel lief stolpernd zu dem Schuppen, in dem sie die Ausrüstung aufbewahrten. Der Junge schien seinen Körper kaum im Griff zu haben, doch daran waren nicht die klobigen Winterstiefel schuld. Mit dem Jungen stimmte einfach etwas nicht.

Frische Fuchs- und Elchspuren führten bis hinunter zum Wasser. Und Fußspuren. Gunnar fluchte laut. Waren diese verdammten Letten etwa schon wieder auf seinem Grund und Boden gewesen und hatten an seinem Eisloch geangelt? Verdammt noch mal. Musste er sich etwa mit dem Elchstutzen auf die Lauer legen und Warnschüsse durchs Hüttenfenster abgeben?

Joel stolperte hinunter zum Wasser und dem Eisloch, das wie ein Haiauge in der weißen Fläche aussah.

»Fall bloß nicht rein!«, rief Gunnar. Das wäre zwar das erste Mal, aber so, wie der Junge die Beine verknotete, war es nur eine Frage der Zeit. Und jetzt durfte einfach nichts passieren.

Gunnar ging zum Holzschuppen und dem Plumpsklo, fand dort aber keine Fußspuren. Er öffnete die Schuppentür und spähte ins Halbdunkel. Alles noch da. Auch die Sachen, die ihm nicht gehörten und bald wieder verschwinden würden.

Hinter dem Häuschen ging Gunnar vor der Klappe zum Plumpsklo in die Hocke. Hatte sich hier jemand zu schaffen gemacht? Nein ... Wer suchte schon freiwillig unter dem Scheißhaus?

Alles lag noch so da, wie er es hinterlassen hatte. Er öffnete die oberste Kiste, holte eine Flasche heraus und stopfte sie in die Innentasche seiner Jacke. Dann schloss er die Klappe und überprüfte, dass der Riegel ordentlich eingehakt war, bevor er die Angelausrüstung holte und zu Joel hinaus aufs Eis ging.

Der Junge saß bereits auf seinem selbstgeschreinerten Hocker, auf dem er bestand, obwohl er kalt und hart unter dem Hintern war. Kälte, Hitze, Hunger, Schmerzen – das alles schien er nicht zu spüren. Aber wenn jemand seine Sachen wegräumte oder die Pfannkuchen falsch zubereitete, dann war er wie gelähmt, und der ganze Tag konnte im Eimer sein. Ein seltsames Kind.

Gunnar zog die Flasche aus der Jacke und versteckte sie im Rucksack, klappte seinen Hocker auf und setzte sich. Eine halbe Stunde verging. Nichts rührte sich im Wasser, und es war schweinekalt. Gunnar fror bis ins Mark, doch Joel schien die Kälte nicht zu spüren.

Wolken waren aufgezogen. Gunnar fröstelte und schob sich eine Extraprise Snus unter die Oberlippe. Er sah über die Schulter.

Sie waren allein, um diese Jahreszeit waren keine Nachbarn hier. Trotzdem fühlte er sich irgendwie beobachtet.

Er holte das Handy aus der Tasche. Eine Nachricht, vor zehn Minuten gesendet. »Unterwegs«, lautete der Text. Okay, dachte Gunnar. Dann musste er bald da sein.

Als Sven vor dem Pflegeheim parkte, kamen gerade zwei Leute aus dem Gebäude, Annie und Johan Hoffners Frau.

Sven ging auf die beiden zu. »Warum geht denn bei euch niemand ans Telefon?«, fragte er Pernilla Hoffner. »Ist Saga hier?«

»Nein.«

»Bist du ganz sicher?«

Pernilla lächelte. »Definitiv, ich bin schon den ganzen Morgen hier.«

Annie sah ihn besorgt an. »Ist etwas passiert?«

Sven leckte sich über die Lippen. »Sie war nicht in ihrem Zimmer, und ihr Handy ist ausgeschaltet«, erklärte er. »Es muss etwas passiert sein. Das sieht ihr überhaupt nicht ähnlich. Und du bist ganz sicher, dass sie nicht hier ist?«, fragte er Pernilla noch einmal.

»Ganz sicher. Saga war heute noch nicht hier.«

Sven holte tief Luft. »Okay. Dann muss sie im Stall sein. Ich fahre hin.«

»Dort ist niemand«, erwiderte Pernilla schnell. »Ich musste Johan gestern spätabends ins Krankenhaus bringen. Eine Lebensmittelvergiftung oder so etwas, aber es scheint keine

Gefahr zu bestehen. Jetzt muss ich die Tür schließen, sonst geht der Alarm los.«

Sven ging mit Annie zum Parkplatz.

»Ich verstehe, dass ihr euch Sorgen macht«, sagte Annie, »aber es gibt bestimmt eine logische Erklärung. Habt ihr bei ihren Freundinnen nachgefragt? Vielleicht hat sie sich gestern Abend zu einer Party davongeschlichen und dort übernachtet?«

»Saga geht nicht auf Partys.«

»Hat sie einen Freund?«

Sven schüttelte den Kopf. »Nein«, versicherte er.

»Dann ist sie ein sehr ungewöhnlicher Teenager.« Annie lächelte. »Sie taucht bestimmt bald wieder auf.«

Sie öffnete die Wagentür.

»Hier ist übrigens der Schlüssel«, sagte sie und gab Sven den Hausschlüssel.

»Fährst du schon?«, fragte Sven aufgewühlt. »Ich dachte, du wolltest erst morgen fahren? Kannst du nicht noch ein wenig bleiben, wenigstens, bis wir sie gefunden haben?« Er rieb sich die Brust. »Annie, bitte. Ich weiß nicht, was ich machen soll. Lillemor ist außer sich.«

Annie sah auf die Uhr.

»Ich wollte eigentlich den größten Teil der Strecke nach Stockholm bei Tageslicht fahren«, sagte sie, »aber ja, eine Stunde kann ich noch bleiben.«

»Danke.« Sven legte die Hände wie zum Gebet aneinander.

17

Nachdem Sven aufgebrochen war, blieb Annie im Auto sitzen und überlegte. Sehr wahrscheinlich war Saga bei einer Freundin oder einem Freund, und entweder waren sie in Lockne oder in Kramfors. So war es in ihrer Jugend gewesen, und so war es vermutlich auch heute noch.

Sven hatte gesagt, dass aus Sagas Klasse nur Katarina Edholm in Lockne wohnte. War Saga vielleicht einfach dort? Sie fuhr zu den Edholms.

Niemand öffnete, als sie klingelte. Auch das Auto stand nicht vor dem Haus.

Annie überlegte. Was trieb man als siebzehnjähriger Teenager an Ostern? Was hatte sie selbst getan? Sie war auf einer Party in einer der Sommerhütten oben in Saltviken gewesen.

Es war immer noch früh am Morgen. Vielleicht war Saga betrunken eingeschlafen? Vielleicht war ihr Handyakku leer?

Annie fuhr vorsichtig den Hügel hinauf Richtung Saltviken.

Das erste Sommerhaus auf der rechten Seite nach den Badeklippen gehörte Gunnar Edholm. Es war ein einfaches Gebäude mit einer Garage oben am Weg, einem Schuppen und einer alten Außentoilette.

Sie stellte den Wagen ab und stieg aus. Sie blinzelte gegen die grelle Sonne an und erkannte eine Gestalt, die in der zugefrorenen Bucht auf einem Hocker an einem Eisloch saß.

Annie schauderte. Dass sie sich das noch trauten? Das Eis konnte nicht mehr dick genug sein, draußen auf dem Fluss hatte es schon zu tauen begonnen.

»Was machst du hier?«, fragte jemand.

Sie wirbelte herum und sah Gunnar Edholm, der auf sie zukam. Die Mütze mit den Ohrenklappen hatte er in die Stirn geschoben, seine Helly-Hansen-Jacke stand offen, und ein blaues Flanellhemd spannte über seinem Bauch.

»Entschuldige, dass ich einfach so auftauche«, sagte Annie. »Aber wir suchen nach Saga Bergsten. Gestern Abend wurde sie zum letzten Mal gesehen, niemand weiß, wo sie ist.«

Gunnar sah die Straße hinauf und spuckte einen Tabakklumpen aus. »Also, hier ist sie nicht.«

»Früher wurden in diesen Sommerhäusern oft Partys gefeiert. Ist das immer noch so?«

Gunnar schüttelte den Kopf. »Nicht, dass ich wüsste. Katta war die ganze Nacht zu Hause. Sie schläft noch.«

Annie sah wieder zu der Eisfläche. »Und Joel? Vielleicht weiß er, wo sie ist?«

Gunnar warf ihr einen aufgebrachten Blick zu. »Warum sollte er?«

»Als ich ihn nach Hause gefahren habe, hat er so nett von Saga gesprochen. Vielleicht hat er etwas gesehen? Könntest du ihn fragen?«

»Das werde ich, aber ich habe einiges zu tun ...« Gunnar verstummte und sah zu Annies Auto, als wolle er sie zum Wegfahren auffordern.

»Okay. Trotzdem vielen Dank«, sagte sie. »Gib Sven und Lillemor Bescheid, wenn du etwas hörst.«

Traurig, dass Gunnar immer so mürrisch ist, dachte Annie auf der Fahrt. Er war die personifizierte Verbitterung. Wurde sie etwa allmählich auch so?

Sie fuhr noch eine Runde durch Lockne und dann weiter zum Badeplatz in Bjärtrå, der einsam und verlassen war, und dann wieder zurück nach Lockne.

Sven saß zusammengesunken am Küchentisch. Er hatte auch nichts Neues herausgefunden.

Lillemor ging verzweifelt auf und ab. »Es ist etwas Schreckliches passiert«, sagte sie. »Ich spüre es. Wir müssen weitersuchen. Was ist, wenn sie irgendwo in einer Schneewehe liegt und erfriert?«

Annie legte ihr eine Hand auf die Schulter. »Sie taucht sicher bald wieder auf. Bestimmt ist sie bei einem Freund oder einer Freundin, das ist am wahrscheinlichsten. Hat sie wirklich keine engen Freunde? Keine beste Freundin?«

»Nein«, antwortete Lillemor. »Nach der Schule ist sie meistens zu Hause, wenn sie nicht arbeitet oder im Stall aushilft. Ich weiß, dass ihr etwas zugestoßen ist, wir müssen die Polizei rufen.«

»Es ist erst halb zwölf. Warten wir noch ein paar Stunden. Dann sollte sie zurück sein, egal, wo sie war. Wenn sie dann immer noch nicht wiederaufgetaucht ist, informieren wir die Polizei.«

Sven sah Annie bittend an. »Du bleibst doch bis morgen?«

Annie warf der bebenden Lillemor einen Blick zu. Ich habe keine Ausrede, dachte sie. Einen weiteren Tag konnte sie entbehren.

»Okay«, sagte sie. »So machen wir es. Ich drehe noch eine Runde. Bis später.«

Auf dem Hügel Richtung Saltviken sah Annie ein Auto vor dem Haus der Hoffners stehen. War Johan bereits aus dem Krankenhaus zurück?

Sie fuhr in die Einfahrt. Vier Pferde mit dunkelblauen Decken auf dem Rücken standen eng beieinander auf der Koppel und sahen ihr zu, wie sie den Wagen abstellte.

Das herrschaftliche Anwesen erinnerte sie immer ein wenig an den Hof aus diesem berühmten Kinofilm, *Änglagård*. Er sah bis auf den neuen Anstrich und das neue Ziegeldach noch so aus wie früher. Sogar die Klingel war noch dieselbe. Annie spürte, wie die Vergangenheit auf sie einstürzte. Sie wollte hier sein, aber gleichzeitig auch wieder nicht. Was, wenn Johan sie nicht wiedersehen wollte?

Als niemand öffnete, klingelte sie ein zweites Mal. Sie warf einen Blick durch das Küchenfenster. Dasselbe Sofa. Dieselbe kupferne Lampe über dem Tisch.

Da wurde die Tür geöffnet, und Johan starrte sie verschlafen an.

»Hallo«, sagte sie. »Wie geht es dir? Pernilla hat erzählt, dass du ins Krankenhaus musstest.«

»Ja, so schlecht ist es mir noch nie gegangen. Zuerst dachten sie, ich hätte einen Darmverschluss, aber letztendlich war es wohl nur eine Lebensmittelvergiftung.«

»Schön, dass es dir wieder besser geht. Du hast nicht zufällig Saga Bergsten gesehen?«

»Nein, warum?«

»Sie ist verschwunden.«

»Verschwunden? Was meinst du damit?«

Annie erzählte knapp, was passiert war.

»Sven und Lillemor haben keine Ahnung, wo sie sein

könnte. Ich habe gehört, dass sie euch oft im Stall mit den Pferden hilft. War sie gestern hier?«

»Ja, am Nachmittag.«

»Hat sie erwähnt, dass sie am Abend etwas vorhatte? Oder erinnerst du dich an irgendetwas anderes Ungewöhnliches?«

Johan kratzte sich am Kopf. »Nein, warum?«

»Ich dachte, dass sie vielleicht heimlich irgendwo hingegangen ist. Auf eine Party zum Beispiel.«

Johan sah sie verärgert an. »Vielleicht ist sie ja auch von hier abgehauen.«

Annie stieg die Hitze ins Gesicht. Schweigend drehte sie sich um und ging mit brennenden Wangen zum Auto. Mit einem Knall schlug sie die Tür zu.

»Mistkerl«, fluchte sie laut.

18

Es war drei Uhr nachmittags, als endlich zwei uniformierte Polizeibeamte eintrafen. Sie setzten sich ins Wohnzimmer, der Mann zog seine Mütze vom Kopf und holte einen Notizblock samt Stift aus der Tasche. Er hieß Fredriksson, den Vornamen hatte Sven schon wieder vergessen.

Die Polizistin hieß Sara Emilsson und wirkte sehr jung, hatte aber freundliche Augen. Lillemor bot Kaffee an, doch die Beamten lehnten höflich ab.

»Bitte entschuldigen Sie, dass wir erst jetzt hier sind, aber wir sind etwas unterbesetzt«, begann Sara und warf ihrem Kollegen einen raschen Blick zu.

Fredriksson räusperte sich. »Ihre Tochter heißt also Saga Agnes Cecilia Bergsten? Und wird Saga gerufen?«

»Ja.«

»Und sie ist etwa einen Meter fünfundsechzig groß, schlank, blond und hat blaue Augen?«

»Ja, sie war letztes Jahr Lucia in Kramfors«, sagte Sven und deutete auf das Foto an der Wand. Fredriksson lächelte.

»Saga ist noch nie einfach so verschwunden«, betonte Lillemor. »Ihr muss etwas passiert sein.«

Sara Emilsson neigte den Kopf. »Wir haben bereits bei den Krankenhäusern in der Umgebung nachgefragt, dort liegt Saga nicht«, berichtete sie.

Lillemor schluchzte auf, und Sven nahm ihre Hand.

»Also«, sagte Fredriksson, »fangen wir noch mal von vorne an. Wann und wie haben Sie Sagas Verschwinden bemerkt?«

Sven holte tief Luft. »Als ich sie heute Morgen wecken wollte. Sie musste zum Dienst. Neben der Schule arbeitet sie im Seniorenpflegeheim hier in Lockne«, erläuterte er. »Aber sie war nicht in ihrem Zimmer, und da habe ich meine Frau geweckt.«

»Wann haben Sie sie zuletzt gesehen?«, fragte Sara Emilsson.

»Gestern Abend. Sie ist vor uns ins Bett gegangen. Wir haben ferngesehen, und sie hat uns eine gute Nacht gewünscht.«

»Und wann sind Sie beide ungefähr ins Bett gegangen?«

»Um zehn etwa, oder?« Sven wandte sich zu Lillemor, die nickte.

»Und Saga hat da schon geschlafen?«

»Ja«, meinte Sven zögernd.

Sara Emilsson sah ihn an. »Sind Sie da ganz sicher? Haben Sie in ihr Zimmer gesehen?«

»Nein, die Tür war geschlossen.«

»Sie könnte sich also bereits da aus dem Haus geschlichen haben?«

»Nein, das hätten wir gehört. Die Haustür war verschlossen, das überprüfe ich immer, bevor ich ins Bett gehe. Vor ein paar Jahren wurde bei uns eingebrochen, und zurzeit wird hier in der Gegend auch wieder viel gestohlen, aber das wissen Sie ja sicher?«, sagte Sven.

»Ein paar Letten sorgen für Unruhe hier im Ort«, erklärte Lillemor.

Sara Emilsson notierte sich etwas auf ihrem Block. »Könnte

sie einen Grund gehabt haben, sich hinauszuschleichen, ohne Ihnen etwas zu sagen?«

»Wie meinen Sie das?«, fragte Lillemor.

»Ob sie davongelaufen sein könnte«, verdeutlichte Fredriksson.

Sven schnappte nach Luft. »Saga hat keinen Grund davonzulaufen, auf die Idee käme sie nie!«

Die Polizisten brummten und machten sich ein paar Notizen. Sie ließen ihn in Ruhe reden. Er hatte Mühe, die richtigen Worte zu finden, musste eine Pause machen. Die vielen Fragen verwirrten ihn. Sie fragten nach Sagas Kleidung, was sie bei ihrem Verschwinden getragen hatte. Ob sie besondere Merkmale hatte. Verschwinden. Merkmale. Schreckliche Worte, bei denen sich alles in ihm verkrampfte.

»Hat Saga ein Handy?«, fragte Fredriksson.

»Ja«, antwortete Sven. »Wir haben es mehrere Male versucht, doch es scheint ausgeschaltet zu sein.«

»Geben Sie uns bitte die Nummer. Und haben Sie ein aktuelles Foto?«

Lillemor stand auf und ging in den Flur. Sie kam mit einem kleineren Abzug des Porträts an der Wand zurück.

»Ist das hier in Ordnung?«, fragte sie. »Das ist vom Herbst.«

Sven war übel. An dem Tag waren die Lucia-Kandidatinnen für die Zeitung fotografiert worden.

Die Polizisten betrachteten das Bild.

»Hübsches Mädchen«, sagte Sara Emilsson. »Hat sie einen Freund?«

»Nein«, erwiderte Sven rasch. »Warum?«

»Sie könnte mit ihm weggelaufen sein. Das wäre gar nicht so ungewöhnlich.«

Sven schüttelte den Kopf. »Sie ist sehr reif für ihr Alter und findet die Jungen in ihrer Klasse kindisch.«

»Wie sieht es mit Freundinnen aus, Bekannten?«, fragte Fredriksson.

»Sie hat ein paar aus ihrer Klasse. Aber sie lernt und arbeitet so viel, dass sie kaum Zeit für sie hat«, erklärte Lillemor.

Die Polizisten fragten weiter. Litt Saga an Krankheiten, nahm sie Medikamente, war sie depressiv?

»Auf gar keinen Fall!«, rief Lillemor. »Saga ist immer fröhlich. Nicht wahr, Sven?«

Er betrachtete wieder das Foto. Dachte an den Abend, als er sich über ihre Arbeit im Stall ausgelassen hatte. Vielleicht war er zu streng mit ihr gewesen?

»Saga ist kerngesund«, sagte er.

Sara Emilsson machte sich Notizen und stellte weitere Fragen. War vor ihrem Verschwinden etwas in der Familie vorgefallen? War irgendetwas ungewöhnlich gewesen? Hatte es Konflikte gegeben?

»Es passiert nämlich oft, dass Jugendliche von zu Hause weglaufen, nachdem es Streit gab«, erklärte sie.

»Wir haben keine Probleme.« Lillemor schniefte und brach in Tränen aus. Sven saß schweigend da.

Sara Emilsson holte eine Packung mit Papiertaschentüchern hervor und gab sie der weinenden Lillemor. »Ich verstehe, wie hart das für Sie ist«, sagte sie. »Lassen Sie sich Zeit. Es ist wichtig, dass Sie auf alle Fragen antworten, so gut Sie können.«

Lillemor schnäuzte sich.

»Was hat Saga am Samstag gemacht?«

»Sie war zu Hause, sie hat sich nicht so gut gefühlt«, antwortete Sven.

»War sie krank?«, wollte Sara Emilsson wissen.

»Nichts Ernstes, nur ein wenig angeschlagen. Sie hilft bei den Hoffners im Stall aus, die wohnen auch auf dem Hügel«, fügte Lillemor hinzu.

Sara Emilsson machte sich eine Notiz.

»Sie war am Nachmittag kurz im Stall«, sagte Lillemor und warf Sven einen raschen Blick zu.

»Gut, vielen Dank«, sagte Sara Emilsson. »Können wir einen Blick in ihr Zimmer werfen?«

Der große Teddybär starrte ihnen entgegen, als sie Sagas Zimmer betraten. Die Polizisten sahen sich um, fragten, ob Lillemor und Sven etwas aufgefallen war, ob etwas fehlte. Sven dachte nach. Die Treppenstufen vor der Haustür. Er hatte erst den Schnee wegräumen müssen. Dann war er in Sagas Zimmer gegangen, wo das Fenster offen gestanden hatte.

»Sie muss hinausgeklettert sein«, sagte er und ging zum Fenster. »Es war eiskalt hier drin, als ich sie wecken wollte. Das Fenster war angelehnt.« Er erzählte von dem unberührten Schnee vor der Haustür.

»Gut beobachtet«, bemerkte Fredriksson.

Er beugte sich aus dem Fenster und sah nach unten, rüttelte an der Feuertreppe. Schloss und öffnete das Fenster erneut.

»Ich kann keine Hinweise auf einen Einbruch sehen. Wir können wohl ausschließen, dass sie gegen ihren Willen weggebracht wurde, das hätten Sie gehört. Sie ist bestimmt bald wieder zu Hause. Die meisten tauchen von allein nach einem Tag wieder auf.«

»Wie geht es jetzt weiter?«, fragte Sven, nachdem sie zurück nach unten in die Diele gegangen waren.

»Wir warten.«

»Warten? Worauf?« Lillemor klang aufgebracht. »Was ist, wenn sie einen Unfall hatte? Was ist, wenn sie irgendwo liegt und Hilfe braucht? Werden Sie nicht nach ihr suchen? Mit einer Suchmannschaft oder einem Helikopter?«

»Bei einem alten Menschen oder einem kleinen Kind hätten wir diese Maßnahmen wegen der Kälte sofort ergriffen«, antwortete Sara Emilsson. »Wenn sie sich in den nächsten vierundzwanzig Stunden nicht meldet, können wir das in Erwägung ziehen.«

Sven sah, wie Lillemor schwankte.

»Wie gesagt, die meisten Teenager tauchen nach vierundzwanzig Stunden wieder auf. Falls Saga dann immer noch verschwunden ist, geben wir eine Suchmeldung heraus. Dann werden wir versuchen, ihr Handy zu orten, werden herumfragen, ob jemand sie gesehen hat. In der Zwischenzeit können Sie natürlich selbst aktiv werden. Mit den Nachbarn sprechen, an den Orten suchen, an denen sie vielleicht sein könnte. Wenn Sie etwas erfahren oder Saga nach Hause kommt, geben Sie uns bitte sofort Bescheid«, sagte Fredriksson und öffnete die Haustür.

Sven fröstelte. Das Dröhnen in seinen Ohren wurde stärker, die Wände schienen auf ihn zuzukommen. Er wollte nur noch schlafen. So tun, als sei alles nur ein Traum. Ein furchtbarer Albtraum.

19

Annie hatte gerade etwas gegessen, als Sven anrief und erzählte, dass er und Lillemor bei allen Bewohnern von Lockne nachgefragt hätten. Sie waren auch in die benachbarten Dörfer gefahren, nach Lugnvik, Klockestrand, über den Fluss nach Kramfors und zurück über Nyland, hatten jedoch nichts herausgefunden. Immer wieder waren sie den gestrigen Tag durchgegangen, hatten überlegt, wo Saga sich aufhalten könnte. Die Polizei schien überzeugt, dass Saga von zu Hause weggelaufen war, doch das würde sie nie tun, versicherte Sven. Sie hatten inständig darum gebeten, dass die Polizei mit einem Suchtrupp die Gegend durchkämmen solle, doch diese Maßnahme würde man erst nach achtundvierzig Stunden erwägen.

»Wenn die Polizei das sagt, hat sie bestimmt die Erfahrung gemacht, dass sich in diesem Zeitraum normalerweise alles klärt«, meinte Annie. »Ist es wirklich so undenkbar, dass Saga sich freiwillig irgendwo aufhält? Gibt es keine Erklärung, warum sie nicht nach Hause kommen möchte? Vielleicht schämt sie sich wegen etwas?«

Sven seufzte tief.

»Nein«, sagte er. »Aber was weiß ich schon? Kannst du nicht noch ein wenig bleiben? Wenigstens die Woche noch? Wir können gerade jegliche Hilfe gebrauchen.«

»Das ist nicht so einfach, Sven. Versuch, dich ein wenig auszuruhen, wir sehen uns morgen.«

Annie legte das Handy beiseite und sah aus dem Fenster. Es dämmerte, die Straße lag verlassen da, kein Mensch war zu sehen. Wohin geht man an einem Samstag mitten in der Nacht, wenn man siebzehn Jahre alt ist? In der Stadt hätte es viele Möglichkeiten gegeben, aber hier draußen auf dem Land, im Dunkeln, bei der Kälte? War Saga nicht mehr in Lockne? So spätabends am Wochenende fuhren keine Busse, sie musste also bei jemandem mitgefahren sein. Um diese Uhrzeit waren nicht viele mit dem Auto unterwegs. Annie war um halb elf etwa nach Hause gefahren. War ihr da überhaupt ein anderer Wagen begegnet?

Jens Fredriksson war von Norden gekommen, wie sie. Vielleicht hatte er etwas gesehen?

Annie holte Luft, und ein eisiger Schock durchfuhr sie.

Der Schlag gegen das Auto.

Sie schlug die Hand vor den Mund und schloss die Augen. Nein. Das konnte nicht sein. Aber was, wenn … *Gott im Himmel, nein.*

Sie stand abrupt auf.

Das Blut dröhnte in ihren Ohren, als sie die Stelle erreichte, an der sie von der Straße abgekommen war. Sie blieb mit laufendem Motor stehen und schaltete das Fernlicht ein.

Das darf einfach nicht sein.

Langsam ging sie zum Feldrand. Vor ihr erstreckte sich eine geschlossene und unberührte Schneedecke. Ihr fiel nichts Ungewöhnliches auf. Sie spähte zum Waldrand, doch es war zu dunkel, um etwas zu erkennen. Auf der anderen Seite der

Leitplanke fiel eine Böschung steil in ein Bachbett ab. Zögernd blieb Annie stehen. Was, wenn sie dort unten etwas fände ...

Sie holte ihr Handy aus der Tasche und tastete sich vorsichtig, mit gebeugten Knien, über die schneebedeckte Erde an Steinen und umgestürzten Bäumen vorbei in die kleine Schlucht hinunter.

Der Bach war nicht gefroren, sie hörte ein leises Plätschern. Sie blieb stehen und spähte zwischen den Bäumen hindurch.

Ein Schreckensbild nach dem anderen tauchte vor ihrem inneren Auge auf. Wie Saga dort unten lag, verletzt, blutend. *Tot.*

Eine Windböe ließ sie frösteln, und sie schob die Hände in die Taschen. Es war sicher nur ein Tier gewesen, redete sie sich ein.

Sie lauschte noch einen Moment mit angehaltenem Atem, bevor sie die Böschung wieder hinaufkletterte und sich in den Wagen setzte. Ihr Herz klopfte hart und dumpf, sie atmete schwer.

Es hätte so sein können, dachte sie. Du hättest schuld sein können. *Alles hätte deine Schuld sein können.*

20

Am Ostermontag herrschten Plusgrade, es wehte jedoch ein kalter Nordwind, gegen den auch ihr Wollmantel keinen nachhaltigen Schutz bot.

Annie trat von einem Fuß auf den anderen, als sie am Eingang des Pflegeheims klingelte. Sven hatte um halb acht Uhr morgens angerufen, die Verzweiflung in seiner Stimme war unüberhörbar gewesen. Die Polizei würde die Öffentlichkeit informieren und eine offizielle Suchmeldung nach einem verschwundenen Mädchen herausgeben, wenn Saga bis zum Abend nicht aufgetaucht sein sollte. Sie schienen immer noch davon auszugehen, dass Saga freiwillig verschwunden war, erhofften sich jedoch trotzdem ein paar Hinweise.

Noch einmal hatte er Annie gefragt, ob sie nicht noch eine Weile bleiben könne. Es war unmenschlich, ihnen ihre Unterstützung zu verweigern, aber was konnte sie schon tun? Sie musste zurück nach Stockholm, auch wenn sie nicht glücklich damit war.

Eine ihr unbekannte Pflegerin öffnete die Tür. Sie hatte blondierte Haare, künstliche Wimpern, unnatürlich straff aussehende Lippen und war sicher erst Anfang zwanzig.

»Sie sind Birgitta Ljungs Tochter, nicht wahr?«, sagte die junge Frau. »Gut, dass Sie kommen.«

Birgitta sei etwas unruhig gewesen, erzählte die Pflegerin,

während sie den Flur entlanggingen. Sie hatte nicht an den Aktivitäten im Gemeinschaftsraum teilnehmen wollen und war nachts schlaflos herumgelaufen.

»Könnte das etwas mit Saga Bergsten zu tun haben? Hat meine Mutter nach ihr gefragt? Weiß sie etwas, könnte sie gehört haben, was passiert ist?«

»Das glaube ich nicht, wenn man bedenkt, wie dement sie ist«, antwortete die Pflegerin.

Annie zog die Tür zum Zimmer ihrer Mutter auf. Birgitta stand am Fenster.

»Guten Morgen, Mama«, sagte Annie und schloss die Tür hinter sich.

»Saga?«, fragte ihre Mutter und sah Annie verwirrt an.

Annie holte Luft. Natürlich konnte Birgitta trotzdem zufällig etwas gehört haben.

Sie schaltete das Radio ein und überredete Birgitta, sich in den Sessel zu setzen, der in der Ecke stand. Dann legte sie ihr eine Decke über und setzte sich an den Tisch, wo sie ihren Mantel auszog.

Nach einer Weile merkte sie, wie Birgitta sich entspannte und das Gemälde über der Kommode betrachtete. »Erkennst du das Haus, Mama?«, versuchte sie es. »Es gehört dir.«

Birgitta lächelte. »Åke?«, fragte sie.

Die Frage hatte Annie früher oft gehört, und jedes Mal war sie wie eine neue Todesbotschaft gewesen.

»Åke lebt nicht mehr«, sagte sie behutsam.

Birgitta legte die Hand an die Stirn und schien nachzudenken. Dann stand sie auf und ging im Raum umher, als suchte sie etwas. Schließlich drehte sie sich zu Annie und starrte ihre Tochter an.

»Das Mädchen.« Sie packte Annies Arm so fest, dass es wehtat.

»Was meinst du? Ich verstehe dich nicht.«

»Armes Mädchen.« Birgitta verzog traurig den Mund. »Pass auf«, flüsterte sie und hielt warnend einen Finger in die Höhe.

»Alles in Ordnung, Mama. Komm, wir setzen uns.«

Sie brachte Birgitta wieder zu dem Sessel. Ihre Mutter wiegte sich leicht vor und zurück und strich sich dabei über die Haare.

Wie dünn sie aussah. Sie war nur noch eine Hülle. Ob es wohl bald zu Ende ging? Wollte Annie da wirklich fünfhundert Kilometer entfernt sein? Man ließ seine kranke Mutter doch nicht einfach allein zurück, egal, wie wichtig der Job war, oder?

Eine Möglichkeit wäre natürlich, sich krankzumelden, dachte Annie. Nur ein paar Tage, bis zum Ende der Woche. Sie hatte gerade keine akuten Fälle. Die misshandelte Frau natürlich. Die Vogelscheuche. Aber das konnte jemand anders übernehmen. Ihr Chef war sowieso unzufrieden, wie sie den Fall handhabte.

Sie fuhr mit den Fingern über die Narbe am Hals. Wenn sie blieb, würde Birgitta vielleicht etwas fitter werden. Annie könnte so gut wie möglich helfen und sich sonst im Hintergrund halten. Sicherlich sprachen die Leute über Sagas Verschwinden und nicht über sie.

Birgitta seufzte, als könne sie die Gedanken ihrer Tochter lesen.

Annie holte ihr Handy aus der Tasche und rief Tord Hellmans Nummer auf. Anrufen wollte sie ihn nicht, eine kurze SMS musste reichen. *Ich bin krank, gehe davon aus, nächsten Montag wieder in der Arbeit zu sein.*

Beinahe umgehend traf die Antwort ein. *OK*. Nichts weiter. Er war sicherlich verärgert. Vielleicht glaubte er ihr auch nicht. Früher oder später würde sie es erfahren, doch jetzt konnte sie nicht länger darüber nachdenken. Sie hatte das Richtige getan.

21

Mit zitternden Händen legte Sven die Morgenzeitung zusammen. Die schwarzen Buchstaben auf der Titelseite waren wie ein Schlag ins Gesicht. MÄDCHEN (17) SPURLOS VERSCHWUNDEN. Jetzt würden es alle wissen. Der ganze Ort. Die Schule. Die Freunde und Freundinnen. Die Lehrkräfte.

Er warf einen Blick zur Schlafzimmertür. Lillemor hatte sich unter der Decke eingerollt. Sven wünschte, er könnte auch schlafen. Das Böse wegschlafen. Er war so müde und gleichzeitig hellwach, kam nicht zur Ruhe, konnte nicht stillsitzen. Es fühlte sich an, als wäre sein Herz zu Eis erstarrt, und gleichzeitig tobte in ihm ein reißender Strom an Emotionen.

Vorsichtig zog er die Tür zu und ging ins Wohnzimmer. Er warf die Zeitung in den Kamin. Falls Lillemor fragen sollte, würde er sagen, dass sie noch nicht gekommen war. Manchmal kam sie erst mit der Post, manchmal überhaupt nicht.

Sagas blaue Augen lächelten ihn von dem Porträt an der Wand an. Sven strich über das Glas, seine Kehle wurde eng. Sie war so schön. Die blonden Locken, die ihr Gesicht einrahmten, die weiße Bluse, die sie extra für den Tag angezogen hatte. Die Halskette, die sie von ihnen zur Konfirmation bekommen hatte und die sie nie abnahm. Sie hatte Svens Mutter gehört, Sylvia Bergsten, und ihre Initialen standen auf der Rückseite des Anhängers. S. B. Saga Bergsten.

Sven holte das Notizbuch, in dem sie die Nummer der Polizei aufgeschrieben hatten, ging damit in die Küche und schaltete die Kaffeemaschine ein. Dann setzte er sich an den Küchentisch und rief die Polizei an.

Er hatte nicht damit gerechnet, doch die Zentrale verband ihn sofort mit dem Polizeibeamten, der sie mit seiner Kollegin besucht hatte.

»Fredriksson«, ertönte eine müde Stimme.

Sven fragte, ob sie nicht bald Sagas Namen veröffentlichen würden, die Nachbarn befragen, eine großangelegte Suchaktion starten?

Ja, das sei alles für den nächsten Tag geplant, sollten sie von Saga in den nächsten Stunden kein Lebenszeichen erhalten, antwortete Fredriksson. Dann würden sie auch ihr Handy orten lassen.

»Sind Sie immer noch ganz sicher, dass Ihre Tochter keinen Grund hatte, von zu Hause wegzulaufen?«, fragte er.

Sven schluckte. Sollte er von dem Streit mit Saga erzählen? Nein, das würde die Polizei nur noch mehr glauben lassen, dass seine Tochter aus eigenem Antrieb verschwunden war.

»Sie ist nicht weggelaufen«, sagte Sven knapp und beendete das Gespräch.

Als er aufblickte, sah er Lillemor in der Tür stehen. Wie ein Gespenst sah sie aus, ihre schwarzen Augen bildeten einen scharfen Kontrast zu der weißen Haut und dem Nachthemd mit den ausgefransten Säumen.

Sie ließ sich schwer auf einen Küchenstuhl sinken und starrte ins Leere. Sven schenkte eine Tasse Kaffee ein und holte ein belegtes Brot aus dem Kühlschrank.

»Versuch, etwas zu essen«, bat er sie.

Lillemor schien ihn nicht zu hören, saß einfach nur da, bis Sven das Brot seufzend wieder in den Kühlschrank legte. Die Tasse ließ er stehen. Vielleicht wollte Lillemor später Kaffee trinken.

Mit schweren Schritten ging er nach unten in den Laden. Nur das Brummen der Kühltheke war zu hören. Wie sollten sie arbeiten können, wenn Saga verschwunden war?

Er sperrte die Ladentür auf. Der Parkplatz war leer, weit und breit kein Auto zu sehen. Dunkle Wolken zogen hinter der Kirche auf, und der weiße Turm hob sich hell davon ab.

Sven fröstelte. Auf dem Weg ins Lager, aus dem er eine Kiste Obst holen wollte, klingelte sein Handy.

Eine unbekannte Nummer. Er räusperte sich. »Hallo?«

Thomas Moström, Sagas Klassenlehrer meldete sich. Ach herrje, dachte Sven. Sie hatten völlig vergessen, die Schule zu benachrichtigen.

»Saga ist heute nicht in der Schule. Ist sie krank?«, fragte Thomas Moström.

Sven schluckte. »Haben Sie schon die Zeitung gelesen?«, fragte er mühsam. »Die Nachricht von dem verschwundenen Mädchen?«

»Handelt es sich dabei um Saga?«

»Ja. Sie ist seit Sonntag weg.«

»Oh, das tut mir leid zu hören«, sagte Thomas Moström.

»Die Polizei scheint die Situation allerdings nicht ernst zu nehmen«, erklärte Sven. »Sie glaubt, Saga sei von zu Hause weggelaufen.«

»Weggelaufen? Warum sollte sie das tun?«

»Genau. Die Polizei glaubt anscheinend, es gäbe Probleme in der Familie. Dass es Saga schlecht ging.«

»Sie war vor den Feiertagen vielleicht etwas stiller als sonst, wenn ich so darüber nachdenke.«

»Ach ja?«, fragte Sven.

»Ich habe mich erkundigt, wie es ihr geht. Sie sagte, sie habe Angst vor der Zukunft. Wenn ich es richtig verstanden habe, hat die Familie es gerade nicht ganz leicht?«

Die Obstkiste glitt Sven aus der Hand, Äpfel und Birnen rollten auf den Boden.

»Ach was. Sie wissen doch, wie Teenager sind«, sagte er. »Nehmen alles so ernst.«

Er schloss die Augen. Hatte Saga den Brief von der Bank gefunden? Wusste sie, dass sie kein Geld mehr hatten?

»Ich muss jetzt aufhören«, murmelte er. »Aber fragen Sie doch bitte Sagas Klassenkameraden, ob sie etwas wissen.«

Thomas Moström versprach, alles in seiner Macht Stehende zu tun.

Sie legten auf. Sven ging mühsam in die Hocke. Mit zitternden Händen legte er die Äpfel und Birnen ins Regal.

Meine Kleine, dachte er. Was machst du denn nur?

22

Als Annie am Mittwochmorgen das Rollo hochzog, tobte ein Schneesturm vor dem Fenster, und man konnte nur ein paar Meter weit sehen. Bei diesem Wetter können sie keine Suche durchführen, dachte sie und ging nach unten in die Küche. Das Haus war trotz laufender Heizung kalt. Sie schauderte, während sie ein Feuer im Kaminofen entzündete. Dann setzte sie sich auf die Küchenbank, zog die Knie an und wartete, dass es wärmer wurde.

Einige Zeit später rief Sven an und bestätigte ihre Vermutung. Die großangelegte Suchaktion war auf den nächsten Tag verschoben, die Polizei würde in der Zwischenzeit versuchen, Sagas Handy zu orten.

Nach dem Gespräch starrte Annie ins Feuer. Seit drei Tagen war Saga jetzt schon verschwunden. Sie konnte weiterhin nur schwer nachvollziehen, warum die Polizei davon ausging, dass das Mädchen weggelaufen war. Hätte sie dann nicht irgendein Lebenszeichen von sich gegeben, damit ihre armen Eltern nicht vor Sorge umkamen? Nein, das konnte nicht sein.

Außerdem braucht man Geld, wenn man weglaufen möchte, dachte sie. Und sein Telefon. Wenn die Polizei Sagas Handy orten konnte, würde sie hoffentlich auch seine Besitzerin aufspüren.

Von draußen hörte sie Motorengeräusche, und als Annie aufstand, sah sie einen Traktor in die Einfahrt einbiegen. *Johan.*

Statt Schnee zu räumen, schaltete Johan den Motor aus und kletterte vom Fahrersitz. Mit festen Schritten marschierte er aufs Haus zu.

»Habe ich dich geweckt?«, fragte er, als sie die Tür öffnete.

»Nein, keine Angst.«

»Ich wollte nur mal fragen, ob ihr etwas wegen Saga gehört habt.«

»Nein, nichts. Heute hätte die Suchaktion stattfinden sollen, aber wegen des Wetters wurde sie abgesagt.«

Das wusste Johan bereits. Der Vorsitzende seiner Jagdgruppe hatte ihn informiert, die Gruppe wollte sich wohl an der Suche beteiligen.

»So kalt ist es gar nicht, aber es soll wohl den ganzen Tag schneien. Hast du genug Feuerholz, falls der Strom ausfällt?«

»Ja.«

»Und Essen?«

»Ich habe von beidem ausreichend für ein paar Tage. Aber es hört doch sicher bald auf, oder?« Sie sah in das Schneegestöber.

Johan schnaubte. »Das hier ist noch gar nichts. Du hast doch nicht etwa den Winter 1998 vergessen?«

Nein, an den erinnerte sie sich. Das Schneechaos, das die ganze Küste lahmgelegt hatte. Eingeschneite Häuser, unpassierbare Straßen. Es war ein wirklich harter Winter gewesen.

Annie sah ihn an.

Warum war er überhaupt hier und erkundigte sich nach Saga, wenn er doch schon wusste, dass die Suchaktion verschoben werden musste. Und ob Annie etwas brauchte. Er sprach von Essen und Feuerholz, aber wollte er eigentlich etwas anderes? Sollten sie nicht eigentlich über das sprechen, was nie zwischen ihnen thematisiert worden war?

Sollte sie etwas dazu sagen, was er ihr bei ihrer letzten Begegnung an seiner Haustür an den Kopf geworfen hatte?

»Willst du reinkommen?«, hörte sie sich plötzlich fragen.

Johan schien mit sich zu ringen, schüttelte dann aber den Kopf.

»Ich muss weiter Schnee räumen«, sagte er und klappte den Kragen seiner Jacke hoch. »Wir sehen uns morgen.«

Annie schloss die Tür und setzte sich im Wohnzimmer aufs Sofa. Sie starrte vor sich hin, während der Schnee die Fenster wie ein weißer Schild bedeckte. Wie in einem alten Horrorfilm, dachte sie. Eingeschneit, allein, verrückt. Sicher sehe ich bald auch Geister.

23

Am Donnerstagmorgen war das Wetter wieder umgeschlagen. Die Sonne schien, das Thermometer zeigte fünf Grad plus, doch das kam zu spät, dachte Annie. Falls es Spuren gegeben hatte, waren die mittlerweile von frischem Schnee bedeckt.

Lillemor und Sven standen vor dem Laden, zusammen mit etwa zwanzig weiteren Dorfbewohnern.

Annie stieg aus dem Wagen, ging zu ihren Verwandten und umarmte sie. Sven sah blass aus und stützte seine Frau.

»Wollt ihr wirklich mitsuchen?«, flüsterte Annie. »Es sind doch so viele gekommen.«

»Wir können nicht einfach nur herumsitzen und warten«, sagte Sven.

Annie sah zu den anderen Freiwilligen. Jemand sprach mit einem Mann in einer Missing-People-Weste, der einen Jagdhund an der Leine hielt. Johan Hoffner stand bei seinem Auto und telefonierte. Pernilla war nicht zu sehen.

Die Namen der anderen wusste Annie nicht. Ein paar kannte sie vom Sehen. Sie hatte das Gefühl, dass alle sie anstarrten, auch wenn sie sich nicht sicher sein konnte.

Der Mann mit dem Hund pfiff. »Wir fangen bei Fridebo an und gehen durch den Wald zum Sportplatz«, verkündete er laut. »Lugnviks Jagdgruppe hilft uns und hat uns heute zwei

Hunde zur Verfügung gestellt. Um zwölf treffen wir uns wieder und besprechen das weitere Vorgehen. Viel Glück.«

Sie teilten sich in zwei Suchachsen auf. Annie entdeckte Johan Hoffner am Ende der einen Menschenkette. Er musste sie gesehen haben. Warum hatte er sie nicht begrüßt? Ging er ihr aus dem Weg?

Eine ihr unbekannte Frau in grüner Jacke und mit dunklen Locken rechts von Annie lächelte und kam mit ausgestreckter Hand auf sie zu.

»Hallo, du bist Annie, nicht wahr? Ich bin Charlotte Gustavsson, ich arbeite hier als Lehrerin.«

Annie erkannte sie nicht, doch die Frau wusste offenbar sehr gut, wer sie war. Sie hielt Annies Hand fest und musterte sie mit zusammengekniffenen Augen.

»Saga und du, ihr seht euch unheimlich ähnlich«, stellte sie fest.

»Woher kennst du Saga?«, fragte Annie und setzte sich wieder in Bewegung.

»In der Unterstufe habe ich sie unterrichtet. Ich habe noch nie an so einer Suchaktion teilgenommen. Also, sonst passiert so was ja nicht. Und jetzt hier im kleinen Lockne. Und man kennt die verschwundene Person. Das ist einfach schrecklich.«

Annie sah zu Boden.

»Du bist nach Stockholm gegangen, nicht wahr? Bist du nur vorübergehend hier, oder bist du wieder hergezogen?«

»Ich bin nur zu Besuch«, antwortete Annie knapp und sah, wie Charlotte einen Blick mit einer älteren Frau wechselte, die hinter ihr ging.

»Also, ich könnte ja nicht in Stockholm wohnen«, fuhr

Charlotte fort. »Gefällt es dir dort? Ist es nicht furchtbar stressig?«

Charlotte bombardierte Annie weiter mit Fragen, die diese einsilbig beantwortete. Ihr fiel auf, dass die anderen in der Menschenkette mehr auf die Unterhaltung als auf die Suche konzentriert waren.

Annie verstummte und ging schneller, doch die anderen in ihrer Reihe rückten sofort auf.

Sie näherten sich dem alten Jugendzentrum, einem Souterraingebäude mit eingeschlagenen Fensterscheiben. Ein Mann rüttelte an der Eingangstür, ein anderer stieg durch ein angelehntes Fenster ein.

»Hier war ich als Teenager oft«, sagte Annie. »Gibt es irgendwo noch ein anderes Jugendzentrum?«

Charlotte lachte. »Nein, die Gemeinde hat alles schon vor langer Zeit geschlossen, hier wohnen ja kaum noch Jugendliche.«

»Und wo treffen die sich?«

»Das ist eine gute Frage. Die mit Mofa oder Führerschein fahren wohl nach Lugnvik oder Nyland. Und nach Kramfors natürlich.« Charlotte sah sich um und sprach leise weiter. »Ich habe gehört, dass sich ein paar Jugendliche oft hier treffen. Die treiben dann wer weiß was.«

»Was zum Beispiel?«

Charlotte zuckte mit den Schultern.

»Drogen, irgendwelche Rituale. Vielleicht auch Sexorgien, keine Ahnung.« Sie lachte. »Wer weiß das schon. Die Eltern glauben, sie wüssten, was ihre Kinder so treiben, aber sie haben keinen blassen Schimmer.«

»Glaubst du, dass Saga zu der Clique gehört?«

»Saga nicht, aber andere schon.« Charlotte verdrehte die Augen.

»Und wer?«

»Katarina Edholm zum Beispiel, die hat es faustdick hinter den Ohren. Dieser Wald hier könnte uns sicher das eine oder andere erzählen«, sagte Charlotte und presste die Lippen aufeinander.

Der Mann, der in das alte Jugendzentrum eingestiegen war, kam wieder heraus und schüttelte den Kopf. Sie stapften weiter über einen holprigen, gefrorenen Acker zum Waldrand. Die Fichten wiegten sich im Wind. In regelmäßigen Abständen rief jemand Sagas Namen.

»Ich verstehe nicht, warum sie nach ihr rufen. Glauben sie wirklich, dass sie irgendwo hier draußen sein könnte?« Charlotte schüttelte vielsagend den Kopf.

»Glaubst du das nicht?«, fragte Annie.

»Nein. Was sollte sie denn hier draußen, mitten im Wald?« Charlotte verstummte, als fiele ihr gerade etwas ein. »Ach, nein, wie schrecklich«, sagte sie.

»Was?«

»Ich und meine lebhafte Fantasie. Ich dachte an so eine Bärenfalle, wie man sie früher benutzt hat. So ein Fangeisen, das zuschnappt, wenn die Beute hineintritt.« Sie klappte die Hände zusammen. »Das Bein des Tieres wird gebrochen. Nein, aber … Entschuldige.« Sie schwieg. »Das habe ich gerade erst im Fernsehen gesehen. Ein Mensch ist direkt in so eine Falle getreten. Furchtbarer Film.« Sie schüttelte wieder den Kopf.

Annie wurde leicht übel. Sie sah zu Sven und Lillemor, die am rechten Ende der Menschenkette gingen, außer Hörweite von Charlottes gedankenlosem Geplapper.

Sie gingen am Fuß des Berges entlang und hinunter zum Bålsjön.

»Hier in der Gegend sind merkwürdige Dinge passiert«, fuhr Charlotte fort. »Einmal habe ich gehört, wie Pernilla Hoffner erzählt hat, dass die Pferde an einer Stelle bei der Ziegelei nicht vorbeigehen wollen. Und mein Großvater hat erzählt, dass er einmal etwas Unerklärliches gesehen hat, als er Wald gerodet hat. Eine Frau, die über dem Moor geschwebt ist, als ob sie fliegen würde.«

»Unsinn«, sagte Annie. »Das sind doch Schauergeschichten, die man Kindern erzählt, damit sie nicht in den Wald laufen.«

»Und hat man hier nicht einen rätselhaften Feuerschein gesehen?«, fragte Charlotte plötzlich die ältere Frau.

Diese nickte. »Und Schreie gehört.«

»Man hat auch Überreste eines Scheiterhaufens gefunden«, sagte eine Frau, die direkt hinter ihnen ging. »Und hat man nicht die Überreste der Hexen, die man oben auf dem Bålberg verbrannt hat, danach in den Bålsjön geworfen?«

»Nein, du meinst den Lesjön in Torsåker«, erwiderte Charlotte.

Das Dorf Torsåker lag eine halbe Stunde Autofahrt nördlich von Lockne. Dort hatte im siebzehnten Jahrhundert einer von Schwedens größten Hexenprozessen stattgefunden. Über siebzig unschuldige Frauen hatte man auf dem Scheiterhaufen verbrannt.

»Aber warum heißt der See dann Bålsjön – Scheiterhaufensee?«, beharrte die Frau.

»Tja, wer weiß? Vielleicht hat man hier ja auch Hexen verbrannt«, antwortete Charlotte. »Vielleicht treiben sich ihre Geister jetzt hier herum. Suchen uns heim.«

»Das sind doch nur alte Gruselmärchen«, sagte Annie. »Hat hier jemand tatsächlich etwas gesehen? Die Leute glauben doch bestimmt nicht mehr an Hexen, oder?«

Charlotte lachte. »Keine Ahnung, aber du weißt vielleicht, dass man auf Sandslån ein eigenes Hexenmuseum eingerichtet hat. Und jeden Sommer führt die Laientheatergruppe ein Stück über die Hexenprozesse auf. Ist immer ausverkauft.«

Annie sah zu Johan, der auf der anderen Seite der Menschenkette lief. Ich wäre lieber dort, dachte sie. Sie wollte neben ihm laufen und sich nicht Charlottes Unheil verkündendes Geschwätz anhören.

Nach einer gefühlten Ewigkeit machten sie Mittagspause und trafen sich zu einer Besprechung. Niemand hatte etwas gefunden, niemand hatte etwas gesehen. Die Suchleitung berichtete, dass die Jagdgruppen aus den Nachbardörfern ebenfalls nichts gefunden hatten. Nach dem Mittagessen würden sie daher Richtung Saltviken gehen und ein Waldstück an der Straße in der Nähe der Schule abgrasen. Annie schauderte bei dem Gedanken, dass sie dabei am Sportplatz vorbeigehen mussten.

Als sie die Suche wieder aufnahmen, reihte sie sich diesmal weiter hinten ein. Beim Schotterweg, der hinauf zum Sportplatz führte, wurde sie langsamer. Ihr Puls beschleunigte sich, ihr Mund wurde trocken. Sie nahm ihre Umgebung überdeutlich wahr, vor allem die Gerüche und Geräusche des Waldes.

Ihr Körper erinnerte sich an jedes Detail. An jeden Geruch und jedes Geräusch, das sie mit jenem Abend verband. Harz, Fichtenwald, Nadeln.

Alles war so schnell gegangen. Plötzlich lag sie auf dem Boden. *Komm schon, Annie. Ich weiß, dass du es auch willst.*

Sie schüttelte den Kopf, um die Erinnerungen zu vertreiben. Das Blut rauschte in ihren Ohren. Sie schielte zu den Leuten, die neben ihr gingen, doch niemand beachtete sie. Warum hatte sie trotzdem das Gefühl, als starrten alle sie an? Es geht nicht, dachte sie. Kehr um. Weg hier. Und dennoch ging sie weiter.

Sie sah auf den Boden und konzentrierte sich auf ihren Atem. Ein, aus. Ruhige, gleichmäßige Atemzüge. Jetzt konnte sie nicht mehr ausscheren, das würde nur noch mehr Gerede geben.

Annie sah zu Johan. Warum hatte sie nicht einmal versucht, es ihm zu erklären? Warum hatte sie einfach resigniert, als ihr alle die Schuld gegeben hatten?

Einen Moment trafen sich ihre Blicke. Ein Pfiff ertönte, und Johan drehte sich zu dem Mann mit dem Hund.

»Hier teilen wir uns in zwei Gruppen auf«, sagte der Hundeführer. »Ihr geht hinauf zum Sportplatz.« Er deutete in Johans Richtung. »Und wir anderen gehen hinunter zum Fluss.«

Annie seufzte stumm. Sie war noch mal davongekommen.

24

Die letzte Stunde war anstrengend, und Annies Beine schmerzten. Wie schafften das die alten Leute nur? Als es langsam dunkel wurde, mussten sie die Suche einstellen.

Die Suchmannschaft versammelte sich auf dem Parkplatz vor Bergstens Livs. Erst wurde über eine weitere Suchaktion am Wochenende mit mehr Hunden und möglicherweise einem Polizeihubschrauber diskutiert, doch dann einigte man sich darauf, eine Rückmeldung von der Polizei abzuwarten, und die Menge zerstreute sich.

»Immerhin waren viele da«, sagte Sven. »Und vielen Dank, Annie, dass du mitgemacht hast.« Er tätschelte ihren Arm.

»Aber Gunnar Edholm habe ich nicht gesehen«, antwortete Annie und bemerkte, wie Johan zu seinem Auto ging, ohne sich von ihnen zu verabschieden.

»Ach, der. Der ist doch wie immer betrunken«, murmelte Sven und nahm seine Frau am Arm.

Annie unterdrückte den Impuls, sich noch einmal zu Johan umzusehen, und folgte Sven und Lillemor zum Haus. Lillemor zögerte an der Haustür.

»Ich dachte, wir würden sie finden«, sagte sie. »Ich habe es wirklich geglaubt.« Zitternd brach sie in Tränen aus.

Annie umarmte sie und spürte, wie fest Lillemor sich an sie klammerte.

»Solange wir sie nicht gefunden haben, gibt es noch Hoffnung«, murmelte sie.

»Ja«, flüsterte Lillemor. »Wir müssen weiter hoffen.«

»Am Wochenende bist du doch hoffentlich wieder dabei, falls noch einmal gesucht wird?«, fragte Sven.

Annie biss sich auf die Lippe.

»Ich wollte eigentlich morgen schon fahren. Ich muss den Mietwagen zurückgeben.«

»Den kannst du doch bestimmt bis Montag verlängern, oder?«, entgegnete Sven hastig.

»Ich erkundige mich mal«, murmelte Annie. »Aber jetzt rein mit euch ins Warme, damit ihr euch nicht erkältet.«

Zu Hause merkte Annie, wie durchgefroren sie war. Ihre Wangen brannten, ihre Hände waren steif. Sie eilte ins Badezimmer und drehte den Warmwasserhahn auf. Ließ das Wasser über die Hände laufen, bis das Blut wieder ordentlich zirkulierte und die Fingerkuppen kribbelten. Sie füllte die gewölbten Hände und tauchte das Gesicht in die Wärme.

Dann ging sie in die Küche und schaltete den Wasserkocher ein. Sie legte Holz in den Kaminofen und setzte sich mit den Füßen Richtung Feuer auf die Küchenbank.

Sie nahm das Handy aus ihrer Tasche und hielt es unschlüssig in der Hand. Du bist so egoistisch, schalt sie sich. Saga ist verschwunden, und du schiebst den Mietwagen vor. Hatten sie die Ausrede durchschaut? Hatten sie verstanden, dass sie einfach nur noch wegwollte? Das Wasser kochte. Annie legte das Handy zur Seite und stand auf.

Was ist, wenn sie etwas übersehen haben?, dachte sie, während sie Wasser in eine Tasse goss und einen Teebeutel hineinhängte. Was ist, wenn Saga doch irgendwo da draußen tot im Schnee lag?

Sven und Lillemor schienen zu hoffen, dass Annie ihnen helfen konnte, Saga zu finden. Aber wie sollte ihr das gelingen?

Das Telefon klingelte, und Annie zuckte zusammen.

Helena. Sie zögerte kurz, dann nahm sie das Gespräch an.

»Hallo. Störe ich?«, fragte Helena.

»Nein, ich bin jetzt zu Hause.«

»Wie lief es?«

»Wir haben ganz Lockne abgesucht, aber nichts gefunden.«

»Waren viele da?«

»Ja. Johan war auch da, aber wir haben nicht miteinander gesprochen. Und alle anderen waren vollauf damit beschäftigt, mich anzustarren.«

Annie nahm ihre Tasse und setzte sich wieder auf die Bank.

»Ich habe Sagas Bild in der Zeitung gesehen«, sagte Helena. »Sie sieht genauso aus wie du, als du in dem Alter warst. Vielleicht haben die Leute dich deshalb so angestarrt?«

Annie sah schweigend aus dem Fenster. *Es geht nicht, Annie, verschwinde von hier. Niemand will, dass du hier bist.*

»Also, wie geht es jetzt weiter?«, fragte Helena.

»Ich weiß es nicht. Die Polizei hat nicht die geringste Spur. Sie haben überall herumgefragt und mit den meisten von Sagas Klassenkameraden gesprochen.«

»Und was hat die Polizei für eine Theorie?«

»Im Moment gehen sie davon aus, dass sie entweder einen Unfall hatte, Opfer eines Verbrechens wurde oder dass sie sich aus freien Stücken irgendwo aufhält. Mit anderen Worten, sie haben keine Ahnung.« Annie seufzte. »Eine Lehrerin, die heute bei der Suche dabei war, hat erwähnt, dass unter den

Jugendlichen hier Drogen kursieren. Weißt du etwas darüber?«

»Über Lockne weiß ich nichts, aber auf Kramfors trifft das zu, ja.«

»Hasch, oder was?«

»Nein, schlimmer. Ecstasy und Fentanyl. Und auch ziemlich viele anabole Steroide. Vermutlich kommen die Drogen über die Entzugskliniken in Umlauf. Aber zu unserer Zeit gab es hier auch schon viele Drogen, falls du dich erinnerst. Pulvercity, du weißt schon.«

»Ich kann mir das nicht vorstellen«, meinte Annie. »Saga wirkt so brav.«

Helena schnaubte. »Glaub mir«, sagte sie. »Der Schein kann trügen. Stille Wasser …«

Annie seufzte. »Ich weiß nicht, was ich tun soll. Für diese Woche habe ich mich krankgemeldet und muss am Montag wieder in der Arbeit sein. Hier gibt es nicht mehr viel zu tun, weshalb ich morgen schon zurückfahren wollte, aber es fühlt sich nicht richtig an, Sven und Lillemor allein zu lassen. Und meine Mutter. Eine verfluchte Zwickmühle. Ich bin so hin- und hergerissen.«

»Was hältst du davon, wenn ich mit Pizza bei dir vorbeikomme?«

»Das ist lieb, aber das musst du nicht.«

»Das weiß ich, aber ich würde dich gern noch mal sehen, bevor du fährst«, sagte Helena. »Oder hast du heute Abend schon was vor?«

»Nein.«

»Na also. Capricciosa und Trocadero, richtig?«

Annie lachte. »Ja.«

»Super. Dann sehen wir uns um sechs.«

Sie legten auf. Annie sah wieder aus dem Fenster. Etwas regte sich in ihr. Sie sahen sich so ähnlich. Das gleiche blonde Haar, die blauen Augen. Fast gleich groß. Was wäre, wenn die Nachricht, dass Annie zu Hause war, *ihn* erreicht hätte? Also jemanden, der auf die Gelegenheit gewartet hatte, erneut zuzuschlagen, und Saga mit Annie verwechselt hatte? War es etwa ihre Schuld? Nein, dachte sie. Das kann nicht sein. Das darf nicht sein.

25

Um Punkt sechs Uhr stand Helena mit zwei riesigen Pizzaschachteln und einer Tüte vor dem Haus.

Sie setzten sich an den Küchentisch. Das Feuer im Kaminofen verbreitete eine behagliche Wärme. Annie goss ihnen Limonade ein und trank in großen Schlucken aus ihrem Glas.

Helena sah sich um.

»Da kommen ganz schön viele Erinnerungen hoch«, sagte sie. »Meine Eltern haben ihr Haus hier vor zehn Jahren verkauft, und ich war seitdem nicht mehr oft in Lockne. Aber alles sieht noch so aus wie eh und je.«

Annie folgte ihrem Blick.

»Nur heruntergekommener. Es müsste viel getan werden, aber ich habe weder Zeit noch Geld.«

Helena neigte den Kopf. »Du siehst erschöpft aus.«

»Ja, ich bin auch ziemlich müde«, antwortete Annie.

»Das verstehe ich. Erst deine Mutter, und jetzt das hier.«

Annie legte das Besteck zur Seite und sah Helena an.

»Ich habe darüber nachgedacht, was du gesagt hast. Dass Saga und ich uns so ähnlich sehen.« Sie holte Luft. »Was ist, wenn jemand sie gesehen und für mich gehalten hat? Wenn jemand eigentlich hinter mir her war, sich im Dunkeln aber geirrt hat?«

Helena starrte sie an. »Du glaubst, *er* hat gewartet, bis du zurückkommst, um sich dann zu rächen?«

»Ja ... Oder jemand aus seiner Familie. Wäre das so komisch? Wegen mir war immerhin seine Fußballkarriere zu Ende.«

»Er wohnt doch in Sundsvall, oder?«

»Aber er könnte gehört haben, dass ich wieder hier bin.« Helena sah auf die Tischplatte.

»Na los, sag es schon«, drängte Annie sie.

»Was?«

»Dass ich spinne. Denn das denkst du doch.«

»Ich glaube, du solltest mit jemandem sprechen«, sagte Helena. »Es ist gefährlich, alles in sich hineinzufressen. Die Dinge werden dann nur immer größer, und irgendwann zerbricht man daran. Ich glaube, es wäre gut für dich, hierzubleiben und dich mit der Vergangenheit auseinanderzusetzen, sie endgültig abzuschließen.«

»Danke, aber das ist keine so gute Idee. Du weißt, dass ich nicht hierbleiben kann.«

»Was wartet denn in Stockholm auf dich?«

»Eine Wohnung in Vasastan. Zwar nur zur Untermiete, aber trotzdem. Eine Wohnung in Stockholm zu finden ist quasi unmöglich. Und dann ist da noch mein Job.« Annie sah auf ihren Teller.

Helena schwieg, dann riss sie die Augen auf und gestikulierte. »Du kannst meine Stelle haben!«

Annie hörte auf zu kauen. »Wie bitte?«

»Ich bin noch bis Jahresende in Elternzeit, und bisher haben sie keine Vertretung für mich gefunden. Mein Chef wird aus dem Häuschen sein. Du könntest sofort anfangen.«

Annie schüttelte den Kopf.

»Das ist sehr lieb, aber es geht nicht.«

Helena zog die Augenbrauen hoch. »Bist du dir sicher, Annie? Birgitta geht es überhaupt nicht gut, und du schiebst die Arbeit vor.«

»Ich weiß, dass du es gut meinst, Helena«, sagte Annie. »Und das weiß ich zu schätzen, wirklich. Aber meine Mutter hat in den letzten Tagen wieder viel besser geschlafen. Sie isst wieder. Die Situation ist nicht mehr so beunruhigend. Ich kann jetzt nach Stockholm zurückfahren, und ich muss es auch. Du weißt, dass ich hier nicht willkommen bin.«

Helena seufzte. »Das war vor achtzehn Jahren, Annie.«

»Du sagst das so einfach. Aber die Leute haben es nicht vergessen.«

Helena beugte sich vor. »Ist es nicht langsam Zeit, dass du selbst über dein Leben entscheidest? Vielleicht solltest du aufhören wegzulaufen. Oder was meinst du, Annie?«

26

Zum zweiten Mal innerhalb weniger Tage lud Annie ihre Tasche in den Wagen. Wieder hatte sie den Kühlschrank geleert, alles ausgeschaltet und das Haus verschlossen. Es war Freitagmorgen, der Himmel klar, die Luft warm. Das dunkle Wasser des Ångermanälven glänzte samtschwarz.

Als sie vor dem Pflegeheim parkte, hallten trotzdem Helenas Worte in ihrem Kopf wider. *Vielleicht solltest du aufhören wegzulaufen, Annie.*

Am Eingang begrüßte sie ein Mann und hielt ihr die Tür auf, damit sie hineingehen konnte. Bestimmt ein Angehöriger, dachte Annie. Ja, ja, macht nur allen die Tür auf, damit jeder Verrückte hereinkann. Offenbar konnte man das Heim unbemerkt betreten und verlassen.

Birgitta saß mit einer Wolldecke über den Beinen auf dem Bett. Das Radio war eingeschaltet, und sie summte bei einem alten Volkslied mit, an dessen Titel Annie sich nicht erinnern konnte.

Sie setzte sich auf einen Stuhl.

»Hallo, Mama«, sagte sie. »Was singst du denn da?«

Birgitta sah sie nachdenklich an. »Saga?«, fragte sie.

»Nein, ich bin es, Annie. Deine Tochter. Erinnerst du dich?«

Birgitta presste die Lippen aufeinander und schüttelte langsam den Kopf.

Ein neues Stück begann, und Annie drehte die Lautstärke hoch. Ein altes Lied von Cornelis Vreeswijk, das von Fredrik Åkare und dem süßen Fräulein Cecilia Lind, das sie als Kind immer gehört hatte. Birgitta hatte es geliebt.

Die Pflegerinnen hatten gesagt, dass Gesang das Gedächtnis unterstützen könne, weshalb Annie die vertrauten Worte der ersten Strophe mitsang.

»Fredrik ist alt«, sagte Birgitta plötzlich.

»Ja, Fredrik ist alt, aber die Liebe ist blind«, vervollständigte Annie die Liedzeile.

Birgitta versuchte leise mitzusingen. War das ein Zufall, oder funktionierte es wirklich? Annie sang noch einen Vers.

Ihre Mutter zeigte auf die Kommode, auf der das Radio stand. »Lied.«

»Ja, das ist ein schönes Lied.« Annie lächelte.

Birgitta schüttelte den Kopf.

»Nicht? Was meinst du dann?«

Ihre Mutter schlug die Decke zur Seite und deutete wieder auf die Kommode. »Nein, nein«, sagte sie.

Annie stand auf. »Soll ich die Musik ausmachen, Mama, meinst du das?«

Sie schaltete das Radio aus. Birgitta sah Annie traurig an, als die sich wieder hinsetzte und die Hand ihrer Mutter nahm.

»Ich fahre jetzt nach Stockholm, Mama«, begann sie. »Aber ich komme bald zurück.«

»Weg«, sagte Birgitta und deutete wieder auf die Kommode. Was meinte sie nur?

Annie musterte die Kommode, dann fiel es ihr auf. Vielleicht meinte ihre Mutter das Foto?

Sie stand auf und zog die oberste Schublade heraus. Das Foto lag noch da, wo sie es bei ihrem letzten Besuch hingelegt hatte, doch jetzt war das Glas gesprungen.

»Aha, wolltest du mir das sagen? Dass das Glas kaputt ist?«, fragte Annie. »Keine Angst, Mama, ich besorge dir ein neues.«

»Zeigen, zeigen«, sagte Birgitta und wedelte auffordernd mit der Hand.

Annie legte das Foto in die Schublade und wollte diese gerade schließen, als ihr Blick auf ein Blatt Papier fiel.

»Fredrik und Cecilia – eine Liebesgeschichte«, lautete die Überschrift des kurzen, ausgedruckten Textes. Sie nahm das Blatt heraus und las.

Der Moment, in dem alles anders wurde. Sie wusste nicht, warum es geschah. Plötzlich standen sie nebeneinander, seine Hand in ihrer. Als er sich zu ihr drehte und sich ihre Lippen trafen, schienen sie beide gleichermaßen erschrocken. Du bist so schön, flüsterte er. Er konnte sich nicht zurückhalten, selbst wenn er es versuchte. Und sie. Sie ließ es geschehen. So falsch und doch so richtig. Was sollen wir jetzt tun?, flüsterte er.

Birgitta war Bibliothekarin gewesen und hatte Geschichten immer geliebt. Sie hatte davon geträumt, Schriftstellerin zu werden und in ihrer Jugend selbst viel geschrieben, das dann in der Schublade gelandet war.

Annie hielt das Blatt Papier hoch. »Ist das von dir?«

Birgitta schüttelte den Kopf.

»Soll ich es dir vorlesen?« Sie las die erste Zeile.

»Nein, Annie!«

Ihre Mutter starrte sie an und atmete angestrengt. Dann stand sie abrupt auf und hielt sich die Brust. Sie zitterte am ganzen Körper.

»Das Mädchen!«, sagte Birgitta und packte Annie am Arm.

Annie legte das Blatt Papier zurück in die Schublade und schob sie zu.

Ohne Vorwarnung beugte Birgitta sich vor und biss Annie mit solcher Kraft in die Schulter, dass diese vor Schmerz laut aufschrie.

Die Tür wurde aufgerissen, Pernilla eilte herein, und Annie konnte sich aus Birgittas Griff befreien.

»Geh so lange raus, während ich mich um sie kümmere«, sagte Pernilla leise.

Annie stellte sich vor die Tür und massierte ihre Schulter. Verdammte Demenz, dachte sie. Es ist so schrecklich.

Sie zog den Pullover ein Stück herunter. Auf der Haut zeichneten sich deutliche Bissspuren ab, aber es blutete nicht.

Nach ein paar Minuten kam Pernilla in den Flur. »Sie hat sich jetzt beruhigt«, berichtete sie.

»Danke«, murmelte Annie. »Ich weiß nicht, was passiert ist. Sie wurde plötzlich ganz aufgeregt, und dann hat sie mich gebissen. Mama hat mich gebissen.«

Pernilla verzog das Gesicht. »Das ist leider typisch. Worüber habt ihr gesprochen?«

»Sie hat mich zuerst Saga und dann Annie genannt, wir haben ein bisschen gesungen, und dann kam der Ausbruch. Bist du sicher, dass meine Mutter nichts von dem gehört hat, was passiert ist?«

Sie habe nicht mit ihr darüber gesprochen, versicherte Pernilla, aber sie konnte natürlich nicht für die anderen sprechen.

»Ich muss eigentlich zurück nach Stockholm, aber es fühlt sich nicht richtig an, sie allein zu lassen, wenn es ihr so geht.«

»Es macht kaum einen Unterschied, ob du hier bist oder nicht. Wie gesagt, ihr Zustand ändert sich ständig, das hat nichts mit dir zu tun.«

Ein Alarm ertönte, und eine Zimmernummer blinkte rot auf einer Anzeige an der Decke.

»Darum muss ich mich kümmern«, sagte Pernilla. »Aber mach dir keine Gedanken, wir sorgen gut für Birgitta. Keine Angst, bald hat sie alles wieder vergessen. Fahr nur zurück nach Stockholm, hier kannst du jetzt sowieso nichts mehr tun. Wir geben dir jede Woche Bescheid, wie es ihr geht, okay?«

Annie empfand tiefe Dankbarkeit. Im Gegensatz zu allen anderen schien Pernilla ihr keine Schuldgefühle einreden zu wollen, weil sie als nächste Angehörige in einer anderen Stadt wohnte.

»Danke, das ist nett«, sagte sie. »Dann vertraue ich darauf, dass sie jetzt in guten Händen ist. Und ihr könnt euch immer bei Sven und Lillemor melden, wenn ihr mich nicht erreicht.«

27

Annie parkte vor Bergstens Livs und blieb mit dem Hausschlüssel in der Hand im Wagen sitzen. Ihre Mutter hatte sie mit ihrem Namen angesprochen, zum ersten Mal, seit sie vor drei Jahren erkrankt war. Hatte das etwas zu bedeuten? War sie ausgerechnet jetzt klarer im Kopf, da Annie abfahren wollte?

Das Mädchen, von dem Birgitta gesprochen hatte – war das Annie? Oder hatte sie Saga gemeint? War sie deshalb an dem betreffenden Abend hinunter zum Laden gegangen? Vielleicht hatte sie da überhaupt nicht von Annie gesprochen, auch wenn Sven wie selbstverständlich davon ausgegangen war.

Sven blickte auf, als Annie in den Laden trat. Er kam hinter der Kasse hervor und umarmte sie.

»Jetzt ist es also so weit«, sagte er. »Wie schade, dass du schon fährst. Es war schön, dich hier zu haben.«

Annie nickte.

»Ich weiß. Sven, ich war gerade bei Mama und muss dich etwas fragen. Weißt du noch, was genau sie gesagt hat, als du sie hier draußen gefunden hast?«

»Lass mich nachdenken, was war das noch … Rette das Mädchen?«

»Genau. Was wäre, wenn sie damit nicht mich, sondern Saga gemeint hat?«, fragte Annie. »Sie nennt mich manchmal Saga, was ja nicht so verwunderlich ist, weil wir uns so ähnlich sehen. Und ihr habt erzählt, dass eure Tochter eine enge Beziehung zu meiner Mutter hat. Vielleicht weiß sie etwas über Saga und kam deshalb zu euch?«

Sven schüttelte den Kopf. »Ich weiß es nicht, vielleicht. Lillemor will sich noch von dir verabschieden. Wir fragen sie, was sie denkt.«

Er ging durch die Hintertür nach oben. Annie blieb bei der Kasse, doch es kamen keine Kunden.

Als Sven mit seiner Frau zurückkam, fiel Annie auf, wie blass sie war. Ihr Gesicht war eingefallen, die Haare ungewaschen.

Lillemor sah sie besorgt an. »Sven sagt, du machst dir Gedanken über Birgitta?«

»Sie hat ein paar Sachen gesagt, mit denen sie mir, glaube ich, etwas vermitteln will. Aber vielleicht spricht da auch nur die Demenz.«

»Welche Medikamente nimmt sie?«, fragte Lillemor.

»Ich kann mich nicht genau erinnern, es sind ziemlich viele. Vielleicht geht es ihr deshalb schlechter?«

»Sprich mit dem Heim und bitte sie, die Medikamente versuchsweise abzusetzen. So haben sie es bei meinem Vater auch gemacht, alles abgesetzt und dann neu eingestellt. Es hat gewirkt, mein Vater war dann viel klarer im Kopf.«

Mit Tränen in den Augen nahm sie Annies Hände.

»Könntest du es versuchen? Vielleicht weiß Birgitta wirklich etwas. Wir müssen alles probieren.«

Lillemor hat recht, dachte Annie. Vielleicht wollte Birgitta ihnen wirklich etwas über Saga mitteilen. Sie brauchten nur ein wenig Zeit. Zeit, damit Birgitta es ihnen erzählen konnte. Zeit, damit Annie ihre Mutter zurückbekam. Zeit, um …

Sie drückte Lillemors Hände.

»Wartet hier, ich muss jemanden anrufen«, sagte sie.

Draußen im Wagen wählte sie die Nummer ihres Chefs. Sie wappnete sich. Ob Sagas Verschwinden ein legitimer Grund wäre? Wohl kaum. Tord glaubte sicher, dass Annie sich vor der Arbeit drückte.

Annie wollte gerade auflegen, als Tord sich plötzlich meldete.

»Hallo, Annie. Wie geht es dir?«

»Ich kann noch nicht zurückkommen.«

»Bist du immer noch krank? Dann brauchst du ein Attest.«

Annie schluckte. »Ich bin nicht krank, aber meine Mutter«, antwortete sie. »Ich bin oben in Norrland bei ihr und muss noch eine Woche bleiben.«

Tord seufzte. »Deine Mutter? Hattest du nicht gesagt, dass deine Eltern tot sind?«

Annie schloss die Augen. Er hatte recht. Kurz, nachdem sie die Stelle angetreten hatte, hatte Tord ihr ein paar persönliche Fragen gestellt, und da hatte sie genau das erzählt. Er hatte es sich offensichtlich gemerkt.

»Ja, mein Vater ist tot. Meine Mutter lebt noch.«

Tord seufzte erneut. »Dass deine Mutter krank ist, reicht nicht, um dir freizugeben«, sagte er. »Und wir müssen darüber reden, was hier am Gründonnerstag passiert ist.«

Annies Magen verkrampfte sich. »Was meinst du?«

Tord räusperte sich. »Du weißt, dass du mich darüber informieren musst, wenn du Medikamente nimmst, die Auswirkungen auf deine Arbeit haben können. Falls ein Drogentest positiv ausfällt ... Dann muss ich das melden.«

Die Dose auf der Personaltoilette. Er hatte sie gefunden.

»Das ist nur … Das sind keine Drogen«, begann sie, doch Tord fiel ihr ins Wort.

»Am Montag kommst du in die Arbeit, damit wir das besprechen können. Verstanden, Annie?«

»Ja …«

Verdammt, verdammt, verdammt. Das fehlte noch, dass ihr Chef sie für tablettensüchtig hielt. Sie hatte das Medikament doch nur zur Sicherheit in der Tasche. Für den Notfall.

Annie presste die Handfläche gegen die Stirn.

»Wenn du am Montag nicht hier bist, gilt das als Arbeitsverweigerung, und dann weiß ich nicht, ob du weiter bei uns arbeiten solltest.«

Tränen brannten in ihren Augen.

Helena hatte ihr ihre Stelle angeboten. Hier hatte sie tatsächlich eine Alternative. In Stockholm hatte sie nichts.

Vielleicht solltest du aufhören wegzulaufen, Annie.

»Weißt du was, Tord«, sagte sie. »Vergiss es. Ich kündige.«

»Wie bitte?«

»Ich kündige«, wiederholte sie und beendete das Gespräch.

Sie sah zum Laden. Ihr Herz schlug aufgeregt. Was habe ich getan?, dachte sie. Die Stimme ihrer Mutter hallte in ihrem Kopf wider. *Dass du auch immer so impulsiv sein musst, Annie. Jetzt müssen wir uns wieder schämen.*

Ganz ruhig, alles kommt in Ordnung. Keine Panik. Du hast ein Dach über dem Kopf, und es wartet Arbeit auf dich, wenn du sie möchtest. Das könnte ein großer Vorteil sein. Wenn man beim Jugendamt arbeitete, konnte man an Informationen herankommen, über die nicht einmal die Polizei verfügte. Der Nachteil war, dass jemand herausfinden könnte, wer sie war. Und warum sie nach Stockholm gezogen war.

Sie wählte die Nummer ihrer Freundin. Als Helena sich meldete, kam sie ohne Umschweife zum Punkt.

»Ich habe gekündigt«, sagte sie. »Ich bleibe. Ich übernehme die Elternzeitvertretung.«

»Wirklich? Das hätte ich nie gedacht. Warum hast du deine Meinung geändert?«

»Wegen dir, Helena. Du hattest recht. Ich werde nicht weiter davonlaufen. Ich muss jetzt für Mama und Sven und Lillemor da sein.«

»Das freut mich sehr! Ich rufe sofort meinen Chef an. Wir hören uns!«, sagte Helena und legte auf.

Annie atmete langsam aus. Dann ging sie zurück in den Laden, um Sven und Lillemor Bescheid zu geben.

28

Annie ließ den Wagen die lange Anhöhe hinunter Richtung Kramfors rollen. Die Bucht glitzerte in der Sonne. Auf dieser Flussseite waren Eis und Schnee bereits weggetaut.

Als sie ins Zentrum fuhr, schnürte sich ihre Kehle zu. Was tust du eigentlich, Annie?, dachte sie. Was hast du hier zu suchen? Was ist, wenn dich jemand erkennt?

Alles war so schnell gegangen. Ein Anruf, ein kurzes Vorstellungsgespräch, schon hatte sie die Elternzeitvertretung. Sie hatte keine Referenzen angeben müssen, Helenas Urteil, Annie sei eine verlässliche Sozialpädagogin, hatte gereicht.

Ganz ruhig, sagte sie sich. Das ist nur vorübergehend, nur für ein paar Monate. Du hast genügend Zeit, etwas anderes zu finden. Alles kommt in Ordnung.

Sie fand einen Parkplatz direkt vor der Gemeindeverwaltung. Das Jugendamt befand sich im ersten Stock.

Annie ging zum unbesetzten Empfang und drückte die Klingel. Auf dem Schreibtisch hinter der Glasscheibe standen Fotos eines pickeligen Teenagers mit kurz geschnittenen Haaren, über den Computermonitor lief als Bildschirmschoner das Foto eines Hundes.

War es zu spät, um sich noch umzuentscheiden?

Nach einer Weile erschien eine rothaarige Frau mit Sommersprossen im Gesicht und blau getuschten Wimpern.

Das Fenster wurde mit einem leisen Surren geöffnet.

»Hallo!« Annie lächelte. »Annie Ljung, Helenas Vertretung.«

»Hallo. Moment, ich sage den anderen Bescheid.« Die Frau schloss das Fenster und verschwand.

Annie zog Schal und Mantel aus, zupfte ihre Bluse zurecht und fuhr sich mit den Fingern durch die Haare. Wie gut, dass sie immer etwas mehr Kleider in ihre Tasche packte als nötig, sonst hätte sie sich neue Klamotten zulegen müssen.

Dann sah sie sich in dem kleinen Wartebereich um. Ein dunkelgraues Sofa, ein niedriger Tisch mit zwei Stühlen in der Ecke am Fenster und eine Kiste mit Spielsachen und Büchern.

An der Wand über dem Sofa hingen Gemälde von Kirchen und Sägewerken. Motive aus Ådalen. An der anderen Wand hing eine Pinnwand mit Kontaktinformationen verschiedener Hilfsorganisationen.

Wieder surrte es, und die Tür neben dem Empfang öffnete sich. Ein großer, schlaksiger Mann mit zerknittertem weißem Hemd und Locken lächelte ihr entgegen.

»Hallo, Annie, ich bin Claes«, sagte er. »Willkommen.«

Sie schüttelten einander die Hände, und Claes Nilsson hielt ihr die Tür auf.

»Komm rein, dann stelle ich dir alle vor.« Er ging vor ihr in den Flur.

Die rothaarige Frau steckte den Kopf aus ihrem Büro.

»Miriam hast du ja schon kennengelernt«, sagte Claes. »Sie ist unsere Verwaltungsfachkraft, und du kannst sie alles fragen.«

Miriam strahlte übers ganze Gesicht. »Willkommen, Annie.«

Claes Nilsson blieb bei einer offenen Bürotür stehen und ließ Annie den Vortritt. Zwei Frauen und zwei Männer saßen um einen Tisch und starrten sie an. Annie winkte einfach kurz in die Runde und setzte sich auf den erstbesten Stuhl.

Der Konferenzraum sah den Büros in Stockholm überraschend ähnlich. Tische aus Birkenfurnier, dunkelblau bezogene Stühle. Ein Whiteboard, eine Videoleinwand und der zugehörige Beamer an der Decke über dem Tisch. Die in den Ecken übereinander hängenden staubigen Plastikblumen hatten sie hingegen in Stockholm nicht.

Claes setzte sich ans Kopfende, vor das Whiteboard.

»Annie kommt aus Stockholm und übernimmt Helenas Stelle, bis diese zum Jahreswechsel wieder aus der Elternzeit zurück ist. Wir werden ihr alle zusammen zeigen, wie der Laden hier läuft.«

»Vielen Dank. Ich soll alle von Helena grüßen.«

»Wie du siehst, sind wir eine wackere kleine Gruppe«, sagte Claes. Er nickte dem Mann links von sich zu. »Möchtest du mit der Vorstellung anfangen?«

Der klein gewachsene Mann im Polohemd hieß Putte. Helena hatte ihn als Wichtigtuer beschrieben, der Polizist hatte werden wollen, jedoch auch nach diversen Versuchen nicht auf der Polizeihochschule aufgenommen worden war.

Neben Putte saß eine mollige Frau, die sich als Maria Johansson vorstellte und deshalb Tjorven genannt wurde, nach der gleichnamigen Schauspielerin, die die Rolle in den Astrid-Lindgren-Filmen gespielt hatte. Laut Helena eine naive, nicht allzu intelligente Frau, die über alles lachte.

Neben Tjorven saß Lisbeth Boman, eine Frau mit grauem, schulterlangem Haar und Brille. Sie war als externe Beraterin nicht fest angestellt, und keiner wusste viel über sie. Laut Helena war sie völlig humorlos und eine richtige Paragrafenreiterin.

»Und ich heiße Ole«, sagte der Mann neben Annie, der Michael Douglas wie aus dem Gesicht geschnitten war. Annie lächelte. Das war also der Kollege aus Norrland, von dem Helena so wohlwollend gesprochen hatte.

»Erzähl uns doch ein bisschen von dir, Annie«, bat Claes. »Woher kennst du zum Beispiel Helena?«

»Von der Uni«, log Annie.

»Und wo hast du in Stockholm gearbeitet?«

»In einer Abteilung, die misshandelte Frauen mit Suchtproblemen betreut.«

»Okay. Hier sind wir ein kleineres Team, und du musst damit rechnen, alle möglichen Vorgänge zu übernehmen«, erklärte Claes.

»Das klingt gut«, erwiderte Annie. »Ich habe bisher hauptsächlich mit Erwachsenen gearbeitet und übernehme gern mehr Fälle aus dem Jugendbereich.«

»Wir freuen uns sehr, dass du so kurzfristig einsteigen kannst.« Claes lächelte und reichte ihr einen Zettel mit den Zugangsdaten für ihren Computer. Dann sah er auf den Stapel Unterlagen vor sich auf dem Tisch.

»Hier haben wir eine Meldung aus der Nylandsskola. Eine Schulschwester macht sich Sorgen um eine Schülerin. Eine gewisse Jessica Andersson, sieben Jahre. Was meinst du, Annie?«

Annie streckte die Hand aus und nahm den Bericht von ihm entgegen.

»Dann haben wir eine Anfrage aus der Ådalsskola. Am Mittwochabend findet wegen der Drogensituation hier in

Kramfors ein außerplanmäßiger Elternabend am Gymnasium statt. Die Polizei wird anwesend sein, und wir sollen auch kommen.«

Annie hob die Hand, doch Claes lächelte nur.

»Danke, Annie, aber wir wollen dich ja nicht sofort ausbrennen«, sagte er. »Putte, du übernimmst das, oder?«

»Klar«, antwortete Putte müde.

Claes klatschte in die Hände. »Also dann, damit wären wir fertig für heute. Annie, noch mal herzlich willkommen hier bei uns. Wir hoffen, dass du dich wohlfühlen wirst.« Er stand auf.

Putte grinste. »Freitags gehen wir nach der Arbeit oft noch was trinken«, sagte er. »Das ist immer nett. Leckeres Essen, billiges Bier. Eine gute Gelegenheit, einander kennenzulernen.« Er zwinkerte.

Annie lächelte. »Vielleicht«, meinte sie.

Claes berührte sie am Arm. »Komm, ich zeige dir Helenas Büro.«

29

Helenas Büro lag am hinteren Ende des Flurs, neben den Toiletten und dem Archiv. Ein Schreibtisch, ein Bücherregal. Am Fenster standen ein Stoffsessel und ein kleiner Konsolentisch. Die Wände waren hellgelb gestrichen. Zwei Bilder mit Blumenmotiven hingen über der Sitzecke an der Wand.

Der Schreibtisch war leer geräumt, die Bücher standen ordentlich im Regal, doch der Monitor war von einer dünnen Staubschicht bedeckt, und es roch nach verwelkten Pflanzen.

»Richte dich erst mal ein, und Miriam soll dir zeigen, wie das System funktioniert. Wenn du Fragen hast, kannst du dich jederzeit an uns wenden. Ich muss jetzt zu einer Besprechung, aber wir sehen uns später«, sagte Claes und verschwand.

Annie schloss hinter ihm die Tür, fuhr den Computer hoch und loggte sich ein. Erleichtert sah sie, dass das Dokumentationsprogramm dasselbe wie in Stockholm war.

Sie tippte die Personennummer des kleinen Mädchens ein und legte einen neuen Datensatz für Jessica Andersson an. Danach wählte sie die angegebene Handynummer. Eine Frau meldete sich mit schwacher Stimme. Annie hatte Glück, die Eltern konnten schon am Mittwoch zu einem ersten Kennenlernen vorbeikommen.

Sie schloss das Programm und rief die großen Nachrichtenportale im Internet auf. Sagas Verschwinden war keine landesweite Meldung mehr, stattdessen konzentrierten sich die Medien auf die Bandenkriminalität in Sundsvall, wo sich kürzlich zwei Morde ereignet hatten.

Wo sollte sie anfangen? Wonach suchte sie überhaupt, woran die Polizei nicht schon gedacht hatte?

Sie tippte Sagas Namen in das Suchfeld und erzielte einige Treffer. Im Internetforum Flashback fand sie ein paar Diskussionsthreads, in denen wild darüber spekuliert wurde, was Saga zugestoßen sein könnte. Es gab keine konkreten Informationen, nur unbegründete Vermutungen und unsensible Kommentare.

Annie stand auf und sah aus dem Fenster auf den fast menschenleeren Platz. Drei Männer standen bei zwei Frauen, die vor der Bibliothek auf einer Bank saßen. In jeder Stadt gab es sie. Die Obdachlosen und diejenigen, die zwar ein Zuhause hatten, aber trotzdem draußen herumlungerten, die Tage ziellos herumbrachten und sich mit Alkohol oder Drogen betäubten.

Sie setzte sich wieder und bereitete ein paar Fragen für den Termin am Mittwoch vor, hinterlegte einige Anmerkungen in der Akte und las sich die Anweisungen zum Vorgehen bei vermuteter Kindeswohlgefährdung durch. Der Vormittag verging überraschend schnell. Um halb zwölf klopfte Claes und lud sie ein, mit ihm in der Stadt Mittag zu essen. Nach vielen Details und Informationen während des Essens führte er sie noch durch die Gemeindeverwaltung und stellte sie den wichtigsten Kooperationspartnern vor, einigen Leuten beim Arbeitsamt und beim Frauenhaus. Sie waren alle in den Gebäuden um den Platz herum untergebracht. Der Vorteil einer Kleinstadt, sagte Claes. Alles war fußläufig vom Büro aus zu erreichen. Für

Hausbesuche mussten sie hingegen oft lange Strecken zurücklegen, weil die Gemeinde so groß war.

»Früher hatten wir Dienstwagen, doch die hat man uns gestrichen. Jetzt fahren wir mit unseren eigenen«, erzählte er. »Du hast doch ein Auto?«

»Ja«, sagte sie, »im Moment habe ich noch einen Mietwagen, aber ich kümmere mich um eine dauerhafte Lösung.« Im Schuppen neben Birgittas Haus stand noch der alte Volvo, den Sven in Schuss gehalten hatte, falls Annie ihn mal brauchte, so wie jetzt. Sie würde den Mietwagen bei nächster Gelegenheit zurückgeben und auf den Volvo umsteigen.

Als sie zurück ins Büro kamen, war es bereits drei Uhr. Annie hatte gerade ihren Mantel aufgehängt, als es an der Tür klopfte und Miriam hereinkam.

»Bereit für die Computereinweisung?«, fragte sie.

Annie wollte gerade antworten, das sei nicht nötig, das Programm sei dasselbe wie in Stockholm, doch dann fielen ihr Helenas Ermahnungen ein. Miriam lebte für ihre Arbeit und für ihren Hund, sie hatte weder Mann noch Kinder, nur alte Eltern, über die sie stundenlang sprechen konnte und einen Neffen, den sie vergötterte. Lass sie dann am besten reden, hatte Helena gesagt.

»Klar, komm rein«, erwiderte Annie und machte Miriam Platz hinter dem Computer.

Eine ganze Stunde demonstrierte ihre neue Kollegin, wie die Datenbank und das Archiv funktionierten, und Annie hörte geduldig zu.

»Oh, das sieht ja schlimm aus, was ist da passiert?«, fragte Miriam plötzlich und deutete auf Annies Hals.

Annie strich sich die Haare über die Ohren. »Nur ein Fahrradunfall«, murmelte sie. »Was mache ich jetzt?« Sie deutete auf den Bildschirm.

»Ach, wie schrecklich«, sagte Miriam. »Hast du noch mehr Verletzungen davongetragen? Am Rücken? Hoffentlich keine bleibenden Schäden.«

Bleibende Schäden. Zumindest keine körperlichen.

»Nein.«

»Dann hattest du Glück. Ich habe ein Schleudertrauma.«

Miriam erzählte ausführlich, was ihr zugestoßen war. Sie hatte mit ihrem Auto an einer roten Ampel gehalten, und ein Motorradfahrer war von hinten auf sie aufgefahren. Der Hund, der auf dem Beifahrersitz gesessen hatte, war gegen die Windschutzscheibe geschleudert worden, und Miriam hatte so sehr unter Schock gestanden, dass sie ihre eigenen Verletzungen erst sehr viel später bemerkt hatte.

Annie ließ Miriam erzählen, und als sie Feierabend machten, wusste sie alles über ihre neue Kollegin, hatte jedoch von sich so gut wie nichts preisgegeben.

Als sie zu Hause ankam, war es immer noch warm und windstill. Nur ein paar Vögel waren zu hören und ein beharrliches Tropfen vom Dach. Sie öffnete ihren Mantel und setzte sich auf die oberste Treppenstufe, hielt das Gesicht in die tief stehende Sonne und schloss die Augen. Sie war müde, der Kopf voller Gedanken.

Der erste Tag im neuen Job war besser gelaufen als erwartet. Bisher war ihr erst ein Fall zugeteilt worden. Claes wollte vielleicht erst einen Eindruck von ihrer Arbeit bekommen, bevor er ihr mehr gab, aber das war in Ordnung. So hatte sie Zeit, mehr über Sagas Verschwinden herauszufinden. Zuerst würde sie versuchen, die Fälle mit Jugendlichen zu ergattern. Dann würde sie darum bitten, dass die Medikamente ihrer Mutter neu eingestellt wurden. Vielleicht würde das etwas bewirken.

Nachdem sie am Freitag bei Sven und Lillemor gewesen war, hatte sie bereits versucht, die Leiterin von Fridebo zu erreichen, jedoch vergeblich. Heute Morgen hatte sie eine weitere Nachricht hinterlassen. Als sie sich gerade auf dem Weg zurück nach Lockne befand, hatte Monika Björk zurückgerufen. Annie hatte ihr ihren Wunsch erklärt, einen Arzttermin für ihre Mutter zu vereinbaren. Die Leiterin hatte ihre Verärgerung nicht verbergen können. Sie verstand es sicher so, als wolle Annie die Kompetenz der Einrichtung infrage stellen, als wolle sie andeuten, man würde sich nicht richtig um Birgitta kümmern, und das durfte Monika Björk auch gern glauben. Annie würde ihr sicher nicht erzählen, was sie sich von der neuen Medikamenteneinstellung erhoffte. Schließlich versprach die Heimleiterin, sich um einen Arzttermin zu kümmern.

Was wäre, wenn es funktionierte und sie wieder mit ihrer Mutter kommunizieren könnte? Mit ihr über das sprechen könnte, was geschehen war. Bevor es zu spät war. Und vielleicht würde sie auch erfahren, ob Birgitta etwas über Sagas Verschwinden wusste.

Wolken zogen auf, es wurde kühler. Annies Magen knurrte. Sie erhob sich, zögerte, bemerkte eine Bewegung bei der Garage. Ein dunkler Schatten hinter dem Haus. Sie ging die Treppe hinunter und zur Hausecke.

Der kleine, ungepflegte Apfelbaum stand da wie eine Vogelscheuche. Ein paar hartnäckige Winteräpfel hingen noch an den Ästen. Vielleicht hatte sie ein Reh gesehen?

Sie ging ins Haus und verschloss die Tür. Wilde Tiere und merkwürdige Geräusche, dachte sie. Du bist nicht mehr in der Großstadt. Wenn du allein hier wohnen willst, musst du lernen, damit klarzukommen.

30

Am nächsten Tag schien wieder die Sonne, und es sah nach einem angenehmen Frühlingstag aus. Annie war als Erste im Büro, noch vor acht Uhr morgens.

Sie hatte gerade den Rechner hochgefahren, als Claes in der Tür auftauchte.

»Guten Morgen, Annie!«, sagte er. »Gut geschlafen?«

»Wie ein Stein.«

»Sehr gut.« Er hielt ein paar Unterlagen in die Höhe. »Wir haben was Dringendes hereinbekommen. Die Polizei braucht vor dem Mittagessen jemanden von uns für ein Verhör einiger Jugendlicher. Die anderen sind gerade ziemlich beschäftigt, und du wolltest ja gerne Jugendfälle übernehmen. Hast du Zeit?«

»Ja, kein Problem.«

Claes gab ihr die Unterlagen. »Großartig, vielen Dank. Gib Bescheid, falls du Hilfe brauchst.«

Er ging, und Annie überflog den Bericht, in dem nur stand, dass einige Minderjährige zu Einbrüchen und Diebstählen in der Gemeinde befragt werden sollten. Wer weiß, dachte Annie. Mit ein wenig Glück kennen sie Saga.

Das Polizeirevier lag etwas erhöht über der Gemeindeverwaltung und der Innenstadt. Annie ging die kurze Strecke zu Fuß.

Die Sonne schien warm, und sie konnte ihren Mantel am Hals öffnen.

Sie meldete sich am Empfang an und setzte sich auf eine Bank. Kurz darauf surrte es, und eine Tür rechts vom Empfang öffnete sich. Ein Mann in dunkelblauem Strickpullover, auf dem auf einer Brustseite das Wort »Polizei« eingestickt war, schob seine Brille auf den kahlen Schädel und sah Annie aus zusammengekniffenen Augen an. Er stellte sich als Hans Nording vor.

»Wir kennen uns noch nicht, oder?«, fragte er. »Sie sind neu beim Jugendamt?«

»Richtig«, bestätigte Annie knapp.

Nording öffnete eine weitere Tür und ließ Annie den Vortritt ins Verhörzimmer. Eine muskulöse Polizeibeamtin mit kurz geschnittenem Haar erhob sich und drückte ihr fest die Hand.

»Hallo, ich bin Sara Emilsson«, stellte sie sich in breitem norrländischem Tonfall vor.

Sie setzten sich an den Tisch, und Nording fasste kurz den vor ihnen liegenden Termin zusammen. Zwei siebzehnjährige Jungen sollten zu einer Einbruchserie und diversen Diebstählen in der Gegend befragt werden, die sich vor allem auf der Nordseite des Flusses ereignet hatten.

»Was wurde gestohlen?«, fragte Annie.

»Das Übliche. Diesel, Rasenmäher, Motorsägen. Die größeren Bauernhöfe und einige Sommerhäuser sind betroffen. Die Diebe scheinen ungefähr zu wissen, wo es etwas zu holen gibt. Sehr wahrscheinlich steckt eine Bande dahinter, die von Ort zu Ort zieht, aber wir haben den Verdacht, dass sie Hinweise von jemandem hier aus der Gegend bekommen haben.«

Es klopfte an der Tür, und der erste Teenagerjunge kam herein. Kaum hatte er sich hingesetzt, erklärte er, dass er die Aussage verweigerte. Nach ein paar Minuten beendete die Polizei das Verhör.

Der zweite Junge war genauso schweigsam und ließ die meisten Fragen stumm über sich ergehen. Hin und wieder warf er Annie einen Blick zu.

Warum?, fragte sie sich. Ist er nur nervös, weil das Jugendamt dabei ist, oder liegt es an meinem Aussehen?

»Kennst du Saga Bergsten?«, fragte sie ihn unvermittelt. Nording sah sie irritiert an.

»Ich kenne eine Saga, aber nicht ihren Nachnamen«, erwiderte der Junge.

»Sie ist aus Lockne. Siebzehn Jahre. Blonde Haare.«

Der Junge nickte. »Vom Sehen, aber nicht persönlich.«

Sara Emilsson stellte ihm noch einige Fragen und brachte ihn dann aus dem Raum.

Nording wandte sich an Annie. »Was war das denn gerade?«

»Bitte entschuldigen Sie«, sagte Annie. »Mir ist das verschwundene Mädchen in Lockne eingefallen, und ich habe nur gefragt, falls es da eine Verbindung geben sollte.« Sie räusperte sich. »Ich weiß, dass die Polizei glaubt, dass Saga Bergsten von zu Hause weggelaufen ist«, fuhr sie fort, »aber jetzt ist sie schon bald zwei Wochen weg.«

Sie sah Hans Nording an. »Sie kann unmöglich allein weggelaufen sein. Sie hat keinen Führerschein, irgendwer müsste ihr geholfen haben. Und wenn sie mit einem Freund durchgebrannt ist, müsste ja jemand wissen, dass sie eine Beziehung hatte. Vielleicht können Sie noch einmal mit ihren Freunden und Klassenkameraden sprechen? Vielleicht wissen die ja etwas und trauen sich nur nicht, es zu sagen?«

Nording massierte seine Stirn. »Das kann schon sein, aber da kommen wir von der Polizei auch nicht weiter. Die wenigsten sprechen gern mit der Polizei oder Sozialarbeitern, das wissen Sie sicher selbst.«

Er stand auf und bedeutete Annie vorauszugehen.

»Wieso könnte sie nicht auch entführt worden sein? Oder ermordet?«, fragte Annie weiter. »Es kommt mir so unwahrscheinlich vor, dass sie sich gar nicht melden würde. Haben Sie überprüft, ob sie ihr Handy oder ihre Bankkarte verwendet hat?«

Nording sah sie finster an. »Sie glauben, dass wir es hier mit einem Verbrechen zu tun haben?«

Annie nickte.

»Wir schließen es nicht völlig aus«, fuhr er fort. »Es ist sehr gut möglich, dass sie nicht mehr lebt, aber das kann auch selbstverschuldet sein, wenn Sie verstehen, was ich meine.«

Annie hielt den Atem an. Wollte er damit sagen, dass Saga sich umgebracht haben könnte?

»Ich verspreche, dass wir mit den Ressourcen, die uns zur Verfügung stehen, alles in unserer Macht Stehende tun«, sagte Nording. »Wir haben allerdings noch einige andere Fälle auf dem Tisch. In Sundsvall gab es zwei tödliche Schießereien, und hier in Kramfors kursieren Unmengen von Drogen unter den Jugendlichen. Anabole Steroide und alles Mögliche.«

Stimmt, dachte Annie. Morgen war ja der Termin in der Schule. Sie wäre gern anstelle von Putte hingegangen, aber konnte sie darum bitten, ohne dass es den anderen seltsam vorkam?

Sie waren am Empfang angekommen, und Nording öffnete mit seiner Zugangskarte die Tür.

»Warum interessieren Sie sich eigentlich so für das Mädchen? Ist das Jugendamt in ihrem Fall irgendwie involviert, und wir wissen davon nichts?«

Annie schüttelte den Kopf und spürte, wie ihr Hals warm wurde.

»Bitte entschuldigen Sie, ich wollte mich nicht einmischen. Das Jugendamt ist nicht involviert, aber ich bin auf Verbrechen gegenüber Frauen spezialisiert.«

»Sie scheinen sich aber sehr für das Verschwinden des Mädchens zu interessieren.«

Pass auf, Annie.

»Ich wohne in Lockne«, antwortete sie und versuchte, sich unbeteiligt zu geben. »Der ganze Ort sucht nach ihr, die Menschen machen sich Sorgen.«

»Das verstehe ich, aber wie gesagt, wir tun alles, was wir können«, versicherte Nording. Er schob die Tür auf und ließ Annie hinaus.

31

Bei der Teambesprechung am nächsten Morgen berichtete Annie kurz von dem Termin bei der Polizei. Es gab nur wenige Fälle zu verteilen, dann folgte eine lange Beschwerde von Lisbeth über Klienten, die ihre Suchterkrankung nicht behandeln lassen wollten.

Annie trank einen Schluck Kaffee und blickte aus dem Fenster. Es war bedeckt und sah nach Regen aus. Sie dachte an das Gespräch vom Vortag auf dem Polizeirevier. Sie hatte zu viel gefragt, war unvorsichtig gewesen. War Nording misstrauisch geworden? Sie musste umsichtiger sein. Wenn herauskam, dass sie mit Saga Bergsten verwandt war, würde sie nicht mehr so leicht an Informationen herankommen.

Nachdem die Besprechung endlich zu Ende war, nahm Annie Block und Stift und ging zu ihrem ersten Termin des Tages, dem Gespräch mit dem Ehepaar Andersson. Der Schule war schon seit längerer Zeit aufgefallen, dass die siebenjährige Tochter Jessica ungepflegt war und oft fehlte. Außerdem wurde sie von ihren Klassenkameraden schikaniert, weil sie ungewaschen roch. Die Schule hatte schon mehrfach versucht, mit den Eltern zu sprechen, doch es hatte sich nichts geändert. Die zuständigen Pädagogen befürchteten, dass das Kind vernachlässigt werden könnte und die Eltern mit der Versorgung vielleicht überfordert waren. Die Mutter des Mädchens,

Terese Andersson, war angeblich von verminderter Intelligenz. Die Schule konnte dies allerdings nicht definitiv bestätigen.

Das Ehepaar saß im Wartezimmer. Der Vater, Stefan Andersson, war hochgewachsen, trug graue Jogginghosen und eine abgewetzte Steppjacke. Blonde, feuchte Haarsträhnen ragten unter einer schief sitzenden Baseballkappe hervor. Die Mutter sah jünger als vierundzwanzig aus.

Annie begrüßte die beiden und schloss die Tür zu einem der Besuchsräume auf. Sie bat das Paar hinein, und alle setzten sich.

Stefan Andersson zog nicht einmal den Reißverschluss seiner Jacke auf. Ein Zeichen dafür, dass er nicht lange bleiben wollte, doch es war vermutlich auch eine Art Schutz.

Annie las zuerst die Meldung der Schule vor, doch noch bevor sie zum Ende gekommen war, fluchte Stefan Andersson laut.

»Das ist doch totaler Scheiß. Die anderen Kinder mobben unsere Jessica, aber davon steht da bestimmt nichts, was? Diese verdammte Snobschule.«

»Heute werde ich Ihnen einige Standardfragen stellen. Danach würde ich gern mit Jessica sprechen und Ihnen einen Hausbesuch abstatten.«

»Warum?«, fragte Stefan Andersson rasch.

»Weil es hier um Jessicas Wohlbefinden und ihre Bedürfnisse geht. Ich muss mir ein Bild von Ihrer Lebenssituation machen.« Annie erklärte das Vorgehen. Jede Meldung an das Jugendamt musste untersucht werden, und falls weitere Maßnahmen nötig sein sollten, würde man eine offizielle Untersuchung einleiten.

Stefan Andersson stand auf und öffnete die Zimmertür. »Komm«, sagte er zu seiner Frau Terese, die sich ihm gehorsam anschloss.

Annie folgte ihnen und bedeutete Miriam, die Empfangstür zu entsperren.

»Ich melde mich«, sagte sie und streckte die Hand aus. Terese Andersson wollte sie ergreifen, doch ihr Mann schob sie brüsk vor sich her.

Klar, ignorier mich nur, das hilft dir gar nichts, dachte Annie. Sie würde ihm einen Tag geben, um sich zu beruhigen. Dann würde sie ihn anrufen und einen Hausbesuch vereinbaren.

Auf dem Weg zurück zu ihrem Büro machte sie halt am Kaffeeautomaten. Während der Kaffee in den Becher lief, massierte sie sich den Nacken und schloss die Augen.

»Anstrengendes Gespräch?«

Annie zuckte zusammen und drehte sich um. Ole stand hinter ihr.

»So schlimm war es nicht. Der Vater war nur etwas aggressiv.«

Ole sah sie an. »Gib Bescheid, wenn du Hilfe brauchst.«

»Alles in Ordnung. Er wollte sich nur ein wenig wichtigmachen.«

Ole schüttelte warnend den Kopf. »Man weiß nie«, flüsterte er. »Plötzlich sitzt du eingesperrt in einem schallisolierten Keller ohne Fenster, wo niemand deine Schreie hört.«

Ole streckte ihr beide Hände entgegen und tat so, als würde er um Hilfe rufen.

Annie lachte und ging in ihr Büro. Kurz darauf klopfte es, und Putte steckte den Kopf ins Zimmer.

»Heute Abend wird es zeitlich bei mir etwas eng. Ich weiß, das ist kurzfristig, aber könntest du vielleicht den Termin in der Schule für mich übernehmen?«

Annie nickte. »Kein Problem.«

»Großartig! Vielen Dank! Du bist ein Schatz.« Putte zwinkerte ihr zu und verschwand.

Annie lächelte. Putte wollte wahrscheinlich nur einem langweiligen Abendtermin entkommen und dachte, dass sie ihm einen Gefallen tat. Das durfte er gern glauben.

32

Der Tag verging schnell. Neben der Arbeit war Annie zur Mietwagenstation gefahren und hatte das Auto zurückgegeben. Für den Nachhauseweg musste sie sich ein Taxi rufen. Als sie zu Fuß noch recht früh in der Aula der Ådalsskola eintraf, war diese bis auf die erste Reihe bereits voll besetzt. Alles war noch wie früher, dachte sie. Ziegelwände, Stuhlreihen mit blauem Polster bis vor zu dem kleinen Podium, auf dem ein langer Tisch und ein paar Stühle standen.

Zwei ältere Frauen und ein Mann, der etwa in Annies Alter zu sein schien, standen neben dem Podium und sprachen mit einer uniformierten Polizistin und einem Mann in Zivil, auf dessen Pullover das Polizeiabzeichen angebracht war. Annie erkannte Sara Emilsson und Hans Nording aus dem Verhör vom Tag zuvor wieder.

Sie steuerte auf einen freien Platz in der ersten Reihe zu. Die zwei Frauen kamen zu ihr und stellten sich vor. Die eine war die Direktorin der Schule, die andere die Schulpsychologin. Sie boten ihr an, sich zu ihnen an den Tisch zu setzen, doch Annie antwortete, sie wolle lieber bei den Zuhörern sitzen.

Sie hängte ihren Mantel über die Stuhllehne, setzte sich und sah zu dem Tisch. Der Mann, der mit den beiden Polizisten gesprochen hatte, saß ganz links. Lockiges, dunkles Haar. Braune Augen. Er trug ein blau kariertes Hemd und sah ungewöhnlich braungebrannt aus, als wäre er gerade irgendwo in der Sonne gewesen.

Die Rektorin Eva Larsson begrüßte alle Anwesenden und stellte dann die am Tisch Sitzenden vor. Annie holte einen Block aus ihrer Tasche und notierte sich die Namen.

Der Mann mit den braunen Augen hieß Thomas Moström, und sie erinnerte sich, dass Sven gesagt hatte, dass er Sagas Klassenlehrer war. Sie wollte versuchen, nach der Veranstaltung noch mit ihm zu sprechen.

Die Rektorin stellte auch sie vor. »Und in der ersten Reihe dürfen wir die Vertreterin des Jugendamtes begrüßen, Annie Ljung.«

Annie drehte sich um und winkte den Anwesenden zu.

»Damit übergebe ich das Wort an die Polizei«, sagte die Rektorin und setzte sich.

Hans Nording räusperte sich. »Schön, dass so viele von Ihnen kommen konnten. In letzter Zeit haben uns zahlreiche Meldungen zu Drogen in der Gemeinde erreicht, worüber wir Sie heute Abend informieren möchten. Sie haben auch die Möglichkeit, Fragen zu stellen. Außerdem ist, wie Sie sicher wissen, ein siebzehnjähriges Mädchen verschwunden, worüber wir auch sprechen werden. Doch vor allem soll es um Drogen gehen, die hier in der Gegend ein akutes Problem darstellen, das wir in den Griff bekommen müssen. Sollten Sie Fragen zu dem vermissten Mädchen haben, können Sie diese am Schluss stellen.«

Mehrere Hände schossen nach oben, doch Nording sprach weiter.

»Wir haben seit vielen Jahren Probleme mit anabolen Steroiden hier in Kramfors, doch in letzter Zeit beobachten wir auch eine Zunahme von Ecstasy und Fentanyl, einem Opiat, das als Schmerzmittel eingesetzt wird.«

Genau das, was Helena erzählt hat, dachte Annie.

»Daran sind nur diese verdammten Entzugskliniken schuld«, rief jemand weiter hinten in der Aula dazwischen. »Diese Leute werden hierhergebracht, und dann bleiben sie und verbreiten das Scheißzeug.«

Nording ignorierte den Einwurf und brachte seinen kurzen Vortrag zu Ende. Die Eltern stellten daraufhin Fragen, wollten zum Beispiel wissen, auf welche Anzeichen man bei den Kindern achten sollte, es wurde gemutmaßt, auf welchem Weg die Jugendlichen an die Drogen gelangten, und es wurde gefragt, ob die Polizei mehr zum Handel generell sagen konnte. War es möglich, dass die Kinder die Drogen auf dem Schulgelände kauften? Und was tat die Schule in dem Fall dagegen?

»Wir arbeiten präventiv, so gut wir können«, antwortete Sara Emilsson. »Und wir stehen mit Jugendamt und Schule in engem Kontakt.«

»Sie müssen mehr tun«, forderte ein Mann. »Bevor noch jemand stirbt.«

»Bisher sind uns keine bestätigten Überdosen bekannt, was ja immerhin etwas Positives ist.«

»Wenn wir den Verdacht haben sollten, dass ein Schüler oder eine Schülerin mit Drogen in Kontakt ist, melden wir das natürlich dem Jugendamt«, versicherte die Rektorin.

»Wir wissen doch, was dabei normalerweise herauskommt«, sagte eine Frau und erntete Zustimmung. »Tut das Jugendamt eigentlich irgendwas?«

Alle Blicke richteten sich auf Annie. Sie stand auf und erklärte: »Wir arbeiten zu einem gewissen Teil präventiv, vor allem aber gehen wir Meldungen nach und ergreifen gegebenenfalls die geeigneten Maßnahmen. Wir stehen in ständigem Austausch mit Schule und Polizei.«

Annie setzte sich wieder. Thomas Moström beobachtete sie, wandte sich jedoch ab, als er ihren Blick bemerkte.

»Was ist mit dem vermissten Mädchen? Gibt es da eine Verbindung zu Drogen?«, fragte ein Mann neben ihr.

Nording nahm die Brille ab. »Uns liegen keinerlei Hinweise auf einen Drogenzusammenhang vor.«

»Geht man von einem Verbrechen aus?«, fragte eine Frau weiter hinten im Raum.

»Zum gegenwärtigen Zeitpunkt ermitteln wir in alle Richtungen. Wir wissen nicht, ob das Mädchen aus eigenem Antrieb verschwunden ist, ob ein Unfall geschehen ist oder sogar ein Verbrechen vorliegt«, antwortete Nording.

Er schob seine Unterlagen zusammen und warf der Direktorin einen vielsagenden Blick zu. Eva Larsson stand auf und klatschte in die Hände.

»Vielen Dank, dass Sie so zahlreich erschienen sind. Ich wünsche Ihnen noch einen schönen Abend.«

Annie zog ihren Mantel an und erhob sich. Aus dem Augenwinkel sah sie, wie Thomas Moström auf sie zusteuerte.

»Entschuldigen Sie«, sagte er. »Thomas Moström, Saga Bergstens Klassenlehrer. Ich unterrichte Englisch und Naturwissenschaften. Dürfte ich Sie etwas fragen? Sie und Saga sehen sich sehr ähnlich. Sind Sie möglicherweise mit ihr verwandt?«

Annie zuckte bei der unerwarteten Frage zusammen. Jetzt konnte sie nicht lügen.

»Mein Vater und Sagas Vater waren Cousins.«

»Wohnen Sie auch in Lockne?«

Nein, in Stockholm, hätte Annie am liebsten geantwortet, doch das würde nur zu weiteren Fragen führen.

»Vorübergehend, ja«, sagte sie stattdessen.

Thomas begleitete sie in den Flur hinaus, wo sie ein Stück von den sich unterhaltenden Eltern entfernt stehen blieben.

»Wissen Sie mehr? Die ganze Klasse macht sich Sorgen, ich ebenfalls, wie Sie sicher verstehen.«

»Niemand weiß etwas«, erwiderte Annie und strich sich eine Haarsträhne aus der Stirn. »Haben Sie eine Idee, wo Saga sein könnte? Jedes Detail könnte wichtig sein.«

»Ich wünschte, ich könnte helfen, aber ich weiß leider nichts. Saga ist ein fröhliches, aufgeschlossenes Mädchen. Ordentlich. Gewissenhaft. Beliebt.«

»Was hat sie in den Tagen vor ihrem Verschwinden für einen Eindruck auf Sie gemacht?«

Thomas Moström zuckte mit den Schultern.

»Mir kam sie grundsätzlich wie immer vor. Aber wie ich auch schon ihrem Vater gesagt habe, wirkte sie etwas stiller als gewöhnlich. Nicht so fröhlich«, meinte er zögernd und sah Annie besorgt an. »Glauben Sie und ihre Eltern, dass sie sich etwas angetan haben könnte?«

»Nein, aber die Polizei scheint es in Betracht zu ziehen. Wir haben den Eindruck, als würden sie das Ganze nicht ernst genug nehmen.« Annie seufzte. »Wissen Sie vielleicht, ob sie einen Freund hat?«

»Nein, nicht dass ich wüsste. Saga ist nicht wie die anderen Mädchen in der Klasse, sie scheint sich nichts aus Jungen zu machen«, erklärte Thomas. »Sie ist ruhig und zurückhaltend, ein bisschen einzelgängerisch.«

»Wie ist ihre Klasse?«

»Typisch für den Wirtschaftszweig.« Thomas lächelte. »Die meisten sind aus Kramfors, nur Saga und Katarina Edholm kommen von der anderen Flussseite.«

»Keine Unruhestifter dabei?«

Thomas lachte.

»Nein, die sind alle ziemlich brav. Bis auf Katarina Edholm. Kennen Sie sie?«

»Ja.«

Thomas sprach leiser. »Ich will ehrlich zu Ihnen sein. Als ich von dem vermissten Mädchen in der Zeitung gelesen habe, dachte ich zuerst an sie.«

»Ach ja? Warum?«

Thomas warf den Eltern in der Nähe einen Blick zu. »Katarina Edholm ist destruktiver, wenn Sie verstehen, was ich meine?«

»Ich verstehe. Und sie und Saga sind nicht befreundet?«

Thomas lachte. »Nein, sie sind völlig gegensätzlich.«

»Sie haben aber keinen Streit, oder?«

»Nicht dass ich wüsste, sie sind nur sehr unterschiedlich. Wie gesagt, ich hatte zuerst an Katarina gedacht.«

»Vielen Dank«, sagte Annie. »Geben Sie mir bitte Bescheid, wenn Ihnen noch etwas einfällt.«

Thomas holte sein Handy aus der Tasche. »Wie kann ich Sie erreichen?«

Annie betrachtete Thomas' gebräunte Hände, während er ihre Nummer eintippte.

»Auf Wiedersehen, hat mich gefreut.« Ihr fiel sein fester, warmer Händedruck auf, als sie sich zum Abschied die Hand gaben.

»Mich auch«, erwiderte er. »Schön, Sie kennenzulernen, trotz des belastenden Anlasses. Grüßen Sie bitte Sven und Lillemor herzlich von mir.«

33

Gunnar Edholm fluchte laut. Das verdammte Mofa wollte nicht anspringen, egal, was er tat. Er war zu dünn angezogen und würde sich noch erkälten, so verschwitzt, wie er war. Am liebsten würde er dem Scheißding einen Tritt verpassen und ins Warme gehen, aber er wusste, was ihn da erwartete. Wenn er das Mofa nicht reparierte, würde Katta ausflippen.

Ein Auto bog in die Einfahrt ein, und der Hund begann zu bellen. Gunnar wischte sich mit einem Taschentuch die Hände ab, richtete sich auf und brüllte Silver zu, er solle still sein.

Der Fahrer stieg aus, und er erkannte Annie.

»Du bist noch hier?«, fragte er. »Ich dachte, du wärst schon abgereist.«

Ja, sie würde noch eine Weile hierbleiben, erzählte Annie. Sie habe eine Stelle beim Jugendamt in Kramfors bekommen. Manchen fiel wirklich alles zu, dachte Gunnar. Die wechselten einfach mal so die Arbeitsstelle, wenn ihnen danach war.

»Entschuldige, dass ich so spät noch vorbeikomme«, sagte Annie. »Ich war gerade beim Elternabend in der Ådalsskola. Du warst nicht dort, oder?«

»Was für ein Elternabend?«

»Wegen der Drogensituation am Gymnasium.«

»Davon weiß ich nichts.«

»Im Moment gibt es gerade viele Einbrüche hier in der Gegend. Ich war gestern dabei, als die Polizei zwei junge Männer dazu befragt hat. Wurde in dein Sommerhaus eingebrochen?«

Gunnar kratzte sich den Bart.

»Nein, warum?«

Er sah den Hügel hinauf. Die Spuren, die er am Sommerhaus entdeckt hatte – war das doch irgendein verdammter Dieb gewesen? Hoffentlich wollte die Polizei jetzt nicht dort herumschnüffeln.

Reg dich ab, Gunnar, dachte er. Die Bullen schauen sicher nicht ins Scheißhaus. Außerdem war es schon ziemlich dunkel, um die Uhrzeit würden sie nicht mehr da hoch fahren.

»Hat die Polizei nichts Wichtigeres zu tun, als irgendwelchen kleinen Dieben hinterherzujagen?«, sagte er mürrisch. »Die Tochter der Bergstens, zum Beispiel. Wie sieht es da aus?«

»Nichts Neues. Die Beamten sagen, dass sie in alle Richtungen ermitteln. Trotzdem ist es komisch, dass ein Mensch hier einfach so verschwinden kann, irgendjemand muss doch etwas wissen. Je mehr Zeit vergeht, desto besorgniserregender ist die Situation.«

Gunnar nickte zustimmend.

»Papa?«, ertönte eine Stimme hinter ihnen.

Gunnar drehte sich um, Joel stand in der Haustür.

»Komm rein, Katta ist gemein«, schrie der Junge.

»Könntest du ihr ausrichten, dass ich bei Gelegenheit gern mit ihr reden würde?«, bat Annie.

Gunnar sah sie unwirsch an. »Worüber?«

»Ich überlege, ob es einen Zusammenhang zwischen Sagas Verschwinden und den Drogen geben könnte. Und nachdem

Katarina und Saga in dieselbe Klasse gehen, dachte ich, dass sie vielleicht etwas weiß, das uns weiterhilft.«

Gunnar schüttelte den Kopf. »Das glaube ich nicht. Die beiden haben keinen Kontakt.«

»Weißt du denn sicher, mit wem Katarina alles Kontakt hat?«

Gunnar wurde wütend. »Hör mal, was willst du eigentlich? Behauptest du, dass meine Kleine Drogen nimmt?«

Er spuckte auf den Boden und wandte sich ab.

»Was zum Teufel«, murmelte er und sah sich erst wieder um, als Annie weggefahren war.

Joel stand in der Haustür und hielt sich die Ohren zu. Laute Musik dröhnte aus dem Obergeschoss.

Gunnar eilte fluchend die Treppe hinauf. Katta lag mit dem Handy in der Hand auf dem Bett. Er stieg über die Kleiderhaufen auf dem Boden und zog das Lautsprecherkabel aus dem Stecker.

»Ab jetzt ist Ruhe!«, brüllte er. »Du jagst Joel Angst ein.«

Katta sah ihn aufgebracht und trotzig an. »Hast du das Mofa repariert?«

»Nein. Und wenn du dich weiter so aufführst, werde ich es auch nicht tun.«

»Aber ich brauche es.«

Gunnar deutete mit dem Fuß auf die rotschwarzen Spitzenhöschen und löchrigen Jeans auf dem Boden. Sollten das etwa anständige Kleider sein? Ein paar Fetzen und Spitze. Wie eine kleine Schlampe.

»Räum deinen Dreck weg, verdammt noch mal. Woher hast du überhaupt das Geld, diesen Mist zu kaufen?«

»Ja, denk mal drüber nach«, erwiderte sie.

Gunnar starrte seine Tochter an. »Wo warst du gestern Nacht? Wann bist du nach Hause gekommen?«

»Warum?«

»Du sollst dich nachts nicht herumtreiben, das ist gefährlich. Hast du übrigens was Neues wegen Saga gehört?«

»Nein. Gehst du jetzt bitte?«

Gunnar sah sie an. Was wusste er eigentlich über sie? Vielleicht nahm sie ja doch Drogen? Er hatte wirklich überhaupt keine Ahnung. Aber irgendeinen Unsinn trieb sie bestimmt.

»Jetzt geh endlich«, sagte Katta und wedelte verärgert mit der Hand.

Mit schweren Schritten stapfte Gunnar die Treppe hinunter.

»So, jetzt ist Ruhe«, sagte er zu Joel und ging in die Küche. Ganz hinten in der Speisekammer fand er, was er brauchte. Das, was den Magen beruhigte, den Kopf und alles dazwischen.

34

Annie schaute von dem Blatt Papier vor sich auf. Endlich hatte es zu regnen aufgehört. Bald konnte sie Feierabend machen. Es war halb fünf, und ihr Magen knurrte, weil sie seit dem Frühstück nur eine Banane gegessen und Kaffee getrunken hatte. Sie betrachtete die Kritzeleien auf dem Blatt Papier. Nur Kreise und Vierecke, ein sinnloses Muster. Es war Freitag und ihre erste Arbeitswoche gleich zu Ende. War sie eigentlich irgendwie weitergekommen? Sie hatte einem ergebnislosen Verhör beigewohnt und außerdem versucht, mit der Familie Andersson einen Termin für einen Hausbesuch zu vereinbaren, doch diese reagierte nicht auf ihre Anrufe. Sie hatte an einem Elternabend teilgenommen, der auch keine neuen Informationen ergeben hatte. Und dann hatte sie auch noch Gunnar Edholm mit ihren Fragen gegen sich aufgebracht.

Es klopfte an der Tür, und Claes Nilsson steckte den Kopf ins Zimmer.

»Hallo«, sagte er. »Ich gehe gleich und wollte dir nur einen schönen Abend wünschen. Du gehst sicher mit den anderen noch was trinken?«

»Nein, ich bin ein bisschen müde und wollte es ausfallen lassen.«

»Kommst du bisher zurecht? Hast du Fragen?«

»Nein, alles in Ordnung«, antwortete Annie und lächelte.

»Gut. Dann wünsche ich dir ein schönes Wochenende«, verabschiedete sich Claes und ging.

Annie überlegte weiter. Sie könnte natürlich mit der Schulpsychologin oder der Schulschwester reden. Aber aus welchem Grund? Wenn sie sich aus heiterem Himmel nach Saga Bergsten erkundigte, würde das sicher Fragen nach sich ziehen.

Nach einer Weile klopfte es wieder. Tjorven stand lächelnd und mit der Jacke über dem Arm in der Tür.

»Kommst du? Wir wollen jetzt los.«

»Geht ihr nur, mir ist heute nicht nach Feiern.«

Tjorven verdrehte die Augen. »Jetzt komm schon, das wird nett. Miriam ist nach Hause zu ihrem Hund gefahren, Lisbeth hat schon mittags den Zug genommen, und Claes will heim zu seiner Frau. Es wären also Putte, Ole, ich und du«, sagte sie. »Du bist Single, nicht wahr? Die Blaulichter wollen heute auch noch was trinken gehen, habe ich gehört.« Sie zwinkerte Annie zu.

Die Blaulichter. Polizei, Feuerwehr und Sanitätskräfte. Das könnte interessant werden, aber in anderer Hinsicht, als Tjorven andeutete.

»Na gut, aber nur kurz«, antwortete Annie.

Das Hotel *Kramm* lag um die Ecke von der Gemeindeverwaltung. Es war nach dem Stadtgründer benannt, und der dazugehörige Nachtclub war seit Annies Teenagerzeit ein beliebter Treffpunkt. Vor ihrem Wegzug war sie nur ein paarmal dort gewesen, konnte sich aber immer noch an den Melonengeschmack der Piggelin-Cocktails erinnern und wie der Nebel auf der Tanzfläche gerochen hatte.

Der Club war bereits zur Hälfte gefüllt. Ein DJ legte auf, das Licht war gedämpft, und dunkelgrüne elektrische Teelichter standen auf den Tischen. Putte saß an der Wand, und Tjorven setzte sich lächelnd neben ihn.

Ole hielt seine Geldbörse hoch. »Ich übernehme die erste Runde. Wer möchte was?«

»Ein alkoholfreies Bier, bitte«, sagte Annie.

»Im Ernst? Du brauchst nicht schüchtern zu sein.« Ole wedelte mit dem Geldbeutel.

»Ich muss noch fahren.«

»Lass den Wagen stehen, du kannst bei mir schlafen.« Ole zwinkerte. »War nur Spaß!«, fügte er hinzu und boxte Annie gegen die Schulter. »Happy Hour.« Er verschwand Richtung Bar, wo sich die Gäste drängten, um ihre Bestellungen aufzugeben.

Putte wandte sich an Annie. »Nicht direkt die *Spy Bar*«, meinte er grinsend. »Wo in Stockholm wohnst du?«

»In Vasastan.«

Putte pfiff anerkennend.

»Dort ist es teuer, oder?«

»Schweineteuer.«

Putte gab sofort mit den Hauspreisen in der Gegend an. Für nur zweihunderttausend Kronen bekam man einen ganzen Hof, man stelle sich vor, mit Kachelofen und verglaster Veranda.

Ole kam mit den Biergläsern und einer Snackplatte auf einem Tablett zurück und setzte sich neben Annie. Während er sie nach ihrer ersten Arbeitswoche ausfragte, füllte sich der Club allmählich.

Die Musik wurde lauter. Tjorven und die anderen unterhielten sich angeregt über die nicht anwesenden Kolleginnen und Kollegen.

Claes Nilsson stand unter dem Pantoffel seiner Frau, erzählte Ole, und war nur bei der Weihnachtsfeier und dem Sommerfest dabei. Lisbeth schloss sich ihnen nie an, weder beim Freitagsbier noch bei anderen Feiern. Sie war Antialkoholikerin und gehörte einer Freikirche an.

Annie hörte dem Gespräch zu, erleichtert, dass sie nicht im Mittelpunkt stand.

Ole holte eine neue Runde Bier, und Tjorven lachte immer lauter. Ihre Wimperntusche und der Lippenstift waren mittlerweile verschmiert. Annie bemerkte, wie sie näher an Putte heranrückte.

Nach einer Weile beugte Tjorven sich zu Annie und fragte: »Bist du Single?«

»Wer möchte das wissen?«

Tjorven machte eine Geste, die den Raum umfasste. »Putte ist als Einziger hier nicht vergeben.« Sie beugte sich noch näher. »Aber Hände weg, er gehört mir«, zischte sie und lachte.

In diesem Moment legte Putte ihr die Hand auf den Arm und sagte etwas zu ihr, doch Tjorven riss den Arm zurück und warf dabei ein Glas Bier um. Die Flüssigkeit rann über den Tisch und tropfte auf Annies Oberschenkel.

Ole holte ein paar Papierservietten und versuchte, Annies Hose trocken zu tupfen, doch sie hielt ihn zurück, entschuldigte sich und ging zur Damentoilette.

Annie ließ sich Zeit, wusch sich die Hände und fuhr sich mit den Fingern durch die Haare. Sie betrachtete sich im Spiegel. Sie sah müde aus. Vielleicht sollte sie besser heimfahren.

Sie drückte die Tür auf und stieß mit einem Mann zusammen.

»Hoppla, schon wieder so schnell unterwegs«, sagte er. »Hallo, Annie.«

Jens Fredriksson grinste.

»Wir müssen aufhören, uns so zu treffen«, sagte er und zwinkerte ihr zu. »Was machst du hier?«

»Wir sind auf ein paar Feierabendbiere hier.« Sie deutete zu dem Tisch mit ihren Kollegen.

Jens hob die Augenbrauen. »Arbeitest du beim Jugendamt?«

»Ja. Kennst du die Leute dort?«

»Was heißt kennen … Wir haben öfter miteinander zu tun.«

»Und du, mit wem bist du hier?«

»Mit niemandem. Oder allen.« Jens grinste. »Meine Freundin ist mit ein paar Freunden wandern, und ich habe ausnahmsweise mal frei. Willst du was trinken?«

Annie schüttelte den Kopf. »Ich muss noch fahren«, erwiderte sie und wurde rot.

Jens klopfte ihr auf die Schulter. »Genau. Kein Alkohol am Steuer.«

Sie lächelte. »Danke noch mal für deine Hilfe.«

»Keine Ursache. Du kannst mich ja auf das nächste Bier einladen.«

Sie blieben bei der Garderobe stehen.

»Ein anderes Mal, ich wollte gerade gehen«, erklärte Annie und zog ihren Mantel an.

»Dann bringe ich dich zu deinem Auto.« Er machte eine Geste, und die Garderobenfrau gab ihm wortlos seine Jacke.

35

»Wo steht dein Wagen?«, fragte Jens, als sie ins Freie traten.

»Bei der Arbeit«, antwortete Annie und deutete nach links, Richtung Gemeindeverwaltung.

»Perfekt, da wohne ich.« Jens grinste und setzte sich in Bewegung.

Sie überquerten den Hotelparkplatz und bogen in die Torggatan ein. Jens war etwas unsicher auf den Beinen, bemerkte Annie. War er noch nüchtern genug, um auf ihre Fragen zu antworten, aber trotzdem ausreichend betrunken, um nicht misstrauisch zu werden? Sie musste es versuchen.

»Du, mir geht da etwas nicht aus dem Kopf«, begann sie.

Jens wurde langsamer und lächelte sie an. »Ja?«

»An dem Abend, als du meinen Wagen aus dem Graben gezogen hast … Ist dir da noch etwas anderes aufgefallen?«

»Was zum Beispiel?«

»Ein Auto oder … Keine Ahnung. Ein Mädchen, das am Straßenrand entlanglief?«

»Ah, jetzt verstehe ich. Du denkst an Saga Bergsten. Nein, ich habe leider nichts gesehen. Außer dir natürlich.« Er grinste.

»Wie oft verschwinden denn Jugendliche hier in der Gegend?«, fragte Annie weiter.

Jens blieb stehen.

»Schon recht oft. Aber die meisten laufen weg. Oder begehen Selbstmord, das kommt leider auch recht häufig vor.«

»Was denkst du, was passiert sein könnte?«

»Warum fragst du? Ach ja, stimmt, Saga *Bergsten*. Jetzt verstehe ich. Ihr seid ja verwandt. Aber an deiner Stelle würde ich nicht weiter nachforschen.«

»Es geht mir um Sagas Eltern. Es wäre wirklich toll, wenn du uns irgendwie weiterhelfen könntest.«

Jens deutete auf ein Mietshaus.

»Hier wohne ich. Komm noch mit hoch, wir reden drinnen weiter. Ich friere mir den Hintern ab.« Er ging die Eingangsstufen hinauf und gab den Türcode ein. »Kann ich dir einen Tee anbieten?«

Annie sah zur Tür. Ihr Magen verkrampfte sich. *Das hier ist Jens. Sei nicht so paranoid, Annie. Wenn du ihm nicht trauen kannst, einem Polizisten, wem dann?*

Jens ging vor ihr die Treppe hinauf und schloss die Wohnungstür auf.

Annie stellte ihre Tasche ab, Jens stützte sich an der Wand ab und zog seine Schuhe aus.

»Das ist nett, dass du mir helfen willst. Ich möchte wirklich herausfinden, was Saga zugestoßen ist.«

Jens sah sie an, auf einmal ganz ernst.

»Vielleicht ist sie ja so ein böses Mädchen wie du?«

Annie zuckte zurück. »Was soll das heißen?«

»Ich bin nicht dumm, Annie. Ich weiß doch, warum du mitgekommen bist.«

Er stellte sich dicht vor sie und legte ihr einen Finger auf den Mund.

»Denn du bist doch ein böses Mädchen, Annie, oder? Und

ich weiß, was böse Mädchen wollen.« Er drückte sie gegen die Wand, packte ihre Hände, zog ihre Arme nach oben und küsste sie.

Der Geruch nach Bier und Schweiß. Die Hände um ihre Handgelenke. Haut, die aufreißt.

»Nein, hör auf, ich will das nicht.«

Annie wand sich aus seinem Griff und schob ihn weg, doch Jens ließ sich nicht beirren.

»Da habe ich aber etwas ganz anderes gehört.« Er versuchte erneut, sie zu küssen. Seine Bartstoppeln kratzten an ihrem Kinn.

»NEIN!«, schrie sie, riss sich los, packte ihre Handtasche und stürmte aus der Wohnung.

36

Sie wachte von einem lauten Geräusch auf. Ihr Herz hämmerte in der Brust. Sie sah sich um und erkannte, dass sie zu Hause in ihrem Bett lag. Hatte der Wecker geklingelt? Nein, es war Samstag. Es musste das Telefon gewesen sein.

Sie griff nach dem Handy auf dem Nachttisch und sah Svens Namen auf dem Display. »Hallo?«, sagte sie und setzte sich auf.

Sven klang außer Atem.

»Die Polizei hat Sagas Handy geortet«, erzählte er. »Das Telefon hat sich zuletzt bei dem Mast in Lugnvik eingewählt, sie könnte sich also in einem Umkreis von zehn Kilometern davon befinden, wenn ich es richtig verstanden habe.«

Ein Umkreis von zehn Kilometern bedeutete ganz Lockne und einige Dörfer Richtung Süden entlang der alten E4. Im Osten gab es hauptsächlich Wald mit einsamen Wegen und verlassenen Häusern. Doch die Polizei hatte das Gebiet bereits mit Hunden und Wärmekameras abgesucht. Die Freiwilligenorganisation Missing People hatte dort einige Suchaktionen mit Menschenketten durchgeführt. Wenn Saga noch am Leben sein sollte, wäre sie mittlerweile gefunden worden.

»Okay, und wie geht es jetzt weiter?«, fragte sie.

»Das haben sie nicht gesagt. Sie geben uns Bescheid, wenn sie mehr wissen, aber ich dachte, du wolltest sicher gleich informiert werden.«

»Danke, Sven. Wir hören uns.«

Sie legte das Handy zur Seite und zog die Decke bis ans Kinn. Schloss die Augen. Sah nur Jens Fredrikssons Gesicht vor sich. *Die Bartstoppeln an ihrem Hals.*

Ich halte das nicht aus, dachte sie. Ich muss hier weg. Warum ist es nie vorbei? Was stimmt denn mit mir nicht?

Nein. Du hast nichts falsch gemacht. Er ist zu weit gegangen. Es war sein Fehler. Aber du bist freiwillig mit ihm mitgegangen. Zu ihm nach Hause. Er dachte, du würdest es wollen. Er war betrunken. Er dachte, so was würde dir gefallen. Dass du ein böses Mädchen wärst.

Sie schüttelte den Kopf. Atmete tief ein und aus. Konzentrierte sich auf den Moment. Den Geruch der Bettwäsche. Das leise Ticken des Weckers.

Ein dumpfes Geräusch ertönte. War da draußen jemand? Sie schlug die Decke zur Seite und eilte die Treppe hinunter. Sie hörte ein leises Miauen, und als sie die Haustür öffnete, sah sie eine grauschwarze Katze auf der Treppe.

War das vielleicht die Katze, von der Johan gesprochen hatte? Annie ging vor dem Tier in die Hocke. Der Himmel war bedeckt, die Luft unerwartet warm.

Die Katze trug kein Halsband, das Fell war aber sauber und gepflegt. Als Annie das Tier behutsam streichelte, legte es sich hin und drehte sich auf den Rücken. Keine Brustwarzen, ein Kater also.

»Bist du Måns?«

Der Kater sah sie ausdruckslos an. Annie richtete sich auf und wollte das Tier verscheuchen.

»Na los, geh nach Hause.«

Der Kater stand auf und strich ihr miauend um die Beine.

»Du hast wohl Hunger, hm?« Sie kraulte ihn unter dem Kinn. Er miaute wieder, als hätte er sie verstanden.

Sie holte eine Fleischwurst aus dem Kühlschrank, die sie in kleine Stücke schnitt und auf einen Teller legte, auf den sich der Kater gierig stürzte. Nachdem er die Wurst hinuntergeschlungen hatte, setzte er sich auf die oberste Treppenstufe und leckte sich die Pfoten. Schließlich stand er auf und maunzte.

»Birgitta ist nicht zu Hause«, sagte Annie sanft.

Der Kater neigte den Kopf, schien sie zu verstehen.

Ob sich ihre Mutter an die Katze erinnerte? Vermisste sie sie? Annie fiel ein, dass die Heimleiterin sich nicht mehr wegen des Arzttermins gemeldet hatte, um den sie gebeten hatte. Hatte Monika Björk es nur vergessen, oder verzögerte sie es bewusst?

Annie ging vorsichtig zu der Katze, die sich widerstandslos hochnehmen ließ.

»Ich wünschte, ich könnte dich behalten, aber deine Besitzer suchen dich«, erklärte sie und trug das Tier ins Auto. Es blieb brav auf ihrem Schoß liegen, während sie aus der Einfahrt und zum Hof der Hoffners fuhr.

Sie parkte beim Stall. Die Pferde grasten oben am Waldrand auf der Weide. Ein Stier mit glänzend schwarzem Fell und spitzen Hörnern starrte sie von einer eingezäunten Koppel neben dem Stall aus an.

Die Katze machte keine Anstalten, aus dem Auto zu springen, als Annie die Tür öffnete, sondern wehrte sich, sodass Annie sie fest an die Brust drücken musste.

Mit dem Tier im Arm klingelte sie an der weißen Doppeltür

des Wohnhauses. Die Fassade schien erst kürzlich gestrichen worden zu sein. Johan und Pernilla hielten den Hof gut in Schuss.

Die Tür wurde geöffnet. Pernilla sah sie verwundert an, während sich der Kater aus Annies Armen befreite, auf den Boden sprang und davonrannte.

»Das ist doch sicher Måns, euer Kater, oder?«, fragte Annie.

»Ja, aber woher weißt du das?«

»Johan hat ihn erwähnt, als er kurz vorbeigeschaut hat. Er hat gesagt, Måns sei oft bei meiner Mutter gewesen, als sie noch zu Hause gewohnt hat.«

»Kann sein, da weißt du mehr als ich«, antwortete Pernilla. »Du bist noch hier?«

Annie räusperte sich.

»Ja, ich wollte noch eine Weile bleiben und versuchen zu helfen. Wegen meiner Mutter, aber auch wegen Sagas Verschwinden.«

Pernilla wirkte verwundert.

»Okay. Wie lange bleibst du?«

»So lange wie nötig. Ich habe eine Elternzeitvertretung beim Jugendamt in Kramfors bekommen. So kann ich in der Nähe meiner Mutter sein und Sven und Lillemor ein bisschen zur Seite stehen.«

»Wie schön. Hat die Polizei denn noch etwas herausgefunden?«

»Ja, Sven hat mich heute Morgen angerufen. Sie haben offenbar Sagas Handy geortet, es muss sich hier irgendwo in der Gegend befinden.«

»Aber sonst nichts?« Pernilla schlüpfte in ein Paar Stiefel, das vor der Tür stand.

»Nein, aber vielleicht wissen sie mehr, als sie herausgegeben haben?«

Pernilla schloss die Haustür.

»Danke, dass du die Katze vorbeigebracht hast, aber jetzt entschuldige mich bitte, ich muss ein paar Dinge erledigen«, sagte sie und marschierte über den Hof davon.

Annie setzte sich in den Wagen und sah Pernilla nach, die im Stall verschwand und gleich darauf mit einem Heubündel unter dem Arm wieder herauskam. Die Pferde trabten eifrig heran.

Der Anblick weckte eine Erinnerung. Annie stieg aus und ging zu Pernilla.

»Eine Frage nur noch«, sagte sie. »Bei der großen Suchaktion nach Saga hat eine Frau erwähnt, dass sich Jugendliche oben auf dem Berg träfen, und dass du gesagt hättest, dass deine Pferde sich weigern, dort vorbeizugehen. Dass es dort spukt oder so. Das war aber sicher nur erfunden, oder?«

Pernilla sah sie ernst an.

»Nein, warum sollte ich da lügen? Ich selbst habe nie etwas gesehen, aber die Pferde haben Angst vor der Stelle.«

»Wo genau liegt sie?«

»Ein Stück oberhalb der alten Ziegelei, in der Nähe des Bålsjön. Aber an deiner Stelle würde ich mich vorsehen.«

»Ich habe keine Angst vor Gespenstern«, erwiderte Annie.

»Ich meine gefährlichere Dinge«, sagte Pernilla und schürzte die Lippen. »Man hat dort Bären und Wölfe gesichtet. Und im Moor sollen schon Kühe und Menschen verloren gegangen sein. Hüte dich vor diesem Ort.«

37

Der Wagen holperte über die unebene Schotterstraße. Annie fuhr bis zur Wendeschleife und parkte am Straßenrand. Mit der Hand auf der offenen Autotür blieb sie stehen und zögerte. Der Wald war so still, als hielte er den Atem an, als wartete er auf sie.

Zu Hause hatte sie sich Stiefel geholt und noch eine Fleecejacke unter den Mantel gezogen. Sie wollte nur einen Spaziergang durch den Wald machen. Das Handy war aufgeladen, und sie hatte den Weg hierher gefunden. Irgendwelche Schauermärchen von Gespenstern konnten ihr keine Angst einjagen.

Bei den Sommerhäusern hatte es Einbrüche gegeben, und man vermutete, dass sich Jugendliche im Wald herumtrieben und Drogen nahmen. Könnte Saga jemandem in die Quere gekommen sein? Jemandem, der die Leute vom Wald fernhalten und der nicht entdeckt werden wollte? Wer hatte eigentlich die Gerüchte in die Welt gesetzt? Zugedröhnte Jugendliche, die halluzinierten?

Es roch nach Nadelwald und Schmelzwasser. Die Erde war an manchen Stellen noch gefroren. Hier und da lagen Schneereste.

Sie ging weiter, der Wald wurde lichter, der Untergrund weicher. Zwischen den Bäumen hing Nebel. Sie musste an die Sage von den Unterirdischen denken, die die Menschen zu sich unter die Erde locken wollten.

Etwas knackte, und Annie blieb stehen. Sie lauschte, doch als sie nichts mehr hörte, ging sie weiter. Die Stimme ihres Vaters ertönte in ihrem Kopf. *Was machst du denn da, Mädchen? Was glaubst du denn, was du finden wirst?*

Wieder ein Geräusch. Ein Vogel flatterte genau vor ihr auf und flog verschreckt zwischen die Bäume.

Annie sah sich um. Das Moor. Dort konnte man eine Leiche verstecken. In diesem Moor hatte sie als Kind mit ihrem Großvater Moltebeeren gesammelt.

Hör auf, Annie.

In etwa fünfzig Metern Entfernung sah sie etwas, das wie Sturmholz aussah. Einen Moment lang schien es sich zu bewegen, eine optische Täuschung. Sie hatte gehört, dass Sturmholz aus dem Moor aufsteigen konnte, wenn der Bodenfrost sich löste. Wenn man nicht aufpasste, konnte es über einem einstürzen und einen unter sich begraben.

Sie ging in einem Halbkreis am Moor entlang. Wieder knackte es. Sie verharrte und drehte den Kopf nach rechts. Von dort war das Geräusch gekommen.

Das Sturmholz bewegte sich wirklich. Eine graue Gestalt. Das schaufelförmige Geweih war von Basthaut bedeckt, und der lange Kinnbart schaukelte. Der riesige Elch kam direkt auf sie zu. Annie schlug das Herz bis zum Hals, und sie war wie gelähmt.

Jetzt entdeckte der Elch sie und blieb stehen. Er starrte sie einige Sekunden lang an, bog dann aber nach links ab und verschwand nahezu lautlos zwischen den Bäumen.

Annie lachte und holte tief Luft. Ihr Herzschlag beruhigte

sich allmählich. Der Himmel hatte sich verdunkelt, Wolken waren aufgezogen. Es sah nach einem neuen Unwetter aus.

Sie ging weiter und beobachtete aufmerksam ihre Umgebung. Wenn es hier Elche gab, konnten auch noch bedeutend gefährlichere Tiere in der Nähe sein.

Nach etwa hundert Metern bog sie wieder nach rechts ab und ging in die Richtung zurück, aus der sie gekommen war.

Der abschüssige Boden war von rutschigen Wurzeln durchzogen und von moosbewachsenen Steinen bedeckt. Annie blieb stehen. Ein Stück weiter unten, unter einem großen Stein lag etwas. Sie kniff die Augen zusammen. Ein schwarzer, zugeknoteter Müllsack.

Sie ging näher, atmete schneller. Der Sack war verdächtig ausgebeult. Vorsichtig legte sie eine Hand darauf und befühlte ihn, konnte jedoch nichts Eindeutiges spüren. Sie würde ihn öffnen müssen.

Mit zitternden Händen löste sie den Knoten. Vorsichtig zog sie das Plastik auseinander und hielt instinktiv den Atem an, als sie in den Sack hineinblickte.

Obenauf lag etwas, das wie ein Stoffstück aussah. Sie kippte den Sack zu sich. Eine Decke fiel heraus, alte Konservendosen. Ein paar Zeitungen. Nur Müll, wahrscheinlich zurückgelassen von einem Beerenpflücker. Annie seufzte erleichtert auf.

Ein heller Blitz erleuchtete den Wald, gefolgt von Donner und plötzlichem Sturzregen. Sie zog die Kapuze über den Kopf, stopfte den Müll zurück in den Sack und eilte zum Auto.

Zu Hause duschte sie lange und heiß, kochte sich einen Tee und setzte sich im Wohnzimmer aufs Sofa. Der Regen trommelte auf das Fenstersims. Erschöpft legte sie den Kopf zurück.

Ihr kleiner Ausflug hatte sie nicht weitergebracht. Sie hatte überhaupt nichts gefunden, nichts Mysteriöses gesehen, hatte keinen Hinweis darauf entdeckt, was mit Saga geschehen sein könnte.

Sie atmete ein paarmal tief durch, versuchte sich zu entspannen. Dann spülte sie die Teetasse ab, überprüfte, dass die Haustür verschlossen war und schaltete die Lampen in den Fenstern aus. Es hatte aufgehört zu regnen, der Himmel war allerdings immer noch dunkelgrau. Ein leichter Nebel lag über dem Boden. Sie versteifte sich. Ein Schatten unter dem Apfelbaum.

Ihr Herzschlag beschleunigte sich. Sie hielt den Atem an, wartete auf eine Bewegung, irgendetwas, doch nichts geschah. Der Schatten rührte sich nicht. War da wirklich jemand, oder war es nur eine optische Täuschung in der Dunkelheit?

Geduckt ging sie zum anderen Küchenfenster, um besser sehen zu können, doch der Schatten war verschwunden. Vielleicht hatte sie sich doch alles nur eingebildet.

Ihre Großmutter hatte ihr einmal von ihren Vorahnungen erzählt. Warnungen vor Krankheiten oder Todesfällen.

Annie schauderte und zog die Strickjacke enger um sich. Man hatte Sagas Handy geortet. Würden sie dann bald Klarheit haben?

38

Im Lauf der vergangenen Woche hatte es weiter getaut. Die Bucht war jetzt eisfrei, und der Weg zum Sommerhaus hinauf war weich und voller Reifenspuren. Gunnar sah zu Joel neben sich, der den Kopf hängen ließ.

»Was ist los mit dir?«, fragte er. »Freust du dich nicht aufs Angeln?«

Der Junge antwortete nicht, zog nur die Mütze über die Augen.

»Bist du böse, weil Silver nicht mitkommen durfte?«, fragte Gunnar weiter.

Keine Antwort.

Gunnar hielt an und schaltete den Motor aus. Er stieg aus dem Wagen, öffnete den Kofferraum und zog sich Gummistiefel an. Der Junge saß immer noch im Auto.

»Komm jetzt, Joel!«

Irgendetwas stimmte nicht, doch Gunnar hatte keine Ahnung, was das Problem war. Er hatte alles selbst zusammenpacken müssen, während der Junge gejammert und gesagt hatte, er wolle nicht mitfahren.

»Schön, dann bleib eben sitzen.« Gunnar ging zum Wasser.

Sein altes Ruderboot lag unter einer Persenning, die mit dicken Seilen befestigt war. Die Knoten waren nicht leicht zu lösen, doch schließlich lag das Boot im Wasser, und er glitt damit hinaus in die Bucht. Einige Elstern schäkerten in einem Baum, sonst herrschte Stille.

Die Ruder knarzten. Er steuerte auf die kleine Insel mit den drei krummen Birken zu. An einer hatte er die Leine und einen Nistkasten als Orientierungspunkt befestigt.

Gunnar zog am Seilende. Nach anfänglichem Widerstand stiegen die weißen Plastikkanister wie große Zuckerwürfel an die Oberfläche. Meter um Meter holte er das Seil ein, bis die Behälter gegen das Boot schlugen. Einer nach dem anderen. Acht, neun, zehn. Alle waren noch da.

Er blinzelte Richtung Ufer. Nichts rührte sich. Das nächste Haus lag ein Stück um die Insel herum, von dort aus war Gunnar nicht zu sehen. Er ruderte zurück, zog den Kahn an Land und vertäute ihn. Dann hob er die Kanister aus dem Boot und schleppte sie rasch zum Plumpsklo.

Nachdem er alles verstaut hatte, lächelte er. Das hier war das perfekte Versteck, dachte er. Den Schnaps im Schuppen könnte man vielleicht noch finden, aber im Scheißhaus würde sicher niemand suchen.

Er schloss die Klappe und wollte gerade das Boot wieder abdecken, als Joel mit Angelrute und Köderbox aus dem Schuppen kam.

»Ich gehe angeln«, verkündete er.

Gunnar seufzte. Jetzt hatte der Junge sich also umentschieden. Verdammt.

»Na gut«, erwiderte er. »Aber nicht lange.«

Joel setzte sich in den Bug, Gunnar schob das Boot zurück ins Wasser und kletterte hinein. Er bewegte es mit einigen Ruderschlägen voran und zog dann die Riemen aus dem Wasser.

Schweigend saßen sie da, wie immer. Er hatte keine Ahnung, was im Kopf des Jungen vorging. Er hätte ihn gern danach gefragt, doch ihm fehlten wie immer die Worte. Kerstin hatte das besser gekonnt. Ob der Junge an sie dachte? Unmöglich zu sagen. Von sich aus sprach Joel nicht über sie, und Gunnar fragte ihn auch nie nach seiner Mutter.

Joel bückte sich und wühlte in der Box, wechselte den Haken und befestigte einen Köder mit roten und weißen Federn. Sie warfen die Angeln ein paarmal aus, ruderten ein Stück weiter. Nichts passierte. Die Zeit verging, und Gunnar fror.

»Wir hören jetzt auf.«

»Nein.«

»Aber die Fische beißen heute nicht. Es reicht, wir fahren nach Hause.«

»Nur noch ein bisschen. Ein Versuch noch.«

Joel warf die Angel aus, ohne auf die Antwort seines Vaters zu warten. Behutsam holte er die Schnur ein, und plötzlich bog sich die Angelrute.

»Etwas hat angebissen!«, schrie Joel. »Ich habe was gefangen!«

Gunnar machte einige Ruderschläge. Die Ruder knarzten in den Dollen. Das Boot glitt langsam voran.

Ein Stück Holz, dachte Gunnar. Dann erkannte er Beine in einer dunklen Hose, um die sich Seegras geschlungen hatte. Eine Jacke. Es war keine Einbildung. Blonde Haare, die in dem dunklen, trüben Wasser schwebten.

Joel beugte sich vor, streckte die Hand aus.

»Nein, nicht anfassen!« Gunnars Ruf hallte über das Wasser, und Joel zuckte so heftig zurück, dass er nach hinten ins Boot fiel.

Sie war tot. Trieb vor ihnen im Wasser und war tot. Gottverdammte Scheiße. Wie war sie dorthin gelangt?

Gunnar ruderte mit tauben Armen ans Land zurück. Er musste den Jungen wegbringen, irgendwohin, wo er nicht zuschauen konnte.

»Steig aus«, befahl er. *Bitte tu, was ich sage.*

Joel gehorchte und starrte auf das Wasser.

»Was war das, Papa?«

Sag was. Egal, was. Kerstin, hilf mir.

»Eine Meerjungfrau. Das war eine Meerjungfrau«, stotterte Gunnar.

Er schob Joel vor sich her zum Schuppen hinauf. Der Junge wand sich und drehte sich um, doch Gunnar drängte ihn weiter, sodass Joel stolperte.

»Tut mir leid, Papa«, sagte er, als sie beim Schuppen angelangt waren. »War das meine Schuld? Bist du böse auf mich?«

»Nein, nein«, murmelte er. *Was zum Teufel sollte er nur tun?*

Er schob Joel in den Schuppen und stellte die Angelausrüstung ab.

Die Polizei. Er musste die Polizei anrufen.

Joel drehte sich um und ließ den Kopf hängen.

»Das war keine Absicht, Papa. Ich wollte nicht, dass sie tot ist.«

Gunnar starrte den Jungen an.

»Was hast du gesagt?«, fragte er leise.

Joel schüttelte den Kopf.

»Was hast du gesagt?«, wiederholte Gunnar. Sah zum Wasser, dann zurück zu seinem Sohn.

Verdammte Scheiße.

39

Sven Bergsten zog mit dem Rechen tiefe, gerade Linien in den Schotter des Parkplatzes.

Es war völlig windstill. Die Vögel zwitscherten noch in den Büschen. Er war müde, erschöpft, sehnte sich nach tiefem, traumlosem Schlaf. Danach, ohne den Druck auf der Brust aufzuwachen, ohne das Dröhnen im Kopf.

Lillemor war wie ein Gespenst, zwar da, aber innerlich ganz weit weg. Nur eine leere Hülle, die dasaß und vor sich hin starrte. Nachts lag er wach neben ihr, sah sie an, während sie schlief, und machte sich Sorgen, was sie tun würde, wenn sie aufwachte. Er hatte Angst um sie, aber auch vor ihr.

Sein Rücken schmerzte, und er hielt inne, streckte sich und massierte sich das Steißbein. Er sah, wie sich ein silberner Audi näherte und vor ihm stehen blieb. Ein Mann in grauen Freizeithosen und schwarzer Kapuzenjacke stieg aus. Trotz der legeren Kleidung wirkte er Respekt einflößend.

Der Mann, der etwa Mitte fünfzig zu sein schien, streckte die Hand aus.

»Guten Tag, ich bin Hans Nording, wir haben miteinander telefoniert.«

Sven hatte das Gefühl, als hätte ihn jemand mit einem Eimer kaltem Wasser übergossen, und seine Knie drohten unter ihm nachzugeben.

Nording musste es ihm angesehen haben, denn er hob beruhigend beide Hände.

»Entschuldigen Sie, wenn ich Sie erschreckt habe«, sagte er. »Ich bin in anderer Sache unterwegs. In die Sommerhäuser hier in der Umgebung wurde einige Male eingebrochen, und ich wollte mich mal ein wenig umschauen. Als ich Sie hier vor Ihrem Laden gesehen habe, musste ich kurz anhalten. Wie geht es Ihnen und Ihrer Frau?«

Dafür hatte man also Ressourcen, dachte Sven. Sogar an einem Sonntag.

»Wir haben darauf gewartet, dass Sie sich melden«, antwortete er knapp. »Wie geht es mit der Suche voran?«

»Ich kann Ihnen leider nichts Neues mitteilen«, erwiderte Nording. »Wir melden uns, sobald wir mehr wissen.«

Sven sah dem silbergrauen Audi lange nach, wie er den Hügel Richtung Saltviken hinauffuhr. Seine Brust schmerzte. Das lähmende Gefühl, das ihn bei Hans Nordings Begrüßung erfasst hatte, hielt noch an.

Er stellte den Rechen an die Garagenwand und ging ins Haus. Mit schweren Schritten stieg er die Treppe nach oben und blieb vor Sagas Zimmertür stehen. Dann holte er tief Luft und drückte die Türklinke nach unten.

Ein kühler Luftzug schlug ihm entgegen, genau wie an dem Morgen, als er ihr Verschwinden entdeckt hatte. Sven setzte sich aufs Bett und strich mit der Hand über den Überwurf. Sagas weißer Strickpullover hing noch über dem Schreibtischstuhl. Er griff danach, begrub das Gesicht darin, atmete den Duft ein.

Er wollte weinen, doch es kamen keine Tränen.

»Wo bist du?«, schrie er verzweifelt in den Pullover.

Gunnars Hände am Lenkrad zitterten. Er hatte hinsehen müssen, als er sie aus dem Wasser gezogen hatte. Bleiche, bläuliche Haut. Das lange, blonde Haar, wie bei einem Engel. Aber das Gesicht. *Himmel, das Gesicht.*

Seine Kehle schnürte sich zusammen. Er musste würgen. Jetzt bloß nicht kotzen. Sein Blick verschwamm, und er wischte sich die Tränen aus den Augen. *Reiß dich zusammen, verdammt noch mal.*

Gunnar warf Joel einen Blick zu. *Bist du böse auf mich, Papa? Es war keine Absicht.* Das hatte der Junge gesagt.

Er würde ihn zu Hause absetzen, dann weiterfahren. Aber wohin? Irgendwohin ans Wasser natürlich. Egal, wo. Wo jemand anders sie finden konnte. Nur nicht auf seinem Grundstück.

Er trat aufs Gaspedal. Der schmale Waldweg war entweder vereist oder matschig, und die Reifen brachen in den Kurven aus. Die Sonne reichte noch nicht zwischen die Bäume, und die Gräben waren immer noch voll schmutzig grauem Schnee. Gunnar wurde langsamer. Sein Fuß vibrierte auf dem Gaspedal. Er wischte sich den Schweiß von der Stirn und packte das Lenkrad mit beiden Händen.

Aus dem Augenwinkel nahm er einen dunklen Schatten wahr. Er sah gerade noch das breite Geweih und den Kinnbart, bevor das große Tier den Weg überquerte. Instinktiv riss er das Steuer zur Seite, und der Wagen rollte holpernd in den Graben. Gunnar stieß mit der Stirn hart gegen das Lenkrad, und alles drehte sich.

Besorgt sah er zu Joel, der sich die Schläfe massierte.

»Hast du dir den Kopf angeschlagen? Ist alles in Ordnung?«

Joel nickte.

Gunnar drehte den Zündschlüssel, der Wagen sprang an. Er legte den Rückwärtsgang ein und trat vorsichtig aufs Gaspedal. Doch die Hinterräder drehten sich in der Luft, und das Auto bewegte sich keinen Millimeter. Sein Kopf begann zu schmerzen, und er schaltete den Motor wieder aus. Er sah, dass Joel sich immer noch die Schläfe massierte.

»Bleib sitzen«, sagte Gunnar.

Die Fahrertür ließ sich nur einen Spalt öffnen, doch schließlich konnte er sich hindurchzwängen. Die Motorhaube war eingedrückt, und die Hinterräder hingen zwanzig, dreißig Zentimeter über dem Boden in der Luft. Ohne Hilfe würde er das Auto nie herausziehen können.

Laut fluchend trat er gegen den Vorderreifen. Er zitterte am ganzen Leib. Was sollte er jetzt tun? Er biss sich in den Fingerknöchel und sah zum Kofferraum. Sollte er sie irgendwo im Wald ablegen? Nein, da würde sie vielleicht nicht schnell genug gefunden werden. Das schaffte er einfach nicht.

»Verdammte Scheiße«, fluchte er laut.

Er setzte sich wieder ins Auto. Der Junge sah ihn verängstigt an. *Verdammt.*

Motorengeräusche wurden laut. Ein silbergrauer Audi tauchte im Rückspiegel auf, rollte an ihnen vorbei und blieb schließlich stehen. Der Fahrer stieg aus.

»Sei jetzt still, Joel«, sagte Gunnar angespannt.

Er biss die Zähne aufeinander und hielt den Atem an, während er das Fenster herunterkurbelte.

»Edholm! Ich dachte mir doch, dass Sie es sind.« Hans Nording lächelte breit. »Was ist passiert?«

Gunnar wurde schwarz vor Augen. *Das konnte einfach nicht wahr sein. Warum ausgerechnet er?* Sie kannten einander von früher. Das war zwar schon viele Jahre her, aber die Bullen vergaßen sicher nie etwas.

Gunnar räusperte sich. »Ich bin einem Elch ausgewichen. Sehen Sie nicht die Spuren?«

Nording betrachtete die Hufabdrücke, die sich deutlich in dem weichen Untergrund abzeichneten. »Und dieses Mal hatten Sie das Gewehr nicht dabei?«

»Ne.«

So viele Polizisten arbeiteten in Kramfors, aber immer tauchte derselbe Mistkerl auf, wenn Gunnar etwas ausgefressen hatte. Er leckte sich über die Lippen, doch seine Zunge war genauso ausgedörrt.

»Habt ihr euch verletzt?«, fragte Nording und sah zu Joel auf dem Beifahrersitz.

»Der Junge hat sich nur ein wenig den Kopf angeschlagen.«
»Haben Sie ein Abschleppseil?«
Der Kofferraum.
»Das liegt zu Hause«, murmelte Gunnar.

»Na, da liegt es aber gut«, meinte Nording lachend und ging zu seinem Wagen.

Er holte ein orangefarbenes Seil und befestigte ein Ende unter seinem Auto.

Gunnar zwängte sich wieder aus der Fahrertür und ging Nording entgegen.

»Setzen Sie sich ans Steuer«, sagte er und nahm dem Polizisten das Seil aus der Hand. Der Schweiß lief ihm in den Hemdkragen, während er das Seil an seiner Anhängerkupplung festband.

Nach zwei Versuchen stand sein Auto wieder auf dem Weg. Gunnar räusperte sich, bekam kaum Luft.

Im Rückspiegel sah er, wie Nording das Seil löste. *Keine Panik. Ganz ruhig.* Er sollte aussteigen und sich bedanken, aber wie? Seine Beine waren wie Gummi. Er war noch nie ohnmächtig geworden, aber so fühlte man sich wahrscheinlich kurz davor.

Er kurbelte das Fenster herunter und streckte den Kopf hinaus.

»Vielen Dank.«

Nording wickelte das Seil um seinen Arm und sah Gunnar prüfend an.

»Ich helfe doch gern. Schaffen Sie die Fahrt nach Hause? Sie sehen etwas blass aus.«

Gunnar brummte etwas als Antwort. Seine Beine zitterten.

»Fahren Sie vorsichtig.«

Nording klopfte mit der Hand aufs Autodach und ging. Gunnar kurbelte das Fenster wieder hoch. *Jetzt fahr schon.* Er drehte den Zündschlüssel und legte den ersten Gang ein.

Da klopfte es an der Windschutzscheibe. Gunnar blieb beinahe das Herz stehen. Nording hielt das zusammengerollte Seil hoch.

»Behalten Sie es, ich habe mehrere.«

Gunnar drückte hastig die Tür auf, doch Nording ging schon nach hinten.

Der Kofferraum wurde geöffnet. Langsam. Er saß wie gelähmt da. Starrte auf den Weg vor sich. Schluckte. Packte das Lenkrad. Stellte den Fuß aufs Gaspedal.

Nordings Wagen verstellte den Weg. Gunnar sah im Rückspiegel, wie der Kofferraum geschlossen wurde. Der Polizist hielt etwas in der Hand. Eine Pistole, dachte Gunnar zuerst. Dann erkannte er das Handy.

Nording kam mit dem Telefon am Ohr auf ihn zu.
Kein Entkommen möglich.
Gunnar schaltete den Motor aus, und es wurde still.

40

Sven saß am Küchentisch und hatte gerade einen Kaffee getrunken, als draußen eine Sirene ertönte. Er eilte zum Fenster und sah hinaus. Ein Streifenwagen raste vorbei, gefolgt von einem Einsatzwagen und einem Zivilfahrzeug. Nach der Kreuzung schalteten alle die Sirenen aus, die Lichter blinkten jedoch weiter, während sie sich den Berg hinauf entfernten.

Lillemor stellte sich neben ihn. »Was da wohl passiert sein mag?«, fragte sie.

Sven massierte sich die Brust. Bei so einem großen Einsatz musste etwas Ernstes geschehen sein. Man schickte doch sicher nicht so viele Einsatzkräfte los nur wegen ein paar Einbrüchen in Sommerhäusern?

»Ich gehe nach unten und reche den Parkplatz fertig«, sagte er.

Eine halbe Stunde verging, Sven fror bereits, doch dann kamen sie. Der Streifenwagen, jetzt ohne Blaulicht, und Hans Nordings Audi. Auf dem Rücksitz des Streifenwagens saß ein Mann.

Sven kratzte sich am Kopf und ging zurück ins Haus. Lillemor kam ihm in der Diele entgegen.

»Hast du etwas gesehen?«, fragte sie besorgt.

Sven nickte langsam. »Sie hatten jemanden im Wagen.«

»Wen?«

Sven massierte sich die Stirn. »Ich bin nicht ganz sicher«, murmelte er. »Aber es sah aus, als hätte Gunnar Edholm auf dem Rücksitz gesessen.«

»Ach. Wahrscheinlich ist er wieder betrunken gefahren«, meinte Lillemor.

Sven ging ins Wohnzimmer und schaltete den Fernseher ein. Nirgends in den Nachrichten wurde Lockne erwähnt.

Er stand auf und ging zum Fenster. Wegen Alkohol am Steuer rief man doch keine Verstärkung, oder? Nein, es musste etwas anderes passiert sein. Doch was?

Irgendjemand im Ort wusste sicher mehr. Manche hörten den Polizeifunk und waren immer auf dem Laufenden über alles, was in der Gemeinde vor sich ging. Sven hatte nie den Sinn dahinter verstanden, sich diese ganzen schrecklichen Dinge anzuhören. Das Interesse der Menschen für Unglücksfälle und tragische Schicksale war ihm ein Rätsel. Doch jetzt hätte er gern Bescheid gewusst. Um dieses ungute Gefühl im Bauch loszuwerden.

Gunnar sah auf die Uhr an der Wand und kratzte sich an den Armen. Seine Haut juckte so beschissen, als krabbelten tausend Flöhe darauf herum. Man hatte ihn in ein Zimmer ohne Fenster gesetzt. Ein Tisch, zwei Stühle. An einer Wand befand sich ein Spiegel, aber das war so einer wie in den Polizeiserien im Fernsehen. Hinter dem standen sie und glotzten ihn an.

Jetzt ist es aus, Gunnar Edholm, dachte er. Jetzt landest du im Knast, und was soll dann aus den Kindern werden?

»Ich muss meine Kinder anrufen!«, schrie er den Spiegel an.

Er rieb sich die brennenden Augen. Sah immer noch das Mädchen vor sich. *Die Hände. Die weiße, durchscheinende Haut.*

Er war total in Panik geraten. Wenn Joel ihr wirklich etwas angetan hatte – aus welchem Grund? Was war passiert? Es musste ein Unfall gewesen sein. Joel hatte immer schon ein Auge auf das Mädchen geworfen, er hatte doch wohl nicht …

Die Tür wurde geöffnet, und eine Polizistin stellte sich mit verschränkten Armen an die Wand. Hans Nording setzte sich ihm gegenüber an den Tisch.

»Gunnar Edholm«, begann er. »Wir haben mit dem Staatsanwalt gesprochen. Sie sind hiermit offiziell wegen Mordverdacht festgenommen. Man wird Ihnen einen Anwalt zur Seite stellen.«

Gunnar sah auf die Tischplatte.

»Haben Sie etwas zu sagen?«

»Ohne Anwalt sage ich gar nichts.« Gunnar sah auf seine zitternden Hände.

»Wollen Sie wirklich nichts loswerden? Ich sehe doch, dass es Ihnen nicht gut geht. Sie können mit mir sprechen. Lassen Sie alles raus. Die Identifizierung ist noch nicht abgeschlossen, aber wir wissen doch beide, wer das Mädchen ist, Gunnar«, sagte Nording und sah ihn aus verengten Augen an.

Der Bulle versucht nur, dich reinzulegen. Gunnar schüttelte den Kopf.

»Also gut. Dann setzen wir die Vernehmung fort, wenn Ihr Anwalt eingetroffen ist.«

Gunnar wurde zurück in die Zelle geführt, wo er ruhelos auf und ab ging.

Nach einer halben Stunde surrte die Tür bereits wieder. Eine weibliche Wache kam herein, eine andere wartete vor der Zelle.

»Stehen Sie auf«, befahl sie.

»Wohin gehen wir?«

»Zur Vernehmung. Ihr Anwalt ist da.«

Ein junger Mann mit Krawatte und zurückgekämmtem Haar erhob sich und streckte Gunnar die Hand entgegen, als dieser den Raum betrat. Pontus irgendwas. Was war das denn für ein Name? Der Mann trug einen Bart, schien aber kaum trocken hinter den Ohren zu sein. Sollte das etwa ein Anwalt sein? Der kleine Lackaffe?

Gunnar setzte sich auf den Stuhl und merkte, dass er pinkeln musste. Der Anwalt ließ seinen Kugelschreiber zwischen den Fingern kreisen, während er erklärte, dass man ihm den Fall zugeteilt hatte.

»Darf ich fragen, wie alt Sie sind?«

Der Anwalt verzog den Mund.

»Das ist nicht mein erster Mordfall, falls Sie das wissen möchten.«

»Aber ich bin unschuldig. Können Sie mich hier rausbringen?«

Der Bursche lächelte, legte den Stift beiseite und beugte sich vor, als würde er mit einem kleinen Kind sprechen.

»Hören Sie zu, Gunnar. Man wird Ihnen Fragen stellen. Viele. Sie müssen darauf nicht antworten. Sie müssen überhaupt nichts sagen. Vergessen Sie nicht, dass alles gegen Sie verwendet werden kann.«

»Ich werde die Wahrheit sagen.«

»Okay. Dann sagen Sie die Wahrheit. Wenn Sie nichts zu verbergen haben, dann gibt es damit auch keine Probleme.« Der Anwalt betrachtete ihn. »Die Polizei durchsucht gerade Ihr Haus, das Sommerhaus, Ihre Telefonverbindungen, Ihren Computer. Alles wird überprüft.«

Gunnar sah die Flaschen vor sich. Unter der Kellertreppe, im Küchenschrank, im Sommerhaus. Im Scheißhaus. Ob sie da auch nachschauen würden?

»Sie werden nichts finden, weil es nichts zu finden gibt«, sagte er.

»Ganz sicher? Haben Sie wirklich nichts zu verbergen?«

Gunnar presste die Lippen aufeinander.

»Im Moment deutet alles darauf hin, dass Sie schuldig sind, und deshalb muss ich alles wissen. Nur dann kann ich Ihnen helfen, hier rauszukommen. Zuerst einmal müssen wir festlegen, wie Sie sich zu den Vorwürfen bekennen werden. Schuldig oder nicht schuldig?«

»Nicht schuldig, verdammt noch mal.«

41

Um sieben Uhr abends bog ein Auto auf den Parkplatz ein. Sven stand auf und sah aus dem Fenster. Der silbergraue Audi. Hans Nording und eine Frau. Langsame, schwere Schritte. *Nein.*

Sein Magen verkrampfte sich, die Zunge klebte am Gaumen. Er fasste sich an die Brust und ließ sich auf einen Küchenstuhl sinken. Seine Beine wollten ihn nicht länger tragen.

»Mach du auf«, bat er Lillemor.

Sara Emilsson und Hans Nording traten in die Küche und setzten sich.

»Es tut uns sehr leid …«, begann Nording.

Lillemor tastete nach Svens Hand und umklammerte sie. Jetzt kommt es, dachte Sven. Gott steh uns bei.

Nording holte Luft.

»Wir haben eine Leiche gefunden«, sagte er, »und ich muss Ihnen leider mitteilen, dass es sich um Saga handelt.«

Sven sank in sich zusammen. Lillemor öffnete und schloss wie ein Fisch den Mund.

»Wo?«

»In Saltviken.«

»Im Wasser?« Sven hielt sich an der Tischkante fest.

»Sie wurde in einem Auto gefunden.«

»In einem Auto? Was soll das heißen?«

Lillemor keuchte. Sven nahm zuerst alles wie unter Wasser wahr, dann war alles überdeutlich. Worte, Atemzüge, Stille.

»Wer hat sie gefunden?«

»Diese Information können wir leider nicht herausgeben«, erhielt Sven als Antwort. »Aber wir haben einen Tatverdächtigen.«

»Einen Tatverdächtigen? Wie ist sie gestorben?«, fragte Lillemor schrill.

Die Polizisten tauschten einen Blick.

»Das wissen wir noch nicht«, sagte Sara Emilsson leise. »Aber es sieht aus, als hätte sie eine Zeit lang im Wasser gelegen.«

Im Wasser. Saltviken. In der Bucht.

»Wir wollen sie sehen!«, rief Lillemor.

»Natürlich können Sie das«, antwortete Sara Emilsson, »doch es ist nicht nötig. Wir haben sie bereits identifiziert.«

Identifiziert.

»Wir *müssen* sie sehen!«, beharrte Lillemor verzweifelt.

»Darüber können wir später sprechen«, sagte Nording. »Wir müssen außerdem erst die Ergebnisse der Spurensicherung abwarten.«

Lillemor brach in Tränen aus, Sven hielt sich die Ohren zu. Seine Hände zitterten. Er fühlte sich wie betäubt.

Ein Geräusch wie aus weiter Ferne. Die Türklingel.

»Das ist sicher der Pfarrer. Ich mache auf.« Sara Emilsson ging zur Haustür.

Pfarrer Hägglund kam herein und nahm Lillemor sofort in die Arme, und sie weinte und schrie an seiner Brust.

42

Als es morgens dämmerte, fühlte Annie sich, als hätte sie seit mehreren Tagen nicht geschlafen. Irgendwann nachts war sie kurz eingedöst, die meiste Zeit hatte sie jedoch wach gelegen.

Nachdem Sven sie am Abend zuvor angerufen hatte, war sie sofort zu den beiden gefahren, hatte Kaffee gekocht, sie umarmt, ihnen zugehört. Schließlich waren Sven und Lillemor eingeschlafen. Sie hatte sich aufs Sofa gelegt und gehofft, dass den beiden wenigstens ein paar Stunden Schlaf vergönnt sein würden.

Was sie erzählt hatten, war völlig unbegreiflich. Der Gedanke war ihr natürlich gekommen, doch sie hatte ihn immer wieder schnell verdrängt. Dass Saga nicht mehr am Leben sein könnte.

Sie schauderte und biss die Zähne zusammen. Nein, du darfst jetzt nicht auch noch zusammenbrechen, dachte sie. Damit hilfst du ihnen nicht. Reiß dich für Sven und Lillemor zusammen. Sie brauchen dich jetzt mehr als je zuvor.

Vorsichtig erhob sie sich vom Sofa und betrachtete Sagas Foto an der Wand. Sie war so hübsch mit ihren blonden Haaren und den blauen Augen. *Tot.*

Als sie in die Küche kam, saß Sven schon dort. Sie legte den Arm um seine dünnen Schultern und drückte ihn an sich.

»Schläft Lillemor noch?«

Sven nickte. Sie hatte irgendwann eine Schlaftablette genommen, die zu wirken schien.

Annie setzte sich. »Und du, Sven?«

Er schüttelte langsam den Kopf. Wiederholte, was er am Tag zuvor gesagt hatte. Dass er Gunnar Edholm im Polizeiwagen gesehen hatte.

»Was hat er mit ihr gemacht?«, flüsterte er.

Sein Körper bebte, während er stumm weinte. Annie nahm seine Hand. Es gab nichts zu sagen, keinen Trost. Sie würden noch früh genug erfahren, was passiert war, aber bis dahin war alles ein einziger schwarzer Abgrund aus Schmerz.

Eine Weile saßen sie so da. Annie kochte Kaffee und bestrich einige Brote, doch niemand brachte etwas hinunter.

Nach einer Weile ließ Sven sich überreden, sich noch einmal hinzulegen. Annie bot an zu bleiben, doch er bat sie, nach Hause zu fahren. Der Pfarrer würde bald zurückkommen und ihnen beistehen.

Annie blieb noch lange im Wagen vor dem Laden sitzen. Der Himmel war von einer hellgrauen Wolkendecke überzogen. Es war still, kein Mensch war zu sehen.

Auch wenn sie gern in der Arbeit gewesen wäre und gehört hätte, was über die Ereignisse geredet wurde, war es undenkbar, jetzt dorthin zu fahren.

Sie wählte die Nummer ihres Chefs.

»Ich kann heute nicht kommen«, sagte sie. »Ich habe Migräne.«

In Stockholm hatte man darüber gewitzelt, dass Leute, die sich an einem Montag krankmeldeten, bestimmt einen Kater hatten. Hoffentlich dachte man das jetzt nicht auch von ihr.

Claes seufzte laut.

»Ach herrje«, sagte er. »Hier ist es etwas hektisch, gelinde gesagt. Du hast vielleicht in den Nachrichten von dem toten Mädchen gehört?«

»Ja.« Annie schloss die Augen.

»Sie haben einen Verdächtigen verhaftet. Er hat zwei minderjährige Kinder, um die sich der Bereitschaftsdienst kümmern musste. Der Sohn ist erst vierzehn und scheint zumindest autistische Züge zu haben. Er war völlig außer sich, als wir ihn abholen wollten, und hat wild um sich geschlagen. Er befindet sich jetzt in der Kinder- und Jugendpsychiatrie in Sollefteå, eine Tante hat aber angeboten, ihn bei sich aufzunehmen. Die Tochter hingegen wollte unbedingt in dem Haus bleiben. Sie ist siebzehn, und es wurde entschieden, dass sie mit Unterstützung des Jugendamtes zu Hause bleiben kann. Die Mutter lebt nicht mehr, aber die Tante kann nach ihr sehen.«

Annies Brust zog sich zusammen. Sven hatte sich also nicht getäuscht.

»Um wen geht es?«, brachte sie mühsam hervor.

»Gunnar Edholm. Im Moment gehört er nicht zu unseren Klienten.«

Annie hielt den Atem an. »Aber früher schon?«

»Trunkenheit am Steuer vor ein paar Jahren, offener Strafvollzug.«

Genau, dachte Annie. Gunnar Edholm war ein Alkoholiker, kein Mörder. Irgendetwas stimmte hier nicht. Er war vieles, aber nicht gewalttätig. Sie glaubte nicht, dass sie sich in einem Menschen so täuschen konnte.

Ein junges Mädchen war tot in Lockne aufgefunden worden. Ein Mann wurde des Mordes verdächtigt. Sie sollte erzählen, dass sie mit der Toten verwandt war, das wäre das Richtige. Aber dann würde sie vermutlich von allem ausgeschlossen werden, was mit der Familie Edholm zu tun hatte.

Nur einen Tag noch, dachte sie. Einen Tag kann ich noch warten, bevor ich alles erzähle.

»Okay«, sagte sie.

»Ich muss jetzt los, Annie. Erhol dich so schnell du kannst. Wir brauchen dich.« Claes legte auf.

Annie startete den Wagen und fuhr los. Als sie an Gunnar Edholms Haus vorbeikam, sah sie zwei kleinere Kastenwagen in der Einfahrt. Wahrscheinlich die Spurensicherung, die das Haus auf den Kopf stellte.

Statt zu sich fuhr sie hinauf nach Saltviken. Als sie sich Gunnar Edholms Sommerhaus näherte, sah sie das blau-weiße Absperrband der Polizei. Ein einsamer Streifenwagen parkte vor der Garage. Die Tür zu Edholms Schuppen stand offen. Ein Bootsmotor lehnte an der Wand.

Ein uniformierter Polizist kam aus dem Schuppen. Jens Fredriksson. Sie hatte nicht daran gedacht, dass er hier sein könnte.

Sie wappnete sich und stieg aus. Jens kam mit erhobener Hand auf sie zu.

»Siehst du nicht, dass alles abgesperrt ist? Das hier ist ein Tatort«, sagte er. »Was machst du hier?«

Annie schluckte. Das wusste sie selbst nicht, nur, dass sie es mit eigenen Augen sehen wollte. Aber vielleicht glaubte Jens, dass sie wegen ihm hier war?

»Ich kenne Gunnar Edholm«, begann sie. »Er kann einfach nicht …« Sie verstummte.

»Wenn du wüsstest, was ich hier gefunden habe, wärst du sicher nicht so überzeugt«, erwiderte Jens. »Edholm hat Dreck am Stecken, so viel kann ich dir sagen.«

Annie wollte protestieren, schloss dann aber den Mund. Wieder dieses Grinsen.

Du bist ein böses Mädchen.

Schweigend setzte sie sich in ihren Wagen.

»Warte«, sagte Jens.

Er stand nur ein paar Meter von ihr entfernt.

»Was ist letztens eigentlich genau passiert?«, fragte er. »Abends bei mir zu Hause. War da was zwischen uns? Ich erinnere mich noch, dass wir uns im *Kramm* getroffen haben und dass du mit mir nach Hause gegangen bist, aber dann ist alles … verschwommen. Ich war nicht ganz nüchtern, wie du wahrscheinlich gemerkt hast. Aber wir haben nichts Unangemessenes getan, oder?«

Annie wusste nicht, was sie antworten sollte. Ja, was war eigentlich passiert? War er zu weit gegangen, oder hatte sie falsche Signale ausgesendet?

»Ich habe durchgehen lassen, dass du unter Alkoholeinfluss Auto gefahren bist«, fuhr Jens fort. »Und jetzt war ich betrunken und … unvorsichtig. Sind wir quitt? Du weißt ja, dass ich mit meiner Freundin zusammenlebe. Ihr sollen ja keine komischen Gerüchte zu Ohren kommen.«

Er sah Annie ausdruckslos an.

Fahr einfach, Annie. Fahr einfach los.

Mit brennenden Wangen fuhr sie davon. Zum Teufel, dachte sie. Polizist hin oder her, Jens Fredriksson war ein richtiges Schwein geworden.

43

Gunnar Edholm setzte sich im Halbdunkel der Zelle auf, kratzte sich den Bart, raufte sich die Haare. Sein Mund war trocken. Er hatte keinen Kautabak, nichts zu trinken. Er musste pinkeln, wagte es aber nicht, aufzustehen.

Er sah durch das vergitterte Fenster. Kein Auge hatte er zugetan, und jetzt wurde es draußen hell. Wie ging es dem Jungen? Warum passierte nichts? Ein Wärter hatte die Luke geöffnet und hineingesehen, aber nichts gesagt. Gunnar hatte auch etwas zu essen bekommen. Aber hier gab es keinen Fernseher, kein Radio, nichts, um sich von seinen Gedanken abzulenken. Er war völlig von seiner Umwelt abgeschnitten. Er durfte auch niemanden anrufen. Der arme Junge. Kümmerte man sich um ihn? Hatte er etwas zu essen bekommen? Was für ein elender Dreck. Was würde aus den Kindern werden, wenn er hier nicht mehr rauskam?

Er kauerte sich an die Wand und wickelte sich in die Decke. Wie um alles in der Welt hatte es so weit kommen können? Das arme Mädchen. Und Sven und Lillemor. Himmel. Das Mädchen war tot. Auf Mord gab es lebenslang.

»Kerstin«, flüsterte er ins Dunkel.

Er zitterte, die Haut an Armen und Hals juckte, war klebrig. Er glaubte ein Flüstern zu hören. Stand da jemand in der Ecke? Ein Mädchen mit langen Haaren. Das die Arme nach ihm ausstreckte. Die Haut, aufgeworfen wie Gummiblasen.

Er schloss die Augen, doch die Bilder verfolgten ihn weiter. Ich will sterben, dachte er. Lasst mich einfach sterben.

Die Tür wurde geöffnet, ein Wärter kam herein. Gunnar solle sich anziehen und dann zur Vernehmung mitkommen.

Verdammt, war das Zimmer klein. Keine Fenster, keine Luft. Nording war da, und das Anwaltsbürschchen. Gunnar schwitzte unter den Armen. Wie sehr er sich nach einem ordentlichen Schluck sehnte.

Hans Nording schaltete das Aufnahmegerät ein und räusperte sich.

»Also dann, auf ein Neues, Edholm. Noch mal von Anfang an.«

Gunnar ballte eine Hand zur Faust. So machten sie das. Stellten immer wieder dieselben Fragen. Der Bulle versuchte, ihn mürbezumachen. Ihn dazu zu bringen, dass er sich verplapperte. Sich widersprach.

»Ich will zuerst mit meinen Kindern sprechen.«

»Das muss warten. Wir haben eine Leiche in Ihrem Wagen gefunden. Sie arbeiten besser mit uns zusammen.«

Nording schob das Aufnahmegerät ein wenig näher. Gunnar wischte sich den Schweiß von der Stirn.

»Ich bin zum Sommerhaus gefahren, um mit dem Jungen zu angeln.«

»Und dann?«

»Ja, dann habe ich sie entdeckt.«

»Und wo?«

»Im Wasser, das habe ich doch schon gesagt.«

»Und dann haben Sie sie herausgezogen?«

»Ja.«

»Aber warum haben Sie die Leiche wegtransportiert? Warum haben Sie nicht die Polizei gerufen?«

»Der Junge sollte das nicht sehen müssen.«

»Wo war Joel zu dem Zeitpunkt noch mal?«

Gunnar spannte die Kiefer an.

»Ich habe ihn gebeten, in den Schuppen zu gehen und das Angelzeug zusammenzupacken.«

Und dann habe ich den Riegel vorgelegt, damit er nicht rauskann. Ich habe ihn eingeschlossen. Wie ein Tier.

»Okay.« Nording machte sich eine Notiz. »Sie haben sie also in den Kofferraum gelegt und sind dann losgefahren?«

»Ja … Ich bin losgefahren, und dann kam dieser verfluchte Elch, und den Rest wissen Sie.«

Nording stand auf und ging ein paar Schritte. »Warum schafft man eine Leiche weg, Edholm?«

Gunnar schloss die Augen. Man tut, was man muss, dachte er. Aber Moment. Wann genau war das Mädchen noch gleich verschwunden?

»Wohin wollten Sie sie bringen?«, fuhr Nording fort.

Gunnar sah ihn an. »Ich weiß es nicht, verdammt noch mal«, murmelte er. »Ich hatte Panik.«

»Gibt es Zeugen?«

»Natürlich nicht.«

»Nur ihr beide wart dort?«

Gunnar schüttelte den Kopf. »Wer hätte denn noch dabei sein sollen?«

Nording verschränkte die Arme.

»Glauben Sie etwa, wir wissen nicht, was da draußen in den

Dörfern vor sich geht? Dass ihr wildert und euch gegenseitig schützt?«

Gunnar kratzte sich am Hals. Der Juckreiz war unerträglich.

»Verflucht noch mal, warum sollte ich denn ein Kind umbringen?«

Nording setzte sich wieder, tippte mit der Stiftspitze auf seinen Block und sah ihn aus seinen blaugrauen Polizistenaugen misstrauisch an.

»Ihnen ist schon klar, dass das ganz schön merkwürdig klingt, oder? Warum erzählen Sie nicht, was wirklich passiert ist? Denken Sie an Ihre Kinder. Denken Sie an die Bergstens. Sie kennen doch Sven und Lillemor? Sie sind schließlich Nachbarn.«

»Ich habe niemanden umgebracht. Sie war einfach da, im Wasser. Hören Sie nicht, was ich sage?«

Nording sah zu dem Einwegspiegel, und Gunnar ahnte den Grund. Dahinter verfolgte jemand alles, was hier gesagt wurde. Nording schob seinen Stuhl zurück und die Brille auf die Stirn.

»Na gut, Edholm. Helfen Sie mir zu verstehen, was genau passiert ist.«

Gunnar schüttelte den Kopf. »Ich habe alles gesagt. Ich weiß nichts mehr.«

Nording stand erneut auf und ging durch den Raum. Mit verschränkten Armen blieb er neben Gunnar stehen.

»Sie sind doch Witwer?«, sagte er. »Ist schon eine ganze Weile her, dass Sie was mit einer Frau hatten, oder?«

»Was hat das denn damit zu tun?«

»Saga Bergsten war ein bildhübsches Mädchen, schon eine junge Frau. Waren Sie scharf auf sie, Edholm? Haben Sie sich an sie rangemacht, aber sie wollte nicht? Waren Sie vielleicht ein bisschen zu grob? War es so?«

»Halten Sie den Mund, Sie kranker Mistkerl.«

Gunnar sprang auf, doch die beiden Polizisten packten sofort seine Arme.

»Lasst mich los!«, brüllte er.

Das würden sie, sagte Nording, wenn Gunnar sich beruhigte.

Widerwillig setzte er sich wieder hin.

»Also gut.« Nording beugte sich vor. »Wir werden jetzt den Haftbefehl für Sie beantragen, Edholm. Sind Sie ganz sicher, dass Sie nichts mehr zu sagen haben?«

Gunnar senkte den Blick. Reiß dich zusammen, dachte er. Im Moment glauben sie, dass du es warst. Keiner weiß, was der Junge gesagt hat. Wenn er doch nur mit Joel reden dürfte, seine Erklärung hören könnte, ihm sagen, dass alles nur ein Missverständnis gewesen war.

»Kein Kommentar«, erwiderte er.

44

Gunnar blinzelte in die Neonröhre im Vernehmungsraum. Es war Dienstagmorgen, acht Uhr.

Am Nachmittag sollte er dem Haftrichter vorgeführt werden, vorher wollte der Bulle noch mal mit ihm reden, hieß es.

Der Anwalt sagte, er würde darauf achten, dass alles ordnungsgemäß ablief. Gunnar müsse sich nur benehmen.

Gunnar starrte ihn wütend an. Was sollte er mit diesem Typen eigentlich anfangen? Der saß doch nur die Zeit ab und wurde sicher verdammt gut bezahlt.

Er rieb sich die Augen. Er war so unendlich müde. Den ganzen Montag, die ganze Nacht hatte er gegrübelt, hatte versucht zu begreifen, was mit dem Mädchen passiert war. Er hatte nicht gewagt, die Augen zu schließen, weil dann sofort das zerstörte Gesicht der Leiche vor ihm auftauchte. In den frühen Morgenstunden war er dann doch eingenickt, vermutlich aus reiner Erschöpfung, doch jetzt glaubte er zumindest ungefähr zu wissen, was geschehen sein musste. Es konnte nur so gewesen sein. Hoffte er zumindest.

»Ich glaube, ich weiß, was passiert ist«, sagte Gunnar, als Nording in den Vernehmungsraum kam.

Der Polizist schaltete das Aufnahmegerät ein und bedeutete Gunnar weiterzusprechen.

»Das Mädchen ist am Karsamstag verschwunden«, begann dieser. »Da war die Bucht noch zugefroren. Das weiß ich, weil wir da Eisfischen waren, ich und der Junge. Wir bohren jeden Winter ein Loch. Das Mädchen muss hineingefallen sein. Kerstin, meine Frau, hat immer gesagt, ich solle es markieren, aber das habe ich immer wieder vergessen. Wenn das ein Verbrechen ist, gebe ich es zu.«

»Dann war sie also bei Ihrer Hütte. Allein. Was sollte sie da gewollt haben?«

»Keine Ahnung.«

Nording sah ihn grimmig an.

»Sie haben gesagt, dass Joel nichts gesehen hat, Edholm. Dass Sie allein auf dem Wasser waren, als Sie Saga gefunden haben. Dass Joel sich im Schuppen befand, als Sie sie zum Auto getragen haben, richtig?«

Die Haare. Die hellen Strähnen, die sich gelöst hatten und zu Boden gefallen waren, als er die Leiche aufgehoben hatte.

»Mhm.«

»Bleiben Sie dabei?«

Gunnar räusperte sich. »Ja.«

»Okay«, sagte Nording. »Das Jugendamt hat mich nämlich vor Kurzem angerufen«, fuhr er langsam fort. »Ihr Sohn redet von einer Meerjungfrau. Dass es nicht seine Schuld war. Was meint er damit?«

Gottverdammte Scheiße.

»Na, Edholm? Haben Sie gelogen?«

»Nein«, murmelte Gunnar.

»Ich verstehe. Joel hat das Mädchen getötet, nicht Sie. Deshalb haben Sie die Leiche von Ihrem Grundstück weggebracht.«

Gunnar stand so abrupt auf, dass der Stuhl hinter ihm umkippte.

»Nein, zum Teufel. Hören Sie auf! Wir haben nichts getan. Warum begreifen Sie das nicht?«, brüllte er.

Nording hob die Hände.

»Beruhigen Sie sich, Edholm. Setzen Sie sich.«

Gunnar gehorchte, versuchte, tief durch die Nase zu atmen. Er goss sich mehr Wasser in sein Glas, trank aber nicht. Wasser war nicht das, was er brauchte.

Nording schob die Brille auf die Stirn. »Ich verstehe, dass Sie ihn schützen wollen«, sagte er. »Aber der Junge ist noch keine fünfzehn Jahre alt. Er ist nicht strafmündig. Sie können erzählen, was wirklich passiert ist.«

Alles drehte sich, der Schweiß lief ihm über den Rücken, und seine Kehle war wie zugeschnürt. *Das war keine Absicht, Papa.*

»Na, Edholm?«

Gunnar hustete und murmelte: »Ich habe nichts zu sagen.«

Nording stand auf. »Das glaube ich. Sie bekommen ein wenig Bedenkzeit. Ich gehe jetzt eine Weile hinaus, und wenn ich zurückkomme, erwarte ich, dass Sie mir mehr erzählen werden. Möchten Sie etwas zu trinken? Einen Kaffee?«

Gunnar schüttelte den Kopf.

Nording ging aus dem Raum. Das Anwaltsbürschchen sagte etwas, doch Gunnar sah nur, wie sich seine Lippen bewegten.

Nach einer gefühlten Ewigkeit kehrte Nording zurück. »Also dann.« Er hob den Telefonhörer und sprach hinein: »Wir holen Joel Edholm zum Verhör.«

Gunnars Magen verkrampfte sich.

»Warten Sie!«, rief er. »Joel erträgt keine unbekannten Menschen. Er bekommt Angst.«

»Darum kümmern wir uns. Bei Befragungen von Kindern und Jugendlichen ist immer jemand vom Jugendamt dabei.«

»Annie«, rief Gunnar ihm nach. »Rufen Sie Annie Ljung an. Sie kennt er.«

Die Tür wurde geschlossen. Gunnar sank zurück auf den Stuhl und begrub das Gesicht in den Händen.

Annie wartete, bis sich alle Kolleginnen und Kollegen gesetzt hatten. Erst dann betrat sie den Besprechungsraum.

»Annie, schön dich zu sehen. Geht es dir besser?«, fragte Claes.

»Ja, es war nur ein kleiner Migräneanfall«, antwortete sie und lächelte rasch.

Die Besprechung zog sich in die Länge. Annie gab vor, sich Notizen zu machen, und hielt sich aus der Diskussion heraus, was mit Gunnar Edholms Kindern im Fall einer Verurteilung passieren würde.

Falls Gunnar Edholm überhaupt verurteilt wird, dachte Annie. Möglicherweise reichten die Beweise nicht, und er würde freikommen. Nach Hause zurückkehren. Verdächtigt, angeklagt, jedoch freigesprochen. Möglicherweise schuldig, aber nicht verurteilt.

Ob sie je erfahren würden, was wirklich geschehen war?

Wenn es kein Unfall war und ein Mensch mit Absicht ermordet wurde, dann normalerweise aus einem bestimmten Grund. Welches Motiv könnte Gunnar Edholm gehabt haben? Soweit Annie wusste, gab es keinen Streit mit der Familie Bergsten. Warum sollte Gunnar Saga etwas antun?

Irgendetwas stimmt hier nicht, dachte sie. Gunnar kann sie nicht getötet haben. Aber warum lag sie dann in seinem Wagen? Wenn er die Leiche hatte wegbringen wollen – und wer tat das schon freiwillig –, musste er einen guten Grund dafür gehabt haben. Aber welchen?

Vielleicht wollte er jemanden schützen. Das eigene Kind zum Beispiel. Doch das würde bedeuten, dass Joel oder Katarina etwas mit Sagas Tod zu tun hatten. Die Mädchen waren nicht befreundet gewesen, schienen aber auch nichts gegeneinander gehabt zu haben. Falls es Rivalität oder Eifersucht zwischen Saga und Katarina gegeben hätte, wüsste das doch sicher jemand?

»Annie?«

Sie blickte auf und merkte, dass alle sie ansahen.

»Entschuldigung, wie war das?«

Claes nahm die Brille ab.

»Ich habe gefragt, wie der Stand bei deinen Vorgängen ist und ob du noch freie Kapazitäten hast.«

Das Handy vibrierte in ihrer Tasche, sie holte es hervor. Unbekannter Anrufer.

»Tut mir leid, das muss ich annehmen«, sagte sie und stand auf.

45

Die grelle Frühlingssonne schien auf die schmutzigen Fenster des Polizeireviers. Annie meldete sich am Empfang an, man bat sie, noch einen Moment zu warten.

Dass du dich nicht schämst, sagte eine innere Stimme. Sie hätte Hans Nording reinen Wein einschenken sollen, als er sie gebeten hatte, an dem Verhör teilzunehmen. Dass sie die Edholms kannte, und dass sie mit dem toten Mädchen verwandt war. Dass sie hochgradig befangen war und dass sie sich von allem fernhalten sollte, was mit Saga Bergsten zu tun hatte. Doch stattdessen hatte sie zugesagt, weil Nording ihre Anwesenheit auf einen expliziten Wunsch hin erbeten hatte.

Sie hatte den Kollegen nicht Bescheid gesagt, war einfach gegangen. Bei ihrer Rückkehr würde man sie sicherlich danach fragen, und auch dafür musste sie sich eine plausible Erklärung ausdenken.

Eine Tür wurde geöffnet, und eine blau gekleidete Frau rief ihren Namen. Annie wurde in einen karg eingerichteten Raum geführt. Ein Tisch, vier Stühle. Eine Kamera in der Ecke. Weil Joel Edholm unter fünfzehn Jahre alt war, wurde die Befragung gefilmt, damit Joel bei einem eventuellen Gerichtsprozess nicht aussagen musste.

Nording begrüßte sie und sagte: »Wie gut, dass Sie kommen konnten.« Er bedeutete ihr, sich zu setzen.

Eine Wasserkaraffe und ein paar braune Plastikbecher standen auf dem Tisch.

»Wasser?«

»Gerne, danke.«

Nording schenkte ihr einen Becher voll. Als Annie davon trank, merkte sie, dass ihre Hand zitterte.

»Gunnar Edholm behauptet, dass Sie einander kennen«, sagte Nording und schob seine Brille auf die Stirn.

»Wir wohnen im selben Dorf, aber eigentlich kenne ich die Familie nicht besonders gut. Ich bin vor vielen Jahren nach Stockholm gezogen.«

So weit hielt sie sich an die Wahrheit. Und im selben Dorf zu wohnen war ja nicht verwerflich. Dass sie mit Saga Bergsten verwandt war, war viel schlimmer.

Nording kratzte sich am Kopf.

»Die Situation ist nicht optimal, da Sie mit der Familie Edholm bekannt sind. Sie dürfen bei der Befragung dabei sein, aber nur als Zuhörerin. Sie dürfen sich aufschreiben, was Sie für nötig halten, aber Sie können nicht aktiv teilnehmen. Doch das wissen Sie sicher?«

Annie nickte.

»Meine Rolle ist, Joel Edholms Fürsorgebedarf einzuschätzen«, sagte sie mit möglichst ruhiger Stimme.

Er beobachtete sie nachdenklich.

»Gibt es etwas Besonderes zu den Edholms zu sagen?«

Annie schüttelte den Kopf.

»Ich habe die Kinder nur ganz flüchtig getroffen. Ihre Mutter starb vor ein paar Jahren an Krebs. Und Edholm selbst trinkt recht viel.«

»Wissen Sie, wie die Beziehung zur Familie Bergsten ist?«

»Gunnar hat früher als Briefträger gearbeitet. Alle kennen ihn. Und die Edholms kaufen sicher im Laden ein.«

»Könnte es da noch eine andere Verbindung geben, was denken Sie? Irgendeinen Streit?«

»Nicht dass ich wüsste. Das Ganze ist völlig unbegreiflich.«

Es klopfte an der Tür, und Joel Edholm kam zusammen mit Sara Emilsson herein, gefolgt von einer Frau im Blazer mit einer Aktentasche, die sich als juristischer Beistand des Jungen vorstellte.

Die Frau setzte sich und holte einige Unterlagen aus ihrer Tasche, doch Joel blieb stehen.

»Wo ist Papa?«, fragte er.

»Er darf leider nicht dabei sein. Aber Annie ist hier, und die kennst du ja ein bisschen. Ist das in Ordnung?«

Joel warf Annie einen zurückhaltenden Blick zu.

»Bitte setz dich, Joel«, sagte Nording und zog einen Stuhl heraus. Er ging zur Kamera und drückte auf einen Knopf. Eine rote Lampe leuchtete auf.

Joel zupfte an seinem Pullover und rückte die Baseballkappe zurecht, bevor er sich setzte.

»Es ist dreizehn Uhr dreißig, Dienstag, der einundzwanzigste April. Wir beginnen mit der Befragung von Joel Edholm.«

Nording setzte sich Joel gegenüber, stützte die Ellbogen auf und legte die Fingerspitzen aneinander.

»Könntest du bitte die Kappe abnehmen?«

»Nein.«

»Es wäre aber schön, wenn wir uns ansehen könnten, wenn wir miteinander reden.«

Joel starrte beharrlich auf die Tischplatte. Dann nahm er den Stapel Plastikbecher und stellte sie einzeln in einer Reihe auf.

»Verstehst du, warum du hier bist?«, fragte Nording.

Joel schüttelte den Kopf.

»Du bist hier, weil wir ein paar Fragen dazu haben, was vorgestern oben bei eurer Hütte passiert ist. Möchtest du etwas Wasser?«

Der Junge schüttelte wieder den Kopf.

Nording drückte auf den Kugelschreiberknopf.

»Okay, Joel. Ich möchte mit dir über den Sonntag sprechen. Was hast du da gemacht?«

»Ich darf nichts sagen.«

Annie sah, wie Joel mit den Fingern zu trommeln begann. Einen Finger nach dem anderen setzte er auf der Tischplatte auf.

»Aber ich bin Polizist, mir kannst du es erzählen.«

Joel schnaubte. »Papa hasst Polizisten.«

»Ich verstehe. Ich muss dir nur ein paar Fragen stellen, das dauert nicht lange. Ist das in Ordnung?«

Joel nickte.

»Gut. Dann fangen wir an. Du hast mit deinem Papa in Saltviken in der Bucht geangelt, richtig?«

Joel nickte wieder. »Wir sind mit dem Boot hinausgefahren. Wir wollten angeln.«

»Weißt du noch, wie spät es da war?«

Keine Antwort.

»Habt ihr etwas gefangen?«

»Nein.«

»Was ist dann passiert?«

»Wir haben eine Meerjungfrau gesehen.«

»Und wo?«

»Na, im Wasser.«

Nording notierte sich etwas auf seinem Block.

»Hat dein Vater dir gesagt, dass es eine Meerjungfrau ist?«

»Ja. Aber er hat gelogen«, sagte Joel trotzig. »Er hat gedacht, dass ich es nicht merke.«

»Wie meinst du das?« Nording schrieb wieder etwas auf.

»Sie hatte keinen Fischschwanz. Meerjungfrauen haben keine Menschenbeine, sondern eine lange Flosse. Wie ein Fisch. Aber sie hatte Beine, das habe ich gesehen.«

Joel trommelte wieder mit den Fingern auf die Tischplatte.

»Das war Saga im Wasser«, sagte er.

»Saga Bergsten?«

»Ja.«

»Kennst du sie?«

»Sie geht mit meiner Schwester in eine Klasse.«

Annie fiel das Gespräch im Auto ein, als sie Joel am Straßenrand aufgesammelt hatte. Da hatte er von Saga gesprochen. Was hatte er noch gesagt? Dass sie heiraten würden?

»Wann hast du sie zuletzt gesehen?«

Joel zuckte mit den Schultern.

»Weißt du, wie sie ins Wasser gekommen ist, Joel?«, fuhr Nording fort.

Der Junge wiegte sich mit dem Oberkörper vor und zurück. »Es war nicht meine Schuld.«

»Das hat auch niemand gesagt. Aber weißt du noch, was du und dein Papa an dem Tag gemacht habt, bevor ihr zur Hütte und zum Angeln gefahren seid?«

Kopfschütteln.

»Okay. Weißt du noch, was ihr am Osterwochenende gemacht habt? Wart ihr da nur zu Hause?«

Joel zog die Schultern hoch.

»Weißt du noch, ob ihr am Samstagabend zu Hause wart?«

Joel murmelte etwas Unverständliches.

Nording bat ihn, es zu wiederholen.

»Papa war betrunken«, sagte der Junge lauter. »Es war nicht meine Schuld.«

Dann schlug er sich mit den Handflächen gegen die Schläfen, immer stärker.

Die Frau hob warnend die Hand. »Ich glaube, das reicht.«

»Natürlich.« Nording klappte seinen Block zu und stand auf. »Wir müssen vielleicht noch öfter mit ihm reden, aber für heute ist es genug.«

Er streckte die Hand aus, doch Joel ignorierte sie. Stattdessen ging er zur Wand und fuhr mit dem Finger das Tapetenmuster nach.

»Maschinengewehr«, sagte er.

»Wie bitte?« Nording sah Joel fragend an, der an die Wand deutete.

»Maschinengewehr. Da.«

Nording verengte die Augen, dann lachte er.

»Ach so, nein, das sind Flamingos. Vögel.«

»Maschinengewehr«, beharrte Joel und folgte der Frau aus dem Raum.

Nording schloss die Tür hinter ihnen und seufzte.

»Glauben Sie, dass er die Wahrheit sagt?«, fragte Annie.

»Ja. Er wirkt auf kindliche Weise glaubhaft. Oder er ist ein Vollblutpsychopath und der beste Lügner, den ich je getroffen habe. Es ist bestimmt so, wie Joel sagt – dass sie sie im Wasser gefunden haben«, fuhr Nording fort. »Wir müssen den Obduktionsbericht abwarten.«

»Aber warum sollte Gunnar sich die Mühe machen, die

Leiche wegzubringen?«, fragte Annie. »Warum hat er nicht die Polizei angerufen? Wollte er etwas anderes verbergen?«

»Was zum Beispiel?«

»Einen Unfall?«

Nording sah sie an. »Reden Sie weiter.«

Annie zögerte. *Ganz ruhig.*

»Es ist allgemein bekannt, dass Gunnar ein Alkoholproblem hat. Vielleicht ist er betrunken mit dem Auto unterwegs, fährt Saga an, sie stirbt. Er bekommt Panik und denkt, er muss die Leiche loswerden. Er fährt mit ihr hinauf zur Hütte, lässt sie in das Eisloch fallen. Er glaubt, dass Saga aufs Meer hinaustreiben wird, doch stattdessen kommt sie an derselben Stelle an die Oberfläche, und zu allem Überfluss sieht Joel sie noch. Gunnar will sie also wegbringen, doch dann kommt er vom Weg ab und …«

»Daran habe ich auch gedacht«, gab Nording zu, »aber wenn ein Mensch angefahren wird, erleidet er schwere Verletzungen, und die hat die Leiche nicht aufgewiesen. Aber wir bekommen bald den vorläufigen Obduktionsbericht, mal sehen, was der besagt.«

Annie schob ihren Block in die Handtasche und stand auf. Aus dem Augenwinkel sah sie, wie Nording zur Wand ging.

»Tatsächlich!«, rief er und drehte sich um. »Der Junge hatte recht, das sind Schusswaffen!«

46

Am nächsten Morgen wachte Annie bereits um sechs Uhr auf, als der Regen gegen die Fenster prasselte. Sie hatte das Gefühl, überhaupt nicht geschlafen zu haben. Nach der Arbeit war sie den ganzen Abend bei Sven und Lillemor gewesen, hatte Essen gekocht und ihren Grübeleien zugehört, was ihrer Tochter wohl zugestoßen sein könnte.

Es war nicht leicht gewesen, die Befragung von Joel Edholm für sich zu behalten. Aber was gab es im Moment auch zu berichten? Sie hatten keine neuen Erkenntnisse. Joel hatte ausgesagt, dass sie das Mädchen im Wasser gefunden hatten. Die Meerjungfrau. Hatte Gunnar Panik bekommen und die Leiche wegschaffen wollen? Aber war das nachvollziehbar? Die Polizei schien diese Erklärung auch nicht zu glauben. Könnte Joel Saga etwas angetan haben? Ging die Polizei diesem Verdacht nach?

An Schlaf war nicht mehr zu denken. Sie stand auf, setzte sich aufs Sofa und schaltete den Videotext im Fernsehen ein. Dort las sie folgende Meldung:

TATVERDÄCHTIGER IN MORDFALL FESTGENOMMEN
Der wegen des Mordes an der siebzehnjährigen Saga Bergsten aus Lockne festgenommene Mann wurde dem Haftrichter am Gericht in Härnösand vorgeführt und in

Untersuchungshaft genommen. Laut Pontus Svenning, dem Anwalt des Verdächtigen, streitet sein Mandant jegliches Verbrechen ab. Die Staatsanwaltschaft hat nun eine Woche Zeit, Beweise vorzulegen. Gelingt dies nicht, kommt der Verdächtige auf freien Fuß.

Annie seufzte. Das Warten. Die Ungewissheit. Und wenn Gunnar Edholm es doch getan hatte? Was für eine grauenhafte Geschichte würde da ans Tageslicht kommen?

Hoffentlich stellt sich heraus, dass es ein Unfall war, dachte sie. Hoffentlich war bald alles vorbei. Sven und Lillemor verdienten die Wahrheit, wie unbegreiflich sie auch sein mochte.

Der Regen wurde stärker. Annie ging in die Küche, um wenigstens ein bisschen was zu essen, bevor sie zur Arbeit fahren musste.

Gunnar starrte an die Decke. Die Stunden vergingen zäh, niemand sprach mit ihm. Was hatten sie zu Hause wohl ausgegraben? Und in der Hütte? Hatten sie seine Verstecke gefunden?

Es tut mir leid, Papa.

Was zum Teufel hatte der Junge damit gemeint? Was hatte er beim Verhör gesagt? Warum erfuhr Gunnar nichts? Wie ging es dem Jungen? Hatte er Angst? Und was war mit Katta?

Was mutest du ihnen nur zu? Polizeiverhöre und diesen ganzen Mist.

Du dummer Idiot, dachte er. Nichts von alldem wäre geschehen, wenn er sie einfach im Wasser gelassen hätte. Wenn er einfach mit dem Jungen nach Hause gefahren wäre und die Polizei gerufen hätte.

Um drei Uhr nachmittags wurde er endlich in einen kleinen Raum gebracht, in dem ihn Hans Nording und ein weiterer Polizist erwarteten. Das Anwaltsbürschchen war auch da.

Nording wartete, bis Gunnar sich hingesetzt hatte. Dann fixierte er ihn mit dem Blick.

»Wir müssen heute ein paar Dinge besprechen. Bitte erzählen Sie mir zuerst, was Sie am Karsamstag gemacht haben, Edholm.«

Karsamstag. Da war er zu Hause gewesen. Katta hatte sich über das Essen beschwert. Er hatte sich wie immer aufs Sofa gelegt. War dort eingeschlafen. Wo war Joel gewesen? Der Junge hatte doch wohl nicht ...

»Waren Sie vielleicht draußen unterwegs, hatten was getrunken, Edholm?«, fragte Nording, als Gunnar nicht antwortete. »Haben Sie vielleicht das Mädchen im Dunkeln angefahren?«

Gunnar starrte den Polizisten an. Darauf wollte er also hinaus. Alkohol am Steuer. Das eine Mal. Natürlich hatten sie alles ausgegraben, was sie über ihn hatten.

»Trunkenheit am Steuer ist zwar auch keine Lappalie«, fuhr Nording fort. »Aber Mord, das ist was Ernstes. Verstehen Sie das, Edholm? Sie verlieren Ihre Kinder für immer. Doch wenn es ein Unfall war ...«

»Ich habe niemanden angefahren«, brüllte Gunnar. »Ich war zu Hause, okay? Ich habe sie nicht umgebracht, warum kapiert ihr das nicht?«

Nording setzte sich.

»Na gut. Lassen wir das fürs Erste. Wir haben das Haus und die Hütte in Saltviken durchsucht, und wir sind da auf einiges gestoßen, was Sie uns sicher gleich erklären werden.«

Nording legte ein paar Fotos auf den Tisch. Verdammt, dachte Gunnar. Jetzt ist es aus. Natürlich hatten sie alles gefunden.

Sollte er lachen oder weinen? Die vielen Liter Selbstgebrannter, die sich jetzt im Besitz der Polizei befanden, die vielen Stunden, die er dafür aufgebracht hatte. Doch auf den Fotos war nur der Schnaps zu sehen. Kein Diebesgut. Dieser schlaue Mistkerl, dachte Gunnar.

Verdammt. Aber das bedeutete, dass sie ihn nicht wegen Hehlerei drankriegen konnten. Und auf Schwarzbrennerei stand doch wohl nur eine Geldstrafe, oder? Jetzt musste er sich nur noch aus diesem Schlamassel hinausmanövrieren.

Gunnar strich sich über den Bart.

»Okay«, sagte er. »Ich werde alles erzählen. Ich habe die Leiche fortgeschafft, weil ich nicht wollte, dass der Schnaps gefunden wird. Dazu bekenne ich mich, aber umgebracht habe ich sie nicht.«

»Ihre bloße Aussage reicht nicht, Edholm. Sie müssen uns zeigen, was genau Sie getan haben. Wir fahren mit Ihnen zur Hütte, dann demonstrieren Sie uns, wie Sie sie gefunden haben.«

»Kommt nicht infrage«, erwiderte Gunnar abwehrend. »Das schaffe ich nicht. Ist das wirklich nötig?«

Nording neigte den Kopf.

»Ja, es geht nicht anders, Edholm.«

47

Als Hans Nording Freitag frühmorgens anrief und sie bat, aufs Revier zu kommen, wusste Sven nicht mehr, ob es Nacht oder Tag war. Er und Lillemor liefen wie im Nebel herum, hatten alles Zeitgefühl verloren.

Als sie beim Revier aus dem Auto stiegen, war Sven völlig durchgeschwitzt. Seine Brust brannte, doch es war ihm egal. Ein Herzinfarkt wäre fast so etwas wie eine Befreiung.

Nording holte sie am Empfang ab und brachte sie in einen Raum, in dem Sara Emilsson bereits auf sie wartete. Sie stand auf und begrüßte sie. Svens Hals schnürte sich zu.

Eine Karaffe mit Wasser und ein paar Becher standen auf dem Tisch neben einem Stapel Unterlagen.

Nording setzte sich und verschränkte die Hände vor sich auf der Tischplatte.

»Die vorläufige Obduktion ist abgeschlossen«, sagte er.

Sven griff nach Lillemors Hand.

Nording setzte seine Brille auf und las von dem Bericht ab.

»Alles deutet darauf hin, dass Saga ertrunken ist. Das Wasser in ihrer Lunge ist dasselbe wie in der Bucht. Sie hatte einige Male am Hals und ein paar Blutergüsse an den Armen, die wir bisher nicht zuordnen können, aber alles deutet darauf hin, dass sie am Tag ihres Verschwindens gestorben ist und dass sie seither im Wasser gelegen hat. Momentan haben wir keine stichhaltigen Hinweise auf ein Verbrechen.«

Nording verstummte. Seine Worte hallten in Svens Kopf wider. *Ertrunken. Wasser.*

Er hob die Hand.

»Aber was hat Gunnar Edholm mit ihr gemacht? Wie ist sie in sein Auto gelangt?«

Nording blinzelte.

»Ja, wir wissen von ihm«, sagte Sven.

»Der Verdächtige hat eine Aussage zum Hergang der Ereignisse gemacht. Er wird heute freigelassen, aber noch nicht völlig von den Ermittlungen ausgeschlossen.«

Sven keuchte auf. Er hörte, wie Lillemor mit den Tränen kämpfte.

»Was? Sie lag in seinem Wagen, was braucht ihr denn noch?« Sven sah den Polizisten verständnislos an. »Er lügt! Sie glauben doch wohl keinem Säufer? Und diese Male an Sagas Hals, die Sie erwähnt haben – was ist damit?«, verlangte er zu wissen.

»Dafür haben wir leider bisher keine Erklärung.«

Lillemor legte ihre Hand auf Svens Arm. »Die Kette«, sagte sie.

»Wie bitte?«

»Saga trug eine Kette«, erklärte Sven. »Die wollen wir wiederhaben, wenn Sie mit allem fertig sind.«

Nording blätterte in dem Bericht. »Eine Kette, sagen Sie? Wie sieht sie aus?«

»Ein großer Silberanhänger, den man öffnen kann. Mit einer Blumenranke als Muster. Und ihren Initialen, S. B.«

»Okay.« Nording machte sich eine Notiz. »Ich werde dem nachgehen. Ich verstehe, wie Sie sich fühlen«, fuhr er fort,

»aber die Staatsanwaltschaft hat entschieden, dass die Beweise nicht reichen, um Gunnar Edholm weiter festzuhalten. Er hat angegeben, dass er und Joel ein Eisloch gebohrt hatten, um dort zu fischen. Als Ihre Tochter abends verschwunden ist, war es schon dunkel, und sie ist vielleicht unglücklicherweise aufs Eis geraten und in das Loch gestürzt. Ein tragischer Unfall.«

Sven schüttelte langsam den Kopf.

»Sie meinen also, dass sie mitten in der Nacht hoch nach Saltviken gegangen ist, hinaus aufs Eis und da ertrunken ist? Ein Unfall?«

Nording räusperte sich.

»Es könnte auch Selbstmord gewesen sein. Unseren Informationen nach hat Ihre Tochter kurz vor ihrem Verschwinden einen niedergeschlagenen Eindruck gemacht.«

Sven wurde eiskalt. Wollte die Polizei damit sagen, dass Saga sich ertränkt hatte?

»Saga war unser Ein und Alles«, erwiderte er. »Sie hatte keinen Grund, nicht mehr leben zu wollen.«

»Da wäre noch etwas. Oder möchten Sie lieber eine Pause machen?«

Sven nahm Lillemors Hand. »Sprechen Sie weiter«, sagte er.

»Die Obduktion hat ergeben, dass Ihre Tochter schwanger war.«

48

»Was sagen Sie da?«, rief Sven.

Nording sah ihn ernst an.

»Sie war vermutlich in der zehnten Woche schwanger. Der DNA-Abgleich hat ergeben, dass Edholm nicht der Vater ist.«

Svens Magen drehte sich um. Die Vorstellung, dass Saga ... dass Edholm ... nein.

»Bisher haben wir keinen Anhaltspunkt, wer der Vater sein könnte, um einen DNA-Abgleich vorzunehmen. Ich verstehe, wie schwer das für Sie ist, aber ... Haben Sie eine Ahnung, um wen es sich handeln könnte?«

»Aber Saga hat doch nie ...«, stotterte Sven. »Sie hat keinen Freund!«

»Das haben Sie bereits öfter gesagt, aber mit irgendjemandem hatte sie zumindest sexuellen Kontakt. Könnte sie sich ohne Ihr Wissen mit jemandem getroffen haben?«

»Nein, das hätte sie uns erzählt«, antwortete Lillemor. »Sie hat uns alles erzählt. Nicht wahr, Sven?«

»Wir werden noch einmal ihre Freundinnen und Freunde verhören, die Lehrkräfte und die anderen Schulangestellten, um vielleicht einen Hinweis darauf zu bekommen, wer der Vater sein könnte. Wenn Ihnen noch etwas einfallen sollte, geben Sie mir bitte sofort Bescheid.«

Sven nickte.

»Um eins müsste ich Sie noch bitten.«

Nording legte einen Gegenstand auf den Tisch. Sven starrte darauf, ebenso wie auf die Gummihandschuhe in Nordings Händen.

»Darf man fragen, wofür das nötig sein sollte?«

»Wir müssen alle denkbaren Umstände berücksichtigen.«

»Umstände?«

Nording sah ihn ausdruckslos an.

»Die Probe wird mit der DNA des Embryos abgeglichen.«

»Aber Himmel noch mal ...«

Wieder diese Eiseskälte in der Brust. Er bekam kaum Luft. Der Handschuh, der Abstrich. Es dauerte nur ein paar Sekunden, aber Sven hätte sich beinahe übergeben.

»Können wir jetzt gehen?« Er stand so abrupt auf, dass sein Stuhl nach hinten kippte. Er ließ ihn liegen, hakte sich bei Lillemor ein und ging mit ihr aus dem Raum.

Gunnar stand mit dem Autoschlüssel auf der Straße und blinzelte ins Licht. Er starrte auf seinen Wagen. Aus irgendeinem Grund hatte er geglaubt, dass die Polizei ihn einbehalten würde. Dass er ihn nie wiedersehen musste. Das Auto, das er unmöglich behalten konnte. Die Untersuchungen hatten nicht genug Beweise erbracht, um ihn wegen des toten Mädchens anzuklagen. Es war nicht einmal sicher, ob ein Fremdverschulden vorlag. Aber indem Gunnar die Leiche vom Fundort weggeschafft hatte, hatte er ein anderes Verbrechen begangen. Störung der Totenruhe. Man hatte ihm aber nicht gesagt, wann deswegen Anklage erhoben werden sollte. Fürs Erste durfte er nach Hause fahren.

Nach Hause. Was für ein Zuhause? Katta wollte ihn möglicherweise nicht einmal sehen. Joel würde sicher noch eine Weile bei seiner Tante bleiben. Das Jugendamt wollte erst die ganze Familie treffen, bevor der Junge zurückkommen konnte.

Gunnar setzte sich ins Auto und ließ den Motor an. Er sah sich im Rückspiegel, während er auf die Straße rollte. Er könne gehen, hatten sie gesagt, aber vielleicht war das nur ein Bluff. Vielleicht ließen sie ihn nur frei, um zu sehen, wohin er fuhr?

Zu Hause angekommen, wünschte er sich, er wäre erst im Dunkeln zurückgefahren. Jetzt standen die Nachbarn sicher hinter den Gardinen und beobachteten ihn.

Von außen sah alles wie immer aus. Die Fahrräder neben der Haustür, die Schubkarre an der Garagenwand. Die Überreste eines Absperrbands flatterten im Wind. Gunnar atmete zweimal tief durch, bevor er ausstieg.

Das Haus war leer und still. Seine Schwester hatte die Post in einem ordentlichen Stapel auf den Küchentisch gelegt. Gunnar seufzte schwer und öffnete den Kühlschrank.

Eine einsame, halb ausgetrunkene Cola stand darin. Er holte das größte Glas, das er finden konnte, und öffnete den Unterschrank. Schob den Mülleimer zur Seite. Nichts. Er wühlte in der Tüte mit den leeren Konserven. Auch nichts. Hatten sie tatsächlich alle Flaschen gefunden?

Die Vorratskammer. Er tastete hinter den Graupenpackungen auf dem untersten Regal. Verdammt. Sogar das Versteck hatten die Bullen aufgestöbert. Einen letzten Versuch hatte er noch. Darauf waren sie doch bestimmt nicht gekommen – oder?

Auf wackligen Beinen kletterte er auf einen Stuhl und steckte die Hand in die graue Vase auf dem Wandregal. Kerstin hatte sie gekauft, als sie frisch verheiratet gewesen waren. Sie hatten sie beide unglaublich hässlich, aber irgendwie besonders gefunden.

Glück gehabt. Der Flachmann war noch da, den hatten sowohl Katta als auch die Polizei übersehen. Er füllte das Glas zur Hälfte mit Cola und zur Hälfte mit Alkohol und trank es in drei raschen Schlucken aus. Es brannte wohltuend in der Brust, doch seine Hände zitterten immer noch. Er brauchte noch einen Drink.

Er setzte sich an den Tisch, sah die Post durch. Ein Brief von der Versicherung. Verdammt. Er riss den Umschlag auf.

Was er befürchtet hatte. Seine Krankschreibung war ausgelaufen. Scheiße. Er kratzte sich am Kopf. Musste denn alles zum Teufel gehen? Welche Wahl hatte er? Keine. Schluck den Stolz runter, falls du noch welchen hast. Wie gut, dass Kerstin dich so nicht sehen kann, du jämmerlicher Nichtsnutz.

Gunnar wischte sich den Mund ab, hob den Telefonhörer und wählte die Nummer. Es klingelte. Viermal, fünfmal. Wollte sein Chef nicht mal rangehen?

Nach dem siebten Klingeln meldete er sich kurz angebunden.

Gunnar brachte sein Anliegen vor.

»Der Rücken ist immer noch nicht wieder in Ordnung. Aber vielleicht könnte ich in Teilzeit anfangen?«

Stille. Gunnar hielt den Atem an.

Sein Chef räusperte sich und erklärte, er bedauere die Umstände, aber Gunnar könne nicht zurückkommen. Nicht nach der Sache mit dem Mädchen. Das müsse er verstehen.

»Aber man hat mich freigelassen. Ich bin unschuldig!«, rief Gunnar.

Sein Chef erwiderte, es ginge nicht nur darum. Gunnars Alkoholproblem sei ja kein Geheimnis, und jetzt sei das alles passiert, und nein, sie könnten Gunnar leider nicht weiterbeschäftigen. Er wisse sicher, warum.

Gunnar schluckte angestrengt. Wut drohte ihn zu überwältigen. Er bat seinen Chef hochachtungsvoll, zur Hölle zu fahren, und hieb das Telefon auf den Tisch.

Laut fluchend goss er sich das Glas bis zum Rand voll. Die Haustür wurde zugeschlagen, und als er sich umdrehte, stand Katta aufgebracht in der Tür.

»Hallo«, sagte er.

»Du verdammter Säufer, fahr zur Hölle«, warf sie ihm an den Kopf.

Er stand auf und ging auf seine Tochter zu. Sie wich in die Diele zurück.

Gunnar ging ihr nach.

»Glaub nicht, was die Leute über mich reden«, sagte er. »Ich habe nichts verbrochen.«

Sie rannte die Treppe hinauf und schlug die Zimmertür zu.

Gunnar ließ sie in Ruhe, ging zurück in die Küche, füllte das Glas noch einmal und trank es in einem Zug aus.

49

Früh am Samstagmorgen klingelte das Telefon. Seit ein paar Tagen hatte Annie nichts mehr von Sven und Lillemor gehört, und sie merkte Sven an der Stimme an, dass etwas geschehen war. Am Telefon wollte er es ihr allerdings nicht erzählen.

»Ich komme«, sagte sie und legte auf.

Sie zog sich an, ging ins Badezimmer und rief die Lokalnachrichten übers Handy auf.

Da. Die Schlagzeile schrie ihr entgegen.

Ertrunkenes Mädchen war schwanger.

O Gott.

Annie überflog den Artikel. Der Verdächtige war auf freiem Fuß. Die Polizei wollte nun alle Männer befragen, die in irgendeiner Beziehung zu dem Mädchen gestanden hatten.

Hieß das, dass Gunnar Edholm nicht mehr verdächtig war?

Sie erinnerte sich, wie blass Saga an dem Abend gewesen war, den Annie bei den Bergstens verbracht hatte. Das Mädchen hatte sich krank gefühlt, keinen Appetit gehabt. Wusste sie da schon, dass sie schwanger war?

Nachdem Annie sich das Gesicht gewaschen und die Zähne geputzt hatte, eilte sie nach unten. Sie ließ das Frühstück ausfallen und fuhr direkt los.

Sven öffnete mit rot verweinten Augen die Tür. Annie umarmte ihn lange und fest.

»Ich weiß, was ihr mir erzählen wollt, ich habe es in den Nachrichten gelesen«, sagte sie.

Sven senkte den Kopf.

Sie setzten sich ins dunkle Wohnzimmer. Eine Kerze brannte neben Sagas Foto, das auf dem Tisch stand. Annie hatte das Gefühl, in ein Vakuum zu treten. Lillemor war sogar noch blasser als bei ihrem letzten Treffen.

»Wir waren gestern bei der Polizei, und da haben sie es uns gesagt«, begann Sven.

Lillemor brach in Tränen aus. Sven legte ihr eine Hand auf den Arm.

»Habt ihr eine Ahnung, ob Saga wusste, dass sie schwanger war?«, fragte Annie.

Sven und Lillemor schüttelten den Kopf.

Alle schwiegen. Nur Lillemors Schluchzer waren zu hören.

»Wisst ihr, wer der Vater ist?«, ergriff Annie nach einer Weile erneut das Wort.

Lillemor schüttelte entschieden den Kopf.

»Wir hätten es gewusst, wenn sie einen Freund gehabt hätte«, sagte Sven. »Sie war doch erst siebzehn und hat sich nicht mit so was beschäftigt. Nicht mein Mädchen.«

Sie schwiegen wieder.

Annie hielt den Atem an. Sie formulierte Fragen im Kopf, brachte es aber nicht über sich, sie zu stellen, da sie so falsch klangen.

»Hat man ihr Handy gefunden?«

»Nein.«

»Und Gunnar Edholm wird nicht länger verdächtigt?«

»Sie sagen, dass sie nicht beweisen können, dass ein Verbrechen vorliegt, aber Saga hatte einige Male am Hals, für die es bisher keine Erklärung gibt«, antwortete Sven leise.

»Ihre Kette ist verschwunden«, sagte Lillemor und deutete auf Sagas Foto.

»Die könnte abgerissen worden sein, als ...« Sven sah auf seine Hände und verstummte.

Annie nahm das Foto und hielt es ins Kerzenlicht.

»Ist das so ein Anhänger, den man aufklappen kann?«

»Die Kette hat meiner Mutter gehört«, erklärte Sven. »Saga hat sie zur Konfirmation bekommen.«

»Sie kann sie also nicht weitergeschenkt haben?«

»Niemals«, sagte Lillemor. »Sie hat sie geliebt und nie abgenommen.«

Sie schwiegen wieder.

»Wir glauben, dass ... Jemand muss sie gezwungen haben«, sagte Lillemor leise und senkte den Blick.

»Warum glaubt ihr das?«, fragte Annie und betrachtete das Foto. Hätte Saga eine Vergewaltigung wirklich verbergen können? »Aber wenn ihr etwas Schlimmes zugestoßen wäre, hättet ihr doch etwas gemerkt, oder?«, fragte sie weiter. »Sie hätte doch sicher etwas gesagt?«

Lillemor sah Annie an, und diese wusste, was die ältere Frau dachte. Saga hatte bestimmt gehört, was ihrer Cousine zugestoßen war. Was passieren konnte, wenn man darüber sprach.

Was würden die Leute sagen?

»Wie weit war ihre Schwangerschaft fortgeschritten?«

Sven räusperte sich. »Sie war erst ... in der zehnten Woche.«

Zehn Wochen. Annie rechnete zurück. Ende Januar. Was

hatte Saga in der Zeit gemacht? Lillemor hatte gesagt, dass Saga die meiste Zeit in Lockne verbracht hatte. Dass sie nicht wie die anderen Jugendlichen auf Partys ging.

»Erinnert ihr euch, ob Ende Januar etwas Bestimmtes passiert ist?«

Sven und Lillemor schüttelten gleichzeitig den Kopf.
Schweigen.

Annie betrachtete wieder die lächelnde Saga auf dem Foto. Wenn man keine beste Freundin hatte, wohin ging man dann mit all seinen Gedanken und Gefühlen?

»Wisst ihr, ob sie Tagebuch geführt hat?«

Sven sah zu Lillemor.

»Nicht, dass ich wüsste.« Sie seufzte.

»Dürfte ich mir mal ihren Computer anschauen?«, fragte Annie.

Sven antwortete: »Die Polizei hat ihn durchsucht, aber nichts gefunden.«

Annie stand auf.

»Vielleicht wussten sie nicht, wonach sie suchen sollten.«

In Sagas Zimmer setzte Annie sich an den Schreibtisch und fuhr den Computer hoch. Auf dem Monitor erschien das Bild eines Pferdes. Nur drei Ordner waren auf dem Desktop abgelegt. »Schule«, »Bilder« und »Gedichte«.

Der Ordner »Schule« enthielt nur ein paar Gruppenarbeiten. Der Bilderordner war bis auf ein paar Nahaufnahmen eines Pferdes und Fotos von alten Häusern leer. Die Bilder strahlten eine besondere Tiefe aus.

Lillemor schluchzte auf.

»Sie konnte so gut fotografieren«, murmelte Sven.

Annie klickte auf den letzten Ordner. Darin befand sich ein Dokument mit dem Titel »Cecilia & Fredrik«. Es enthielt ein englisches Gedicht mit derselben Überschrift.

Cecilia & Fredrik
My love is deep as the river floating by,
shining like the stars in the distant sky.
A moonlight kiss, a gentle touch,
won't mind the years that part us.
Our secret love is all to me,
and in your arms I long to be,
dreaming of a world of our own,
a hidden universe, to man unknown.
With ocean shades of blue and grey,
in your eyes I see forever.
And like the moon at dawn I'll fade away,
if you will love me never.

Annie übersetzte die Verse für Sven und Lillemor.

Cecilia & Fredrik
Meine Liebe ist so tief wie der rauschende Fluss,
so strahlend wie die Sterne am fernen Himmel.
Einen Mondlichtkuss, eine sanfte Berührung,
kümmert nicht die Jahre zwischen uns.
Alles bedeutet mir unsere geheime Liebe,
in deinen Armen will ich sein,
träumen von einer Welt nur für uns zwei,
einem verborgenen Universum.
Die Ewigkeit sehe ich in deinen Augen,

blau und grau wie der Ozean.
Und verblassen werde ich, wie der Mond im Morgengrauen,
sollte deine Liebe niemals mir gehören.

Annie drehte sich zu Sven und Lillemor.

»Sagt euch das Gedicht etwas?«

Sven überflog den Text. »Nein. Aber Cecilia ist Sagas zweiter Vorname.«

»Es könnte also von ihr handeln? Kennt ihr einen Fredrik? Oder wisst ihr, ob es auf ihrer Schule einen Fredrik gibt?«

Sven und Lillemor schüttelten den Kopf.

Annie las das Gedicht noch einmal und druckte es auf Sagas Drucker aus. Etwas ließ sie stutzen. Ihr fiel der Text ein, den sie in der Schublade in Birgittas Zimmer in Fridebo gefunden hatte.

»Ich muss etwas überprüfen«, sagte sie. »Meldet euch, falls euch noch etwas einfällt.«

50

Als Annie an der Tür des Pflegeheims klingelte, spürte sie ein dumpfes Kribbeln im Bauch. Was, wenn Birgitta die Lösung des Rätsels wusste? Wenn sie etwas erzählen konnte? Wie Annie es Sven und Lillemor gegenüber vor Kurzem angedeutet hatte. Doch dann fiel ihr der Arzttermin ein, um den sie vor zwei Wochen gebeten hatte. Das hatte sie über den Ereignissen der letzten Tage völlig vergessen.

Eine ihr unbekannte Pflegerin öffnete. Birgitta halte gerade ihr Mittagsschläfchen, ein Besuch sei daher nicht möglich. Kein Problem, versicherte Annie, ob sie trotzdem kurz hereinkommen dürfe? Die Pflegerin wirkte erst unwillig, ließ Annie dann aber doch eintreten.

Vor Birgittas Zimmer blieb Annie stehen. Stimmen drangen aus dem Raum daneben.

»Aber wer könnte es sein?«, fragte die eine Stimme.

»Keine Ahnung. Sie hat nie von einem Jungen gesprochen, soweit ich mich erinnere.«

Sprachen sie von Saga?

»Ich dachte immer, sie sei die Unschuld in Person, sie hat immer so anständig gewirkt.«

»Ja, ja. Der Schein trügt.«

Es wurde still, und Annie huschte ins Zimmer ihrer Mutter, bevor sie entdeckt wurde.

Birgitta schlief fest. Leise ging Annie zu der Kommode und zog die oberste Schublade heraus.

Das Gedicht lag noch darin. »Cecilia & Fredrik – eine Liebesgeschichte.« Dieselben Namen wie in dem Dokument auf Sagas Computer. Warum hatte Saga dieses Gedicht bei Birgitta hinterlegt? Hatte sie mit ihr über ihre Liebe gesprochen? In gewisser Weise war Birgitta die perfekte Verbündete. Sie hörte zu und hatte alles wieder vergessen, bevor sie es jemandem erzählen konnte.

Annie steckte das Blatt Papier in die Tasche und schob die Schublade zu. An der Tür stieß sie auf Pernilla Hoffner.

»Hallo«, sagte sie. »Gut, dass ich dich treffe. Meine Mutter schläft, ich wollte gerade gehen. Könntest du mich rauslassen?«

»Na klar.«

Pernilla ging vor ihr den Flur entlang. An der Eingangstür blieb sie mit der Hand am Türgriff stehen.

Annie blickte über die Schulter, aber sie waren allein.

»Du hast das mit der Schwangerschaft vielleicht in den Nachrichten gelesen?«

Pernilla nickte. »Aber sie wissen nicht, wer der Vater ist, oder?«

»Noch nicht, nein. Hat Saga dir gegenüber mal einen Jungen erwähnt?«

»Nein, nie.«

»Habt ihr männliches Personal hier im Heim?«

Pernilla schüttelte den Kopf.

»Nein, nicht mehr. Vor ein paar Jahren hatten wir einen Pfleger, aber er hat Schmuck von den Bewohnern gestohlen und wurde gekündigt. Sonst hat nur Joel Edholm letzten Sommer in den Ferien hier gearbeitet. Hat den Zaun gestrichen, Rasen gemäht, all so was. Das hat er gut gemacht.«

Pernilla schwieg einen Moment.

»Er hatte ein Auge auf Saga geworfen«, sagte sie leise. »Hat immer nach ihr gefragt, wenn sie nicht da war. Aber nachdem er Monika angegriffen hatte, musste er gehen. Sie behauptet, dass er sie gewürgt hat, aber ein Zeuge sagt, dass er seinen Unterarm gegen ihren Hals gedrückt hat.«

»Stimmt das?«

»Ja. Dieser Junge kann sehr wütend werden, er ist völlig unberechenbar.«

Ein schriller Alarmton dröhnte durch den Flur.

»Da muss ich hin«, sagte Pernilla und ließ Annie aus dem Haus.

51

Als Annie am nächsten Morgen aufwachte, regnete es in Strömen. Sie kochte sich eine Tasse Tee und zündete ein Feuer im Kaminofen an. Pernilla Hoffners Worte ließen ihr keine Ruhe. Joel Edholm hatte ein Auge auf Saga geworfen. Und er war gewalttätig.

Als Annie ihn nach Hause gefahren hatte, weil sein Mofatank leer gewesen war, hatte er gesagt, dass er und Saga heiraten würden. Aber Joel war erst vierzehn, drei Jahre jünger als Saga, und wirkte außerdem sehr unreif für sein Alter. Sie hatte sicher kein Interesse an ihm gehabt.

Sie nahm das Gedicht zur Hand. Es war sehr viel wahrscheinlicher, dass Saga in jemanden in ihrem Alter oder älter verliebt gewesen war. Ob Joel das Mädchen mit jemandem gesehen hatte und eifersüchtig geworden war? Gewalttätig?

Annie wickelte sich in eine Decke und hörte dem knisternden Feuer zu.

Der Regen wurde noch stärker. Seit vorgestern hatte sie sich nicht mehr bei Sven und Lillemor gemeldet. Sie hatte nichts Neues herausgefunden und konnte nur spekulieren.

Das Handy klingelte, Helenas Name stand im Display. Ihre Freundin hatte es am Tag zuvor schon einmal versucht, da hatte Annie den Anruf weggedrückt.

Sie meldete sich.

Wie vermutet, hatte Helena die Nachrichten gelesen und fragte, warum Annie nichts von sich hatte hören lassen.

»Ich weiß auch nicht so viel mehr als das, was in der Zeitung steht«, antwortete Annie und sah ins Feuer. »Aber Saga scheint in jemanden verliebt gewesen zu sein.«

Sie erzählte von dem Gedicht. Von Fredrik und Cecilia. Cecilia war Sagas zweiter Vorname, doch bisher wusste niemand, um wen es sich bei Fredrik handeln könnte.

»Wenn er der Vater ist, hätte er sich doch gemeldet, oder?«, sagte sie. »Wenn er unschuldig ist.«

»Vielleicht ist das nicht so einfach. Er hat ein Mädchen geschwängert, und jetzt ist dieses Mädchen tot. Möglicherweise weiß der Junge gar nicht, dass es sein Kind ist.«

Das kann natürlich sein, dachte Annie.

»Lillemor und Sven glauben, dass Saga vergewaltigt wurde«, sagte sie behutsam.

»Himmel. Das wäre ja furchtbar.«

Annie dachte wieder an Joel Edholm.

»Aber es könnte auch sein, dass der Betreffende ihr etwas angetan hat.«

»Noch schrecklicher. Wieso denkst du das, Annie?«

»So weit hergeholt ist das doch nicht, oder? Wenn er Angst bekommen hat und das Baby nicht will? Vielleicht hat er eine Abtreibung von ihr verlangt. Sie streiten, er tut ihr im Affekt etwas an ...«

Helena stöhnte.

»Annie, warum verbeißt du dich so darin?«

»Wir müssen die Wahrheit herausfinden. Lillemor und Sven stehen unter Schock und schaffen es nicht, der Polizei Druck zu machen.«

Helena holte Luft.

»Versteh das jetzt bitte nicht falsch, aber tust du das wirklich für sie?«

»Aus welchem Grund denn sonst?«

»Für dich?«

Annie biss die Zähne aufeinander. »Was meinst du?«

»Vielleicht bist du beeinflusst von dem, was du erlebt hast?«

»Ich muss jetzt aufhören.«

Annie legte auf, nahm ihre Tasche und ging in die Küche. Mit etwas Wasser schluckte sie zwei Tabletten. Ihr Herz schlug hart gegen den Brustkorb. *Verdammte Scheiße.*

Warum hatte sie etwas gesagt? Weil sie einen Moment lang gedacht hatte, Helena sei ihre Freundin, wie früher. Bevor alles anders geworden war.

Sie atmete ein paarmal tief durch, ging ins Esszimmer und blieb vor dem Hochzeitsfoto ihrer Eltern stehen. *Ach, Papa. Wo bist du, wenn ich dich brauche?*

52

Vor dem Montagsmeeting war Annie unwohl, doch niemand sagte etwas zu dem schwangeren, ertrunkenen Mädchen. Hauptthema war ein Bankraub, der sich am Freitag in Härnösand ereignet und den Lisbeth aus nächster Nähe miterlebt hatte. Die Bankräuber waren mit Motorrädern geflüchtet und hätten sie beinahe umgefahren. Nach ihrem Bericht war die halbe Besprechung vorbei, und dann mussten einige neue Fälle verteilt werden, die übers Wochenende hereingekommen waren. Danach verschwand Annie rasch wieder in ihrem Büro und schloss die Tür.

Sie rief die Nachrichten im Internet auf. Die Polizei ging nach derzeitigem Ermittlungsstand nicht von einem Verbrechen aus, konnte es allerdings auch nicht vollständig ausschließen.

Sie mussten doch aber die Theorie im Blick haben, dass der Kindsvater etwas mit Sagas Tod zu tun haben könnte? Und gab es Hinweise, wer er sein könnte?

Am wahrscheinlichsten war jemand aus Sagas nächstem Umfeld. Konnte man dann nicht von allen eine DNA-Probe entnehmen und so herausfinden, wer der Vater des Kindes war?

Annie wählte Hans Nordings Nummer. Er meldete sich nach dem ersten Klingeln.

»Ich habe gerade die Nachrichten gelesen«, sagte sie. »Sie gehen also von einem Unfall aus?«

Nording seufzte.

»Nachdem die Medien jetzt also auch davon berichten, kann ich das bestätigen.«

»Aber Sie schließen ein Verbrechen weiterhin nicht aus? Wegen der Male am Hals?«

»Ich darf mit Ihnen nicht über die Ermittlungen sprechen, das wissen Sie.«

»Ich finde, der Vater des Kindes hätte sich zu erkennen geben müssen, wenn es kein Verbrechen war. Werden Sie einen Massengentest durchführen lassen?«

»Bei ausreichendem Grund werden wir uns um DNA-Proben kümmern, aber wir können nicht einfach alle antanzen lassen.«

»Sie hat Gedichte über einen Mann namens Fredrik geschrieben, wussten Sie das?«

»Woher haben Sie diese Information?«

Annie schluckte. Sie konnte die Wahrheit nicht eingestehen. An Joel Edholms Verhör hätte sie nie teilnehmen dürfen, wenn die Polizei von ihrer Verwandtschaft mit dem Opfer gewusst hätte.

»Wie gesagt, es ist ein kleiner Ort. Die Leute reden.«

»Wenn das Jugendamt gemeinsam mit uns den Fall bearbeiten würde, könnten wir unsere Informationen austauschen, aber so kann ich nichts weiter dazu sagen.« Nording beendete das Gespräch.

Annie stand auf und ging zum Fenster. Stimmt. Die Schweigepflicht. Wenn Saga gewusst hatte, dass sie schwanger war, hatte sie vielleicht mit der Schulschwester gesprochen oder der Psychologin?

Sie wählte Thomas Moströms Nummer. Angespannt wartete sie, während es klingelte. Fast hätte sie aufgelegt, als er sich doch noch meldete.

Sie stellte sich vor und hörte, wie Thomas laut einatmete.

»Ich weiß, warum Sie anrufen«, begann er. »Ich habe es in den Nachrichten gesehen. Es ist so schrecklich.«

»Ich rufe tatsächlich aus einem anderen Grund an«, erwiderte Annie. »Geht ein Fredrik auf die Ådalsskola?«

»Soweit ich weiß, nicht. Warum fragen Sie?«

»Saga hat Gedichte über ein Liebespaar namens Cecilia und Fredrik geschrieben. Und Cecilia ist ihr zweiter Vorname.«

»Tut mir leid«, sagte Thomas, »aber das kann ich aus dem Stegreif nicht beantworten. Ich muss jetzt auch zum Unterricht.«

»Ich verstehe. Danke trotzdem.«

Sie legten auf.

Wer zur Hölle war Fredrik?

53

Die Zeit verging wie im Nebel. Es war bereits der letzte Apriltag, und das Valborgfest stand an. In dem kleinen Zimmer im Beerdigungsinstitut war es drückend warm.

Die Bestatterin tat ihr Bestes, das war ihm klar. Sie hieß Mona Landgren und war genauso alt wie Sven. Sie waren zusammen in die Grundschule gegangen. Ihre Eltern hatten vor Jahren das Bestattungsinstitut in Lockne gegründet. Nach ihrem Tod hatte Mona das Familienunternehmen weitergeführt, genau wie Sven es sich von Saga erhofft hatte.

Er öffnete den obersten Hemdknopf und sah auf die laut tickende Uhr an der Wand. Die ganze Woche über hatte er nachts nur ein paar Stunden schlafen können. Jetzt versuchte er, sich auf das zu konzentrieren, was Mona vor ihm sagte, doch er fühlte sich völlig kraftlos. Sein Herz war wohl mittlerweile erstarrt, es schlug längst nicht mehr so verzweifelt.

»Hier sind ein paar Beispiele für die Traueranzeige«, sagte Mona, und Sven sah, dass sie mit den Tränen kämpfte. »Früher hat man meistens ein Kreuz gewählt, heutzutage werden oft Zeichnungen genommen. Eine Blume oder ein Tier ... Irgendetwas mit einer Verbindung zu dem oder der Verstorbenen.«

Sven betrachtete die Bilder und bekam keinen Ton heraus. Seine Kehle war wie zugeschnürt. Das ist einfach falsch, dachte er. Niemand sollte sein Kind begraben müssen.

»Habt ihr über Psalmen nachgedacht ... oder Lieder?«, fragte Mona.

Lillemor holte einen zerknitterten Zettel hervor.

»Das hier möchten wir gern nehmen.«

Mona las stumm die vertrauten Zeilen aus Nils Ferlins Gedicht *I folkviseton*.

»Wie schön«, sagte sie und räusperte sich. »Und welchen Sarg möchtet ihr?«

Sie gab Sven eine Broschüre.

Er schlug sie auf. Weiße Särge. Mahagoni. Offen oder geschlossen.

»Den hier.« Lillemor deutete zitternd auf ein weißes Exemplar. Der Preis stand unter dem Bild. Neunundzwanzigtausend Kronen für einen Sarg. Svens Mund wurde trocken.

»Ich würde den hier nehmen.« Er deutete auf ein einfacheres Modell.

»Nein, der hier soll es sein«, beharrte Lillemor und deutete noch einmal auf den weißen.

Sven sah zu Mona.

»Könnte ich kurz allein mit meiner Frau sprechen?«, bat er.

»Natürlich.« Mona stand auf und verließ den Raum.

Sven wandte sich an Lillemor.

»Hast du den Preis gesehen?«, fragte er leise.

Lillemor sah ihn vorwurfsvoll an.

»Was hast du denn? Willst du nicht, dass Saga nur das Beste bekommt?«

»Der Sarg wird doch sowieso begraben«, flüsterte er.

Lillemor schluchzte. »Geld spielt doch keine Rolle, oder? Sollen wir unsere geliebte Tochter in einen einfachen ...«

Sven massierte sich die verkrampfte, brennende Brust. Er atmete tief durch und sah zur Tür.

»Den teuren können wir nicht nehmen, weil wir kein Geld haben«, zischte er.

Lillemor starrte ihn an.

»Komm«, sagte er. »Wir fahren.«

Zu Hause ging Sven sofort zum Tresor und holte die Ordner heraus.

»Sieh selbst, wenn du mir nicht glaubst«, sagte er. »Hier steht alles schwarz auf weiß.«

Lillemor setzte sich und las. Nach einer Weile schlug sie die Hand vor den Mund und schüttelte langsam den Kopf. Dann kamen die Fragen. Warum hatte Sven nichts gesagt? Wie hatte es so weit kommen können? Wie lange wusste Sven schon, dass sie nicht über die Runden kamen?

Sven konnte ihr keine klare Antwort geben, denn er wusste es selbst nicht. Er hatte den Kopf in den Sand gesteckt und die Realität verdrängt, und jetzt hatte sie ihn eingeholt. Er hatte alles getan, was er konnte, um die Kosten im Griff zu behalten. Aber er konnte schließlich nichts dafür, wenn die Kunden sie im Stich ließen.

Lillemor trocknete die Tränen.

»Das mag alles sein«, sagte sie. »Aber es ist nicht Sagas Schuld, dass wir kein Geld haben. Sie bekommt den weißen Sarg, Ende der Diskussion. Egal, ob wir danach von Brot und Wasser leben müssen.«

Sie stand auf und verließ den Raum.

Leben, dachte Sven. Was hatte das Leben denn noch für einen Sinn? Wenn sie doch nur auch sterben könnten.

Die Luft im Besprechungsraum war stickig. Die Sonne schien grell auf die hohen Fenster und die dicke Staubschicht auf den Plastikblumen.

Es war fünfzehn Grad plus und damit ungewöhnlich warm für die Jahreszeit. Normalerweise war es an Valborg sonst immer noch richtig kalt.

Annie schlürfte ihren heißen Kaffee. In der Datenbank hatte sie nach Klienten mit Namen Fredrik gesucht, aber keine relevanten Treffer erzielt. Den Rest der Woche hatte sie mit neu eingetroffenen Suchtfällen verbracht. In der Wärme tauten auch die Alkoholiker auf und lungerten in der Stadt herum. Es hatte Beschwerden gegeben wegen lautstarker Streitereien vor der Bibliothek.

Claes Nilsson setzte seine Brille auf und blickte auf den Stapel mit neuen Vorgängen.

»Heute haben wir nicht so viel zu verteilen«, sagte er. »Wir haben aber einen anonymen Hinweis wegen Katarina Edholm bekommen. Ist das nicht die Tochter des Mordverdächtigen?«

Annie sah auf.

»Worum geht es?«

»Verdacht auf Drogenmissbrauch.«

»Wer hat den Hinweis aufgenommen?«

Claes sah auf die Unterlagen.

»Tjorven hat unterschrieben.«

»Ja, das stimmt«, bestätigte Tjorven und wickelte sich eine Haarsträhne um den Finger. »Eine Frau hat angerufen.«

»Aus der Schule?«, fragte Annie.

»Keine Ahnung. Sie wollte anonym bleiben.«

Claes wedelte mit dem Bericht.

»Tjorven, kannst du das dann auch übernehmen?«

Tjorven seufzte hörbar und nahm die Unterlagen entgegen. Die Besprechung war zu Ende, und Annie ging mit zwei neuen Fällen zurück in ihr Büro. Sie stellte die Kaffeetasse ab und weckte den Rechner aus dem Ruhezustand.

Jemand hatte also anonym gemeldet, dass Katarina Edholm Drogen nahm. Aber stimmte das auch? Und könnte Saga auch darin verwickelt gewesen sein? Ich muss herausfinden, wer die anonyme Anruferin ist, dachte Annie.

Im Flur wurden Schritte laut, und Putte und Tjorven blieben vor Annies Büro stehen. Sie sprachen zwar leise miteinander, waren jedoch gut zu verstehen. Tjorven hatte erfolglos versucht, Katarina Edholm zu erreichen, um für nach dem Wochenende einen Hausbesuch zu vereinbaren. Sie diskutierten über Gunnar Edholm und wann sie Joels vorübergehende Unterbringung bei seiner Tante aufheben sollten. Und sollte der Junge überhaupt nach Hause zurückkehren? Wie viel trank Gunnar Edholm eigentlich? Sollte man nicht besser beide Kinder dauerhaft in Pflegefamilien unterbringen?

Annie trank ihren Kaffee aus und sah auf ihr Handy. Helena fragte per SMS nach Annies Plänen für den Abend und ob sie zum Lagerfeuer auf Sandslån kommen wolle.

Valborg. An diesem Abend war ihr schon lange nicht mehr nach Feiern zumute. Als Kind war das etwas anderes gewesen. Hotdogs, Chorgesang und Feuerwerk. Als Erwachsene fand sie es weniger heimelig. Alkohol. Viele Menschen. Vielleicht einige, die sie kannte.

»Danke für die Einladung, aber die Woche war anstrengend. Habt ganz viel Spaß«, schrieb sie zurück.

Ihre Finger verharrten auf der Tastatur. Nach dem Namen

Katarina Edholm direkt konnte sie in der Datenbank nicht suchen, da alles in Klientenakten dokumentiert wurde.

Sie musste mit Katarina selbst sprechen. Vielleicht erwischte sie sie noch vor Tjorven.

Um Punkt zwölf Uhr schlüpfte Annie in ihren Mantel, nahm ihre Tasche und wünschte den Kolleginnen und Kollegen ein schönes Wochenende. Der Fluss glitzerte in der Sonne, als sie über die Sandöbron fuhr. Das warme Wetter schien sich zu halten.

Als sie in Lockne aus dem Wagen stieg, duftete es nach Erde und frisch geschlagenem Holz.

Gunnar Edholms Haustür war angelehnt. »Hallo?«, rief Annie, erhielt aber keine Antwort, weshalb sie hineinging. Es roch nach Abfall und altem Schweiß.

»Hallo!«, wiederholte sie und warf einen Blick in die Küche.

Auf dem Tisch stand ein Teller mit Essensresten, um den die Fliegen kreisten. Sie ging weiter. Im Wohnzimmer fand sie Gunnar schlafend auf dem Sofa. Neben ihm auf dem Couchtisch stand eine fast leere Schnapsflasche.

Annie hustete, doch Gunnar wachte nicht auf. Sie seufzte. Die Kollegen hatten recht. Er sollte sich besser um seine Kinder kümmern, davor konnte sie die Augen nicht verschließen. Aber wenn er die Kinder verlor, würde er vermutlich endgültig abstürzen.

Eine Alternative wäre zu versuchen, ihn zu einer Entziehungskur zu überreden. Dafür musste sie aber zuerst sein Vertrauen gewinnen, und das konnte dauern. Nach dem Wochenende würde sie damit anfangen. Gunnars Kinder lebten seit Jahren so, ein Tag mehr oder weniger würde keinen Unterschied machen.

Sie rüttelte an seiner Schulter, und endlich riss er die Augen auf.

»Lasst mich verdammt noch mal in Ruhe!«, schrie er, beruhigte sich jedoch, als er Annie erkannte.

»Ich wollte dich nicht erschrecken«, sagte sie. »Wie geht es dir?«

Gunnar setzte sich schwerfällig auf und fuhr sich mit der Hand durch die Haare.

»Beschissen. Was willst du?«

»Ich hatte gehofft, mit Katarina reden zu können. Ist sie zu Hause?«

»Nein, warum?«

Annie zögerte. Sollte sie es ihm erzählen? Katta war noch nicht mündig, Gunnar hatte ein Recht, es zu erfahren. Annie hingegen hatte keinen plausiblen Grund, sich in die Arbeit ihrer Kollegen einzumischen, vor allem nicht, da sie die betroffene Familie kannte, doch von dieser Vorschrift hatte Gunnar sicher keine Ahnung. Sie hatte sich auch auf dünnem Eis bewegt, als sie an der polizeilichen Befragung teilgenommen hatte. Ihre Kollegen, die bereits den Fall des Jungen bearbeiteten, hätten dabei sein sollen, doch sie hatte es vor sich selbst damit gerechtfertigt, dass Gunnar Edholm speziell nach ihr gefragt hatte. Das konnte sie jetzt nicht vorschieben, aber sie musste das Risiko eingehen.

Sie setzte sich an den äußersten Rand des schmuddeligen Sofas.

»Bei uns ist ein Hinweis eingegangen. Offenbar befürchtet jemand, dass Katarina Drogen nehmen könnte.«

»Was? Wer behauptet das, zum Teufel?«

»Das wissen wir nicht. Der Hinweis kam anonym.«

Gunnar schnaubte.

»Unsinn. Da will uns nur jemand ans Bein pissen. Alle schauen uns schief an. Ein Mörder, ein Pädophiler. Die Leute halten mich für einen elenden Verbrecher. Du kannst dir nicht vorstellen, wie das ist.«

Doch, das weiß ich sehr wohl, dachte Annie.

Gunnar starrte sie wütend an.

»Und du? Hältst du mich auch für schuldig?«

Annie schluckte. Was glaubte sie selbst eigentlich?

»Nein«, antwortete sie. »Aber warum hast du die Leiche weggebracht?«

Gunnar zuckte zusammen.

»Ich habe nicht nachgedacht, wollte sie nur von da wegschaffen.« Er rieb sich die Augen. »Ich bekomme den Anblick nicht aus dem Kopf«, murmelte er.

Flashbacks. Damit kannte sie sich aus.

»Kerstin hat mich gewarnt, hat gesagt, es ist gefährlich«, fuhr er plötzlich fort.

»Was?«

»Das Eisloch. In dem Joel und ich geangelt haben. Ich hätte es abdecken können, aber wie soll ich auch ahnen, dass jemand nachts da herumspaziert und hineinfällt.«

Gunnar verstummte, schien über das nachzudenken, was er gerade gesagt hatte.

»Ich könnte später noch einmal kommen, wenn Katta zu Hause ist«, schlug Annie vor. »Wo ist sie eigentlich?«

»Auf Sandslån, wie alle anderen Jugendlichen. Vorhin hat jemand sie mit dem Auto abgeholt.«

Sandslån, dachte Annie. Helena wollte auch dort sein. Noch ein Grund, doch hinzufahren.

54

Die Feuerstelle lag am äußersten Ende der Landzunge, die in den Ångermanälven hineinragte, bei den alten Flößerhütten. Annie fand einen freien Parkplatz an der Einfahrt zum Gelände und eilte über die kleine Brücke auf die Landzunge. Sie begegnete ein paar angeheiterten Jugendlichen, aber auch einigen Erwachsenen, die offenbar ein paar Bier zu viel intus hatten.

Annie fand Helena und Henrik bei dem noch nicht entzündeten Maifeuer. Ture und Hilma aßen Hotdogs. Der Chor hatte sich neben dem Feuerplatz aufgestellt, und alle warteten darauf, dass der Holzstoß in Brand gesetzt wurde. Irgendwo knatterte Knallpulver und vermischte sich mit Mofageräuschen. Nichts hatte sich verändert, dachte Annie.

»Wie schön, dass du doch noch gekommen bist«, sagte Henrik.

Helena umarmte Annie.

»Das mit Saga ist so schrecklich«, meinte sie. »Wie geht es dir?«

»Schon okay, es ist nur so schwer zu begreifen.«

Sie sah an Helena vorbei und ließ den Blick über die Menge schweifen. Die meisten Anwesenden kannte sie nicht, doch in einiger Entfernung entdeckte sie Johan und Pernilla Hoffner, die gerade von einem ihr unbekannten Paar aus weiter in ihre

Richtung gingen. Pernilla hatte sich bei Johan eingehakt und war offenbar aufgebracht.

»Mama, was ist eigentlich Valborg? Und wer ist die Frau bei dir?«, fragte Hilma neugierig.

Helena lachte und strich ihrer Tochter übers Haar. »Das ist Annie, eine alte Freundin von mir. Und an Valborg hat die heilige Walburga Namenstag, die Feuer zünden wir aber an, um die Ankunft des Frühlings zu feiern.«

Johan schien Hilmas Frage gehört zu haben, denn er blieb stehen und lächelte das Mädchen an. Jetzt verstand Annie auch, warum Pernilla so aufgebracht wirkte. Johans Augen waren glasig, die Lider schwer. Es war noch nicht einmal sieben Uhr abends, und er war bereits betrunken.

»Es ist eine alte Tradition«, erklärte er Hilma. »Früher hat man sich um ein Feuer versammelt und Glocken geläutet und viel Lärm gemacht, um Raubtiere zu vertreiben, bevor man seine Schafe und Kühe auf die Sommerweide brachte.«

Pernilla sah Johan wütend an und erklärte: »Heute ist die Oknytts-Nacht.«

Hilma riss die Augen auf.

»Was ist das?«

»Oknytt sind übernatürliche Wesen. Früher glaubte man an Hexen, die an diesem Abend auf Geißböcken oder Besen zum Teufel ritten. Deshalb zündet man Feuer an, um Hexen und böse Geister zu verjagen.«

Hilma versteckte sich hinter Helenas Bein.

»Du brauchst keine Angst zu haben«, beruhigte Pernilla das kleine Mädchen. »Gib mir Bescheid, falls du eine Hexe siehst, dann jage ich sie davon.«

Sie zog Johan mit sich und ging weiter.

»Wie kann man nur so betrunken sein«, sagte Helena, als das Ehepaar Hoffner außer Hörweite war.

»Er ist Bauer, die halten an den Traditionen fest«, bemerkte Henrik. »Ein ordentlicher Schluck nach dem Viehtrieb.«

»Nicht nur einer«, meinte Helena trocken.

Annie sah den Hoffners nach. Kurze Zeit später ließ Pernilla Johans Hand los und ging allein weiter Richtung Parkplatz. Johan spazierte ein Stück weiter und nestelte an seiner Hose. Er muss pinkeln, dachte Annie.

Ein dunkelhaariges Mädchen näherte sich von der anderen Seite und holte ihn ein. Sie sprachen kurz miteinander, und als das Mädchen den Kopf drehte, erkannte Annie Katarina Edholm, die stark mit rotem Lidschatten und schwarzem Lippenstift geschminkt war.

Sie schienen über etwas zu diskutieren. Johan gestikulierte, dann drehte er sich um und ließ Katarina stehen. Sie zog ihre Kapuze über den Kopf und sah sich um. Als sie Annie entdeckte, machte sie eine Handbewegung. War das ein Winken?

Katarina ging zu einem der Hotdog-Wagen. Annie eilte ihr nach, wollte sie nicht wieder verlieren.

Katarina wartete hinter dem Wagen. Sie knabberte an einem Fingernagel und sah sich nervös um.

»Hallo. Wolltest du etwas von mir?«, fragte Annie und versuchte, trotz ihres wild schlagenden Herzens ruhig zu klingen.

»Wer hat geredet?«, wollte Katarina wissen. Sie schwankte und stützte sich an dem Wagen ab. »Mein Vater hat mich gerade angerufen und sich total aufgeregt. Was soll das mit diesem verdammten anonymen Hinweis?«

Annie schluckte. Der Hinweis. Natürlich. Sie ärgerte sich, dass sie mit Gunnar darüber gesprochen hatte. Vor allem, da es nicht ihr Fall war, sie hatte nichts damit zu tun.

»Das weiß ich nicht, aber ich wollte mit dir über etwas anderes sprechen. Saga hatte doch einen Freund, oder? Weißt du, wer es ist?«

»Ich …« Katarina blickte nervös über die Schulter. »Ach, Scheiße«, sagte sie, wich zurück und verschwand um die Ecke des Wagens.

Annie eilte ihr nach und prallte gegen einen Mann, der in jeder Hand einen Hotdog transportierte.

Thomas Moström sah sie überrascht an.

»Was machen Sie denn hier?«, platzte Annie heraus.

Thomas streckte ihr die Hände entgegen.

»Na, Essen holen«, meinte er lächelnd. »Hallo, übrigens.«

Annie wurde rot. Reiß dich zusammen, dachte sie.

»Haben Sie gesehen, wohin Katarina Edholm gegangen ist?«

»Nein, warum?«

»Wir haben gerade miteinander gesprochen, dann ist sie einfach gegangen. Sie hatte schon etwas getrunken.«

»Aha! Da wollte sie mich sicher nicht treffen«, bemerkte Thomas.

»Was machen Sie hier auf Sandslån? Sie wohnen doch sicher in Kramfors?«

»Auf dieser Seite des Flusses ist es am schönsten, sagt man«, erwiderte er lächelnd. »Nein, im Ernst, ich bin mit meinen Freunden hier.« Er deutete auf zwei Männer, die ein Stück entfernt standen und sich unterhielten. »Sind Sie allein hier?«

»Nein, auch mit ein paar Freunden, aber die habe ich verloren.« Annie blickte sich um.

»Das Feuer wird gleich entzündet, vielleicht stehen sie schon dort?«, vermutete Thomas.

Zusammen gingen sie zum Ufer und dem Feuerplatz.

»Hallo, Moström!«, rief jemand hinter ihnen.

Annie drehte sich um und sah, wie Henrik Thomas auf den Rücken klopfte.

»Du bist also schon wieder auf den Beinen?« Er lächelte Annie vielsagend an. »Als ich ihn das letzte Mal gesehen habe, wurde er auf einer Trage vom Platz gebracht.«

Henrik spielte Fußball. Thomas also auch, dachte Annie.

»Mich kriegt man nicht so schnell klein«, entgegnete Thomas.

»Woher kennt ihr beiden euch?«, wollte Henrik wissen.

»Über die Arbeit«, erwiderte Annie knapp.

Der Chor begann zu singen und übertönte die Unterhaltung der beiden Männer. Sie lachten, und hin und wieder warf Thomas ihr lächelnd einen Blick zu.

Helena stellte sich neben Annie.

»Er sieht gut aus«, meinte sie, nachdem Thomas gegangen war. »Erinnert er nicht ein wenig an Johan?«

Annie sah Thomas nach. Die Augen. Die Haare. Das Lächeln.

»Ein bisschen vielleicht.«

»Wäre er nicht was für dich?«, fragte Helena grinsend. »Weißt du, ob er Single ist?«

»Ich bin nicht auf der Suche«, antwortete Annie. »Nimm du ihn doch, du scheinst Abwechslung zu brauchen.«

»Manchmal schon«, meinte Helena. »Aber ich beschwere mich nicht. Henrik ist großartig. Aber auch langweilig. Natürlich wünscht man sich ein bisschen mehr Abenteuer.«

»Du vielleicht. Ich kann kein Drama gebrauchen.«

55

Die Flammen loderten hoch auf, der Chor hatte aufgehört zu singen. Annie stand mit Helena ein wenig abseits, jedoch immer noch nahe genug, um die Wärme des Feuers zu spüren.

Die Menge war größer geworden, Katarina war nirgends zu sehen. Hoffentlich hatte sie ihre Freunde getroffen und war mit ihnen weitergezogen.

Helena wollte bei den Kindern am Feuer bleiben, während Henrik sich mit einem ihr unbekannten Paar unterhielt. Annie hatte keine Lust, sich irgendwo dazuzustellen. Stattdessen spazierte sie wieder zu dem Hotdog-Wagen. Am Ende der Warteschlange entdeckte sie ein bekanntes Gesicht.

Ein blonder, groß gewachsener Mann stand neben einem viel zu dünn angezogenen kleinen Mädchen. Stefan Andersson und seine Tochter Jessica. Den wollte Annie wirklich als Allerletztes treffen. Sie bog nach rechts ab und ging auf eine rauchende Gruppe Jugendlicher zu, doch auch dort war Katarina nicht.

Nach einer Runde über das Gelände sah Annie Stefan Andersson noch einmal, jetzt ohne seine Tochter. Überrascht bemerkte sie, wie Katarina auf ihn zuging. Sie wechselten ein paar Worte und gingen dann gemeinsam zum Parkplatz.

Annie wollte ihnen gerade folgen, als sie ein Polizeiauto entdeckte, das langsam den Schotterweg vor dem Gelände entlangrollte. Jens Fredriksson schien hinter dem Steuer zu sitzen. Sie drehte sich rasch um und sah Helena und Henrik, die auf sie zu kamen.

»Da bist du ja!«, sagte Helena. »Die Kinder sind müde, wir wollten jetzt nach Hause gehen. Willst du auf einen Snack mitkommen? Wir haben Käse und Kräcker.«

»Danke, aber ich bin auch ziemlich müde. Ich will nur noch nach Hause«, antwortete Annie und zog den Mantel enger um sich. »Schön, dass wir uns gesehen haben.«

Helena umarmte sie.

»Fahr vorsichtig, und pass auf die Hexen auf.«

Helena und Henrik gingen mit den Kindern davon, Annie steuerte auf ihr Auto zu. Da hörte sie, wie jemand hinter ihr ihren Namen sagte.

Thomas Moström eilte ihr nach.

»Ich wollte mich nur verabschieden. Wir fahren jetzt.« Er deutete auf seine Freunde, die ein wenig abseits standen und warteten. »Es war nett, Sie wiederzusehen.« Er sah ihr in die Augen.

Ohne Vorwarnung beugte er sich vor und umarmte sie. Als er sie wieder freigab, blieb er dicht vor ihr stehen. Er schien noch etwas sagen zu wollen, doch dann drehte er sich um und ging zu seinen Freunden.

Annie sah ihm nach. Ihre Wangen brannten. Das war doch nur eine Umarmung, dachte sie. Reiß dich zusammen.

Sie war fast an ihrem Auto angekommen, als sie Schritte hinter sich hörte.

»Was treibst du da eigentlich?«, fragte eine vertraute Stimme.

Annie drehte sich um. Johan Hoffner stand mit verschränkten Armen vor ihr.

»Läuft da was zwischen euch?« Er nickte Richtung Thomas Moström.
»Wovon redest du?«, entgegnete Annie. »Er ist Sagas Lehrer.«
Johan blinzelte.
»Bei dem musst du aufpassen.«
»Warum?«
Johan schwankte. Genau wie an jenem Abend vor achtzehn Jahren, dachte Annie.
»Du bist betrunken, Johan. Lass es gut sein«, sagte sie und wollte die Autotür öffnen, als Johan sie am Arm packte.
»Halt dich von ihm fern«, beharrte er.
»Lass mich.«
Annie riss sich los.
»Tut mir leid«, murmelte Johan. »Aber du solltest nicht mit solchen Typen reden.« Er starrte wütend in die Richtung, in die Thomas verschwunden war.
War er etwa eifersüchtig?
»Ich muss jetzt fahren«, sagte Annie.
»Warte, hör mir zu.« Johan stellte sich zwischen sie und das Auto. Er rieb sich mit der Hand über den Mund und seufzte schwer. »Ich habe auf dich gewartet«, sagte er. »Lange. Aber du bist nicht gekommen. Ich habe nie wieder etwas von dir gehört. Ich habe versucht, dich zu vergessen, aber es ist mir nicht gelungen.«
Plötzlich schlang er die Arme um sie und zog sie an sich. Er roch nach Bier und Rauch. »Ich habe dich vermisst, Annie«, murmelte er.
Dann ließ er sie los und sah sie an.
»Ich habe auf dich gewartet. Und irgendwann habe ich aufgegeben.«

»Aber warum hast du dich nie gemeldet?«, fragte Annie.

»Weil ich nicht wusste, wem ich glauben sollte. Du warst plötzlich weg, ich habe die Wahrheit nie erfahren. Findest du nicht, dass du mir eine Erklärung schuldest?«

Johan sah sie mit diesem Blick an, den sie bisher nur einmal gesehen hatte.

»Was ist damals eigentlich passiert?«, fuhr er fort. »Das habe ich nie erfahren. Hast du ihn geküsst?«

Da war sie. Die Frage, auf die sie all die Jahre gewartet hatte.

Annie seufzte. »Ja. Aber mehr wollte ich nicht. Alles danach geschah gegen meinen Willen.«

Ihre Kehle schnürte sich zu. Es war so weit. Die Stunde der Wahrheit. Ihr stiegen die Tränen in die Augen.

»Es tut mir leid«, sagte sie. »Entschuldige, dass ich ihn geküsst habe. Entschuldige, dass ich dich hier zurückgelassen habe. Es tut mir so leid. Alles.«

»Danke«, antwortete er und sah ihr in die Augen. »Und was ist mit dir? Hast du keine Gefühle mehr für mich, Annie?«

»Doch, natürlich«, sagte sie leise. Sie wusste nur nicht, welche.

Johan umarmte sie wieder, so fest, dass es beinahe wehtat.

»Wenn du mich willst, Annie«, sagte er mit klarerer Stimme, »dann verlasse ich Pernilla. Ich will mit dir zusammen sein. Ich liebe Pernilla nicht, ich habe sie geheiratet, weil sie da war. Ich war nie glücklich mit ihr. Es gab immer nur dich.«

Plötzlich spürte sie Johans Lippen auf ihrer Wange, und bevor sie reagieren konnte, küsste er sie auf den Mund.

»Hör auf.« Sie wandte das Gesicht ab. »Was ist, wenn Pernilla ...«

»Du willst es auch, Annie. Das weiß ich.«

»Nein, Johan.« Annie schob ihn zurück, doch er packte ihre Arme und drückte sie gegen das Auto, während er versuchte, sie noch einmal zu küssen.

»Hat er es so gemacht?«, zischte er.

Sie wand sich unter seinem Griff, versuchte, unter seinem Arm hindurch zu schlüpfen, doch er packte nur noch fester zu.

»Hör auf, Johan. Du machst mir Angst.«

»Mit mir wolltest du nicht, aber mit diesem Scheißkerl konntest du es tun.«

»Lass mich los!« Sie schubste Johan so fest, dass er nach hinten stolperte und stürzte. Hastig setzte sie sich in den Wagen, und bevor Johan wieder auf die Füße kam, war sie davongefahren.

Johan hatte sie geküsst. Was, wenn jemand sie gesehen hatte?

Ich werde so tun, als sei das gerade nie passiert, dachte Annie. Und Johan war betrunken, vielleicht hat er morgen schon alles vergessen. Solange Pernilla sie nicht gesehen hatte ...

Kurz vor der großen Kreuzung an der Hammarsbron ertönte ein dumpfes Geräusch, das Auto scherte aus und schien nach rechts zu kippen.

Sie fuhr an den Straßenrand und stieg aus. Der rechte Vorderreifen des alten Volvo war platt. »Verdammt«, murmelte sie.

Als sie wieder aufblickte, entdeckte sie, welches Glück sie gehabt hatte. Dreißig Meter weiter befand sich die alte Autowerkstatt, zu der ihr Vater immer gefahren war. Autos und einige Anhänger standen vor dem Gebäude, und die Werkstatt schien noch in Betrieb zu sein, auch wenn sie gerade geschlossen hatte. Wie passend.

Sie setzte sich wieder hinters Steuer und ließ den Wagen langsam zur Einfahrt rollen. Ein Zettel an der Werkstatttür verkündete, dass am Montag wieder geöffnet sein würde. Das Wochenende ohne Auto würde nicht einfach werden, aber sie hatte keine Wahl.

Nach kurzem Zögern warf sie den Autoschlüssel in den dafür vorgesehenen Briefkasten. Doch wie sollte sie jetzt nach Hause kommen? Es war zehn Uhr.

Henrik und Helena könnten ihr wahrscheinlich ihren Wagen leihen, aber sie brachten sicher gerade die Kinder ins Bett, da wollte sie nur ungern stören. Die andere Alternative war ein Taxi. Nachdem es bis nach Lockne über zehn Kilometer waren und Wochenende, würde es vermutlich ein Vermögen kosten, aber sie wollte nicht per Anhalter fahren.

Mit dem Handy am Ohr ging sie zu der großen Kreuzung. Es war ruhig und windstill, kein Auto war zu sehen. Richtung Norden lag der Flugplatz, und in der anderen Richtung, ein Stück den Fluss entlang, eine Insel namens Lilla Norge – Klein-Norwegen –, die durch Ballastsand von norwegischen Schiffen entstanden war. Sie hatte nie dort gebadet, doch es hieß, dass das Wasser um die Insel kristallklar war und der Sand golden leuchtete.

Eine computerisierte Stimme teilte ihr mit, dass gerade sehr viele Anrufe bei der Taxizentrale eingingen. Warteschleifenmusik ertönte.

Der Fluss war schwarz und samten. Wie ein Kessel mit Blutsuppe. Das Wasser schien Annie nach unten zu ziehen. Sie schwankte und hielt sich am Geländer fest. Hier war der Fluss etwas flacher, doch an der tiefsten Stelle, zwischen Kramfors und Lockne, war er hundert Meter tief. Wie ein Abgrund.

Annie schauderte und dachte an die Frau, von der seit den Siebzigerjahren gesprochen wurde, die per Anhalter unterwegs gewesen und spurlos verschwunden war. Später wurde ihre Tasche gefunden und zuerst angenommen, dass jemand sie an der Hammarsbron vergraben hatte, wo gerade Straßenarbeiten stattgefunden hatten. Schließlich hatten sie einen Serienvergewaltiger gefasst, der gestanden hatte, sie erwürgt und von der Sandöbron hinunter in den Ångermanälven geworfen zu haben.

Plötzlich hörte Annie, wie hinter ihr ein Wagen anhielt und jemand ausstieg. Sie wollte sich gerade umdrehen, als jemand sie von hinten packte.

56

»Du willst doch nicht etwa springen?«

Annie riss sich los, und der Mann in Uniform hielt abwehrend die Hände hoch.

»Ganz ruhig«, sagte Jens Fredriksson.

»Hör auf, mich so zu erschrecken.«

»Gleichfalls. Was machst du hier?«

Annie hielt ihr Handy hoch. »Ich warte auf ein Taxi.«

»Steig ein, ich fahre dich nach Hause.«

»Danke, aber ich warte lieber«, erwiderte sie mit Blick zu dem leeren Polizeiwagen.

»Dann leiste ich dir Gesellschaft, bis das Taxi kommt.« Jens lehnte sich mit verschränkten Armen gegen seinen Wagen.

»Das ist nicht nötig.« Annie hielt das Handy fest ans Ohr gedrückt und sah zu Boden. Nach einer Weile verstummte die Warteschleifenmusik, doch statt weiterverbunden zu werden, bat die Computerstimme, es in dreißig Minuten noch einmal zu versuchen, und beendete die Verbindung.

Jens neigte den Kopf zur Seite.

»Kein Taxi?« Er öffnete die Wagentür. »Komm schon, steig ein. Diese Mitfahrgelegenheit kostet nichts.«

»Nein, danke. Ich kann laufen.«

Jens lachte.

»Ich kann die hier wegpacken, falls dir das lieber ist.« Er

holte seine Dienstwaffe aus dem Holster und legte sie auf den Rücksitz.

Vor der Pistole habe ich keine Angst, dachte Annie und blieb stehen.

»Okay, ich verstehe, was du denkst. Ich werde mich benehmen, ich bin im Dienst. Kann ich dich nicht als Entschuldigung für letztens nach Hause fahren?«

Ich habe keine Wahl, dachte Annie. Es kommt kein Taxi, und um diese Uhrzeit ist es zu weit zu laufen. *Du musst ihm vertrauen.*

»Na gut.« Sie stieg ein.

Schweigend sah sie aus dem Beifahrerfenster auf die vorbeiziehende Landschaft. Auf dieser Straße war die Höchstgeschwindigkeit siebzig Stundenkilometer, doch Fredriksson fuhr um einiges schneller.

Sie spürte, wie er ihr gelegentlich einen Blick zuwarf.

»Ich habe immer noch ein blödes Gefühl wegen dem, was bei mir passiert ist«, sagte er plötzlich. »Ich will nicht, dass du so einen Eindruck von mir hast. Sag, wenn ich etwas für dich tun kann.«

Am besten hörst du auf, darüber zu reden, dachte Annie. Sprich es nicht bei jeder Begegnung erneut an.

Als sie nichts antwortete, sprach er weiter.

»Ich hoffe, dass zwischen uns jetzt alles okay ist. Eine Hand wäscht die andere, nicht wahr, Annie?«

Sie schwieg beharrlich, während sie sich der Abzweigung nach Lockne näherten.

»Wie ist die Stimmung im Ort?«, fragte Jens. »Nachdem man Edholm freigelassen hat, meine ich. Schließlich spaziert jetzt ein Mörder frei herum.«

»Er war es nicht. Das habe ich keinen Moment geglaubt«, erwiderte Annie knapp.

Jens sah sie verwundert an. »Ach ja? Und was glaubst du?«

Annie biss sich auf die Lippe. Jens hatte Edholms Hütte durchsucht, fiel ihr ein.

»Vielleicht könntest du mir doch bei etwas helfen«, sagte sie.

»Wobei?«

»Habt ihr Drogen bei den Edholms gefunden?«

»Nein, warum?«

»Jemand hat uns wegen der Tochter, Katarina, einen anonymen Hinweis gegeben. Falls sie Drogen zu Hause gehabt hätte, hättet ihr die doch sicher bei der Hausdurchsuchung gefunden, oder?«

»Normalerweise ja. Aber sie kann sie auch woanders aufbewahren. Die haben alle ihre Verstecke.«

Er fuhr vor Annies Haus.

»Schließ hinter dir ab, Annie. Und spiel hier nicht die Detektivin. Das kann böse enden.«

57

Sie träumte, dass sie über Wurzeln und Moos rannte. Die Wesen aus der Unterwelt waren hinter ihr her, flüsterten von Geistern und Hexen. Sie stolperte, stürzte. Das Moos umschlang sie, zog sie unter die Erde.

Annie öffnete die Augen und setzte sich langsam auf. Sie blinzelte ins Tageslicht, das durch das Rollo hereinschien. Die Erinnerung an den gestrigen Abend kehrte zurück. Johan war so anders gewesen. Betrunken, grob. War er eifersüchtig auf Thomas? Auch sonst war einiges merkwürdig an dem Abend gewesen. Johan hatte mit Katarina Edholm diskutiert. Die wiederum hatte mit Stefan Andersson gesprochen. Woher kannten die beiden sich?

Katarina war betrunken gewesen und hatte angespannt gewirkt. Glaubte sie, dass das Jugendamt hinter ihr her war, oder ging es um etwas anderes?

Annie schlug die Decke zur Seite und stand auf. In der Küche roch es nach Staub. Sie kochte sich einen Kaffee und ging vor die Haustür.

Das Wasser der Bucht glänzte. Ein Vogel kreiste über den Feldern. Die letzten beharrlichen Schneereste waren weggetaut. Es roch leicht nach Rauch und Laub. Offenbar verbrannte irgendjemand oben auf dem Hügel etwas. Das Thermometer zeigte sieben Grad plus, der Himmel war leuchtend blau.

Es gab nur einen Weg, um Antworten auf ihre Fragen zu bekommen. Sie trank ihren Kaffee aus und ging ins Haus, um sich anzuziehen.

Vor Edholms Tür fiel ihr ein, dass sie besser noch etwas gewartet hätte. Es war gerade mal zehn, vielleicht war noch niemand aufgestanden.

Die Tür wurde aufgestoßen, und Gunnar Edholm starrte sie verschlafen an.

»Du schon wieder?«

»Tut mir leid, falls ich dich geweckt habe. Ich wollte mit Katarina reden, ist sie schon wach?«

»Das glaube ich kaum.«

»Könntest du bitte trotzdem nachsehen?«, fragte Annie. »Es ist wichtig.«

Gunnar seufzte und ging ins Obergeschoss, wo er nach Katta rief. Nach einer Minute kam er allein zurück.

»Sie ist nicht da«, sagte er und kratzte sich am Kopf.

»Ich habe sie gestern auf Sandslån getroffen. Weißt du, ob sie nach Hause gekommen ist?«

Gunnar zog sich Stiefel an und ging an Annie vorbei zur Garage.

Annie folgte ihm.

»Das Mofa ist weg«, bemerkte er.

Dann fiel ihm etwas ein.

»Heute ist Kerstins Geburtstag«, sagte er bestürzt. »Wir gehen sonst immer gemeinsam zum Grab. Das würde sie nie ausfallen lassen.«

Er sah zur Straße.

»Könnte sie allein zum Friedhof gefahren sein?«, fragte Annie.

»Nee.«

Gunnar ging zurück zum Haus, zögerte aber beim Hundezwinger. Er pfiff, doch der Hund reagierte nicht. Gunnar betrat den großen Käfig und sah in die Hundehütte.

»Was zur Hölle?«, rief er und richtete sich auf. »Silver ist auch weg.« Er kam aus dem Zwinger und schüttelte den Kopf. »Merkwürdig.«

»Ruf sie doch mal an«, schlug Annie vor.

Sie holte ihr Handy aus der Tasche und reichte es ihm. Gunnar tippte die Nummer ein und schüttelte dann wieder den Kopf.

»Es scheint ausgeschaltet zu sein«, sagte er.

»Könnte sie bei einer Freundin übernachtet haben?«, fragte Annie. »Oder auf irgendeine Party mitgefahren sein? In Saltviken vielleicht?«

Gunnar sah zum Hügel hinauf. Er war gestern sicher nicht nüchtern gewesen, war jetzt vielleicht immer noch betrunken und konnte nicht fahren, wurde Annie klar.

»Gib mir den Schlüssel, ich kann fahren«, bot sie an.

»Da«, rief Gunnar, als sie zur Hütte einbogen.

Ein rotes Mofa lehnte an einem Baum, die Hüttentür stand einen Spaltbreit offen.

Annie ließ Gunnar zuerst hineingehen und blieb auf der Treppe stehen. Der Teppich in der Diele war aufgeworfen, als sei jemand darauf gestolpert.

»Was zum Teufel?«, hörte sie Gunnars Ausruf.

Annie folgte ihm und ging durch einen schmalen Flur ins Wohnzimmer. Gunnar stand neben dem Couchtisch.

»Schau«, sagte er und deutete auf etwas.

Die Gegenstände auf dem Tisch waren unverkennbar. Eine Spritze und ein Riemen. Ein Handy mit gesprungenem Display lag daneben.

Gunnar drückte auf einen Knopf, und das Display leuchtete auf.

»Ist das Kattas?«, fragte Annie.

Gunnar nickte.

»Katta?«, rief er und ging an Annie vorbei. Er inspizierte die restlichen Räume und schüttelte den Kopf.

Draußen war alles ruhig und windstill. Der Himmel war blaugrau und verschmolz mit dem Wasser. Gunnar ging mit schweren Schritten über den Vorplatz und rannte plötzlich los. Vor dem Holzschuppen blieb er stehen und sank auf die Knie.

Etwas lag auf dem Boden. Grauschwarzes Fell.

Annie sah im Näherkommen, dass der Hund bewegungslos dalag, immer noch an der langen Leine, die am Haus festgebunden war. Seine Augen standen weit offen und starrten ins Leere. Die Zunge hing aus dem Maul.

Gunnar löste die Leine, die um den Hals des Tieres gewickelt war, und legte Silvers Kopf auf seine Knie. Er drückte das Ohr an den Brustkorb des Hundes.

»Nein, nein, nein«, murmelte er und strich Silver über den Kopf und das dichte Fell. Er schloss die Augen.

Annie trat respektvoll einen Schritt zurück, wollte Gunnar in diesem privaten Moment nicht stören.

Sie drehte sich um und sah auf das Wasser. Die Bäume standen fast bis zur Bucht hinunter. Große, grauschwarze Steine lagen am Ufer. Ein paar dicke Äste waren im Wasser zu sehen, wahrscheinlich Treibholz, das im Lehm stecken geblieben war. Dichtes Schilf.

Sie stutzte. Verengte die Augen. Lag da etwas zwischen den Steinen?

»Gunnar«, sagte sie, während sie hinunter zum Wasser ging. Jetzt sah sie es. Ein blasses Gesicht, halb verborgen unter langem schwarzem Haar. Der Körper lag halb im Wasser. Die Augen waren fast geschlossen, die Lippen blau.

Geh zu ihr. Tu etwas.

58

Die Uhr an der Wand tickte laut. Annie fröstelte. Es war vorbei. Sie saß bei Sven und Lillemor auf dem Sofa, eingehüllt in eine warme Decke. Sie hatten ein Feuer im Kamin angezündet, Lillemor hatte Tee gekocht. Trotzdem fror Annie. Sie sah immer noch Katarinas bleiches Gesicht vor sich. Das geronnene Blut an der Schläfe. Die fast geschlossenen Augen, die bläulichen Lippen. *Wie eine Tote.*

Zwei Stunden waren seither vergangen, doch Gunnar hatte sich noch nicht gemeldet.

Lillemor streichelte ihr über den Arm.

»Als der Krankenwagen kam und wir die Sirene hörten …«, sagte sie, »… dieses Geräusch … Mir wurde ganz schlecht. Ich kann mir nur vorstellen, wie schrecklich es gewesen sein muss.«

Annie nickte. Aber ich habe es geschafft, dachte sie, ich habe den Notarzt gerufen. Der nach einer gefühlten Ewigkeit endlich eingetroffen war. Gunnar war mit ins Krankenhaus gefahren, während Annie vor Ort geblieben und so gut wie möglich die Fragen der Polizei beantwortet hatte.

Du hast getan, was du konntest. Ihr habt sie rechtzeitig gefunden. Sie wird es schaffen.

Sven und Lillemor stellten keine weiteren Fragen. Sie saßen einfach nur schweigend neben ihr und warteten darauf, dass das Telefon klingelte.

Bilder blitzten vor Annies innerem Auge auf, von Saga, von dem Hund. Von der Spritze auf dem Tisch. Von Katarina Edholm im Wasser.

Beide Mädchen waren am selben Ort gefunden worden. Gab es da einen Zusammenhang? Es war ein Wirrwarr aus losen Fäden, die irgendwie zusammengehörten. Sie sah nur noch nicht das Muster. Oder wollte sie etwas sehen, das gar nicht da war? Ordnung in das eingebildete Chaos bringen?

Rasch trank Annie einen Schluck lauwarmen Tee. Das Blut dröhnte in ihren Ohren. Ihre Beine begannen unkontrolliert zu zittern. Das Nachbeben setzte ein.

Bald darauf klingelte endlich das Telefon.

Gunnars Stimme schien von weit her zu kommen. Er sprach leise, angespannt. Katarina war stark unterkühlt. Hatte Morphium im Körper. Verdacht auf Überdosis. Kopfverletzung. Operation. Bewusstlosigkeit.

Annie legte das Telefon auf den Tisch.

»Sie lebt«, flüsterte sie. *Sie waren noch rechtzeitig gekommen.*

Sie berichtete kurz, was Gunnar erzählt hatte.

Lillemor verzog das Gesicht.

»Eine Überdosis? Wie schrecklich.«

Annie stellte die Tasse auf den Tisch.

»Danke für den Tee, jetzt muss ich aber nach Hause«, sagte sie.

Auf der Fahrt kreisten die Gedanken in Annies Kopf. Man hatte also Morphium in Katarinas Blut gefunden. Und eine Frau hatte dem Jugendamt einen anonymen Hinweis gegeben, hatte behauptet, Katta würde Drogen nehmen.

Woher hatte Katta das Morphium? Hatte sie es von jemandem auf Sandslån gekauft? Was hatte sie gemacht, nachdem sie miteinander geredet hatten? War sie nach Hause gefahren? War sie bei jemandem mitgefahren, der in dieselbe Richtung musste? War sie noch auf einer Party gewesen?

In Saltviken standen viele Hütten, in denen man ungestört feiern konnte, vor allem, wenn man Drogen konsumieren wollte. Aber wenn Katta noch auf so eine Party eingeladen worden war, wäre sie dann nicht direkt mitgefahren? Stattdessen war sie zu Hause gewesen, hatte das Mofa geholt und außerdem noch Silver mitgenommen. Man nahm doch seinen Hund nicht auf eine Party mit, oder?

Annie blieb an der Garage stehen. Sie hatte noch immer Gunnars Schlüssel zum Sommerhaus. Kattas Handy hatte die Polizei mitgenommen. Die Beamten hatten zwar alles durchsucht, aber vielleicht hatten sie etwas übersehen. Statt zu Hause zu sitzen und zu warten, könnte sie noch einmal hinfahren.

Sie holte das Fahrrad aus der Garage und strampelte nach Saltviken. Nach zwei Kilometern kam sie am ersten Sommerhaus vorbei, und in der nächsten Kurve sah sie den großen Stein, an dem der Weg hinunter zum Badeplatz begann. In dem Moment kam ihr ein Auto mit hoher Geschwindigkeit entgegen. Die Straße war zu schmal für sie beide, und Annie riss instinktiv den Lenker nach rechts. Das Vorderrad verfing sich in der Böschung, sie stürzte und blieb unter dem Fahrrad im Graben liegen.

Als sie sich aufsetzte, sah sie, dass der Wagen angehalten hatte. Der Fahrer rannte auf sie zu. Die Größe, der Körperbau, das gelockte Haar. Johan, dachte Annie, doch dann erkannte sie den Mann.

»Himmel, Annie!«, rief Thomas Moström. »Die Sonne hat mich geblendet, plötzlich sind Sie aufgetaucht. Ist Ihnen etwas passiert?«

Annie wollte sich aufrappeln, verzog dann jedoch vor Schmerz das Gesicht. Sie sah auf ihr linkes Bein. Die Hose war am Knie aufgerissen, die Haut blutig und voller Schotter.

Thomas kletterte zu ihr in den Graben, hob das Fahrrad zur Seite und ging vor ihr in die Hocke. Vorsichtig zog er den Riss im Stoff auf und musterte die Wunde.

»Nicht so tief«, stellte er fest. »Das muss sicher nicht genäht werden. Können Sie auftreten?«

Er half Annie auf. Ihr war schwindelig, und sie hielt sich an seinem Arm fest.

»Alles okay?«

Annie versicherte ihm, dass es ihr gut ging, und atmete ein paarmal tief durch, während sie ihre Kleidung abklopfte. Die Wunde am Knie pochte.

»Was machen Sie eigentlich hier oben?«, fragte sie.

»Mein Freund Uffe hat da drüben ein Sommerhaus.« Thomas deutete Richtung Saltviken. »Wir sind gestern nach dem Feuer hingefahren, und ich habe dort übernachtet.«

Thomas hob das Fahrrad aus dem Graben.

»Die Kette ist abgesprungen«, sagte er. »Ich habe eine Fahrradhalterung an der Anhängerkupplung und bringe Sie nach Hause.«

Sie setzten sich ins Auto.

»Ich mache mir Vorwürfe«, sagte er, nachdem er losgefahren war. »Was, wenn ich Sie angefahren hätte? Wie geht es Ihnen?«

»Alles in Ordnung«, versicherte Annie. »Außerdem ist etwas viel Schlimmeres passiert.«

59

Thomas sah sie bestürzt an, nachdem sie zu Ende erzählt hatte.

»Wird sie es schaffen?«

»Ihr Zustand ist ernst, aber stabil, heißt es. Mehr weiß ich nicht.«

Annie sah aus dem Beifahrerfenster.

»Was wollten Sie eigentlich bei der Hütte?«, fragte Thomas, als sie auf die Straße Richtung Lockne einbogen.

»Ich weiß es nicht.« Annie knabberte an einem eingerissenen Fingernagel. »Ein bisschen nachdenken. Ich habe das Gefühl, dass da etwas nicht stimmt.«

»Sie glauben nicht an eine Überdosis?«

»Hatten Sie schon mal den Verdacht, dass Katta Drogen nimmt?«

Thomas seufzte.

»In der Schule habe ich sie nie high erlebt, falls Sie das meinen, aber völlig unwahrscheinlich ist es nicht. Es gibt ja einiges in ihrem Leben, das nicht so gut läuft, oder?«

»Das stimmt. Vor ein paar Tagen ist bei uns eine anonyme Meldung eingegangen. Von einer Frau. Könnte das die Schulschwester oder die Psychologin gewesen sein?«

»Nicht, wenn der Hinweis anonym erfolgt ist. Wenn die Schule etwas meldet, geht das immer über den Rektor.«

»Okay. Da ist es«, sagte Annie und deutete auf ihr Haus. Sie bogen in die Einfahrt, und Thomas schaltete den Motor aus.
»Wie schön. Ist das ein Sommerhaus oder dauerhaft bewohnbar?«
»Hier bin ich aufgewachsen.«
Thomas pfiff anerkennend.
»Wohnen Ihre Eltern noch hier?«
»Nein. Meine Mutter lebt in einem Heim hier in Lockne. Mein Vater ist tot.«
»Und jetzt haben Sie das Haus übernommen?«
»Nur vorübergehend. Ich wohne eigentlich in Stockholm.«
»Aha.« Thomas schwieg. Eine Locke hing ihm in die Stirn. Helena hatte recht, erkannte Annie. Irgendetwas an seiner Gesichtsform und seiner Haltung erinnerte an Johan. Nur seine Augen nicht, die waren braun.

Thomas stieg aus, hob das Fahrrad von der Anhängerkupplung und lehnte es an die Garage. Annie schob sich langsam aus dem Wagen. Ihr Knie schmerzte, aber sie konnte den Fuß belasten. Trotzdem stützte Thomas sie bis zur Treppe.

Sie schloss auf und bat Thomas zu warten, während sie im Badezimmer verschwand. Sie setzte sich auf den geschlossenen Toilettendeckel und zog sich die Hose herunter. Die Wunde blutete nicht mehr, war aber voller Dreck.

Sie spülte sie mit Wasser aus und fand im Badezimmerschrank eine Packung Pflaster, aus der sie eines auf die Wunde klebte. Vielleicht würde sie jetzt auch eine Narbe am Knie zurückbehalten, eine immerwährende Erinnerung an einen echten Fahrradunfall. Nichts, was sie verdrängen musste. Nichts, weswegen sie lügen musste.

Als sie aus dem Badezimmer kam, stand Thomas in der Diele.

»Muss die Wunde doch genäht werden? Ich kann Sie fahren, falls es nötig sein sollte.«

»Nein, es geht so. Haben Sie noch Zeit für eine Tasse Kaffee?«, platzte Annie heraus.

Thomas lächelte. »Ja, gern.«

Als Annie mit den Tassen aus der Küche kam, stand Thomas auf der Treppe vor dem Haus und sah über den Hof.

»Du hast einen Hexenring«, sagte er und wechselte zum Du.

»Was habe ich?«

»Siehst du den Ring da hinten?« Er deutete auf ein Stück Gras neben einer Linde. Ein Kreis aus dunklerem Gras zeichnete sich darin ab, den Annie bisher nicht bemerkt hatte.

»So etwas wird Elfen- oder Hexenring genannt«, erklärte Thomas. »In alten Grasflächen kommt das oft vor. Es handelt sich dabei um eine Art Pilz, der die Vegetation darum herum abtötet, aber früher glaubte man, dass Elfen das Gras flachgetanzt hätten.« Er lachte. »Man merkt, dass ich Naturwissenschaften unterrichte, oder? Jedenfalls ist es unglaublich schön hier. Von hier aus sieht man ja das ganze Flusstal.«

Annie folgte seinem Blick. Trügerisch schön, dachte sie.

»Vermisst du das alles nicht?«, fragte er und machte eine ausholende Geste. »Einfach die Skier anzuschnallen und loszuziehen? Oder eine Thermoskanne einzupacken und eine Wanderung durch den Wald zu machen, wenn es einem gerade einfällt?«

»Manchmal. Aber Stockholm ist auch schön, auf andere Art.«

»Hast du Familie da unten?«

Annie schüttelte den Kopf.

»Ich bin allein. Wo wohnst du?«

»In einer Zweizimmerwohnung in Kramfors. Nur vorübergehend, ich muss bald etwas Größeres finden.« Er wandte sich ihr zu. »Ich bin frisch getrennt und brauche Platz für meine beiden Kinder«, erklärte er.

»Oh«, brachte Annie heraus und spürte, wie ihr warm wurde. »Tut mir leid.«

»Kein Problem. Wir haben es gemeinsam beschlossen und sind immer noch Freunde. Irgendwann kaufe ich mir auch ein Haus. Ich wollte schon immer einen eigenen Hof haben. In Kungsgården habe ich einige richtig schöne gesehen.«

»Auf«, korrigierte ihn Annie.

»Was?«

»Hier sagt man *auf* Kungsgården, nicht in«, meinte sie lächelnd.

Thomas wirkte verlegen.

»Peinlich«, sagte er und sah zu Boden. »Ich wohne seit zehn Jahren hier und dachte, dass ich mittlerweile ein echter Kramforser bin.«

Nein, dachte Annie. Das wirst du nie sein, egal, wie lange du hier lebst. Entweder war man hier geboren oder nicht. Ein Zugezogener war immer ein Zugezogener.

»Woher kommst du?«

»Aus Umeå. Meine Eltern und meine große Schwester wohnen noch dort, aber meine Eltern überlegen, ob sie weiter nach Süden ziehen wollen, näher zu den Enkelkindern.«

Annie sah hinunter zum Fluss. Das Bild von Katarina Edholm im Wasser kehrte zurück.

Thomas wedelte mit der Hand vor ihrem Gesicht. Er hatte wohl etwas gesagt, doch sie war zu sehr in Gedanken versunken gewesen.

»Tut mir leid«, sagte sie. »Ich habe an Katarina gedacht. Wenn ich auf Sandslån nur länger hätte mit ihr reden können, wäre das vielleicht nicht passiert. Wenn wir doch nur wüssten, was geschehen ist.«

»Ich habe gesehen, wie sie bei ihrem Elternhaus aus einem Wagen gestiegen ist, als wir auf der Fahrt zu Uffes Hütte daran vorbeikamen«, erzählte Thomas.

Annie zuckte zurück.

»Hast du gesehen, wer am Steuer saß?«

»Nein. Aber es war ein roter Volvo 245. Ein Kombi, da bin ich sicher.«

»Weißt du noch, wie spät es da war?«

»Halb elf vielleicht.«

»Okay. Jemand hat sie also nach Hause gebracht. Und dann ist sie mit dem Mofa hinauf zum Sommerhaus gefahren. Aber was ist dann passiert?«

Thomas legte ihr eine Hand auf den Arm.

»Annie, mir ist klar, dass das nicht leicht zu vergessen ist, aber versuch, dich eine Weile zu entspannen. Es ist schrecklich, was passiert ist, aber jetzt müssen wir einfach hoffen, dass sie sich wieder erholt. Können wir nicht über etwas anderes sprechen?«

Annie massierte sich die Stirn.

»Du hast recht, entschuldige«, sagte sie und lächelte. »Was hast du mich vorhin gefragt?«

»Warum bist du von hier weggezogen?«

Annie zuckte zurück, überrumpelt von der Frage.

»Das ist privat«, erwiderte sie schärfer als beabsichtigt.

Er schwieg.

Verdammt, dachte Annie.

Thomas stand auf.

»Du hattest einen harten Tag, ich fahre besser mal heim«, sagte er.

»Okay.«

Annie mied seinen Blick. Sie hatten sich so nett unterhalten, bis sie alles kaputtgemacht hatte.

»Schon dein Bein«, sagte Thomas ernst. »Danke für den Kaffee.« Er reichte ihr die Tasse. »Und grüß Gunnar von mir, ich würde gern wissen, wie es Katta geht.«

Annie brachte die Tassen in die Küche und sah durchs Fenster, wie Thomas in einer Staubwolke davonfuhr.

Er schien ein netter Mensch zu sein. Und vielleicht war er auch ein wenig an ihr interessiert.

Aber was war mit ihr? Mochte sie ihn, oder fand sie seine Gesellschaft nur angenehm, weil sie Johan in ihm sah?

60

Gunnar blickte schlaftrunken auf und erkannte, dass er vor seinem Haus war. Er hatte die ganze Nacht an Kattas Bett gesessen und musste sofort eingeschlafen sein, nachdem er sich ins Taxi gesetzt hatte. Er wusste noch, wie sie aus Umeå hinausgefahren waren, die restlichen zweihundert Kilometer hatte er anscheinend verschlafen.

»Vielen Dank«, murmelte er und stieg aus. Das Taxi fuhr davon und ließ Gunnar in der Einfahrt stehen. Wie still es war. Kein Bellen, niemand lief auf ihn zu.

Widerwillig sah er zu dem leeren Hundezwinger. Sein Magen verkrampfte sich. Kein einziges Mal hatte er in Umeå an Silver gedacht. Hatte es verdrängt, hatte nicht begreifen wollen, was passiert war. Es war auch unbegreiflich. Alles. Es war einfach alles im Arsch.

Er sah auf die Uhr. Sie mussten jede Minute kommen, seine Schwester und der Junge. In Anbetracht der Ereignisse hatte das Jugendamt genehmigt, dass Joel nach Hause kommen konnte.

Der Junge musste es erfahren. Was seiner Schwester zugestoßen war, dem Hund. Auch wenn er selbst nicht genau wusste, was passiert war. Er biss sich in die Innenseite der Wange. Jetzt bloß nicht heulen.

Im Haus war es eiskalt. Ohne die Jacke auszuziehen, ging er hinunter in den Keller, legte ein paar Holzscheite aufs Heizungsfeuer, schloss die Luke und ließ die Drosselklappe halb offen stehen. Dann holte er die Flasche, die er in der Tasche eines alten Overalls versteckt hatte, und schraubte den Verschluss ab.

Der Alkohol brannte herrlich im Hals. Gunnar wischte sich mit dem Ärmel den Mund ab und wartete auf die Wirkung des Schnapses. Noch ein Schluck, dann versteckte er die Flasche wieder. Plötzlich hatte er das Gefühl, als legte ihm jemand eine Hand auf die Schulter. Er zuckte zusammen und wirbelte herum, doch da war niemand.

Gunnar schauderte und eilte die Kellertreppe hinauf. In diesem Moment wurde die Haustür geöffnet, und seine Schwester Ellen kam herein.

Sie umarmte ihn unbeholfen. Es war sicher einige Jahre her, seit man ihn zuletzt umarmt hatte, dachte Gunnar.

»Wie geht es Katta?«, fragte sie leise.

»Unverändert. Sie können noch nichts sagen. Wir müssen abwarten.«

Ellen musterte ihn prüfend.

»Und wie geht es dir? Du siehst schrecklich aus. Schaffst du das alles?«

»Habe ich eine Wahl? Wo ist er?«

»Sitzt noch im Auto. Er wollte nicht mit reinkommen.«

Gunnar seufzte und ging hinaus.

Der Junge hatte die Baseballkappe tief ins Gesicht gezogen und trommelte mit den Fingern. Gunnar öffnete die Autotür.

»Hallo, Joel«, sagte er. »Komm rein, dann gibt es Kakao.«

Joel reagierte nicht.

Gunnar versuchte es noch einmal, redete auf ihn ein, lockte

ihn mit diversen Versprechungen. Schließlich hatte er Erfolg, und Joel ging langsam mit ihm ins Haus.

»Vielen Dank«, murmelte Gunnar an seine Schwester gewandt.

»Bist du sicher, dass ihr zurechtkommt?«, fragte Ellen und sah ihn misstrauisch an.

Gunnar bedeutete ihr nur schweigend, sie könne jetzt fahren.

Der Junge kam erst in die Küche, nachdem Gunnar Milch und Kakaopulver auf den Tisch gestellt hatte.

»Du darfst dir den Kakao selbst zusammenrühren«, sagte er und setzte sich.

Erst da zog Joel die Schuhe aus und kam zum Tisch. Gunnar sah zu, wie er erst drei, dann vier Löffel Pulver abmaß.

»Deine Schwester ist noch im Krankenhaus«, begann Gunnar.

»Wann kommt sie wieder nach Hause?«

Gunnar strich sich über den Bart. »Bald.«

»Wann ist bald?«

Gunnar sah auf die Tischplatte. Was zum Teufel sollte er jetzt antworten? Er schob dem Jungen die Kakaopackung hin.

»Hier. Nimm noch was.«

»Wird sie sterben, wie Mama?«

»Nein, nein. Du weißt doch, Mama hatte Krebs. Katta hat keinen Krebs.«

Joel starrte vor sich hin.

Gunnar sah, wie der Junge die Augen zusammenkniff, während er mit dem Löffel in seinem Glas rührte. Sicher hatte er viele Fragen, doch er schwieg.

Lange saßen sie so da. Joel trank seinen Kakao aus. Bald würde er in sein Zimmer gehen.

Sag es einfach. Bring es hinter dich.

»Silver ist im Himmel«, murmelte Gunnar.

Joel blinzelte angestrengt.

»Warum? Wie ist er gestorben?«

Was sollte er jetzt sagen? Es war alles so seltsam. Der Hund hatte sich in der Leine verfangen, das sollte eigentlich nicht möglich sein. Aber irgendwie hatte er es geschafft, sich zu erdrosseln.

Joel sprang auf. Ein dunkler Fleck zeichnete sich im Schritt seiner Hose ab.

Erschrocken sah er Gunnar an.

»Das macht nichts, Junge.« Gunnar streckte die Hand aus, doch Joel wich zur Treppe zurück.

Gunnar ging ihm nach. »Alles in Ordnung. Leg die Hose einfach in den Wäschekorb.«

Der arme Junge, dachte er. Wir alle.

Und dann klingelte auch noch das Telefon. Gunnar wollte es schon läuten lassen, als er Annies Namen im Display las. Mit ihr sollte er reden. Sie war die Einzige, die er nicht zum Teufel jagen wollte.

Er sagte gleich, es gäbe nichts Neues zu berichten. Annie erzählte ihm jedoch, dass Katta gesehen worden war, wie sie mit jemandem in einem roten Volvo geredet hatte.

»Weißt du, wer das gewesen sein könnte?«, fragte sie. »Es wäre gut möglich, dass der Besitzer des Wagens ihr auch Drogen verkauft hat.«

»Katta nimmt keine Drogen«, erwiderte Gunnar scharf.

Annie holte Luft.

»Ich verstehe, dass es schwer vorstellbar ist, aber bist du dir da ganz sicher, Gunnar? Seit Kerstins Tod hattet ihr es schwer.

Wenn es einem schlecht geht, tut man leicht etwas, nur damit es einem ein wenig besser geht, auch wenn man es eigentlich gar nicht will.«

Gunnar ballte die Hand zur Faust.

»Wir wussten lange, dass Kerstin sterben würde«, sagte er. »Am Ende hatte sie so furchtbare Schmerzen, dass ich nur noch gehofft habe, dass sie bald einschlafen darf und nicht mehr leiden muss. Als sie starb, war es eine Erleichterung.«

»Aber wir haben doch die Spritze gesehen …«

»Katta mag ja stur und eigen sein, aber mit so einem Dreck hat sie nichts am Hut. Sie ist absolut dagegen. Sie hat mir immer im Nacken gesessen wegen …« Er verstummte. »Finde heraus, wer das mit dem Volvo war«, sagte er stattdessen. »Wenn irgendein Arschloch meinem Mädchen Drogen gespritzt hat, müssen wir ihn kriegen. Doch die Bullen werden nie auf mich hören. Du musst mir helfen, Annie. Du bist die Einzige, die mich nicht schon verurteilt hat.«

61

Annie beeilte sich auf den letzten Metern zum Büro. Der Montagmorgen war sonnig, aber kühl.

Das ganze Wochenende hatte es geregnet, und sie war nicht vor die Tür gegangen. Sie hätte ihre Mutter in Fridebo besuchen sollen, doch sie hatte nur an Katarina Edholm denken können und kaum geschlafen.

Um acht Uhr hatte die Autowerkstatt angerufen. Der Reifen war gewechselt, das Auto konnte abgeholt werden. Sie hatte einen Bus nach Kungsgården erwischt und den Wagen geholt, doch es war trotzdem Viertel nach neun, und alle warteten schon im Besprechungsraum, als Annie herbeieilte.

Sie setzte sich neben Tjorven und schlüpfte aus dem Mantel.

»Bitte entschuldigt die Verspätung«, murmelte sie, doch Claes sortierte seine Unterlagen und schien sie nicht zu hören.

Annie wandte sich an Tjorven.

»Konntest du vor dem ersten Mai noch etwas wegen des anonymen Hinweises unternehmen, der wegen Katarina Edholm eingegangen ist?«

»Nein, aber ich …«

»Sie liegt im Krankenhaus«, unterbrach Annie sie. »Bewusstlos. Verdacht auf Überdosis.«

»Wie schrecklich«, sagte Tjorven und wurde rot. »Woher weißt du das?«

Claes Nilsson reichte Tjorven ein Blatt Papier von seinem Stapel.

»Es wurde auch noch Anzeige erstattet, diesmal von der Polizei. Verdacht auf eine Überdosis Morphium an Valborg.«

»Das stimmt«, bestätigte Annie. »Sie liegt bewusstlos in Umeå im Krankenhaus.«

»Okay.« Claes nickte Tjorven zu. »Dann müssen wir mit unseren Fragen warten, bis sie entlassen wird.«

»Wenn sie nicht zu Gemüse wird«, sagte Putte und schob sich eine Portion Kautabak unter die Oberlippe.

Annie starrte ihn an.

»Was denn?« Er erwiderte ihren Blick. »Die sind doch selbst schuld, wenn sie so dumm sind und sich Dreck in die Venen jagen.«

Jetzt weiß ich, warum du es nie auf die Polizeihochschule geschafft hast, du herzloses kleines Arschloch, dachte Annie.

Sie wandte sich wieder an Claes.

»Wir müssen nicht warten, wir können jetzt schon untersuchen, in welchen Kreisen sie sich bewegt hat, wer mit Drogen dealt. Wenn Katarina etwas gekauft hat, müsste das jemand wissen.«

»Annie«, sagte Claes. »Das ist Tjorvens Fall, sie kümmert sich darum. Zuerst einmal müssen wir abwarten, wie es dem Mädchen geht.«

Er sah auf seine Unterlagen.

»Wie steht es übrigens mit deinem Fall, Jessica Andersson?«, fragte er.

»Es geht voran. Ich habe für heute Nachmittag einen Hausbesuch vereinbart.«

»Allein?«

»Ja. Ist das ein Problem?«

»Einzelbesuche versuchen wir zu vermeiden.«

Claes knabberte an seinem Stift und sah in die Runde.

»Kann jemand Annie heute Nachmittag begleiten?«

Alle schüttelten den Kopf.

»Soll ich besser einen neuen Termin vereinbaren?«, fragte Annie.

Claes seufzte laut.

»Dieses Mal muss es so gehen«, sagte er. »Aber sorg dafür, dass ihr in Zukunft immer zu zweit seid, ja?«

Die übrigen Vorgänge wurden verteilt, die Besprechung beendet. Annie hatte keine Lust, mit den anderen in den Pausenraum zu gehen, und zog sich mit ihrer Kaffeetasse in ihr Büro zurück.

Sie weckte den Computer aus dem Ruhezustand und starrte aus dem Fenster. Gunnars Worte hallten in ihrem Kopf wider. Er war überzeugt, dass jemand anders Katarina unter Drogen gesetzt hatte. Doch wer sollte das gewesen sein, und warum? Letztendlich war es am wahrscheinlichsten, dass sie sich das Morphium selbst gespritzt hatte. Die Frage war nur, von wem sie es gekauft hatte.

Annie hatte gesehen, wie Katarina beim Valborgfeuer sowohl mit Johan Hoffner als auch mit Stefan Andersson gesprochen hatte. Johan kannte sie vielleicht, weil beide in Lockne wohnten, aber woher kannte sie Stefan Andersson? War er ihr Dealer?

Und das Wichtigste: Wer war der Besitzer des roten Volvos? Der Fahrer war vielleicht der Letzte, der Katarina vor der Überdosis gesehen hatte.

Die Stunden vergingen. Annie wollte sich gerade etwas zum Mittagessen kaufen gehen, als das Telefon klingelte.

»Hör zu«, sagte Gunnar aufgeregt. »Gerade hat die Polizei angerufen. Wie es aussieht, hat Katta um elf Uhr abends eine SMS geschrieben. Offenbar hatte sie sich mit jemandem in der Hütte verabredet.«

Annies Herz schlug schneller.

»Mit wem?«

»Das wissen sie noch nicht, die SMS ging an eine Prepaid-Karte. Das dazugehörige Handy ist abgeschaltet.«

»Und was passiert jetzt?«

»Ich weiß es nicht, das wollten sie mir nicht sagen. Du wirst sehen, ich habe recht. Jemand hat ihr das angetan, und wenn ich weiß, wer der Mistkerl ist, dann ...«, drohte Gunnar.

Hatte sich Katarina mit dem Fahrer des Volvos in der Hütte verabredet?

»Tu nichts Unüberlegtes, Gunnar«, bat sie ihn. »Warte auf die Ermittlungen der Polizei.«

»Ach was. Die Bullen glauben, dass sie ein Junkie ist. Kannst du nicht versuchen, mehr herauszufinden?«

Annie versprach zu helfen, so gut sie konnte, und sie legten auf. Sie starrte auf das Telefon. Was könnte sie tun? Gab es noch jemanden, mit dem sie reden konnte?

Nachdem sie eine Weile überlegt hatte, wählte sie Thomas Moströms Nummer.

Sie hatte erwartet, nur eine Nachricht auf seiner Mailbox hinterlassen zu können, doch er meldete sich nach dem ersten Klingeln.

»Ach, du bist es«, sagte er. »Als ich die unterdrückte Nummer gesehen habe, dachte ich, es sei die Polizei. Sie sind unterwegs zur Schule.«

»Warum, ist etwas passiert?«

»Das haben sie nicht gesagt, nur, dass es um Katarina Edholm ginge und ich mich vor der Schule mit ihnen treffen solle.«

Annie biss sich auf die Lippe. Was war da los?

»Ich komme auch«, sagte Annie spontan und legte auf.

Annie rannte über den Parkplatz der Schule. Thomas wartete vor dem Haupteingang. Sie traf gerade noch vor dem Polizeiauto ein, das von der Straße einbog. Hans Nording und Sara Emilsson stiegen aus.

»Annie, was machen Sie hier?«, fragte Nording.

»Das kann ich leider nicht sagen, das ist vertraulich«, antwortete Annie. Nording zog eine Augenbraue hoch und wandte sich dann an Thomas.

»Wir müssen Katarina Edholms Schließfach öffnen.«

»Natürlich, aber dürften wir den Grund erfahren?«

»Wir haben Anlass zu der Vermutung, dass sich darin Drogen befinden.«

Annie folgte ihnen ins Gebäude, hielt sich aber im Hintergrund.

Während der Hausmeister das Vorhängeschloss öffnete, verscheuchte Thomas ein paar neugierige Schüler, die sich um sie versammelt hatten.

Die Polizisten verstauten alles, was sie aus dem Fach nahmen, in Plastiktüten. Annie zählte allein vier verschiedene Armbanduhren.

Ganz hinten im Fach stand ein Schuhkarton. Hans Nording hob den Deckel ab und hielt den Karton schräg, um Sara Emilsson den Inhalt zu zeigen.

Die Schachtel war bis zum Rand gefüllt mit Fünfhundert-Kronen-Scheinen.

62

Annie wartete, bis die Polizisten zur Abfahrt bereit neben ihrem Wagen standen.

»Hätten Sie ein paar Minuten Zeit? Ich habe Informationen für Sie.«

Nording öffnete die Tür zum Rücksitz.

»Steigen Sie ein«, sagte er.

Sie bogen auf den Ringvägen ein und umfuhren das Zentrum.

»Ich weiß, was Sie vermuten«, begann Annie. »Aber Gunnar Edholm glaubt nicht, dass Katarina Drogen genommen hat. Er ist davon überzeugt, dass jemand ihr das Morphium verabreicht haben muss.«

»So was wollen Eltern nie von ihren Kindern denken«, erwiderte Sara Emilsson.

»Und Sie waren ja beim Elternabend«, sagte Nording. »Hier gibt es überall Drogen.«

»Ich weiß. Und vielleicht nimmt Katarina Edholm tatsächlich welche. Direkt vor Valborg ist bei uns ein anonymer Hinweis wegen ihr eingegangen.«

»Na also.«

»Aber die Sache ist die«, fuhr Annie fort. »Ich habe bei der Valborgfeier auf Sandslån versucht, mit Katarina zu reden. Da hatte ich das Gefühl, dass sie mir etwas erzählen wollte, doch wir wurden von jemandem unterbrochen. Ich habe dann noch gesehen, wie sie mit zwei Männern gesprochen hat. Der eine war Johan Hoffner aus Lockne, der andere heißt Stefan Andersson.«

»Und?«, fragte Nording.

»Vielleicht sollten Sie sich mit den beiden mal unterhalten? Thomas Moström hat außerdem erzählt, dass er später an dem Abend gesehen hat, wie Katarina vor ihrem Elternhaus aus einem roten Volvo gestiegen ist. Dem sollte doch wohl nachgegangen werden?«

Nording entdeckte eine freie Parklücke vor der Gemeindeverwaltung und fuhr hinein.

»Danke für die Informationen, Annie. Wir kümmern uns darum.«

Annie löste den Sicherheitsgurt.

»Könnte es einen Zusammenhang zwischen Sagas Tod und Katarinas Überdosis geben? Sie gingen in eine Klasse. Beide wurden bei Gunnar Edholms Sommerhaus gefunden. Könnten Drogen die Verbindung sein?«

»Sie glauben, dass auch Saga Drogen konsumiert hat? Die toxikologische Untersuchung hat aber nichts ergeben.«

»Gut, aber vielleicht ist sie jemandem in die Quere gekommen? Jemand hat gedacht, sie könnte etwas ausplaudern, und hat sie umgebracht? Vielleicht ist das Gleiche auch Katarina zugestoßen?«

»Nicht unmöglich, aber recht unwahrscheinlich. Die einfachste Erklärung ist oft auch die richtige.«

Annie öffnete die Rücksitztür.

»Eins noch«, sagte sie. »Vielleicht ist es weit hergeholt, aber könnte es eine Verbindung zu den Einbrüchen in den Sommerhäusern geben, in denen Sie ermittelt haben?«

Sie sah, wie Nording und Sara Emilsson einen Blick tauschten.

»Da haben wir ja einen richtigen Sherlock Holmes in der Stadt«, erwiderte Nording lächelnd. »Wir behalten es im Kopf.«

Der Streifenwagen entfernte sich, und Annie eilte ins Büro. Hätte sie ihre Theorien für sich behalten sollen? Möglicherweise hatte Hans Nording nur witzig sein wollen, aber vielleicht machten sie sich auch lustig über ihre Detektivambitionen. Würde sie zum allgemeinen Gespött werden, sollten sich ihre Spekulationen als falsch herausstellen?

Vom Flur aus hörte sie Tjorven lachen. Claes, Tjorven und Lisbeth saßen im Pausenraum, wo es nach Fischklößen roch. Annies Magen knurrte wieder, und sie sah auf die Uhr. Halb zwei. Sie hatte völlig vergessen, sich etwas zum Mittagessen zu kaufen. Der Hausbesuch bei Terese und Stefan Andersson war um drei Uhr, davor musste sie unbedingt noch etwas essen.

»Da bist du ja«, sagte Claes.

Annie holte sich eine Tasse Kaffee und eine Banane aus dem Obstkorb und setzte sich an den Tisch.

»Ich war in der Ådalsskola«, berichtete sie. »Die Polizei hat Katarina Edholms Schließfach ausgeräumt. Dabei hat sie eine große Menge Geld gefunden, und man scheint davon auszugehen, dass Katarina mit Drogen handelt. Doch weder ihr Vater noch die Schule hat Anzeichen bemerkt, dass sie mit Drogen zu tun haben könnte.«

»Aber das ist mein Fall«, sagte Tjorven. »Warum beschäftigst du dich damit?«

»Ich weiß, aber Gunnar Edholm hat mich angefleht, ihm zu helfen. Weil ich sie mit ihm zusammen gefunden habe.«

Rote Flecken zeichneten sich auf Tjorvens Wangen ab.
»Aber wenn du etwas erfährst, ist der vorgeschriebene Weg, dass die Information direkt an die zuständige Person weitergegeben wird«, sagte sie und sah zu Claes.
»Ja, es ist Tjorvens Fall ...«, begann er.
»Natürlich!«, unterbrach ihn Annie. »Ich will, wie gesagt, nur helfen. Ein Hinweis ist immerhin erst einmal nur ein Verdacht«, fuhr sie fort. »Bei der Überprüfung können ganz andere Sachen ans Licht kommen. Das Geld hat vielleicht überhaupt nichts mit Drogen zu tun.«
Sie trank einen Schluck Kaffee.
Tjorven sah auf den Tisch.
»Es gibt ja mehrere Möglichkeiten, schnell Geld zu verdienen«, meinte sie nach einer Weile. »Vielleicht ... na ja, ihr wisst schon ... verkauft sie sich? Das gehört doch normalerweise zusammen, Drogen und Sex? Es ist ja wirklich nicht total ungewöhnlich, dass junge Mädchen das tun.«
»Auf jeden Fall handelt es sich um eine Familie mit zwei Kindern in Not«, stellte Claes fest. »Da müssen wir helfen.«
Annie stand auf und sagte zu Tjorven: »Versuch, mit so vielen wie möglich zu sprechen. Irgendjemand muss etwas wissen.«

63

Die Familie Andersson wohnte in einem ebenerdigen Haus aus weißem Ziegelstein mit einem schwarzen Blechdach. Die Veranda vor der Haustür war voller Gerümpel.

Annie stieg aus dem Auto. Ein kalter Wind wehte vom Fluss herüber. Eine Plane flatterte, kein Mensch war zu sehen. Einige rostige Autos standen aufgebockt auf dem Hof. Ein von der Sonne ausgebleichtes Gestell mit zwei schiefen Schaukeln stand neben der Garage.

Niemand öffnete auf ihr Klingeln. Annie versuchte, durch das Fenster neben der Tür ins Haus zu sehen. Nichts regte sich im Inneren.

Sie holte ihr Handy aus der Tasche und wählte die Nummer von Terese Andersson. Es läutete, schließlich schaltete sich die Mailbox ein.

Nach ein paar Minuten riskierte Annie es und drückte die Türklinke nach unten. Die Tür ließ sich öffnen.

»Was machen Sie denn da?«, sagte jemand hinter ihr.

Annie wirbelte herum. Stefan Andersson starrte sie aufgebracht an.

»Was zur Hölle schnüffeln Sie bei fremden Leuten herum? Dafür kann ich Sie melden.«

»Wir hatten heute einen Hausbesuch vereinbart. Kann ich hereinkommen?«

»Terese und Jessica sind nicht da.«

»Dann müssen wir einen neuen Termin ausmachen«, erwiderte Annie.

»Das lassen Sie mal besser bleiben.« Stefan Andersson kam auf sie zu.

So jemand wie er ist völlig unberechenbar, dachte Annie. Sie sollte besser fahren.

»Ich melde mich«, sagte sie daher nur knapp und eilte zurück zum Wagen.

An der Kreuzung kam ihr ein Auto entgegen, und sie zuckte zusammen. Ein roter Volvo-Kombi. Die Sonne blendete, doch als der Volvo an ihr vorbeifuhr, erkannte sie, wer am Steuer saß.

Sie drehte sofort um und fuhr zurück.

Terese Andersson hatte den Wagen vor dem Haus abgestellt und sah Annie verwundert entgegen. Ihr Mann trat aus der Haustür.

Annie stieg aus, blieb aber mit der Hand an der Autotür stehen.

»Woher kennen Sie Katarina Edholm?«, fragte sie ihn.

Stefan warf seiner Frau einen raschen Blick zu.

»Wen?«, fragte er zurück.

»Ein siebzehnjähriges Mädchen aus Lockne. Mit langen schwarzen Haaren«, erklärte Annie. »Ich habe gesehen, wie Sie auf Sandslån mit ihr gesprochen haben, an Valborg, und später an dem Abend hat jemand bemerkt, wie sie mit dem Fahrer eines roten Volvos geredet hat.«

»Da muss sich die Person geirrt haben«, sagte Terese und stellte sich mit verschränkten Armen neben ihren Mann. »Stefan war mit mir zusammen auf einer Feier hier im Ort. Nicht wahr, Stefan?«

»Genau«, bestätigte er. »Und jetzt verschwinden Sie.«

Sie lügen, dachte Annie, doch sie würde hier nicht weiterkommen.

»Ich melde mich wegen eines neuen Termins für den Hausbesuch«, sagte sie daher nur und fuhr unter den wütenden Blicken des Ehepaars Andersson vom Grundstück.

Das Blut dröhnte in ihren Ohren. Sie hatte etwas in Stefan Anderssons Augen gesehen, als sie Katarinas Namen erwähnt hatte. Eine Reaktion. Er hatte gelogen, sie war sich ganz sicher. Doch weshalb? Was hatte er zu verbergen?

Gunnar streckte sich und sah auf den Erdhügel vor sich. Er hatte aufgehört zu weinen. Als sie Silvers Urne gebracht hatten, hatte er geweint. Vor Erleichterung, weil er den toten Körper seines Freundes nicht in ein Grab legen musste. Stattdessen hatte er die ganze Urne bestattet. Er wollte einen Ort, den er besuchen konnte, und die Asche nicht einfach nur verstreuen.

Es begann zu regnen. Ohne zum Hundezwinger hinüberzusehen, stellte er den Spaten in den Schuppen und ging ins Haus.

Es war totenstill. Der Junge hatte sich bestimmt noch in seinem Zimmer verbarrikadiert. Der Tag war hart gewesen. Zuerst die lange Fahrt zu Katta nach Umeå. Joel hatte auf der ganzen Strecke keinen Ton gesagt. Zweihundert Kilometer in völligem Schweigen. Im Krankenhaus war er im Türrahmen stehen geblieben, hatte nur einen Blick auf seine Schwester geworfen und war zurück in den Flur gegangen. Gunnar hatte allein hineingehen müssen, und auf der Heimfahrt hatte Joel wieder geschwiegen. Es war ihm nicht anzumerken, ob er auch traurig war oder Angst hatte. Weil der Junge nie weinte. Wenn er Gefühle zeigte, dann immer nur mit den Fäusten.

Gunnar ging in den Keller zur Waschmaschine und streifte seine Kleidung ab. Ein scharfer Geruch schlug ihm entgegen.

Joels eingenässte Hose lag auf dem Boden. Gunnar hatte vergessen, sie zu waschen.

Seufzend zog er die Waschmaschinentür auf, stopfte erst seine eigenen Sachen hinein und dann Joels Hose. Dabei fühlte er etwas Hartes und fand ein Handy in der Hosentasche.

»Was zum Teufel?«, fluchte er laut.

Als Joels Handy vor einem Jahr kaputtgegangen war, hatte Gunnar sich kein neues für ihn leisten können. Woher hatte der Junge dann jetzt das hier?

Er rannte nach oben ins Obergeschoss und hämmerte gegen Joels Zimmertür.

»Was ist das?«, fragte er und hielt ihm das Telefon entgegen.

Joels Augen zuckten.

»Ein Handy«, erwiderte er.

»Hast du es geklaut?«

»Nicht schreien.«

Joel trommelte mit den Fingern.

»Erzähl mir sofort, woher du das hast, sonst ...«

Er hörte Kerstins Stimme. *Du machst ihm Angst, Gunnar.*

Er sprach leiser.

»Komm schon, Junge. Du musst es mir erzählen. Es ist wichtig, verstehst du?«

Joel stand auf und schüttelte entschieden den Kopf.

»Sag, woher du es hast«, versuchte Gunnar es erneut.

»Ich habe es gefunden.«

»Hat Tante Ellen es dir gegeben? Du kannst es mir erzählen, ich verspreche, ich bin nicht böse.«

»Ich habe es gefunden, das habe ich doch gesagt«, murmelte Joel.

»Man findet nicht einfach so ein Handy.«

»Doch.«

»Joel, bitte. Sag mir jetzt, woher du es hast. Hat Katta es dir gekauft?«

Joel starrte zu Boden.

»Wo hast du es dann gefunden?«

Joel wand sich.

»Bei der Hütte«, sagte er schließlich.

»Bei der Hütte?«, wiederholte Gunnar. »Wann?«

Joel ließ Kopf und Schultern hängen.

»Weißt du, wem es gehört?«

Schweigen.

»Antworte!«

»Ich will zu Tante Ellen«, sagte Joel leise.

»Keine Angst, Joel, ich bin nicht böse.«

»Aber ich will zu Tante Ellen.«

»Du bist doch gerade erst heimgekommen.«

»Ich will nicht hierbleiben, ich will bei ihr sein«, sagte Joel und schlug sich mit der Faust gegen die Stirn. Im nächsten Moment stürzte er sich auf Gunnar und hämmerte mit seinen sehnigen Fäusten gegen die Schultern seines Vaters, doch der ließ ihn gewähren. In gewisser Weise war es sogar schön.

»Okay, ruf sie an«, sagte er, auch wenn er wusste, dass es nicht richtig war.

64

Der Junge bekam seinen Willen. Gunnar musste sich ins Auto setzen und ihn nach Lugnvik zu seiner Tante fahren. Nachdem Joel Ellens Lieblingsneffe war, war es nicht verwunderlich, dass er bei ihr immer seinen Willen bekam. Oder seine Schwester hatte einen anderen Grund, warum sie sich auf einmal so bemühte.

Hatte vielleicht sie den Hinweis wegen Katta beim Jugendamt eingereicht? Das würde ihn nicht überraschen. Sie konnte leicht urteilen. Sie hatte reich geheiratet, fuhr einen schicken Wagen und unternahm ständig teure Urlaubsreisen.

Zurück in Lockne fuhr Gunnar nicht direkt nach Hause, sondern hinauf nach Saltviken. Kurz vor der Hütte schnürte sich ihm der Hals zu.

Als er in die Einfahrt einbog, wäre er beinahe gegen ein anderes Auto geprallt. Ein nur allzu vertrauter schwarzer Volvo.

Gunnar sah hinunter zur Bucht und entdeckte Sven Bergsten am äußersten Ende des Stegs. Er ging langsam die Böschung hinunter. Sven bemerkte ihn nicht, und Gunnar hatte das Gefühl, bei einer stillen Andacht zu stören. Er hustete.

Sven drehte sich um.

»Oh, entschuldige«, sagte er. »Ich wusste nicht, dass du hier bist. Ich wollte nur ein wenig nachdenken. Ich bin schon weg.«

»Nein, kein Problem, du störst überhaupt nicht.« Gunnar strich sich über die Stirn.

»Wo hat sie gelegen?«, fragte Sven unvermittelt.

Gunnar wandte sich ab. Darüber wollte er nicht reden. Himmel, er wollte das alles einfach nur vergessen.

»Ich meine Katarina«, verdeutlichte Sven. »Annie hat uns alles erzählt.«

»Ach so«, erwiderte Gunnar erleichtert. »Hier, am Wasser.« Er fuhr sich mit der Hand durch die Haare.

Sie schwiegen. Gunnar tastete umständlich nach der Snusdose in der Tasche. Ein Vogel flog tief über das Wasser.

»Aber was wollte Saga hier oben? Das begreife ich nicht«, sagte Sven.

Gunnar schluckte.

»Ich hatte davor noch nie einen Toten gesehen«, murmelte er. »Außer Kerstin. Aber das war ja etwas völlig anderes. Ich hatte solche Angst. Ich wollte sie einfach nur fortschaffen.«

Sven sah ihn an.

»Ich werde die Hütte wohl verkaufen«, fuhr Gunnar fort.

Schweigend standen sie nebeneinander. Wellen schlugen gegen das steinige Ufer. Er zwang sich, zum Schilf zu schauen, doch sofort kamen die Bilder zurück. Das Seegras. Das Gesicht.

Er sah wieder aufs Wasser.

»Ich habe viel darüber nachgedacht«, sagte Sven nach einer Weile. »Ich war in der Hölle, doch jetzt kann ich nicht mehr. Irgendeinen Sinn muss ich darin sehen können. Was glaubst du, Gunnar, was passiert ist? Wollten unsere Mädchen nicht mehr leben? War es das?«

Gunnar schüttelte den Kopf.

»Wenn Katta aufwacht, kommt die Wahrheit ans Licht, da bin ich mir sicher. Und ihr? Wisst ihr, wer der Vater des Kindes ist? Unternehmen die Bullen etwas?«

»Nein. Ich habe keine Ahnung, was die Polizei treibt. Und Sagas Handy ist immer noch verschwunden. Wenn wir das hätten, bekämen wir vielleicht ein paar Antworten.«

Gunnar biss die Zähne zusammen. Etwas rührte sich in seinem Hinterkopf. Er hustete.

»Was für ein Modell hatte sie?«

»Ein Samsung, warum?«

»Gut zu wissen. Ich werde die Augen offen halten«, sagte Gunnar.

Sven seufzte und klopfte Gunnar auf die Schulter.

»Schön, dich zu sehen. Pass auf dich auf.« Er ging zu seinem Wagen.

Gunnar blieb auf dem Steg stehen, bis Sven verschwunden war. Er sah Joels vollgepinkelte Hosen vor sich. *Verdammte Scheiße.*

Er eilte zum Plumpsklo und holte einen Kanister aus dem Versteck. Schraubte den Verschluss ab und trank einige große Schlucke von der brennenden Flüssigkeit.

Annie legte das Handy auf den Beifahrersitz. Gunnar Edholm ging nicht ran, sein Auto stand nicht vor dem Haus. Vielleicht war er oben in der Hütte.

Sie fuhr Richtung Saltviken. In der Kurve bei der Ausfahrt zum Sportplatz kam ihr ein Auto entgegen. Es geriet ins Schleudern und verfehlte die Felswand um Haaresbreite, bevor es quer über die Fahrbahn rutschte und gegen die Leitplanke prallte.

Annie war nach wenigen Sekunden an der Unfallstelle. Sie sah Gunnar hinter dem Steuer sitzen. Sie öffnete die Tür und ging vor ihm in die Hocke. Gunnar schloss die Augen. Blut lief über seine Stirn.

Vorsichtig berührte Annie ihn an der Schulter. »Gunnar? Hörst du mich?«

Er wand sich.

»Ganz ruhig. Du hast da eine ordentliche Wunde an der Stirn, vielleicht auch innere Verletzungen. Am besten rufe ich einen Krankenwagen.«

»Nein, nein«, stöhnte Gunnar. Er wollte aufstehen, doch sie drückte ihn in den Sitz zurück.

Gunnar fasste sich an die Stirn. »Ich muss nach Hause.«

»Wegen Joel? Ich kann bei ihm bleiben.«

»Nein, er ist in Lugnvik, bei meiner Schwester.«

Gunnar schob Annies Hand beiseite, schwang die Füße aus dem Auto, stieg aus und betrachtete seinen Wagen, dessen Motorhaube eingedellt war. Größeren Schaden schien das Auto allerdings nicht genommen zu haben.

»Ach, verdammt«, sagte er.

»Ja, du hattest einen Schutzengel.«

Annie roch Alkohol und musterte ihn prüfend. Hatte Gunnar getrunken? Wollte er deshalb keine Hilfe?

»Ich finde, wir sollten dennoch einen Krankenwagen rufen«, sagte sie. »Du brauchst medizinische Versorgung, musst vielleicht sogar geröntgt werden.«

»Mit mir ist alles in Ordnung, das ist nur ein bisschen Blut.«

Gunnar setzte sich in Bewegung, doch Annie eilte ihm nach.

»Ich kann dich zur Notaufnahme mitnehmen.«

»Nein, das ist nicht nötig. Ich muss das Auto nach Hause bringen«, murmelte er.

Annie nahm seinen Arm.

»Das Auto ist jetzt nicht wichtig«, sagte sie. »Sei vernünftig, Gunnar. Du blutest. Komm wenigstens mit zu mir, dann kann ich dich verarzten.«

Und vielleicht überlegen, was ich tun soll, dachte sie.

Gunnar seufzte.

»Na gut«, gab er nach. »Aber kein Krankenwagen.«

65

Gunnar saß still da, während Annie die Wunde an seiner Stirn auswusch.

»Was für ein Glück, dass ich gerade vorbeigekommen bin«, sagte sie. »Ich hatte übrigens nach dir gesucht und kurz vorher schon auf deinem Handy angerufen. Ich wollte dich fragen, ob du einen gewissen Stefan Andersson kennst, der in der Nähe von Nyland wohnt.«

Sie klebte ein Pflaster über die Wunde, und Gunnar verzog das Gesicht.

»Nein, wer soll das sein?«

»Kattas Klassenlehrer hat sie nach der Valborgfeier vor eurem Haus gesehen, wie sie in einem roten Volvo nach Hause gebracht worden ist. Stefan Andersson fährt einen solchen Volvo.«

»Nein, der Name sagt mir nichts.«

»Dann rufe ich morgen die Polizei an. Sie hat ja Katarinas Handy, vielleicht finden sie heraus, ob es eine Verbindung zu dem Wagen gibt«, erwiderte Annie.

Sie wusch die letzten Blutreste von Gunnars Gesicht und half ihm beim Aufstehen.

»Kennst du jemanden, der dein Auto abschleppen kann?«

»Das regle ich schon, Hauptsache, ich komme nach Hause. Ich kenne da ein paar Leute.«

»Gut. Ich koche uns mal Kaffee«, sagte Annie.

»Danke, aber ich möchte jetzt nach Hause«, wandte Gunnar ein.

»Du solltest noch bleiben. Wir müssen über ein paar andere Dinge reden.«

»Ach ja?«

»Du weißt so gut wie ich, was passiert ist. Du hast getrunken. Du bist Alkoholiker, Gunnar. Du weißt es, alle wissen es. Aber du kannst so nicht weitermachen. Du kannst Joel und Katarina nicht im Stich lassen. Sie haben genug durchgemacht, findest du nicht? Du könntest das Sorgerecht verlieren, ist dir das klar?«

Gunnar zuckte zusammen und sah Annie an, dann schloss er die Augen und holte tief Luft.

»Vielleicht wäre das sogar besser, ich weiß ja sowieso nicht, wie ich mit ihnen umgehen soll«, sagte er niedergeschlagen. Nach einer Weile sah er sie wieder an. »Nein, so habe ich das nicht gemeint. Ich will doch nur, dass es die Kinder gut haben.«

Sie sollte die Polizei rufen, sonst war sie diejenige, die gegen das Gesetz verstieß. Beihilfe zu einem Verbrechen, so hieß das doch? Doch was half es, wenn Gunnar wegen Trunkenheit am Steuer festgenommen wurde? Die Kinder hatten ihren Vater bereits einmal verloren, als er wegen Mordverdacht im Gefängnis saß.

Annie dachte daran, wie Gunnar ihr Brennholz gebracht und dabei gesagt hatte, dass er ihr geglaubt hatte. Damals. Er hatte sie nicht verurteilt, auch wenn alle anderen es getan hatten. Sollte sie jetzt ihn verurteilen?

»Wenn du für deine Kinder das Beste willst, dann tust du genau das, was ich sage, Gunnar.« Annie nahm Anlauf. »Morgen gebe ich einem Kollegen deinen schriftlichen Antrag auf einen freiwilligen Entzug in einer Klinik. Zuerst einmal vier Wochen stationäre Behandlung und danach ambulant. Ich sorge dafür, dass es so schnell wie möglich bewilligt wird und dass du hier in der Nähe einen Platz bekommst, damit du Joel während deines Aufenthalts dort treffen kannst.«

»Aber wo soll der Junge in der Zeit bleiben?«

»Er ist gern bei deiner Schwester. Wir können es sicher einrichten, dass er währenddessen bei ihr wohnt.«

»Aber die Ärzte sagen, dass Katta jeden Tag aufwachen könnte. Ich muss doch bei ihr sein!«

Annie legte ihm beruhigend eine Hand auf die Schulter.

»Ich verspreche, dass du dann Ausgang bekommst. Und trocken zu werden ist das Beste, was du für sie tun kannst.«

»Und sonst?«

»Sonst bleibt mir nichts anderes übrig, als die Polizei anzurufen. Gunnar, das ist deine letzte Chance. Nutze sie.«

Gunnar sah zu Boden, dann nickte er.

»Einverstanden.«

66

Annie erwartete Ole am nächsten Morgen in seinem Büro, um vor der Teambesprechung allein mit ihm reden zu können.

»Ich möchte dich um einen Gefallen bitten«, begann sie und bat ihn, die Tür zu schließen. »Wir haben einen Antrag auf freiwilligen Alkoholentzug in einer Klinik bekommen, und ich möchte dir den Fall übergeben, weil ich eine Bekannte der betreffenden Person bin. Du erkennst den Namen ja sicher wieder.«

Sie gab Ole die Unterlagen und erzählte, wie Gunnar Edholm sie um Hilfe wegen seiner Alkoholkrankheit gebeten, und wie sie versprochen hatte, dass er diese schnell bekam.

Ole räusperte sich.

»Moment, jetzt mal von Anfang an«, begann er.

»Wir haben die Kinder doch schon mal aus der Familie genommen, die Informationen können wir verwenden. Gunnar will den Entzug machen, wir müssen das Eisen schmieden, solange es heiß ist.«

Ole runzelte die Stirn, schob den Stuhl zurück und stand auf.

»Okay«, sagte er. »So machen wir es. Jetzt müssen wir nur noch Claes überzeugen.«

Sie gingen zum Besprechungsraum. Annie setzte sich auf ihren üblichen Platz und bemerkte, dass Ole sich rechts von Claes niederließ, auf den dritten Platz in der Reihe. Schlau, dachte Annie. Claes ließ immer alle im Uhrzeigersinn sprechen. Ole vermied durch den Platzwechsel, wie sonst erst am Ende der Runde seine Fälle vorzutragen.

Puttes und Lisbeths Anträge lehnte Claes ab. Die Frage war nur, ob das jetzt gut oder schlecht für ihre eigenen Anliegen war. Bedeutete das, dass Claes heute generell keine Anträge bewilligen wollte, oder war vielleicht Geld übrig, und sie hatten eine Chance, heute wenigstens eine positive Antwort zu erhalten?

»Es geht um Gunnar Edholm. Ich habe hier einen Antrag auf freiwilligen Alkoholentzug vorliegen und würde vorschlagen, vier Wochen stationäre Behandlung in der Klinik Svanudden und danach ambulante Therapie zu veranlassen«, sagte Ole und schob Claes die entsprechenden Unterlagen zu.

Er erläuterte den Fall weiter, sprach Gunnar Edholms langjährige Alkoholkrankheit an, dass er krankgeschrieben und ohne Einkommen war. Dass die Tochter eventuell drogenabhängig war und nach einer vermutlichen Überdosis immer noch bewusstlos im Krankenhaus lag, und dass der Sohn besonderen Betreuungsbedarf hatte.

Claes hörte zu und sah die Unterlagen durch. Immerhin überlegte er, dachte Annie.

Doch dann schob Claes die Akte beiseite.

»Svanudden ist zu teuer. Er kann eine ambulante Therapie machen.«

»Das wird meiner Einschätzung nach aber nicht reichen«, entgegnete Ole. »Gunnar Edholm stand unter Mordverdacht und ist arbeitslos, daher stufe ich eine ambulante Behandlung als nicht ausreichend ein. Das Risiko eines Rückfalls ist zu groß.«

Claes wirkte unschlüssig.

»Schon möglich, aber unser Budget ist nicht so groß, um …«

»Dann riskieren wir sogar zwei Inobhutnahmen für die Kinder, und wir wissen ja, was das dann kostet«, unterbrach ihn Ole.

Claes fuhr sich durch die Haare.

»Das stimmt«, meinte er seufzend. »Was machen wir mit dem Sohn?«

»Er kann wieder bei seiner Tante wohnen.«

»Okay«, stimmte Claes zu. »Antrag bewilligt.«

Annie ballte unter dem Tisch die Faust und warf Ole einen dankbaren Blick zu. Claes wandte sich an sie.

»Annie, könnte ich kurz mit dir sprechen?«

»Natürlich.«

Claes klappte seine Mappe zu.

»Also dann. Zurück an die Arbeit.«

Mit bestimmten Schritten verließ er den Raum und ging zu Annies Büro. Nachdem sie eingetreten waren, schloss er die Tür und lehnte sich dagegen.

»Mir ist etwas Befremdliches zu Ohren gekommen. Ich würde aber erst gern deine Seite hören, bevor ich entscheide, was wir tun«, sagte Claes mit todernster Miene.

Annie spürte, wie ihr die Hitze in die Wangen stieg. *Nein. Er weiß es.*

»Tut mir leid, aber ich kann das erklären«, begann sie. »Hast du mit Helena gesprochen?«

Claes sah sie verständnislos an.

»Nein. Weiß sie hiervon?«

»Ja. Ich war nicht ganz ehrlich, Claes. Ich hätte erzählen sollen, dass Saga Bergsten meine Cousine zweiten Grades war.«

Claes seufzte.

»Das wusste ich nicht. Mein Beileid.«

Annie schluckte.

»Aber darüber wolltest du nicht reden?«

»Nein, sondern über den Besuch bei der Familie Andersson.«

Verdammt. Jetzt hast du dich umsonst verraten.

»Ach so, hm«, murmelte sie. »Sie wollten mich nicht ins Haus lassen, haben mich geradezu vom Grundstück gejagt. Warum fragst du?«

Claes massierte seine Stirn.

»Sie haben gestern nach deinem Besuch hier angerufen und einen anderen Sachbearbeiter verlangt. Sie haben behauptet, du hättest sie schikaniert. Deshalb würde ich gern von dir hören, was passiert ist.«

Die Strategie hat er also eingeschlagen, der widerliche Mistkerl, dachte Annie.

»Ich habe ein paar unangenehme Fragen gestellt, Stefan Andersson wurde wütend und hat mich davongejagt. Das ist passiert, sonst nichts. Er verheimlicht natürlich etwas, deshalb probiert er es jetzt so. Das ist dir doch klar, oder?«

Claes kratzte sich am Kopf.

»Nicht, dass ich dir misstrauen würde, Annie, aber ich denke doch, dass wir dir den Fall entziehen sollten. Ich gebe ihn Putte. Wer weiß, vielleicht läuft es mit einem Mann als Sachbearbeiter besser.«

Das kehrt das Problem nur eine Weile unter den Teppich, dachte Annie. Doch es musste nicht automatisch ein Nachteil sein, wenn man sie von dem Fall abzog. Je nachdem, was über Stefan Andersson ans Licht kommen würde, musste sie dann keine Rücksicht darauf nehmen, dass sie den Fürsorgebedarf seiner Tochter untersuchte.

Sie zuckte mit den Schultern.

»Ja, so wird es am besten sein.«

Claes legte die Hand auf die Türklinke.

»Eins noch, bevor du gehst«, sagte sie. »Ich bräuchte am Freitag frei, da ist die Beerdigung.«

»Natürlich, das ist kein Problem.« Er zögerte. »Muss ich sonst noch etwas wissen?«

Annie hielt eine Hand in die Höhe.

»Nein, nichts mehr, versprochen.«

Nachdem Claes gegangen war, dachte Annie nach. Wenn Stefan Andersson unfair spielte, konnte sie das auch.

Sie wählte die Nummer der Polizei.

»Ich habe einen Tipp, wer hier in der Gegend Drogen an Jugendliche verkauft«, sagte sie, als der Anruf entgegengenommen wurde. »Aber ich will anonym bleiben.«

67

Gunnar Edholm starrte wütend das Poster an der Wand an. Gott, gib mir die Gelassenheit zu akzeptieren, was ich nicht ändern kann, den Mut zu verändern, was ich ändern kann, und den Verstand, den Unterschied zu erkennen. Gelassenheit, Mut und Verstand. Verdammt, dachte er. Er war alles andere als gelassen.

Heute wurde Saga Bergsten begraben. Und seine Tochter lag bewusstlos zweihundert Kilometer weit weg im Krankenhaus, während er in einem Zimmer mit lauter Fremden saß, die überhaupt nichts mit seinem Leben zu tun hatten.

Auf Stühlen saßen sie in einem Kreis, zehn Männer unterschiedlichen Alters. Ein Therapeut und neun Kerle. Frauen wurden in der Klinik auch behandelt, doch sie wohnten in einem anderen Gebäude. Man sah sie nur, wenn man beim Rauchen draußen stand.

Der Therapeut las laut den Text vor, die Männer sprachen ihm nach.

Zwölf Schritte beinhaltete das Programm. Als Erstes sollte man erkennen, dass der Alkohol übermächtig war und man sein Leben nicht mehr im Griff hatte. Als Zweites, dass es eine Macht gab, die stärker als man selbst war und die einem bei seinen Problemen helfen konnte.

Man sollte vor Gott, sich selbst und einem anderen Menschen unverhüllt seine Fehler eingestehen, sollte voll und ganz bereit sein, Gott all diese Charakterfehler beseitigen zu lassen. Ihn demütig bitten, einen von seinen Mängeln zu befreien. Aufzuwachen. Zu verstehen. Einsicht zu gewinnen.

War das wirklich alles nötig? Reichte es nicht, dass er seine Alkoholsucht eingestanden hatte? Was gab es sonst noch zu sagen? Dass er ein Arschloch war, klar.

Das waren doch alles nur hohle Worte, dachte Gunnar. Wie sollten zwölf Schritte ihm helfen, wenn da draußen das Leben auf ihn wartete? Ja, er trank, um zu vergessen. Aber würde sein Leben wirklich besser werden, wenn er trocken war? Würde das alle Probleme lösen? Wie sollte er alles Schreckliche ertragen? Kerstin, die vor seinen Augen dahingeschwunden war. Bergstens Mädchen. Der Anblick. Katta. Und Silver. Konnte man mit so etwas leben, ohne verrückt zu werden?

Abends im Bett schwebte Kerstins Gesicht über ihm. Sie sah auf ihn hinunter und sprach mit ihm, flehte ihn an. Und das Mädchen. Das Gesicht, das er versucht hatte zu vergessen.

Er hatte um ein Gespräch mit einem Arzt gebeten. Darum, etwas gegen die Bilder im Kopf zu bekommen, doch das war abgelehnt worden.

»Sie müssen total clean sein«, hatte der Therapeut erklärt. »Sie müssen lernen, ohne Tabletten oder Alkohol zurechtzukommen. Sie müssen Ihren Dämonen gegenübertreten, einem nach dem anderen. Sie können sich nicht verstecken. Sie werden sie locken, versuchen, Sie zu Fall zu bringen. Aber Sie werden standhaft bleiben und nicht nachgeben.«

Er musste es aushalten. Er konnte nicht fliehen. Die ganze Scheiße musste raus. Gunnars Gefühle, seine Träume, seine Ängste, seine ganze verdammte Kindheit sollte ans Licht gezerrt werden. Alles, was er getan hatte, Gutes wie Schlechtes. »Sie müssen sich selbst loslassen und darauf vertrauen, dass wir uns hier um Sie kümmern«, fuhr der Therapeut fort. »Versuchen Sie, darauf zu vertrauen, dass Sie Hilfe bekommen, wenn Sie sich öffnen und alles rauslassen, was Sie mit sich herumschleppen.«

Das Essen war gut, die Tage von morgens bis abends angefüllt mit Aktivitäten. Morgenandacht und Gelassenheitsgebet, Mittagessen, Nachmittagskaffee und Abendessen, Gruppentherapie, Meditation und weiß der Teufel was noch alles.

Nach der Morgenandacht und den Gruppenaktivitäten fanden die Einzelstunden bei dem Therapeuten statt. Er musterte Gunnar ganz genau, sah direkt in ihn hinein. Er sprach über Ängste.

Gunnar dachte an Joel. Seine Augen, wenn er ihn ausgeschimpft hatte. Als er von Silvers Tod erzählt hatte. Und als Gunnar ihn wegen des Handys angebrüllt hatte.

Das Telefon hatte er völlig vergessen. Oder auch verdrängt. Und so auch die Überlegung, wie der Junge wohl da drangekommen war.

»Gunnar?«

Der Psychologe sah ihn an.

»Was?«

»Ich habe gefragt, ob Sie etwas belastet?«

»Nein, sind wir jetzt fertig?« Gunnar stand auf.

Es ist einfach nicht richtig, dachte Annie, als sie bei Sven und Lillemor klingelte. Man sollte sein eigenes Kind nicht beerdigen müssen. Vor allem nicht, wenn man nicht einmal weiß, wie das Kind gestorben ist. Hoffentlich schaffen sie diesen Tag.

Sven öffnete wortlos die Tür, nickte nur angespannt zur Begrüßung. Er war frisch rasiert und trug einen schwarzen Anzug, darüber seinen dunkelgrauen Mantel und eine etwas zu große Filzkappe auf dem Kopf. Lillemor trug einen langen schwarzen Rock und hatte die Haare mit einer schwarzen Schleife zusammengebunden.

Schweigend fuhren sie zur Kirche. Der Himmel war diesig, doch es regnete nicht. Annie zählte mindestens dreißig Autos auf dem Parkplatz und dem Weg zum Friedhof.

Beim Aussteigen hielt Lillemor sich keuchend am Wagen fest. Sven hakte sich bei seiner Frau ein, und Annie folgte ihnen.

Die Kirche war bis zur letzten Reihe besetzt. Die Orgel spielte leise ein Präludium. Annie und Sven hielten Lillemor zwischen sich, während sie langsam zur vordersten Reihe gingen.

Der weiße Sarg vor dem Altar war mit Rosen und Kränzen mit Schleifen bedeckt. Die Blumen reichten bis über die Sargränder hinab, und Sagas Foto war hinter den Bergen fast nicht zu sehen.

Annie ließ den Blick über die Bankreihen schweifen. Monika Björk vom Pflegeheim Fridebo nickte ihr zu. Zwei Reihen hinter ihr saßen Jugendliche, vermutlich Sagas Klassenkameraden.

Annie drehte den Kopf zur anderen Seite. In der vierten Reihe saß Thomas Moström, in schwarzem Hemd und schwarzem Jackett. Sein dunkles Haar sah frisch geschnitten aus. Er hatte den Kopf abgewandt und bemerkte sie nicht.

Eine Reihe weiter hinten saß Johan Hoffner an der Wand, allein. Er starrte verbissen vor sich hin. Annie hatte ihn seit

Valborg nur vorbeifahren gesehen. Ging er ihr aus dem Weg? Schämte er sich?

Hinter ihr wurden die ersten Schluchzer laut. Annie streichelte Lillemors Hand über dem Handschuh, und Lillemor versuchte ein schwaches Lächeln. Sven starrte leer vor sich hin.

Die Orgelmusik verstummte. Der Pfarrer ging zum Sarg und sprach ein paar Worte über Saga. Wie unergründlich das Leben war, und dass ein junger Mensch in wenigen Jahren viel mehr bewerkstelligt haben konnte als jemand, der ein ganzes Leben gelebt hatte.

Eine Klassenkameradin ging zu einem Notenständer beim Klavier und sang ein Lied. Ein anderer las ein Gedicht, das von der Sonne auf reifer Saat und stummen Vögeln handelte. Annie hatte es schon ein paarmal gehört und fand es wunderschön. Auf gewisse Weise war es voller Hoffnung inmitten all der Verzweiflung.

Sven und Lillemor drängten sich aneinander. Lillemor zitterte. Der Anblick war furchtbar. Doch das hier ist nicht das Schlimmste, rief Annie sich in Erinnerung. Das hier sind nur Gefühle. Das Schlimmste war schon passiert.

Sie sangen ein paar Kirchenlieder. Der Pfarrer sprach von Trauer und Sehnsucht. Trauer war Liebe, die ihre Heimat verloren hatte, sagte er. Wie schön, dachte Annie und sah zur hellblauen gewölbten Decke hinauf. Heimatlose Liebe. Was hatte sie mit all ihrer Liebe zu ihrem Vater eigentlich gemacht?

Ihr stiegen die Tränen in die Augen, sie blinzelte und sah zu dem Gemälde hinter dem Altar. Gott ist die Liebe, stand in großen Buchstaben an der Decke über dem Chor. Der Pfarrer redete weiter, doch Annie hörte nur das Schluchzen hinter sich.

Als es Zeit war, am Sarg Abschied zu nehmen, mussten Sven und Lillemor gestützt werden. Ihre Beine schienen sie kaum zu tragen.

Thomas stand auf und ging hinter einem Mädchen mit rotgeweinten Augen nach vorne. Auf dem Rückweg bemerkte er Annie und neigte grüßend den Kopf.

Annie senkte den Blick und versuchte, dem Liedtext zu folgen. Nach einem weiteren Lied war der Beerdigungsgottesdienst vorbei, und der Pfarrer verkündete, dass im Gemeindesaal noch Kaffee bereitstünde.

Annie stand auf und zog ihren Mantel an. Zusammen mit Lillemor und Sven wartete sie, bis die Kirche sich geleert hatte.

Als sie vor dem Gemeindesaal parkten, bemerkte Annie, dass sie ihre Handtasche in der Kirche vergessen hatte.

»Geht schon mal rein, ich komme gleich«, sagte sie.

Annie hatte Glück, die Kirchentür stand noch offen. Die Kronleuchter waren eingeschaltet, doch kein Mensch war zu sehen.

Sie blickte zum Altar und zum Sarg. Von der Wandmalerei sah der schwebende Jesus, umgeben von Engeln an einem Himmel voller dunkler Wolken, auf sie herab.

Sie eilte zur vordersten Bankreihe, wo ihre Handtasche tatsächlich noch lag.

Ein Geräusch. Annie drehte sich um, traf Sagas Blick auf dem Foto. Sie schauderte. Sie musste sich getäuscht haben.

Nein, da war es wieder.

Das Geräusch kam von den vorderen Bankreihen auf der anderen Seite. War dort jemand? Langsam und mit klopfendem Herzen ging sie näher heran.

Sie trat eine Stufe hinauf zum Altarbereich, wo der Sarg stand, und sah sich um. Jemand saß auf dem Boden, mit dem Rücken an die halbhohe Abtrennung vor der vordersten Sitzreihe gelehnt.

Johan Hoffner zuckte zusammen und erhob sich hastig.

»Verdammt, hast du mich erschreckt«, sagte er und fuhr sich mit der Hand über das gerötete Gesicht.

Er stopfte etwas in die Jackentasche. Ich muss mich getäuscht haben, dachte Annie. War das ein Flachmann? Sie dachte an Valborg. Trank er jetzt etwa auch?

»Es war eine schöne Trauerfeier«, sagte sie. »Trinkst du noch einen Kaffee mit uns?«

»Nein, das spare ich mir«, antwortete Johan und ging an ihr vorbei den Gang hinunter zur Tür.

Als sie ins Freie traten, bog er ohne sich zu verabschieden nach links ab.

»Jetzt warte doch, Johan«, rief Annie ihm hinterher.

Er blieb stehen und wandte sich ihr langsam zu.

»Ich weiß, wir trauern alle, und es ist sicher nicht der beste Zeitpunkt, aber sollten wir nicht über das reden, was an Valborg passiert ist?«, sagte sie.

»Da gibt es nichts zu reden.«

»Ich finde schon. Wie geht es dir eigentlich?«

Sie machte einen Schritt auf ihn zu, doch Johan wehrte sie ab.

»Lass mich in Ruhe. Es ist alles zu spät, Annie. Warum kannst du das nicht begreifen?«

Er eilte über den Friedhof davon und ließ Annie mit brennenden Wangen zurück.

68

Nach der Beerdigung mussten Sven und Lillemor sich ausruhen, weshalb Annie nach Hause fuhr.

Und jetzt?, dachte sie. War das alles? Würde das Leben einfach so weitergehen, ohne Antwort? Würden Sven und Lillemor mit der Ungewissheit leben müssen, was ihrer Tochter eigentlich zugestoßen war? Nie wissen, wer der Vater des ungeborenen Enkelkindes war? Damit abschließen, hatte der Pfarrer gesagt. Vielleicht hatte es etwas Symbolhaftes an sich, dass das für Sven und Lillemor das Erträglichste war, für sie jedoch nicht. Irgendjemand da draußen wusste etwas und hatte sich noch nicht zu erkennen gegeben. Sven und Lillemor konnten das vielleicht akzeptieren, sie jedoch nicht.

Sie ging in die Küche und kochte Wasser für eine Tasse Tee. Während sie wartete, schaltete sie das Handy ein, das während der Beerdigung ausgeschaltet gewesen war. Es piepste. Sie hatte eine Sprachnachricht erhalten.

Hans Nording berichtete, sie hätte recht gehabt mit dem Volvo. Stefan Andersson hatte Katarina Edholm nach Hause gefahren. Allerdings gab es Zeugen, dass er ab elf Uhr abends bei Nachbarn auf einer Feier gewesen war. Außerdem gehörte die Nummer, an die Katarina Edholm eine SMS geschickt hatte, nicht ihm, man würde also weiterermitteln müssen. Als

Letztes ermahnte Nording sie, die Polizei die restliche Arbeit machen zu lassen.

Annie legte das Telefon beiseite. Okay, dachte sie. Die Polizei würde früher oder später herausfinden, wem die Nummer gehörte. Hatte Katarina mit Annie über sich selbst oder über etwas völlig anderes sprechen wollen? Hatte es vielleicht mit Saga zu tun gehabt? Möglicherweise hatte sie die SMS an den Vater des Kindes geschickt. Den mysteriösen Fredrik.

Sie nahm die Teetasse mit ins Wohnzimmer und setzte sich mit Sagas ausgedruckten Gedichten aufs Sofa. Zuerst nahm sie sich das vor, was sie in Birgittas Schublade gefunden hatte. »Fredrik & Cecilia – eine Liebesgeschichte.«

Der Moment, in dem alles anders wurde. Sie wusste nicht, warum es geschah. Plötzlich standen sie nebeneinander, seine Hand in ihrer. Als er sich ihr zuwandte und ihre Lippen sich trafen, schienen sie beide gleichermaßen zu erschrecken. Du bist so schön, flüsterte er. Er konnte sich nicht zurückhalten, selbst wenn er es versuchte. Und sie. Sie ließ es geschehen. So falsch und doch so richtig. Was sollen wir jetzt tun?, flüsterte er.

Sie nippte an ihrem Tee und las das Gedicht, das sie auf Sagas Computer gefunden hatte.

Meine Liebe ist so tief wie der rauschende Fluss,
so strahlend wie die Sterne am fernen Himmel.
Ein Mondlichtkuss, eine sanfte Berührung,
kümmert nicht die Jahre zwischen uns.
Alles bedeutet mir unsere geheime Liebe,

in deinen Armen will ich sein,
träumen von einer Welt nur für uns zwei,
einem verborgenen Universum.
Die Ewigkeit sehe ich in deinen Augen,
blau und grau wie der Ozean.
Und verblassen werde ich, wie der Mond im Morgengrauen,
sollte deine Liebe niemals mir gehören.

Unsere geheime Liebe. Hatte der Vater des Kindes deshalb nichts gesagt? Weil die Liebe ein Geheimnis gewesen war und die Beziehung zu Saga nicht ans Licht kommen sollte?

Und die »Jahre, die uns trennen«, was sollte das heißen? War Fredrik um einiges älter als Saga?

Da fiel es ihr wieder ein. Das Lied von Fredrik Åkare, auf das ihre Mutter so stark reagiert hatte, als sie es gemeinsam gesungen hatten. Fredrik Åkare war viel älter als Cecilia.

Annie stellte die Teetasse ab. Das englische Gedicht kannte sie nicht. Wen könnte sie danach fragen?

Thomas vielleicht? Immerhin war er Englischlehrer. Sie suchte seine Nummer heraus und wählte.

Nach fünf langen Klingelsignalen meldete er sich. Er sei auf dem Sofa eingeschlafen, sagte er, und Annie hätte ihn geweckt.

»Ich habe dich beim Kaffee nach der Beerdigung gar nicht gesehen«, meinte sie.

»Nein, ich wollte mich nicht aufdrängen. Das war eher etwas für die engsten Angehörigen und Freunde. Der Tag war anstrengend, ich war völlig erschöpft, als ich zu Hause war. Wie geht es dir?«

»Okay. Es sind allerdings noch so viele Fragen offen, doch ich scheine die Einzige zu sein, die nicht von Selbstmord ausgeht. Saga ist begraben, aber wir wissen immer noch nicht, wer der Vater des Babys ist. Ich finde das verdächtig. Ich glaube, die Polizei hat etwas übersehen.«

»Was zum Beispiel?«

Annie sah auf die Texte vor sich.

»Wir haben Texte gefunden, die Saga aufgeschrieben hat und die von einer heimlichen, verbotenen Liebe zu handeln scheinen. Einer ist auf Englisch, vielleicht kommt er dir ja bekannt vor. Eine Strophe könnte darauf hindeuten, dass es sich um einen älteren Mann handelt. Jemanden namens Fredrik. Das muss der Vater des Kindes sein.«

Thomas schwieg, daher fuhr sie fort: »Kommst du an Namen und Telefonnummern der Schüler und Angestellten der Schule?«

»Wir dürfen solche Informationen nur an die Polizei herausgeben. Warum fragst du?«

»Katarina hat am Valborgabend eine SMS an eine unbekannte Nummer geschickt. Ich glaube, dass sie gewusst haben könnte, wer Sagas heimlicher Freund war. Dass sie mit ihm ein Treffen in der Hütte vereinbart hat. Vielleicht, um ihn zur Rede zu stellen. Weil sie Angst hatte, hat sie den Hund mitgenommen.«

Thomas schwieg.

Ich hätte nichts sagen sollen, dachte Annie. Jetzt hält er mich für verrückt.

»Komm mit den Gedichten zu mir, vielleicht kann ich dir helfen«, sagte er schließlich. »Ich wohne gleich hinter der Ådalsskola.«

Annie zögerte. Sie kam sich albern vor. Doch sie hatte niemanden, mit dem sie sonst reden konnte.

»Okay«, antwortete sie. »Danke, bis gleich.«

69

Ein Geruch nach Aftershave schlug ihr entgegen, als Thomas in dunkelblauem Hemd und Jeans die Tür öffnete. Frisch geduscht, was?, dachte Annie.

»Willkommen«, sagte er lächelnd. »Komm rein. Möchtest du ein Glas Wein? Ach, wie dumm von mir, du bist ja mit dem Auto da.« Er wurde rot.

»Stimmt. Aber ich nehme gern eine Tasse Tee«, antwortete Annie und hängte ihren Mantel auf.

»Kommt sofort. Mach es dir schon mal im Wohnzimmer gemütlich.«

Annie setzte sich aufs Sofa und sah sich um. Die Einrichtung war modern und minimalistisch und bis auf ein paar dunkelblaue Kissen auf dem Sofa in Grau und Weiß gehalten. An einer Wand hingen zwei große Porträtfotos von zwei dunkelhaarigen Mädchen, die in die Kamera lächelten. Das ältere hatte Thomas' Augen und Mund.

Aus der Küche ertönte Tassenklirren. Thomas kam mit einem Tablett ins Zimmer und stellte zwei Tassen auf dem Couchtisch ab.

»Schön hast du es hier«, sagte Annie, während er den Tee eingoss.

Er lachte. »Die Mädchen haben mir bei der Einrichtung geholfen, weil ich offensichtlich keine Ahnung habe.«

Annie sah wieder zu den Fotos an der Wand.

»Wie alt sind sie?«

»Zehn und zwölf.«

Er deutete auf die Bilder.

»Das hier ist Villemo, das da Alva. Wenn ich eine größere Wohnung habe, werden sie jede zweite Woche bei mir sein.«

»Hübsche Mädchen.«

»Ich bin so dankbar für sie. Sie sind mein Ein und Alles.«

Thomas setzte sich.

»Lisa, meine Ex, hat einen neuen Freund, doch die Mädchen mögen ihn nicht.« Thomas lachte wieder. »Sie tut mir fast ein bisschen leid.«

»Und du?«

Er lächelte. »Ob ich eine neue Beziehung habe? Nein. Aber früher oder später findet man eine neue Liebe, wenn man am wenigsten damit rechnet. Sogar in Kramfors.«

Annie spürte ein Flattern im Magen. Thomas war also Single. Was empfand sie gerade – Erleichterung? Unbehagen?

Thomas stellte die Tasse ab.

»Schön, dass du vorbeikommen konntest«, sagte er. »Was soll ich mir anschauen?«

Annie nahm die Blätter mit Sagas Gedichten aus der Tasche und reichte sie ihm.

Er überflog den ersten Text und gab ihn Annie zurück. »Das hier sagt mir nichts. Das hier hingegen«, sagte er und las die ersten Zeilen des englischen Gedichts laut vor, »erinnert mich an ein Gedicht von einem englischen Dichter, über den wir kürzlich eine Schularbeit geschrieben haben. Saga war gut in Englisch, und ich weiß, dass ihr das Gedicht gefallen hat.«

Er gab ihr das Blatt Papier.

»Aber könnte sie das hier nicht ausgewählt haben, weil es ihr eigenes Geheimnis beschreibt?«

Thomas sah sie traurig an.

»Ich weiß es nicht. Können wir nicht über etwas anderes sprechen? Und vielleicht darf ich dir doch ein kleines Glas Wein anbieten?«

»Nein, ich muss wieder nach Hause. Danke, dass du dir die Zeit genommen hast«, murmelte Annie.

Sie verstaute die Texte in der Tasche und stand auf, doch Thomas hielt sie zurück.

»Ich glaube, du musst noch ein bisschen warten. Schau.« Er nickte zum Fenster.

Annie drehte den Kopf. Dichter Nebel war aufgezogen. Man konnte nur ein paar Meter weit sehen.

»Ich lasse dich jetzt nicht fahren«, sagte Thomas und lächelte. »Du musst wohl bleiben, bis sich der Nebel verzieht. Also kannst du auch einen Wein trinken.«

Annie zögerte. Sie sollte eigentlich nicht, aber ein kleines Glas Wein war sicher nicht so schlimm.

»Okay, na gut«, willigte sie ein.

Thomas ging in die Küche und kam mit einer Flasche und zwei Gläsern zurück. Er schenkte ihnen ein, lehnte sich dann zurück und legte den Arm auf die Sofarückenlehne.

Annie versuchte sich zu entspannen. Thomas hatte recht, sie würde versuchen, eine Weile nicht an Saga zu denken.

Er fragte sie nach ihrer Arbeit, wie lange sie schon Sozialpädagogin war und warum sie speziell diesen Beruf ergriffen hatte. Sie antwortete, dass sie als Kind hatte Architektin werden wollen, doch aus irgendeinem Grund einen ganz anderen

Weg eingeschlagen hatte. Sie erkundigte sich nach seinem Beruf als Lehrer.

Thomas' Stimme war angenehm, beruhigend. Annie spürte den Wein. Ihr Körper wurde weicher, und sie lehnte sich zurück.

Er sprach weiter, und sie merkte, wie sie ihm nicht mehr zuhörte, sondern seine dunklen Locken betrachtete, seine leicht schiefe Nase und die weißen, geraden Zähne. Sie musste über etwas lachen, das er sagte. Er lachte ebenfalls, und jetzt sah sie ein kleines Lachgrübchen in seiner Wange.

Sie schwiegen. Thomas stellte sein Glas ab.

»Wie geht es übrigens deinem Bein?«, fragte er.

»Alles in Ordnung, keine Beschwerden«, antwortete sie lächelnd.

»Gut.«

Er sah sie an, beugte sich vor und schob ihr eine Haarsträhne aus dem Gesicht. Annie versteifte sich.

Thomas betrachtete die dünne, rosa Linie, die vom Ohr über den Hals verlief.

»Was ist da passiert? Warst du in eine Schlägerei verwickelt?« Er lächelte.

Sie hatte sich an der zerschlagenen Flasche geschnitten, doch er hatte einfach weitergemacht. Das war allen egal gewesen. Sie hatten nur über den Stein geredet.

»Nur ein Fahrradunfall«, sagte Annie. »Das ist schon lange her.«

»Ach herrje«, meinte Thomas. »Du und Fahrräder – eine gefährliche Kombination.«

Wieder strich er ihr übers Haar. Übers Ohr, den Hals, die Narbe.

»Ich mag dich, Annie«, sagte er.

»Ich mag dich auch«, brachte sie mühsam heraus und hörte, wie fremdartig die Worte klangen. Seit Johan hatte sie sie zu niemandem mehr gesagt.

Thomas legte seine Hand an ihre Wange und küsste sie ohne Vorwarnung.

Sie schloss die Augen und versuchte, sich zu entspannen, doch jeder Millimeter ihrer Haut registrierte selbst die geringste seiner Bewegungen. Es ist okay, dachte sie. Du kannst das.

Thomas' Hände auf ihrem Rücken. Leidenschaftlichere Küsse. Seine Lippen an ihrem Hals.

Er zog sie näher, beugte sich über sie. Schob sein Bein zwischen ihre, ihr Unterleib wurde gegen seinen Schenkel gepresst.

»Nein!«

Annie wich zurück

Thomas sah sie überrascht an.

»Habe ich etwas falsch gemacht?«

»Nein. Ich ... Wo ist die Toilette?«

Sie riss ihre Tasche an sich und hastete ins Bad. Ihre Hände zitterten, als sie zwei Tabletten schluckte und sich auf den Toilettendeckel setzte, um die Wirkung abzuwarten. *Lauf nicht weg, Annie. Reiß dich zusammen.* Du kannst jetzt nicht einfach abhauen, er wird dich für durchgeknallt halten. Ganz ruhig. Geh jetzt wieder raus.

Sie spülte und verließ die Toilette. Sie spürte das vertraute Kribbeln beim Einsetzen der Tablettenwirkung.

Vor der Tür schwankte sie leicht, und Thomas sah sie besorgt an.

»Wie geht es dir? Möchtest du vielleicht etwas essen?«

»Danke, das ist nicht nötig. Mir war nur etwas schwindlig. Ich muss mich ein wenig ausruhen«, hörte sie sich sagen.

»Draußen ist es immer noch neblig. Du kannst gern über Nacht bleiben.«

Thomas musste ihre Miene richtig gedeutet haben, denn er versicherte hastig, dass er natürlich auf dem Sofa schlafen würde.

»Danke, ich muss mich wirklich nur kurz ausruhen. Kann ich mich irgendwo hinlegen?«

Thomas ging durch den Flur und öffnete die Schlafzimmertür.

»Erhol dich«, sagte er und strich ihr über den Rücken.

Annie legte sich hin. Nebel, dachte sie. Genauso fühlte es sich auch in ihr an.

70

Annie schlug die Augen auf. Es war dunkel. Ihr Magen knurrte, der Kopf schmerzte. Erst nach ein paar Sekunden wurde ihr klar, wo sie sich befand. Der Nebel. Der Wein. Sie hatten sich geküsst, dann hatte sie wieder Panik bekommen. Sie setzte sich auf. Eine Decke lag über ihr, doch sie war vollständig bekleidet. Wie lange hatte sie geschlafen? Es musste Morgen sein, denn Sonnenlicht drang durch die Jalousie herein. Aus dem Flur war Wasserrauschen zu hören. Thomas stand unter der Dusche.

Sie sah sich um und entdeckte ihre Handtasche neben dem Bett. Falls Thomas hineingesehen hatte, hatte er nur einen Behälter mit der Aufschrift »Vitamin D« gefunden. Sie war so vorausschauend gewesen und hatte ein paar Tabletten hineingefüllt, weil sie nicht noch einmal riskieren wollte, das Medikament irgendwo zu vergessen, wo es jemand finden konnte.

War noch mehr zwischen ihnen passiert?

Etwas vibrierte hinter ihr. Sie drehte den Kopf. Thomas' Handy lag auf dem Nachtkästchen auf der anderen Bettseite. Es verstummte und vibrierte erneut.

Sie stand vorsichtig auf und ging um das Bett herum. Das Display leuchtete auf, und sie konnte ein paar Zeilen der Textnachricht lesen, bevor es erlosch. Die Neugier siegte, sie drückte auf die Hometaste.

Wie lief es gestern? Du hast doch nichts erzählt, nicht wahr? Ruf mich an. Uffe

Der Bildschirm wurde wieder dunkel.

Annies Magen verkrampfte sich. Was war damit gemeint? Was hatte Thomas nicht erzählen sollen?

Sie setzte sich aufs Bett. Lauschte. Die Dusche lief immer noch. Thomas war allerdings schon eine ganze Weile im Bad und konnte jeden Moment zurückkommen.

Sollte sie ihn einfach fragen? Sagen, dass sie die Nachricht zufällig gesehen hatte, und ihn bitten, alles zu erklären? Und wenn er ihr eine Erklärung lieferte, würde sie die akzeptieren können? Nein, so gut kannte sie sich. Sie würde weitergrübeln, was die Nachricht bedeutete, bis sie die Lösung herausgefunden hatte.

Sie atmete schnell. *Denk nach.* Sollte sie auf Thomas warten oder einfach abhauen? Er würde sie sowieso für verrückt halten, egal, was sie tat. Sie fühlte sich auch verrückt. Ihr Mund war trocken, ihre Hände zitterten, das Herz raste. *Er kommt bald, du musst dich beruhigen.*

Mit einem Ruck zog sie die Tasche zu sich und holte die Dose mit den Tabletten heraus. Doch sie rutschte ihr aus den feuchten Fingern und rollte unter das Bett.

Verdammt.

Sie kniete sich hin und sah unter das Bettgestell. Der Behälter rollte langsam ans andere Ende. Sie eilte um das Bett herum, kniete sich erneut hin und streckte die Hand aus.

Sie berührte etwas. Einen braunen, großen Umschlag, der verschlossen, aber nicht verklebt war. Warum bewahrte man einen Umschlag unter dem Bett auf? Sie sollte nicht in seinen Sachen herumschnüffeln. Ein bisschen seltsam war es aber schon.

Sie lauschte noch einmal Richtung Flur, bevor sie die Hand in das Kuvert schob und den Inhalt herauszog.

Fotos, vergrößert und körnig, aber deutlich genug, um ein halb entkleidetes junges Mädchen und einen Mann erkennen zu können.

Annie hielt die Luft an. Trotz der schlechten Qualität war das eindeutig Katarina Edholm. Und der Mann kam ihr irgendwie bekannt vor. Sie hatte ihn schon mal getroffen, doch wo?

Ihr war übel. Warum hatte Thomas Fotos einer leicht bekleideten Katarina bei sich? Himmel. Stand er auf kleine Mädchen? Was wäre … Nein, das konnte nicht sein. War Thomas der ältere Mann? War er der Vater von Sagas Kind?

Annie sah auf, sie hörte kein Wasserrauschen mehr. Ich muss hier weg, dachte sie und richtete sich rasch auf.

Sie eilte zur Wohnungstür, riss ihren Mantel von der Garderobe und schlüpfte in die Schuhe. Gerade als sie die Wohnung verlassen wollte, wurde die Badezimmertür geöffnet.

»Na, Schlafmütze, bist du wach?« Thomas stand lächelnd in der Tür, mit zurückgekämmtem Haar und einem Handtuch um die Hüften.

Was hatte dieser Körper getan?

Da entdeckte er den Umschlag in ihrer Hand, und sein Lächeln erlosch.

»Warte, das ist nicht, was du denkst«, sagte er und ging auf sie zu. Im selben Moment riss sie die Wohnungstür auf und rannte die Treppe hinunter.

Schwer atmend holte Annie im Laufen den Autoschlüssel aus der Tasche. Ein älteres Paar musste beiseitespringen und starrte ihr nach, als sie davonraste.

Nach einer Weile drehte sie sich um, doch Thomas folgte ihr nicht. Sie bog nach links in eine kleine Nebenstraße ab. Dort hielt sie an und lehnte den Kopf nach hinten. Was sollte sie jetzt tun? Warum war sie einfach davongelaufen, statt Thomas nach den Fotos zu fragen?

Ihr Handy klingelte. Thomas. Er wusste, wo sie wohnte. Was sollte sie tun, wenn er zu ihr nach Hause kam?

»Verdammt, verdammt, verdammt«, sagte sie laut.

Sie streckte sich nach der Handtasche und holte noch einmal die Fotos heraus. Katarina war auf allen vier Bildern zu sehen, zusammen mit einem Mann mit kurzen dunklen Haaren und aufgeknöpftem Hemd. Auf einem Foto küssten sie sich.

Thomas war nicht auf den Bildern. Hatte er die Kamera gehalten?

Sie schüttelte den Kopf. Zieh keine voreiligen Schlüsse. Vielleicht gibt es eine logische Erklärung, dachte sie.

Doch Thomas war am Valborgabend in Saltviken gewesen. In der Hütte seines Freundes, nicht weit von der Stelle entfernt, an der sie Katta gefunden hatten. Hatte er das Mädchen in der Nacht dort getroffen? Hatte er Annie belogen?

Beim nächsten Gedanken wurde ihr schlecht. Hatte Thomas ... Nein, das durfte einfach nicht sein. Ganz ruhig, Annie. Ruf die Polizei an, die soll sich darum kümmern.

Mit zitternden Händen wählte sie Hans Nordings Nummer. Antworte, dachte sie flehend, während es klingelte. Ihr war immer noch übel.

Nach dem fünften Klingeln meldete er sich. Etwas piepste und surrte im Hintergrund. Annie bat um Entschuldigung wegen der Störung.

»Sie müssen sich unbedingt etwas ansehen, aber Sie sind heute nicht im Dienst, oder?«

Richtig, aber er war gerade an der Tankstelle in der Autowaschanlage und könnte sich dort mit ihr treffen. Die bei der Kirche am Stadtrand. Annie wendete sofort und sagte: »In zwei Minuten bin ich da.«

71

Hans Nording saß bei weit geöffneter Tür im Wagen und wartete, als Annie auf den Parkplatz fuhr.

»Schon da?«, fragte er, als Annie ausstieg. »Sie sind wirklich überall.«

Sie hielt ihm nur wortlos die Bilder hin.

»Diese Fotos habe ich gerade bei Thomas Moström gefunden, Katarinas und Sagas Klassenlehrer. Das hier ist Katarina, den Mann kenne ich nicht.«

Nording sah die Fotos durch.

»Wie geht es ihr? Ist sie immer noch bewusstlos?«

»Ja.«

»Fahren Sie heim, ich melde mich«, sagte er und schob die Fotos zurück in den Umschlag.

»Versprechen Sie mir, dass Sie ihn sofort befragen. Er weiß, dass ich die Bilder gefunden habe, ich fürchte, dass er mir auflauern könnte.«

Nording nickte.

»Ich kümmere mich darum. Wir werden sehen, was er zu sagen hat.«

»Können Sie eine DNA-Probe von ihm nehmen?«

»Warum?«

Annie holte die Gedichte aus ihrer Handtasche und gab sie Nording.

»Die hat Saga geschrieben. Sie handeln von einer heimlichen Liebe zu einem älteren Mann. Ich möchte es nicht glauben, aber es könnte sich dabei um Thomas Moström handeln.«

Nording runzelte die Stirn.

»Okay, Annie. Ich schaue es mir an. Fahren Sie jetzt nach Hause, ich melde mich.«

Als sie Lockne erreichte, zitterten Annies Beine immer noch. Sie sah Thomas Moströms Augen vor sich. Das Lächeln. Das Grübchen. War er nicht der, für den sie ihn gehalten hatte?

Hoffentlich gibt es eine logische Erklärung, flehte sie innerlich. Zieh keine voreiligen Schlüsse. Warte ab, was die Polizei herausfindet.

Aber sie wollte nicht nach Hause, sie war viel zu aufgewühlt, um dort herumzusitzen.

Sie könnte nach Fridebo fahren und versuchen, mit ihrer Mutter zu sprechen. Würde sie auf die Namen Uffe und Thomas reagieren? Einen Versuch war es wert.

Sie parkte den Wagen vor dem Pflegeheim und klingelte. Pernilla Hoffner öffnete die Tür.

»Ach, du bist es«, sagte sie. »Deine Mutter ist im Aufenthaltsraum.«

Pernilla ging rasch vor ihr den Flur entlang. Im Gegensatz zu sonst schwieg sie. Annie musste sich beeilen, um mit ihr Schritt zu halten. Seit Valborg hatten sie sich nicht mehr gesehen. Hatte sie bemerkt, wie Annie und Johan sich unterhalten hatten? Beobachtet, was Johan dann getan hatte?

Birgitta hörte mit einigen anderen Heimbewohnern aufmerksam einem Mann am Klavier zu, das vor den hohen

Fenstern mit Aussicht auf den Wald stand. Sie saß mit dem Rücken zur Tür und bemerkte die beiden Frauen nicht.

Annie wandte sich an Pernilla.

»Ich müsste allein mit ihr reden.«

Pernilla musterte sie forschend.

»Ist etwas passiert? Du bist ja ganz blass.«

Annie bedeutete Pernilla, mit ihr ein Stück zur Seite zu treten, und senkte die Stimme.

»Meine Mutter könnte wissen, wer der Vater von Sagas Kind ist.«

»Wirklich? Wer? Joel Edholm?«

»Nein, jemand, der um einiges älter ist als Saga.«

Pernilla schwieg.

»Gleich kommen eine Sängerin und ein Liedermacher zu Besuch«, sagte sie schließlich. »Du kannst gern zuhören, wenn du magst. Danach kann ich dir helfen.«

Annie sah zu ihrer Mutter, die sich leicht im Takt zur Musik wiegte.

»Gut«, antwortete sie. »So machen wir es.«

Ihr Handy klingelte, und sie zuckte zusammen. Unbekannter Anrufer. Das war vielleicht die Polizei, sie musste das Gespräch annehmen.

»Entschuldigung«, sagte sie und ging ein Stück zur Seite.

Es war Gunnar Edholm. Verdammt, dachte Annie. Nicht jetzt. Ich darf nichts von den Fotos erzählen.

»Hallo, Gunnar, wie geht's?«, meldete sie sich.

»Gut«, erwiderte er gezwungen. »Das Krankenhaus in Umeå hat angerufen. Katta ist bei Bewusstsein und scheint stabil genug zu sein, um nach Sollefteå verlegt zu werden. Bekomme ich Freigang, um zu ihr zu fahren?«

Annie schloss die Augen.

»Das sind großartige Neuigkeiten«, sagte sie. »Bitte deinen Betreuer in der Klinik, dass er das mit unserem Bereitschaftsdienst klärt, das sollte kein Problem sein.«

Gunnar bedankte sich und legte auf.

Jetzt, da Katarina wach ist, werden wir die Wahrheit erfahren, dachte Annie. Über die Drogen, die Fotos, wie Thomas Moström in alles verwickelt ist.

Sie ging zurück zu Pernilla.

»Ich muss nicht mehr mit meiner Mutter sprechen. Vielleicht klärt sich auch so alles«, murmelte sie leise. »Gunnar Edholm hat gerade angerufen. Katarina ist bei Bewusstsein.«

»Wirklich?«, sagte Pernilla ebenso leise. »Ich dachte, sie wäre … Du weißt schon, hirntot?« Sie verzog das Gesicht.

»Nein, sie war nur bewusstlos. Wir lassen meine Mutter heute in Ruhe, sonst regt sie sich vielleicht nur unnötig auf. Ich komme morgen wieder.«

72

Annie saß im Wohnzimmer im Sessel, eingewickelt in eine Decke und mit dem Telefon in der Hand. Alle Lichter waren gelöscht, sie hatte das Auto in die Garage gefahren und die Haustür verschlossen.

Die Stunden vergingen. Sie hatte geduscht, etwas gegessen und mehrere Male die Lokalnachrichten im Internet gelesen. Nichts von Hans Nording, kein Besuch von Thomas. Hatten sie jetzt mit ihm gesprochen? War er wieder zu Hause?

Es war halb sieben Uhr abends und dämmerte gerade, als es an der Tür klopfte. Ihr Herz schlug schneller.

Geduckt schlich sie zum Küchenfenster. Ein Auto stand vor dem Haus. Ein Mercedes. Johan?

Es klopfte erneut. Sie ging zur Haustür und sah durch das Fenster daneben. Pernilla Hoffner.

Annie öffnete.

»Hallo«, sagte Pernilla. »Bist du allein?«

»Ja.«

»Ich auch. Johan ist übers Wochenende beim Angeln. Ich dachte, du freust dich über ein selbstgekochtes Essen. Du hast heute so aufgescheucht gewirkt.«

Pernilla hielt ihr einen schwarzen gusseisernen Topf entgegen.

»Elcheintopf«, sagte sie. »Du musst ihn nur noch aufwärmen.«

Annie nahm das Essen entgegen und antwortete: »Oh, wie nett von dir. Das wäre nicht nötig gewesen. Vielen Dank.«

Aufgescheucht. Ja, sie war direkt von Thomas losgefahren. Ungeschminkt, ohne sich die Zähne geputzt oder die Haare gekämmt zu haben. Sie musste furchtbar ausgesehen haben.

Vielleicht war Pernilla einfach nur aufmerksam, vielleicht sogar auch ein wenig neugierig und brauchte einen Vorwand für den Besuch. Doch egal, aus welchem Grund sie hier war, Gesellschaft war auf jeden Fall schön, falls Thomas doch noch auftauchen sollte.

»Möchtest du hereinkommen und mit mir essen?«, fragte sie.

»Nein, ich will dich nicht stören.«

»Das tust du nicht«, sagte Annie lächelnd. »Komm rein.«

Sie hielt die Tür auf, und Pernilla trat ein.

Annie ging voraus in die Küche, stellte den Topf auf den Herd und schaltete diesen ein. Beinahe sofort verbreitete sich der Duft nach Wild und Kräutern.

Annie holte Teller und Besteck, und Pernilla half ihr, alles ins Esszimmer zu tragen.

»Katarina ist also aufgewacht?«, fragte Pernilla. »Hast du schon was Neues von Gunnar gehört?«

»Nein. Aber wir werden sicher bald erfahren, was eigentlich in der Hütte passiert ist. Ob es wirklich eine Überdosis war.«

Pernilla schnaubte.

»Natürlich war es das. Was denn sonst? Das Mädchen macht nur Ärger, das weiß doch jeder. Der Apfel fällt nicht weit vom Stamm, wie man so schön sagt.« Pernilla verzog verächtlich den Mund und betrachtete das Hochzeitsfoto an der Wand.

Annie wollte zuerst etwas erwidern, entschied sich jedoch dagegen. Stattdessen holte sie zwei Weingläser aus der Vitrine.

»Wie wäre es mit einem Wein zum Essen?«, schlug sie vor.
»Du kannst den Wagen bis morgen stehen lassen.«

Dann sieht es so aus, als hätte ich Besuch, falls Thomas vorbeikommt.

Pernilla stand immer noch vor dem Foto.

»Du siehst deinem Vater wirklich sehr ähnlich«, sagte sie.
»Wie alt warst du, als er gestorben ist?«
»Sechzehn.«

Pernilla zupfte an den Ärmeln ihrer Strickjacke und zog die Schultern hoch.

»Mein Vater starb, als ich sieben war.«
»Oh, das tut mir leid.«

Pernilla wandte sich Annie zu.

»Er ist nicht tatsächlich gestorben, aber er hat uns verlassen und ist mit seiner neuen Freundin zusammengezogen, weshalb es sich für mich so angefühlt hat, als wäre er tot. Ich wohnte bei meiner Mutter und hatte keinen Kontakt zu ihm. Es ging ihr nicht so gut, aber ich habe mich um sie gekümmert.«

»Das muss sehr hart für dich gewesen sein, nicht wahr?«, sagte Annie. Pernilla neigte den Kopf und sah wieder das Foto an.

»Kann schon sein. Ich weiß nicht mehr viel aus der Zeit.«

Sie drehte sich um.

»Das Essen dürfte jetzt fertig sein.«

Annie ging zurück in die Küche, holte den Topf vom Herd und stellte ihn auf den Esstisch.

Sie schenkte Wein in die Gläser, schöpfte Eintopf auf die Teller und nahm den ersten Bissen. Der Wildgeschmack erfüllte ihren Mund.

»Herrlich«, meinte Annie zwischen den Bissen. »In Stockholm ist das hier ein Luxusessen.«

»Johan ist Jäger, unsere ganze Gefriertruhe ist voll. Ich habe es fast ein bisschen satt. Aber ich beschwere mich nicht«, meinte Pernilla, die jetzt ihre Strickjacke auszog. »Wir haben alles, was man sich nur wünschen kann.«

Ihre Miene war schwer zu lesen.

»Habt ihr über Kinder nachgedacht, du und Johan?«, platzte Annie plötzlich heraus.

»Nein. Und jetzt ist es zu spät.«

Annie lächelte.

»Das glaube ich nicht. Wie alt bist du?«

»Ich werde dieses Jahr neununddreißig.«

»In Stockholm bekommen viele Frauen in dem Alter ihr erstes Kind.«

»Ich meine damit nicht, dass ich zu alt bin«, erwiderte Pernilla. »Johan ist unfruchtbar.«

Annie hörte auf zu kauen.

»Ach so«, brachte sie mühsam heraus. »Das tut mir leid.«

Sie trank einen Schluck Wein. Sag was, dachte sie.

»Habt ihr über Adoption nachgedacht?«, fragte sie vorsichtig.

»Nein, das steht nicht zur Debatte«, antwortete Pernilla knapp.

»Will Johan keine Kinder?«

Pernilla zuckte zusammen, massierte sich den Arm und blickte auf den Teller hinab.

Jetzt bin ich zu weit gegangen, dachte Annie. Wechsel das Thema.

Sie wandte den Kopf ab, spürte aber Pernillas Blick auf sich.

»Hast du noch Gefühle für ihn?«, wollte Pernilla plötzlich wissen.

Annie blinzelte überrumpelt.

»Wieso fragst du das?«

»So komisch wäre das ja nicht. Er war ja schließlich deine erste Liebe, oder?«

Annie spürte, wie ihr warm wurde.

»Das ist doch eine Ewigkeit her. Ich will wirklich nichts von Johan.«

»Warum bist du dann noch hier?«, entgegnete Pernilla. »Warum fährst du nicht zurück nach Stockholm?«

Annie schluckte. Ihr Magen verkrampfte sich, und ihr war leicht übel.

»Weil ich wissen will, was mit Saga passiert ist, und weil ich bei meiner Mutter sein möchte, sonst nichts«, sagte sie leise.

Sie schwiegen. Annie schenkte ihnen Wein nach.

Pernilla ergriff zuerst das Wort.

»Was hast du heute im Pflegeheim noch mal gesagt? Es gibt neue Hinweise, wer der Vater sein könnte?«

Annie überlegte. Sollte sie von Thomas erzählen? Nein, besser nicht, falls sich ihre Befürchtungen nicht bestätigten.

»Nein«, antwortete sie daher. »Nur meine eigenen wilden Spekulationen. Wir müssen abwarten, was die Polizei herausfindet.«

Pernilla legte das Besteck zur Seite und sah Annie mit zusammengekniffenen Augen an.

»Glaubst du, ihr ist dasselbe zugestoßen wie dir? Dass sie vergewaltigt wurde?«

Annie schüttelte den Kopf.

»Es war keine Vergewaltigung«, sagte sie. »So weit kam es nicht.«

»Entschuldige, dann habe ich es falsch verstanden.«

Sie schwiegen.

Annie trank einen Schluck Wein. Als sie das Glas abstellte, fiel ihr Blick auf zwei blaue Flecke an Pernillas linkem Oberarm, einem größeren und einem kleineren. Solche Male hatte sie schon viel zu oft gesehen, bei den vielen Frauen, die sie in ihrem Job schon getroffen hatte.

»Was ist mit deinem Arm passiert?«, fragte sie.

»Was meinst du?« Pernilla blinzelte.

Behandelte Johan seine Frau nicht gut? Annie dachte daran, wie grob er an Valborg gewesen war. Wollte Pernilla Annie etwas mitteilen, ohne dass sie es aussprechen musste? Ergriff sie die Chance, weil Johan nicht dabei war?

»Ich kann dir helfen, wenn du mir alles erzählst.«

»Was erzählen?« Pernillas Gesicht hatte sich gerötet.

»Ich helfe dir gern«, fuhr Annie fort. »Ich habe schon viele Frauen in dieser Situation getroffen, es kommt häufiger vor, als du glaubst. Viele Männer ...«

»Wie kannst du es nur wagen, so etwas zu behaupten?«, fiel Pernilla ihr ins Wort. »So ist Johan nicht.«

Sie schwiegen.

»Entschuldige«, sagte Annie. »Ich wollte keine falschen Schlüsse ziehen. Das ist eine Berufskrankheit. Vergiss es, das war dumm von mir.«

Annie blickte auf ihren Teller und wollte noch etwas essen, doch auf einmal wurde ihr schwindlig, ihr Herz raste. Atme, dachte sie. Wie viel hatte sie eigentlich getrunken? Sie entschuldigte sich und ging ins Badezimmer.

Sie wusch sich die Hände und spritzte sich kaltes Wasser ins Gesicht, dann kehrte sie ins Esszimmer zurück.

»Ich fühle mich nicht so besonders«, sagte sie. »Vielen Dank für das Essen, aber vielleicht solltest du jetzt besser gehen.«

Pernilla stand auf.

»Ich kann noch ein bisschen bleiben. Ich lasse dich ungern allein hier, wenn du dich nicht gut fühlst. Du siehst auch gar nicht gut aus.«

»Danke, aber das musst du nicht«, begann Annie, doch da drehte sich ihr der Magen um, und sie rannte zurück ins Badezimmer.

Was ist denn nur los?, dachte sie. Erst der Anfall gestern, jetzt das hier. War sie krank? Es war lange her, dass sie solche Bauchschmerzen gehabt hatte. Und das hier waren ganz sicher keine Menstruationsschmerzen.

Ich muss versuchen, mich zu übergeben, dachte sie und kroch auf allen vieren zur Toilette. Sie würgte krampfhaft, doch es kam nichts.

Sie legte sich hin, spürte den kalten Boden an ihrem Rücken. Die Übelkeit wurde schwächer, doch dafür wölbte sich der Raum nach außen. Das Muster der Bodenfliesen schien sie einzusaugen. Sie wälzte sich wieder auf die Knie und streckte sich nach der Tür. Das Schlüsselloch wurde größer, ein Mädchen saß auf einer Schaukel und schaukelte hinein und wieder hinaus.

Alles wurde schwarz.

Dann wurde sie ins Licht zurückgezogen. Aus weiter Ferne ertönte ein metallisches Geräusch. Ein Schatten beugte sich über sie.

Es wurde wieder dunkel.

73

Gunnar stieg aus dem Taxi und stellte seine Tasche auf den Schotterweg. Das Mädchen war nicht lange wach gewesen, aber er hatte Katta im Krankenhaus Sollefteå besuchen und bei ihr sitzen können, während eine Ärztin erklärte, dass Gunnar sich keine Sorgen machen müsse. Die Verlegung aus Umeå war vermutlich sehr anstrengend gewesen, und es war nur eine Frage der Zeit, bis sie wieder aufwachen würde. Sie konnte auch hören, was gesprochen wurde. Selbst in tiefer Bewusstlosigkeit konnte man offenbar Geräusche wahrnehmen.

Seine Tochter im Wasser. Der Hund. Was zum Teufel war denn überhaupt passiert? War es tatsächlich eine Überdosis gewesen? Was, wenn es dem Mädchen doch nicht gut gegangen war? Wenn sie nicht wieder aufwachen würde? Nicht wieder aufwachen wollte.

Ich bin nicht böse, hatte er gesagt und ihre Hand gehalten. Sie war abgemagert, war sowieso schon nur Haut und Knochen gewesen. Wenn das Kind sterben wollte, dann war das seine Schuld, und deshalb musste er trocken werden, es gab keine andere Möglichkeit. Er würde es schaffen.

Gunnar ballte die Faust. Das Auto stand vor der Garage, mit eingedrückter Motorhaube, ein deutliches Mahnmal dessen, was er angerichtet hatte. Er würde es reparieren, doch erst nach abgeschlossenem Entzug. Erst dann würde er sich wieder hinters Steuer setzen.

Er hatte nur Freigang, rief er sich in Erinnerung. Am Montag musste er zurück sein und darauf warten, dass das Mädchen wieder aufwachte. Ein großer Teil der Therapie lag noch vor ihm. Aber er würde jetzt schon anfangen, jawohl. Gleich zum achten Schritt springen. Katta und Joel, die Bergstens, er würde alles wiedergutmachen und sich bei ihnen entschuldigen. Er würde ihnen zeigen, dass er es konnte.

Er stellte die Tasche in die Diele und ging zur Garage.

Das Mofa startete widerwillig und knatterte beunruhigend laut auf dem Weg zum Friedhof. Ein älteres Paar hielt sich dort auf, doch er sah nicht mal in die Richtung, marschierte direkt zu Kerstins Grab und fiel auf die Knie. Er strich mit der Hand über die Buchstaben, drehte sich um, sah, wie das Paar durch das Tor an der Nordseite den Friedhof verließ. Jetzt war er allein.

»Verzeih mir«, sagte er. »Ich war ein verdammter Egoist. Ich werde es wiedergutmachen, auch wenn es für dich zu spät ist. Ich werde alles in Ordnung bringen. Ich habe mich wie ein Opfer gefühlt, Kerstin. Habe meine Sorgen in Alkohol ertränkt. Ich verspreche dir, dass ich mich ab jetzt zusammenreiße. Für dich und für die Kinder. Ich habe eine zweite Chance bekommen, und die werde ich nicht vermasseln.«

Der verfluchte Alkohol. Hoffentlich kann ich mich davon fernhalten, dachte er, und gerate nicht in Versuchung. Am besten habe ich gar keinen in meiner Nähe. Er richtete sich auf und verließ den Friedhof mit bestimmten Schritten.

Er fuhr hinauf nach Saltviken. Mit jedem Kilometer wurde er langsamer. Als er das Mofa an der Garage abstellte und zum

Wasser hinuntersah, schnürte sich sein Hals zu, und am liebsten wäre er umgekehrt. Du musst, ermahnte er sich. Du musst dich deinen Ängsten stellen, sonst kannst du dich nie davon befreien.

Er ging hinunter zur Bucht. Das Geräusch der knackenden Ruder. Das dunkle Wasser. Ein Holzstamm, hatte er gedacht. Der Schaum, der sich als Haare entpuppt hatte. Helles Haar, das im Wasser trieb.

Er ging zum Plumpsklo und beugte sich hinunter zur Klappe. Es stank immer noch, auch wenn er die Tonnen beim letzten Besuch geleert hatte. Mit einer Hand hielt er sich die Nase zu, mit der anderen tastete er nach den weißen Plastikkanistern.

Er klemmte einen Kanister unter jeden Arm und zögerte. Verdammt. So viel Arbeit für die Katz. Gab es wirklich keine andere Lösung? Sollte er wirklich hundert Liter kostbaren Saft in den Wald schütten? Das Moos damit gießen? Es widerstrebte ihm. Der Schnaps sah genauso aus wie Wasser. Und wenn er ihn in den Erdkeller stellte und mit »Frischwasser« beschriftete? Nein, zum Teufel. Er musste es tun. Es war das einzig Richtige.

Gunnar stapfte zwischen die Bäume und goss leise gluckernd den Schnaps aus. Er schloss die Augen, konnte nicht hinsehen. Ich schaffe das, dachte er. Kerstin soll stolz auf mich sein.

Als er fertig war, atmete er tief durch. Zwei von drei Dingen erledigt. Die schwerste Aufgabe lag noch vor ihm.

74

Weiße Wände überall. Menschen starrten sie an. Manche waren weiß gekleidet, andere blau. Lange Korridore, verschlossene Türen. Sie verfolgten sie. Eine Frau ging die ganze Zeit schräg hinter ihr. Sobald sie in irgendeine Richtung steuerte, folgte ihr die Frau auf den Fersen. Sie öffnete eine Tür, doch die Frau hielt sie zurück. Wir gehen hier hinein, sagte sie und öffnete eine andere Tür. Annie trat hindurch und stand in einem Wald. Birken. Baumstämme. Die Sonne schien durch das Laub. Der Geruch nach Essen. Ihr Magen drehte sich um.

Im nächsten Traum lag sie in einem Bett. Ein Mann mit Brille stand neben ihr. Fragte, ob sie fror. Sie drehte den Kopf zur Wand, und als sie wieder zu ihm sah, war er verschwunden. Ich will aufwachen, dachte sie. Ich will nicht mehr.

Annie schlug die Augen auf und blickte auf eine weiße Wand. Sie blinzelte und sah sich um. Auf ihrem linken Arm klebte ein Pflaster, ihr Mund war trocken. Sie war angezogen und lag auf einem Bett. An ihrem linken Handgelenk entdeckte sie ein Plastikarmband mit ihrem Namen und ihrer Personennummer. Sie drehte den Kopf und sah eine Krankenschwester.

Annie setzte sich auf.
»Wo bin ich?«
»Warten Sie, ich hole die Ärztin.« Die Schwester eilte davon. Die Sonne schien durch die schmutzigen Fenster. Nach einer Weile klopfte es an der Tür, und eine Frau in kurzem weißem Kittel, Bleistiftrock und hohen Absätzen kam herein. Sie trug eine Brille, das blonde Haar war zu einem Pferdeschwanz zurückgebunden. Die Frau zog einen Stuhl ans Bett und setzte sich.
»Hallo, Annie. Schön, Sie wiederzusehen«, sagte sie.
»Kennen wir uns?«
Die Ärztin musterte Annie nachdenklich und rückte die Brille zurecht. Sie deutete auf ein Namensschild an ihrem Kittelaufschlag. Erika Lindman, Oberärztin, stand darauf.
»Wissen Sie, wo Sie sind?«
Annie verengte die Augen und schüttelte den Kopf.
»Sie sind in der psychiatrischen Ambulanz in Sollefteå.«
»Was? Warum?«
Erika Lindman räusperte sich.
»Gestern Abend wurden Sie mit Verdacht auf eine Medikamentenüberdosis eingeliefert. Man hat Ihnen im Krankenhaus den Magen ausgepumpt und Sie dann hierher verlegt. Sie waren zwischendurch wach, haben aber insgesamt viele Stunden geschlafen.«
Annie sah sie verwirrt an. »Sie haben Medikamente gegen Halluzinationen und Angstzustände bekommen«, ergänzte die Ärztin.
Annie schloss die Augen. Einzelne Bilder flackerten auf. Die Tabletten. Eine Weinflasche. Jemand klopfte ihr auf die Wangen. Ihre Kleider, jemand fragte, ob sie Hilfe wollte.

»Erinnern Sie sich an etwas?«, wollte die Ärztin wissen.

Annie schüttelte den Kopf.

Erika Lindman fragte, ob es zutraf, dass Annie allein wohnte, kinderlos war, dass ihr Vater verstorben war, die Mutter dement?

»Woher wissen Sie das alles?«

»Wir haben ein paar Informationen von Ihren Verwandten bekommen, einiges haben Sie auch selbst angegeben, als Sie zu sich gekommen sind. Sie waren aber sehr durcheinander und schwer zu verstehen.«

Die Ärztin neigte den Kopf. »Können Sie mir sagen, warum Sie so viele Tabletten genommen haben?«, bat sie.

Annie fasste sich an die Stirn. Ihr Kopf schmerzte.

»Ich wünschte, ich könnte es«, antwortete sie. »Aber ich erinnere mich an nichts.«

Erika Lindman sah auf ihre Unterlagen.

»Da wäre noch etwas, was mir nicht klar ist«, sagte sie ernst.

»Ja?«

»Sie haben immer wieder gesagt, dass Sie unschuldig sind. Dass es nicht Ihre Schuld war. Dass Sie ihm nicht wehtun wollten. Was meinen Sie damit?« Erika Lindman sah sie besorgt an.

Annie schluckte, ihr Herz schlug schneller.

Die Ärztin schob den Stuhl näher heran und legte die Hand auf die Bettkante.

»Möchten Sie über etwas sprechen, Annie?«

Annie schüttelte wieder den Kopf.

»Manchmal kann das Leben sinnlos erscheinen«, fuhr Erika Lindman fort. »Alle Probleme werden immer größer, doch die Depression verhindert, dass man klar denken kann. Da scheint es oft nur eine Lösung zu geben. Einen letzten Ausweg.«

Jetzt verstand Annie, worauf die Frau hinauswollte.

»Ich wollte mich nicht umbringen, falls Sie das glauben«, erwiderte sie nachdrücklich.

Die Ärztin sah sie forschend an.

»Sie brauchen sich nicht zu schämen. Wir treffen hier jeden Tag Menschen, die ...«

»Hören Sie mir zu. Ich will nicht sterben! Ich habe einen Job, ich muss nach Hause.«

Sie schwang die Beine über die Bettkante.

»Nein, so geht das nicht«, wandte Erika Lindman ein. »Wir wissen nichts über Ihre Vorgeschichte, wir haben noch keine Kopien Ihrer Krankenakte bekommen. Ich möchte Sie noch ein paar Tage hierbehalten, dann bewerten wir die Situation erneut.«

»Ich verspreche Ihnen, dass ich nicht sterben will. Reicht das nicht?«

Die Ärztin schüttelte den Kopf.

»Dann fragen Sie meine Verwandten«, sagte Annie. »Rufen Sie sie an, sie können bezeugen, was ich gesagt habe. Hat man mich übrigens zwangseingewiesen?«

»Nein, bisher nicht, aber ...«

»Na also, dann möchte ich jetzt bitte entlassen werden.«

Erika Lindman erklärte, dass sie in diesem Fall für Annie einen Folgetermin in der Ambulanz vereinbaren würde. Unter der Bedingung, dass Annie außerdem Kontakt zu einer Psychologin aufnahm, würde man sie entlassen. Dann verließ sie den Raum.

Annie war schwindelig, doch sie biss die Zähne zusammen und streckte sich nach ihrem Handy.

75

Am Krankenhauseingang empfing sie Sven mit einer langen Umarmung.

»Wie schön, dich zu sehen«, sagte er und öffnete ihr die Beifahrertür. »Wir haben uns große Sorgen gemacht.«

Sven fuhr am Fluss entlang, über die kleinen Orte Multrå und Undrom. Sie waren allein auf der Straße, und er starrte geradeaus, beide Hände fest am Lenkrad.

Annie sah aus dem Beifahrerfenster. Der Ångermanälven glitzerte in der Sonne.

»Wie fühlst du dich?«, fragte Sven nach einer Weile.

»Ich weiß es nicht. Alles ist … verschwommen. Als wäre ich in einer Art Blase. Die Ärztin hat gesagt, das kommt von den Medikamenten. Die werde ich schrittweise absetzen, doch die nächsten Tage sollte ich eher nicht Auto fahren.«

»Das klingt vernünftig«, sagte Sven und tätschelte ihr vorsichtig das Bein.

»Weil wir deine Nummer in der Arbeit nicht hatten, habe ich deine Freundin Helena angerufen, damit sie deinen Vorgesetzten informiert, dass du morgen nicht kommen kannst. Ich hoffe, das war in Ordnung.«

Annie zuckte zusammen. »Was hast du zu ihr gesagt?«

»Nur, dass sie ausrichten soll, dass du im Krankenhaus bist. Wir wussten ja nicht, was passiert war oder wie lange du dort bleiben musst. Aber sie war sehr besorgt, hat erzählt, dass du das mit Saga nicht ruhen lassen kannst. Dass du immer noch herausfinden willst, was wirklich passiert ist. Stimmt das?«

Annie senkte den Blick. »Ich glaube, dass die Polizei etwas übersehen hat, bei Saga und bei Katarina.«

»Du wolltest uns und Gunnar also helfen«, sagte Sven. »Und das bei deiner eigenen Vorgeschichte. Ich verstehe, dass das alles zu viel für dich geworden ist. Dass du aufgegeben hast.« Er hustete. »Aber du darfst dich nicht schuldig fühlen«, fuhr er fort. »Wir verstehen, dass du es schwer hattest. Du hast unter großem Druck gestanden. Niemand wirft dir etwas vor. Wir wollen nur, dass es dir wieder gut geht.«

Sven warf ihr einen mitfühlenden und gleichzeitig erschrockenen Blick zu, und Annie erkannte, dass er dasselbe gedacht hatte wie die Ärztin.

»Nein«, antwortete sie. »Ich habe nicht versucht, mich umzubringen. Das müsst ihr mir glauben.«

»Entschuldige, Annie, aber wir wussten einfach nicht, was wir glauben sollten. Es waren wirklich viele Tabletten.«

Annie sah wieder aus dem Fenster. Wenn sie sich doch nur erinnern könnte, was passiert war.

»Du solltest vielleicht diesen Lehrer anrufen«, meinte Sven nach einer Weile. »Er hat sich einige Male gemeldet und nach dir gefragt. Wäre er nicht rechtzeitig gekommen und hätte dich gefunden, ich weiß nicht, wie es geendet hätte.«

Annie riss den Kopf herum. »Thomas? Aber ich dachte, du hättest mich gefunden? Warum war Thomas bei mir?«

Sven runzelte die Stirn. »Das weiß ich nicht. Er hat es mir nicht gesagt. Nachdem der Krankenwagen dich mitgenommen hatte, ist er gefahren.«

Annie lehnte den Kopf zurück und schloss die Augen. Was war bloß passiert? Warum war Thomas bei ihr gewesen?

Sie waren da. Das Gras war hoch und saftig grün, auf den Feldern, die sich zum Fluss hinunter erstreckten, stand hier und da das Wasser.

»Es scheint ganz schön geregnet zu haben«, sagte Annie.

»Ja, es war die reinste Sintflut.«

Sven gab Annie den Hausschlüssel.

»Wir haben abgespült und den Müll weggebracht, damit keine Ratten angelockt werden, während du weg warst. Soll ich noch bleiben?«

Annie schüttelte den Kopf.

»Nein, alles in Ordnung, versprochen.«

Sven wirkte besorgt.

»Ganz sicher? Uns wäre wohler, wenn wir wüssten, dass du nicht allein bist.«

»Macht euch keine Sorgen. Danke für deine Hilfe, Sven. Ich melde mich später.«

Annie zog langsam die Haustür auf. *Denk nach. Versuch dich zu erinnern.*

Thomas war also hier gewesen? Warum? Er hatte sie auf dem Badezimmerboden gefunden.

Sie schob die Tür zum Bad einen Spalt auf. Irgendwo in ihrem Hinterkopf erschien das Bild von Thomas. Nackt, mit einem Handtuch um die Hüften. Fremde Zimmer.

Die Bilder wurden klarer, nahmen Form an. Dann fiel es ihr schlagartig ein.

Sie war bei Thomas zu Hause gewesen. Hatte Fotos von Katarina Edholm gefunden. Sie Hans Nording übergeben.

Sie war fast einen ganzen Tag im Krankenhaus gewesen. Was hatte die Polizei in der Zwischenzeit herausgefunden?

Sie holte ihr Handy aus der Tasche und wählte. Hans Nording meldete sich sofort.

»Mir ist klar, dass Sie nicht viel sagen können, aber ich muss nur eines wissen«, sagte sie und holte Luft. »Was ist mit Thomas Moström?«

»Sie können ganz beruhigt sein«, erwiderte Nording. »Er hat eine plausible Erklärung für die Fotos abgeliefert und warum sie in seinem Besitz waren.«

»Und wie lautet die Erklärung?«

»Da müssen Sie ihn selbst fragen.«

Annie knabberte an einem Fingernagel.

»Können Sie mir wenigstens sagen, ob man Gunnar Edholm informiert hat?«, fragte sie.

»Nein, noch nicht. Warum?«

»Er hat einen Entzug in der Klinik Svanudden begonnen, und …«

Eine neue Erinnerung tauchte auf. Gunnar hatte sie angerufen und um Freigang gebeten, weil Katta bei Bewusstsein war.

Sie erzählte Nording davon, dann beendeten sie das Gespräch.

Annie sah aus dem Fenster. Konnte sie Thomas vertrauen, dass er der Polizei die Wahrheit gesagt hatte? Sie würde ihn treffen müssen, um das herauszufinden. Konnte sie es wagen? Wollte sie es überhaupt?

Reiß dich zusammen, Annie, dachte sie. Wenn Thomas ihr das Leben gerettet hatte, dann war es doch selbstverständlich, sich bei ihm zu melden.

76

Als Thomas' Wagen eine knappe Stunde später in die Einfahrt bog, schlug ihr Herz so schnell, dass sie das Gefühl hatte, man könne es ihr ansehen.

Annie bat ihn ins Haus und stellte Kaffeetassen auf den Tisch.

»Danke, dass du dich mit mir treffen möchtest«, begann er angespannt. »Wenn du wüsstest, was für Sorgen ich mir gemacht habe. Wie geht es dir?«

»Jetzt ist alles in Ordnung, aber ich habe große Erinnerungslücken. Es würde mir helfen, wenn du mir erzählst, was du gesehen hast, als du hier warst.«

Thomas holte tief Luft und erzählte. Er hatte versucht, sie nach dem Polizeiverhör zu erreichen, als ihm klar geworden war, was Annie von ihm dachte.

»Als die Polizei mich um eine DNA-Probe gebeten hat, habe ich es kapiert«, sagte er. »Du dachtest also, dass ich eine Beziehung mit einer meiner Schülerinnen gehabt hätte?«

Annie zwang sich, seinem Blick standzuhalten.

»Ist das so weit hergeholt? Es wäre schließlich nicht das erste Mal. Und du kennst ja meine Gedanken zu Sagas Gedichten.«

Thomas seufzte.

»Aber du heißt nicht Fredrik?«, fragte sie.

»Nein, ich heiße Nils Thomas Moström.«

Als er Annie nicht erreicht hatte, war er zu ihr gefahren und hatte geklopft. Die Tür war unverschlossen gewesen, und als niemand reagierte, war er ins Haus gegangen und hatte Annie auf dem Badezimmerboden gefunden.

»Ich dachte zuerst, du seist tot«, beendete er seinen Bericht.

»Ich habe nicht versucht, mich umzubringen, falls du das geglaubt hast«, sagte sie rasch.

»Aber was ist dann passiert? Überall lagen Tabletten.«

»Ich weiß noch, dass ich zu Hause war und auf Nachricht von der Polizei zu deiner Aussage gewartet habe.«

»Diese Fotos«, sagte Thomas. »Das tut mir wirklich furchtbar leid. Ich habe nichts damit zu tun. Sie gehören Uffe.«

»Ja, die Polizei hat mir gesagt, dass du eine plausible Erklärung hast. Wer ist Uffe?«

»Einer meiner besten Freunde«, erklärte Thomas. »Er war an Valborg mit mir auf Sandslån. Er ist groß, hat dunkle Haare. In seiner Hütte in Saltviken habe ich übernachtet, falls du dich erinnerst.«

Ja, Annie sah undeutlich den Mann bei Thomas vor sich.

»Uffes Hütte liegt in der Nähe von Edholms Sommerhaus. Uffe war an einem Wochenende mal allein dort und hatte ein bisschen zu viel getrunken. Er machte einen Spaziergang, traf Katarina, und irgendwie landeten sie bei ihm.«

Annie schüttelte den Kopf. »Wie widerlich.«

»Dann kamen die Fotos«, fuhr Thomas fort. »Katarina hat Uffe damit erpresst. Sie wollte Geld.«

Annie schloss die Augen. Das erklärte die Scheine im Schließfach in der Schule. Alle hatten gedacht, es sei Drogengeld, doch Tjorvens Theorie, Katarina könnte sich prostituiert haben, war gar nicht so abwegig gewesen.

Thomas seufzte.

»Ich weiß, er hat Mist gebaut. Aber er hat geschworen, nicht mit ihr geschlafen zu haben, und ich glaube ihm.«

»Aber ich verstehe trotzdem nicht, warum die Fotos bei dir lagen.«

»Uffe hat sie mir gegeben. Er wollte sie nicht bei sich aufbewahren, wollte sie zur Sicherheit aber auch nicht wegwerfen.«

»Aber wie kannst du dir sicher sein, dass Uffe nichts mit dem Ganzen zu tun hat?«

»Weil wir nicht einmal zu Hause waren, als Saga verschwunden ist. Uffe, ich und die Kinder waren über Ostern in Thailand. Wir sind in der Nacht zurückgekommen. Du kannst die Flugnummer überprüfen, wenn du mir nicht glaubst. Und an Valborg waren wir den ganzen Abend und die ganze Nacht zusammen.«

Annie blickte auf ihre Hände. *Beruhig dich.*

»Aber warum bist du nicht zur Polizei gegangen? Ein erwachsener Mann hat ein junges Mädchen sexuell ausgenutzt. Das ist absolut widerlich.«

Thomas warf ihr einen resignierten Blick zu.

»Ich weiß, Annie. Du hast recht. Natürlich hätte ich das tun sollen. Im Nachhinein verstehe ich, dass das völlig verrückt klingt. Aber hast du vergessen, wie es ist, in einem kleinen Ort zu wohnen? Was für ein Skandal das gewesen wäre? Uffe ist seit einem Jahr geschieden«, sagte Thomas. »Die Scheidung hat ihn sehr mitgenommen, und er hat drei Kinder. Ich weiß, dass es falsch war, und ich habe ihm von dem Geld erzählt, das wir in Katarinas Schließfach gefunden haben. Da hat er gestanden, dass sie ihn damit erpresst hat, dass sie es seiner Ex-

Frau erzählt. Uffe hatte Angst, das Sorgerecht für die Kinder zu verlieren.«

    Annie stellte ihre Tasse ab.

»Das ist egal. Er muss zur Polizei gehen.«

»Er war schon dort und hat reinen Tisch gemacht.«

»Gut. Denn Katarina wird aufwachen«, sagte Annie. Sie berichtete von dem Gespräch mit Gunnar am Samstag.

    »Er hat vielleicht schon versucht, mich zu erreichen«, sagte sie. »Bald erfahren wir, was passiert ist. Ich bin überzeugt, dass dieser Fredrik der Vater des Kindes ist. Und ich gebe nicht auf, bis wir wissen, wer er ist.«

77

Gunnar ging vor der Küchenarbeitsfläche auf und ab. Es war Sonntagabend, morgen musste er wieder in der Klinik sein. Wenn er die Therapie fortsetzen wollte, musste er das Richtige tun.

Stundenlang hatte er dagesessen, mit dem verdammten Handy in der Hand, als Annie Ljung angerufen hatte. Sie hatte sich nach Katta erkundigt, doch Gunnar hatte noch nicht mit ihr reden können, weil sie wieder das Bewusstsein verloren hatte. Da hatte Annie gefragt, ob sich die Polizei bei ihm gemeldet hatte. Sie wollte den Grund nicht sagen, nur so viel, dass der Mann im Volvo nichts mit Kattas Zustand zu tun hatte. Stattdessen suchte man jetzt nach einem Mann namens Fredrik, von dem aber niemand wusste, wer er war. Dieser Mann könnte eine wichtige Rolle bei dem spielen, was Saga und Katta zugestoßen war.

Gunnar hatte das Handy auf dem Tisch angestarrt. Hatte er das letzte Puzzlestück vor sich liegen? Dann hatte er eine Entscheidung getroffen. Es ging nicht anders. *Tu es, du Jammerlappen.* Dann hatte er Annie gebeten herzukommen. Und jetzt klopfte es an der Tür.

»Gut, dass du kommen konntest«, empfing er sie. »Ich muss dir etwas gestehen.«

Annie neigte den Kopf.

»Hast du getrunken, Gunnar, willst du mir das erzählen?«

Er sah sie aufgebracht an und fuhr sich mit der Hand durchs Haar.

»Nein, verflucht noch mal. Aber ehrlich gesagt hätte ich gute Lust dazu.«

Er legte das Handy mit einem Knall vor ihr auf den Tisch.

»Ich fürchte, das gehört Saga.«

Annie griff danach und drehte es um.

»Woher weißt du das?«

Gunnar berichtete, was Sven ihm auf dem Steg über Sagas Telefon erzählt hatte.

»Der Akku ist leer, ich konnte also nicht überprüfen, wem es gehört.«

»Wo hast du es gefunden?«

Gunnar wand sich. *Sag schon, wie es war.*

»In der Hose des Jungen. Er hat gesagt, er hätte es gefunden, und dann ist so viel passiert, und ich habe es vergessen. Als Sven es erwähnt hat, ist es mir wieder eingefallen.«

»Aber warum hast du es nicht der Polizei gegeben?«

Gunnar verzog das Gesicht.

»Weil ich Schiss hatte, dass der Junge vielleicht etwas Unrechtes getan hat und sich nicht traut, es mir zu erzählen. Vielleicht könntest du es versuchen?«

»Natürlich.«

Gunnar ging zur Treppe und rief nach Joel. Der Junge, der für das Wochenende ebenfalls nach Hause gekommen war, kam zögernd nach unten und blieb an der Schwelle zur Küche stehen.

»Sag Hallo.« Gunnar stieß ihn an.

Annie lächelte und hielt das Handy hoch.

»Hallo, Joel. Dein Vater sagt, du hättest das hier oben bei der Hütte gefunden, richtig?«

»Beim Holzschuppen«, murmelte Joel mit abgewandtem Blick.

»Wusstest du, wem es gehört?«

Joel nickte.

»Das ist Sagas. Ich habe es genommen. Ich wollte es haben, aber ich habe es nicht zum Laufen gebracht.«

»Wir haben kein Ladekabel für dieses Modell«, erklärte Gunnar.

»Ich habe auch so eins. Ich glaube, ich habe das Ladegerät sogar in meiner Tasche«, sagte Annie und holte es aus der Diele. Sie schloss das Kabel an, und kurz darauf erwachte das Display zum Leben.

»Mist, es ist natürlich mit einem Code geschützt«, sagte sie. »Weiter kommen wir nicht.«

»Ich weiß den Code«, murmelte Joel.

»Was?«, rief Gunnar. »Woher?«

»Ich sitze im Bus immer hinter Saga.«

Annie gab ihm das Telefon, und der Junge tippte rasch den Code ein. Das Display wurde entsperrt.

Gunnar sah zu, wie Annie das Handy durchsuchte und schließlich Joel ansah.

»Kennst du einen Fredrik?«

Joel schüttelte den Kopf.

Annie tippte auf etwas und hielt das Handy eine Weile ans Ohr, legte dann aber seufzend wieder auf.

»Verdammt.«

»Wen hast du angerufen?«, fragte Gunnar.

»Sagas letzte gewählte Nummer, aber es hat sich niemand

gemeldet. Ihre letzte SMS ging an dieselbe Nummer, an einen gewissen Fredrik. Wir müssen das Handy der Polizei geben, damit die Beamten die Nummer nachverfolgen können.«

Annie holte ihre Tasche aus der Diele.

»Kommt mit, dann fahren wir zur Polizei.«

Gunnar sah, wie der Junge unruhig wurde.

»Um diese Uhrzeit? Ist das wirklich nötig?«, fragte Gunnar.

»Die Polizei muss das Handy haben, es ist wirklich wichtig.«

»Aber«, wollte Gunnar etwas einwenden, doch Annie fiel ihm ins Wort.

»Sag einfach genau, wie es war, und alles kommt in Ordnung.«

Verdammte Scheiße, dachte Gunnar.

78

Gunnars Rücken war schweißnass, als Hans Nording und Sara Emilsson sie empfingen und in ein Verhörzimmer brachten. Auch wenn es nicht der Raum war, in dem man ihn die letzten Male befragt hatte, kamen die Erinnerungen zurück. Das Kribbeln, der Juckreiz.

Annie und Gunnar setzten sich, doch Joel blieb an der Tür stehen.

Die Polizisten baten Annie, den Raum zu verlassen, Gunnar sagte jedoch, sie solle bleiben.

»Hier geht es nicht nur um den Jungen, sondern auch um mich«, erklärte er. »Annie soll hören, was ich zu sagen habe.«

Sara Emilsson räusperte sich.

»Du musst keine Angst haben, Joel«, begann sie. »Du bist nicht in Schwierigkeiten. Im Gegenteil, du kannst uns helfen. Möchtest du das?«

Joel sah zu Gunnar, der auffordernd nickte.

Nording lächelte Joel an und deutete mit dem Kinn Richtung Wand.

»Du hattest recht mit den Maschinengewehren, mein Junge«, bemerkte er.

»Habe ich doch gesagt«, murmelte Joel.

Annie reichte Nording das Handy, der sich zuerst ein Paar

Plastikhandschuhe überzog, bevor er es entgegennahm und sie resigniert ansah.

»Wer hat das Telefon alles angefasst? Alle drei, oder?«

Annie machte eine entschuldigende Geste.

»Könntest du mir erzählen, wo du es gefunden hast?«, bat Sara Emilsson den Jungen.

»Sag genau das, was du uns erzählt hast«, wies ihn Gunnar an. »Sag die Wahrheit.«

Joel seufzte und berichtete monoton, wie er an Sagas Handy gekommen war.

Als er fertig war, nahm Nording die Brille ab.

»Wann genau hast du das Handy bei der Hütte gefunden?«

»An einem Tag, als wir eisfischen waren.« Joel kniff die Augen zusammen.

»Und du wusstest, dass es Saga Bergsten gehört, hast es aber behalten, weil du gern wieder ein Handy haben wolltest?«

Joel nickte. »Aber ich habe es nicht zum Laufen gebracht.«

»Der Akku war leer, doch Annie hatte das passende Ladegerät«, erklärte Gunnar.

Nording wandte sich an ihn.

»Und wann haben Sie bemerkt, dass Joel das Handy hat?«

»Kurz bevor ich in die Klinik gegangen bin, letzte Woche.«

»Warum haben Sie es nicht da schon abgegeben?«

Sollte er die Wahrheit sagen? Dass er geglaubt hatte, der Junge hätte Saga etwas angetan? Nein, er musste etwas anderes sagen.

Er räusperte sich und erklärte, er sei betrunken gewesen und hätte es vergessen.

»Sagas letzte SMS ging an einen Fredrik«, schaltete sich Annie ein. »Keiner scheint zu wissen, um wen es sich handeln könnte, aber wenn er möglicherweise Saga und Katarina etwas angetan hat, müsste es ja jemand sein, der sich in Lockne und Saltviken auskennt.«

Gunnar kratzte sich den Bart. Verdammt. Jetzt wurde ihm alles klar. Dieses Schwein. Könnte er Katta angegriffen haben?

»Hat außer Ihnen und Ihren Kindern noch jemand Zugang zu dem Sommerhaus?«, fragte Nording.

Gunnar schüttelte den Kopf.

Nording beugte sich zu ihm.

»Gunnar, Sie müssen uns sagen, wenn Sie etwas wissen. Wir müssen erfahren, wer sich alles in der Gegend aufgehalten hat.«

Gunnar zögerte. Wenn er auspackte, würde er selbst auffliegen.

Der vierte Schritt. Die Inventur des Inneren. Geliebte Kerstin, gib mir Kraft, bat er. Entweder es geht gut oder nicht. Erzähl es einfach. Liefer den Mistkerl ans Messer. Er holte tief Luft.

»Also gut«, sagte er. »Ich muss Ihnen tatsächlich etwas erzählen. Es geht um jemanden, der Polizist ist.«

Nording sah zu Annie und schaltete das Aufnahmegerät ein. »Wer?«

»Er heißt Jens Fredriksson.«

Gunnar sah, wie Annie zusammenzuckte.

Nording bat Annie und Joel, den Raum zu verlassen, doch Gunnar sagte, sie könnten ruhig bleiben. Er habe keine Geheimnisse.

Er sprach weiter, erzählte, wie Jens Fredriksson ihn zufällig beim Schnapsbrennen erwischt hatte. Wie er Gunnar nicht festgenommen, sondern ihm angeboten hatte, ihm den Schnaps abzunehmen und diesen dann selbst weiterzuverkaufen. Eine Verdienstmöglichkeit, hatte er es genannt. Doch dabei war es nicht geblieben. Jens Fredriksson hatte außerdem Informationen aus Gunnar herausgelockt, auf welchen Höfen und in welchen Einfamilienhäusern es etwas zu stehlen gab. Gunnar bewahrte das Diebesgut als Zwischenstation bei sich auf. Wer die Einbrüche verübt hatte, hatte er nicht gewusst, aber als Annie von dem Polizeiverhör mit den Teenagerjungen erzählt hatte, war ihm klar geworden, mit wem Jens Fredriksson zusammenarbeitete. Außerdem hatte der Polizist dafür gesorgt, dass die Bauern die maximale Versicherungssumme ausbezahlt bekamen, indem er mehr Dinge in die Anzeigen aufgenommen hatte, als eigentlich gestohlen worden waren. Auf diese Weise hatte er sowohl von den Bauern als auch von den Dieben eine Provision kassiert.

Nording ließ seinen Stift zwischen den Fingern kreisen.

»Wie lange läuft das schon, Edholm?«

Gunnar seufzte.

»Seit letzten Sommer.«

»Und wie oft war Fredriksson oben in Saltviken, schätzungsweise?«

»Ein paarmal im Monat.«

»Jens Fredriksson«, sagte Annie gedehnt. »Er hat die Hausdurchsuchung am Tatort durchgeführt. Ich war dort, und er hat mich verjagt. Er war allein, soweit ich gesehen habe.«

Gunnar nickte Nording zu.

»Da konnte er unbemerkt alles abholen, was dort noch versteckt war.«

Annie betastete die Tischkante, während sie Gunnars Geständnis lauschte. Jens Fredriksson war korrupt. Er hatte sie davonkommen lassen, als er sie mit Alkohol am Steuer erwischt hatte. Er hatte sie zu Hause in seiner Wohnung gegen die Wand gedrückt.

Er hatte sie am Valborgabend nach Hause gefahren, als sie einen Platten hatte, am selben Abend, an dem Katarina Edholm mit jemandem ein Treffen in der Hütte vereinbart hatte. Hatte sie Jens Fredriksson dort getroffen? Er kannte sich in Saltviken und Lockne aus.

Fredriksson. Ein älterer Mann. Fredrik und Cecilia. Natürlich.

»Er ist es!«, rief sie. »Jens Fredriksson ist Fredrik.«

79

Gunnar kehrte in die Klinik zurück und Annie zur Arbeit. Claes stellte keine Fragen, sondern war einfach nur froh, dass sie wieder in Ordnung war.

Die Woche verging. Am Freitagnachmittag hatte Annie immer noch nichts von der Polizei gehört. Seit Gunnars Enthüllung hatte sie sich kaum auf die Arbeit konzentrieren können. Dass er und Jens Fredriksson gemeinsam Geschäfte gemacht hatten, war schlimm genug, aber war Jens auch noch Sagas heimlicher Freund? Eine abstoßende Vorstellung, aber Sven und Lillemor hätten dann wenigstens Klarheit, was den Vater des Kindes betraf.

Jens Fredrikssons Ortskenntnis und die Verbindung zu Gunnar Edholm waren bereits klar. Es war nicht unwahrscheinlich, dass er und Katarina sich begegnet waren, entweder in Lockne oder über seine Arbeit als Polizist. Vielleicht hatte sie auch von ihm belastende Fotos, mit denen sie ihn erpresst hatte? Oder könnte sie damit gedroht haben, seine Kontakte zu der Einbrecherbande auffliegen zu lassen? Konnte Katarina gewusst haben, dass Jens Sagas heimlicher Freund war und gedroht haben, alles zu erzählen? So könnte es gewesen sein.

Erst um halb fünf, als sie schon zu Hause war, klingelte das Telefon. Unterdrückte Nummer. Würde sich jetzt alles klären?

Annie schluckte und nahm das Gespräch an. Endlich, dachte sie, als Hans Nording sich meldete. Er erzählte, dass sie Jens Fredriksson verhört hatten und er alles gestanden hatte – die Einbrüche, die Hehlerei, die Versicherungsbetrüge.

»Darüber hinaus haben wir nicht die geringste Verbindung zu den beiden Mädchen finden können«, sagte Nording. »Wir haben ihm eine DNA-Probe entnommen, und er ist nicht der Vater von Sagas Baby. Jens Fredriksson ist nicht der, den wir suchen.«

Annie seufzte und fragte: »Wie geht es jetzt weiter?«

»Die Nummer, an die Sagas letzte SMS ging, gehört zu einem Prepaid-Handy, das ausgeschaltet zu sein scheint.«

»Sie haben also nichts Neues?«

»Nein, aber Sie hatten recht, dass es eine Verbindung zwischen den Mädchen gibt. Eigentlich dürfte ich Ihnen das nicht erzählen, aber Katarina hat am Valborgabend eine SMS an dieselbe Nummer geschickt. Wir versuchen weiter, den Besitzer des Handys zu finden«, sagte Nording. »Ich werde gleich Gunnar Edholm anrufen. Bis bald.«

Sie legten auf, und Annie trat vor die Haustür. Sie sah hinauf zum dunkler werdenden Himmel, an dem ein großer Vogel kreiste.

Saga und Katarina hatten in Kontakt mit derselben Person gestanden. Wenn Jens Fredriksson nicht der gesuchte Fredrik war, wer dann?

Das Handy klingelte. Sie holte es von der Flurkommode und ging zurück nach draußen. Wieder eine unterdrückte Nummer.

»Hallo, hier spricht Erika Lindman«, sagte eine Frauenstimme.

»Wer?«

»Dr. Erika Lindman, von der psychiatrischen Ambulanz.«

Jetzt erinnerte sich Annie.

»Wir haben erst jetzt die Ergebnisse der Untersuchung Ihres Mageninhalts bekommen«, fuhr die Ärztin fort. »Ich bitte um Entschuldigung, dass es so lange gedauert hat, die Proben waren anscheinend erst an die falsche Adresse geliefert worden. Also, Sie hatten einen giftigen Pilz zu sich genommen und haben riesiges Glück gehabt, dass Sie so glimpflich davongekommen sind. Eine größere Dosis wäre tödlich gewesen.«

Lebensmittelvergiftung.

»Es war also keine Medikamentenüberdosis?«

»Nein. Sie hatten Spuren von Paracetamol und einem Beruhigungsmittel im Körper, aber nur in geringen Dosen. Davon hätten Sie sehr viel mehr nehmen müssen, um ernsthafte Auswirkungen zu spüren. Diese Art Vergiftung ist sehr ungewöhnlich, doch offenbar gab es in diesem Jahr schon einmal einen solchen Fall hier in der Gegend. Manche essbaren Pilze sind leicht mit giftigen zu verwechseln. Wissen Sie, wie Sie den Pilz zu sich genommen haben könnten?«

Annie schloss die Augen. Sie konnte sich nicht erinnern, wann sie überhaupt das letzte Mal Pilze gegessen hatte.

»Tut mir leid«, erwiderte sie, »aber ich habe keine Ahnung.«

Erika Lindman sagte, sie würde ihr eine Kopie des Berichts schicken, und dass Annie Ende Mai zu einem abschließenden Gespräch vorbeikommen solle. Und ob Annie mit der Psychologin Kontakt aufgenommen hätte?

Stimmt, das hatte sie versprochen.

»Ich hatte noch keine Zeit, aber ich kümmere mich darum.«

Sie bedankte sich für den Anruf, und sie legten auf. Langsam ging sie in die Küche und öffnete den Kühlschrank. Dann ging sie zur Vorratskammer, überprüfte Dosen und Tüten, doch nichts, was sie eingekauft hatte, enthielt Pilze.

Sie schloss die Tür zur Vorratskammer. Da nahm sie einen Hauch von Rosmarin wahr. Natürlich. Jetzt fiel es ihr wieder ein. Pernilla war mit einem Elcheintopf vorbeigekommen, der Pilze enthalten hatte.

Und Johan hatte vor Kurzem eine Lebensmittelvergiftung gehabt. Ja, so musste es sein.

Sie holte ihr Handy, da fiel ihr ein, dass sie weder Johans noch Pernillas Nummer hatte. Und mit Johan wollte sie nicht sprechen. Sie hatten sich seit der Beerdigung nicht mehr gesehen, er war nur an ihr vorbeigefahren, ohne sie zu grüßen.

Sie rief eine Suchmaschine im Internet auf und gab Pernillas Namen ein. Ein Treffer. Die Adresse stimmte. Sie wohnte dort zusammen mit einem Per Johan Fredrik Hoffner.

Fredrik.

Sie schnappte nach Luft.

80

Annie starrte auf das Display. Natürlich. Johan hieß ja mit drittem Namen Fredrik, das wusste sie eigentlich seit der Schulzeit. Wie hatte sie das vergessen können?

War das möglich? War er etwa Fredrik, Sagas heimlicher Freund? Ein älterer Mann und ein junges Mädchen, wie in dem Lied und in dem Gedicht.

Johan war doppelt so alt wie Saga, sah aber jünger aus. Sie hatten sich mehrmals die Woche gesehen. Es war nicht schwer vorstellbar, dass Saga sich in ihn verliebt hatte.

Annie hatte Mühe zu atmen und ging vor die Haustür.

Ihr Herz raste. Ihr kam Johans verweintes Gesicht in der Kirche nach dem Beerdigungsgottesdienst in den Sinn, in das sie Mitgefühl und Trauer interpretiert hatte. Hatte er eigentlich etwas ganz anderes empfunden?

War Johan der Vater von Sagas Kind?

Annie sah hinüber zum Hof der Hoffners. Ich muss hinfahren, dachte sie. Ihn fragen, von Angesicht zu Angesicht.

Sie zog ihren Mantel an und fuhr mit dem Rad die Anhöhe hinauf.

Der Mercedes stand auf dem Hof, im Haus brannte Licht. Es war Freitagabend. Pernilla war wahrscheinlich ebenfalls zu Hause.

Annies Herz hämmerte, als sie die Stufen zur Haustür hinaufging und klingelte. Sie spähte durch das Küchenfenster. Niemand zu sehen.

Noch eine Erinnerung kam zurück. Pernilla, wie sie bei Annie am Esstisch gesessen hatte. *Johan ist unfruchtbar.*

Die Tür wurde geöffnet, und Johan starrte sie an.

»Was machst du hier?«

»Ist Pernilla da?«, fragte Annie zurück.

»Nein, sie ist in der Arbeit. Kann ich ihr etwas ausrichten?«

Er sprach leicht verwaschen und blinzelte. Derselbe Blick wie auf Sandslån. Er hatte wieder getrunken. War unvorbereitet.

Sag es einfach.

»Du warst es, nicht wahr? Du und Saga?«

Sie sah, wie Johan zusammenzuckte und einen Schritt nach hinten machte.

»Antworte mir«, verlangte sie. »Hattest du ein Verhältnis mit Saga?«

Johan schüttelte den Kopf.

»Nein, es war nur einmal, das schwöre ich.«

Annie schnappte nach Luft. *Nein, nein, nein.*

Sie wich zurück, wollte davonrennen, nichts mehr hören.

»Aber warum, Johan? Warum sie? Himmel, sie war doch erst siebzehn!«

»Ich weiß. Es war keine Absicht. Ich hatte getrunken, und sie hat mich so sehr an dich erinnert«, antwortete er schuldbewusst. »Die Augen, die Haare. Alles. Sie sah fast aus wie du in dem Alter. Es war, als wärst du zu mir zurückgekommen, Annie.«

Vor ihren Augen flimmerte es, als würde sie gleich ohnmächtig werden.

»Bist du der Vater des Kindes?«

Johan seufzte.

»Ich weiß es nicht. Es könnte sein. Sie hat gesagt, sie hätte nur mit mir geschlafen, aber ich weiß nicht, ob das stimmt.«

»Aber Pernilla hat gesagt, du seist unfruchtbar.«

Johan verzog das Gesicht.

»Das dachte ich. Pernilla und ich haben es eine ganze Weile versucht.«

»Wieso dachtest du es? So etwas weiß man doch?«

»Nein.«

»Hast du Saga an dem Abend gesehen, an dem sie verschwand?«

Johan sah sie unglücklich an.

»Sie kam her und hat mir erzählt, dass sie schwanger ist. Sie wollte es behalten, aber ich habe Angst bekommen. Angst davor, was die Leute sagen würden, Angst davor, was Pernilla sagen würde. Ich hatte solche Angst. Ich habe gesagt, sie muss es wegmachen lassen und dass wir uns nicht mehr sehen könnten. Sie war am Boden zerstört und ist gegangen, und ich habe sie gehen lassen.«

»Warum hast du das nicht der Polizei erzählt?«

»Weil ich auch geglaubt habe, dass sie davongelaufen ist. Als man sie dann gefunden hat, dachte ich, dass sie ihre Ankündigung von dem Abend wahrgemacht hat. Dass sie sich wegen mir das Leben genommen hat.«

Tränen stiegen Johan in die Augen. Er schlug sich mit der Faust gegen die Brust.

»Verdammt, wie hat es nur so weit kommen können?«

Annie hielt sich den Bauch. Sie hatte das Gefühl, sich gleich übergeben zu müssen. Sie drehte sich um und ging die Treppe hinunter, doch Johan folgte ihr und griff nach ihrer Hand.

»Fass mich nicht an«, schrie sie und rannte los, doch Johan bekam ihre Arme zu fassen.

»Warte doch, lass mich erklären«, sagte er.

»Lass mich los, du tust mir weh.«

Johan hielt sie fest, und Annie sah ihn verzweifelt an.

»Ich habe Pernillas blaue Flecke gesehen. Hast du Saga auch wehgetan?«

Johan ließ sie los.

»Was denkst du eigentlich von mir? Zum Teufel, ich lag im Krankenhaus, das weißt du doch.«

Er streckte bittend die Hände aus.

»Hör mir zu. Pernilla wird ausrasten, wenn sie erfährt, dass ich es dir erzählt habe. Sie hat manchmal Angstattacken und schlägt sich dann selbst. Das klingt irre, ich weiß, aber ich habe sie nie geschlagen, das schwöre ich. Du musst mir glauben.«

»Ich muss gar nichts.«

»Wie hast du herausgefunden, dass ich es war?«, fragte er.

Annie erzählte von den Gedichten und dem geheimnisvollen Fredrik. Und dass sie sich daran erinnert hatte, dass Johan mit drittem Namen Fredrik hieß.

»Außerdem weiß ich, dass Saga und Katarina mit derselben Person kommuniziert haben, mit Fredrik. Und ich habe gesehen, wie du auf Sandslån mit Katarina gesprochen hast. Sie wusste von deinem Verhältnis mit Saga, richtig? Mit dir hat sie sich verabredet, nicht wahr?«

»Nein, das schwöre ich. Annie, ich habe nichts damit zu tun. Sag, dass du mir glaubst.«

Das wollte Annie so gerne. Sie holte ihr Handy aus der Tasche und streckte es ihm hin.

»Dann ruf die Polizei an. Übernimm die Verantwortung für das, was du getan hast.«

Johan zögerte.

»Pernilla weiß es nicht«, sagte er leise. »Das wird sie völlig vernichten.«

»Ja«, erwiderte Annie. »Aber du musst es tun. Für Sven und Lillemor.«

Johan sah sie an, in seinen Augen standen Tränen.

»Du glaubst mir vielleicht nicht, aber ich meine, was ich an Valborg gesagt habe. Ich liebe dich, Annie. Ich habe dich immer geliebt. Ich möchte nur, dass du das weißt.«

»Okay. Dann tu es für mich.«

Johan schluckte und nahm das Handy.

81

Annie drückte auf die Klingel und wartete fröstelnd. Ihre Hände zitterten. Sie sah immer noch Johans bleiches Gesicht auf dem Rücksitz des Polizeiwagens vor sich. Es schien unwirklich, als sei der gestrige Tag nur ein Traum gewesen.

Stundenlang war sie ziellos durch die Gegend gelaufen. Wie sie nach Hause gekommen war, wusste sie nicht mehr, nur, dass sie irgendwann auf dem Sofa eingeschlafen und erst aufgewacht war, als die Sonne aufging. Sie musste Sven und Lillemor alles erzählen, bevor die Polizei sich bei ihnen meldete.

Als Lillemor öffnete, brach Annie in Tränen aus.

»Aber Liebes, was ist denn los?«, rief Lillemor und nahm sie in den Arm. »Himmel, du bist ja eiskalt. Rein mit dir.«

Lillemor drängte sie die Treppe hinauf und setzte Annie an den Küchentisch. Sven erschien in der Tür, und Lillemor bat ihn, eine Decke zu holen.

Kurz darauf saß Annie mit einer warmen Wolldecke um die Schultern und einer Tasse mit dampfend heißem Tee in den Händen da.

»Was ist los, Annie? Ist etwas mit Birgitta?«, fragte Lillemor.

Annie schüttelte den Kopf.

»Hat die Polizei euch angerufen?«

»Nein, sollte sie das?«

Annie umklammerte die Tasse und starrte vor sich hin. Warum hatte sie nicht alles ruhen lassen können? Warum hatte sie in allem herumwühlen müssen?

Annie bat Sven, sich hinzusetzen.

»Ich muss euch etwas sagen«, begann sie.

Während sie erzählte, schlug Lillemor die Hände vor den Mund, und als Annie fertig war, lehnte Sven sich zurück und fasste sich ans Herz.

Lillemor schüttelte langsam den Kopf.

»Aber er ist doch doppelt so alt wie sie. Ich begreife nicht …« Ihre Stimme brach.

»Ich auch nicht«, murmelte Annie. »Das hätte ich wirklich nicht von Johan gedacht.«

Sie sah, wie Sven die Faust ballte. »Aber warum?«, sagte er. »Sie wusste doch, dass ich diese Familie nicht ertrage.« Er schluchzte auf. »Ich war zu hart mit ihr«, fuhr er fort. »Ich wollte sie hier festhalten. Wegen mir. Ich habe mir eingebildet, dass sie das auch wollte. Ich und meine ständigen Tiraden vom Laden und dem Familienunternehmen. Herrgott! Ich hätte etwas bemerken müssen, ich hätte …«

Lillemor legte den Arm um ihn.

»Es ist nicht deine Schuld, Sven«, flüsterte sie. »Wenn dieser Mann sich ihr aufgezwungen hat …«

»Er behauptet, dass es einvernehmlich war, dass sie in ihn verliebt war. Und aus dem Gedicht auf ihrem Computer wird das auch klar«, warf Annie ein.

Sven warf ihr einen finsteren Blick zu.

»Wir wissen, dass Johan deine Jugendliebe war, aber diesen Hoffners ist alles zuzutrauen, das kannst du mir glauben.«

Sven sah rasch zu seiner Frau, bevor er fortfuhr.

»Kennst du die alte Geschichte von dem Wald, Annie?«

Annie nickte. Ja, die hatte Birgitta nach Åkes Tod erzählt, als das Erbe verteilt werden sollte.

»Kurz vor Sagas Verschwinden war ich noch oben auf dem Hof und habe den Wald zurückverlangt. Hoffner wollte es durchrechnen, sagte er. Und dann ist das mit Saga passiert.«

»Wusste Saga etwas davon?«

Sven seufzte.

»Wir wissen es nicht. Möglich wäre es.«

Ein Telefon klingelte schrill, und Annie zuckte zusammen. Sven zog sein Handy aus der Tasche, und Annie fiel auf, wie seine Hand zitterte, wie er den Atem anzuhalten schien, während er lauschte. Einmal schloss er die Augen. »Ja, ich verstehe, danke«, sagte er.

Langsam legte Sven das Handy auf den Tisch.

»War das die Polizei?«, fragte Lillemor.

»Es war sein Kind«, berichtete Sven mit schwacher Stimme. »Mit neunundneunzig Prozent Sicherheit.«

Lillemor wimmerte und schlug die Hände vor die Brust.

Sven sah zu Annie.

»Johan hat die Beamten gebeten, uns alles zu erzählen«, sagte er. »Als ob ...« Sven biss die Zähne aufeinander. »Aber er steht nicht unter Verdacht«, fuhr er nach einem Moment fort. »Er konnte für alles Erklärungen liefern und behauptet, dass er nur an dem Kind beteiligt war. Die Polizei geht davon aus, dass es einfach ... ein Unfall war. Oder Selbstmord.«

Sven drehte sich zu Lillemor, die die Arme um ihn geschlungen hatte.

Annie schloss die Augen. Ein Unfall. Eine Familientragödie. Ja, hoffentlich war es das. Wenn doch alles einfach nur vorbei wäre.

82

Sven blickte über den Friedhof. So viel Kummer und Leid an einem Ort. So viele zerplatzte Träume in der Erde. Er sank neben Sagas Grabstein auf die Knie, strich mit der Hand über den Marmor und entfernte die verwelkten Blumen aus der Vase.

Er sah hinüber zu einem größeren Grabstein mit mehreren Namen und einem eigenen kleinen Weg. Das Familiengrab der Hoffners. Drei Generationen Verrat und Unrecht. Zuerst hatten sie sich den Wald unter den Nagel gerissen, und jetzt hatten sie ihnen die Tochter genommen. Auch wenn er sie nicht umgebracht, wenn Saga sich selbst das Leben genommen hatte oder wenn es ein Unfall gewesen war, es war trotzdem Johan Hoffners Schuld. Er war die Wurzel allen Übels.

Was würden die Leute sagen, wenn sich das herumsprach? Hatten er und Lillemor nicht schon genug gelitten? Wie sollten sie weiter hier wohnen? Allein der Gedanke, Johan Hoffner jeden Tag zu sehen, drehte ihm den Magen um.

Der Druck über der Stirn nahm zu. Etwas zerbrach, und Sven sah auf seine Hand hinab. Die Vase lag in Scherben auf dem Boden, und er hatte einen tiefen Schnitt am Daumen, aus dem Blut quoll.

In seiner Jacke fand er ein Papiertaschentuch und wickelte es um seine Hand. Die Worte seines Vaters kamen ihm wieder in den Sinn. *Eines schönen Tages werden die Hoffners bezahlen müssen, Sven. Denk an meine Worte.*

Ich kann Johan Hoffner nicht ungestraft davonkommen lassen, dachte Sven. Das ist nicht richtig. Ich muss etwas tun.

Ein Autounfall. Fahrlässige Tötung. Nein, da würde er ins Gefängnis kommen, und Lillemor wäre ganz allein.

Es gab noch eine andere Möglichkeit. Er und Lillemor, zusammen. Keine Schmerzen mehr. Der Gedanke war ihm schon oft gekommen, seit man Saga gefunden hatte. Die Kurven in Lugnvik, die Felswand und das Gefälle. Aber das könnte er Saga nicht antun. Er schaffte es nicht. Er schaffte gar nichts.

»Ich kümmere mich darum, vertrau mir«, sagte er laut. »Wie auch immer.«

Er wandte sich ab. Sein Blick fiel auf einen kleinen Grabstein in der Reihe davor. *Kerstin Elisabeth Edholm. Geliebt und unvergessen.*

Wie wahr, dachte Sven. Noch jemand hatte wegen Johan Hoffner leiden müssen.

Gunnar Edholm saß am Küchentisch und fluchte laut, als er das Gewehr anstarrte, das die Polizei bei der Hausdurchsuchung mitgenommen und ihm jetzt zurückgegeben hatte. Silver war tot, die Elchjagd würde nicht mehr so wie früher sein.

Gunnar strich mit der Hand über den Stahl. Er hatte das Richtige getan und war in eine Entzugsklinik gegangen. Er war ehrlich gewesen und hatte dieses verdammte Handy abgegeben, hatte all seine Verbrechen gestanden – und wozu? Nichts hatten sie herausgefunden, diese unnützen Bullen. Er hatte immer noch keine Antworten.

Jetzt saß er hier, hatte wieder Freigang, wegen neuer Vernehmungen und um den Jungen zu treffen, dem es laut Ellen dreckig ging. Joel war wieder bei ihr, und wenn Gunnar nichts vom Krankenhaus hörte, musste er am Montag wieder in der Klinik sein und seine Therapie fortsetzen, während er auf die Gerichtsverhandlung wartete.

Es klopfte laut an der Tür. Gunnar wollte es zuerst ignorieren, doch dann stand er auf und öffnete.

»Hallo, Sven, du bist's«, sagte er. »Komm rein.«

Er ging in die Küche und räumte ein paar Zeitungen von einem Küchenstuhl, damit der Besuch sich setzen konnte.

Sven sah zu dem Gewehr, das auf dem Tisch lag.

»Tut mir leid.« Gunnar legte die Waffe schnell auf die Arbeitsfläche. »Möchtest du einen Kaffee?«

Sven schüttelte den Kopf. Er war blasser als sonst, und seine Oberlippe zitterte.

»Ist etwas passiert?«

Sven sah ihn lange an.

»Das könnte man so sagen.«

»Du bist doch nicht krank?«

Nein, Sven wollte ihm etwas erzählen, das Gunnar wissen sollte, auch wenn es ihm schwerfiel. Weil Gunnar Saga gefunden hatte und verdächtigt worden war, sie ermordet zu haben. Sie hatten beide leiden und in Ungewissheit leben müssen, während ein anderer die ganze Zeit die Wahrheit gewusst hatte. Zugelassen hatte, dass man sie quälte, um die eigene Haut zu retten.

»Er hat zugegeben, dass das Kind von ihm war, aber man kann ihm sonst nichts zur Last legen«, beendete Sven seinen Bericht.

»Was? Dieser verdammte Mistkerl!«, rief Gunnar.

»Ich könnte ihn umbringen«, murmelte Sven.

Gunnar nickte langsam. »Das sind harte Worte, Sven, aber ich verstehe dich.«

Er ging zur Arbeitsfläche, nahm die Snusdose und schob sich eine Portion Kautabak unter die Oberlippe.

»Dieses Schwein«, sagte er. »Nach allem, was ich durchmachen musste.«

Er sah aus dem Fenster.

»Wie geht es Katarina?«, fragte Sven.

»Unverändert. Und die Bullen sind unfähig. Sie haben herausgefunden, dass Katta sich mit jemandem in der Hütte verabredet hat, glauben aber immer noch, dass sie sich eine Überdosis gespritzt hat.« Gunnar drehte sich um. »Ich könnte wetten, dass es dieser Hoffner war und dass er etwas damit zu tun hat. Diese verfluchte Familie.«

Nach einer kurzen Pause fuhr er fort.

»Erinnerst du dich an den alten Hoffner, Johans Großvater? Dieser o-beinige Mistkerl war hässlich wie die Nacht und ist den Weiberröcken hinterhergejagt!«

Sven schnaubte. »Jonas.«

»Ein furchtbarer Bock war das«, sagte Gunnar nachdenklich. »Noch mit fast siebzig hat der Alte Briefe bekommen, die nach Parfüm gestunken haben.«

»Sie nehmen sich alles, was sie wollen.« Sven schüttelte den Kopf.

Sie schwiegen.

»Ich muss jetzt nach Hause zu Lillemor«, sagte Sven und erhob sich mühsam. »Ich dachte nur, du solltest es erfahren.«

An der Arbeitsfläche nahm er das Gewehr in die Hand, wog

es und strich mit dem Finger über die kleinen Nieten am Kolben.

»Waren das alles Elche, die du geschossen hast?«, fragte er.

»Aber ja.«

»Ich könnte niemals ein lebendes Wesen töten. Ich bin zu weich. Lillemor sagt immer, dass sie es übernehmen muss, wenn etwas erledigt werden soll, weil ich nie in die Gänge komme. Aber du, Gunnar, du bist aus einem anderen Holz geschnitzt.«

Sven legte das Gewehr wieder hin und sah nachdenklich zu Gunnar.

»Was meinst du?«, sagte er. »Sollen wir beide Hoffner mal einen Besuch abstatten?«

Gunnar schob sich eine neue Portion Tabak unter die Lippe.

»Und was sollen wir da?«

»Das erkläre ich dir gleich.«

83

Gunnar sah Johan Hoffner schon von Weitem. Er stand auf der Weide bei den Pferden, als Sven auf den Hof fuhr.

Sie würden nur mit ihm reden, hatte Sven gesagt. Ihm hart zusetzen. Er sollte zugeben, dass er das Mädchen nicht nur geschwängert hatte. Wenn er das verschwiegen hatte, dann sicher auch noch etwas anderes. Was mit Katta passiert war, zum Beispiel. Sven hatte auf das Gewehr gedeutet und gesagt, sie sollten es zur Sicherheit mitnehmen, falls Hoffner sich aufspielen sollte.

Gunnar wischte sich die feuchten Hände an der Hose ab und leckte sich die aufgesprungenen Lippen. Er bebte am ganzen Leib, das Herz klopfte wild in seiner Brust. Gleich würde Gerechtigkeit geübt werden. Johan Hoffner würde Rechenschaft ablegen müssen.

Als sie aus dem Auto stiegen, kam Johan ihnen entgegen.

Gunnar öffnete den Kofferraum und warf einen Blick zum Wohnhaus. Was, wenn Pernilla zu Hause war, sie mit dem Gewehr sah und die Polizei rief?

Ein Zaundraht war zwischen Stall und Koppel gespannt. Sven hakte ihn am schwarzen Kunststoffgriff aus und ging auf Johan zu.

»Komm her, wir wollen mit dir reden«, sagte er laut.

Gunnar hob das Gewehr und sah, wie Johan zögerte.

»Was wollt ihr?«, fragte er.

Sven ging einen weiteren Schritt auf ihn zu.

»Wir sind hier, um für Gerechtigkeit zu sorgen, Johan«, erwiderte er. »Egal, wie es passiert ist, meine geliebte Tochter ist wegen dir tot. Du hast sie mir genommen. Als ich das letzte Mal hier war, habe ich dich gebeten, das zurückzugeben, was ihr uns gestohlen habt, und heute bin ich zum allerletzten Mal hier. Ich fahre erst, wenn ich schriftlich habe, dass der Wald mir gehört.«

Gunnar räusperte sich.

»Und ich fahre erst, wenn du zugegeben hast, was du mit Katta gemacht hast. Und versuch gar nicht erst, alles abzustreiten, wir wissen, dass du es warst«, ließ er es darauf ankommen.

Johan starrte ihn an.

»Wovon redest du?«

Gunnar schluckte. »Katta hat dir eine SMS geschickt und wollte sich mit dir treffen.«

»Red keinen Unsinn. Ich bin auf dem Sofa eingeschlafen, gleich nachdem wir von Sandslån zurück waren. Ihr könnt Pernilla fragen, wenn ihr mir nicht glaubt.«

»Wir glauben dir nicht. Du hast die Polizei angelogen, und uns auch.«

Gunnar hob das Gewehr ein kleines Stück.

Johan hielt die Hand hoch und trat einen Schritt zurück.

»Ich habe gestanden, was zwischen mir und Saga war«, sagte er. »Dass deine Tochter Drogen nimmt, damit habe ich nichts zu tun. Versuch also nicht, mir dafür die Schuld zuzuschieben.«

Gunnar brannte eine Sicherung durch. Er richtete das Gewehr auf Johan und ging langsam auf ihn zu.

»Gib es zu«, verlangte er. »Gib es zu, sonst passiert was.«
Johan wirkte verängstigt.

»Und wenn nicht? Willst du mich dann erschießen? Bist du so verrückt?«

Der Schweiß lief ihm über den Rücken. Gunnar packte das Gewehr fester, damit Johan nicht sah, wie sehr seine Hände zitterten.

»Tu jetzt nichts Dummes, Edholm. Du glaubst mir vielleicht nicht, aber Katta kann die Wahrheit erzählen. Wenn du mich danach immer noch für schuldig hältst, kannst du auf mich losgehen.«

Gunnar schluckte. Blinzelte. Er dachte an Kerstin, an Katta. Und Silver. Alle Schritte auf dem Poster in der Klinik, die er in den Nächten heruntergebetet hatte, wenn ihn das Verlangen nach Alkohol quälte. Er konnte sich keine Dummheiten mehr leisten.

Er nahm das Gewehr herunter und wich zum Auto zurück.

»Komm, Sven«, sagte er, doch der blieb stehen und deutete mit einem Finger auf Johan.

»Edholm bist du vielleicht nichts schuldig, aber mir entkommst du nicht«, sagte er. »Ich meine es ernst. Ich werde den Wald bekommen, und zwar jetzt.«

Ein Schnauben ertönte. Gunnar drehte sich um und sah, dass der Stier vor der Stalltür stand, nur zwanzig Meter von ihnen entfernt.

Seine Nüstern blähten sich. Die dunklen Augen waren auf Gunnar gerichtet.

Der Zaundraht, den Sven ausgehakt hatte.

»Setzt euch ins Auto«, sagte Johan leise, während er in die entgegengesetzte Richtung ging und die Arme schwenkte.

Doch der Stier machte zwei Schritte auf Sven und Gunnar zu, den Schwanz steil in die Höhe gerichtet. Er schnaubte wieder. Starrte weiter Gunnar an.

Der Pullover, dachte Gunnar. Sein ziegelroter Helly-Hansen-Pullover. Scheiße.

Johan schrie und hüpfte auf der Stelle, um die Aufmerksamkeit des Stiers auf sich zu lenken. Es gelang ihm, und Gunnar rannte los.

Er lief um den Wagen zur Beifahrerseite und riss die Tür auf, während Sven sich hinter das Steuer warf. Sie sahen, wie der Stier den Kopf senkte und auf Johan zustürmte. Johan rannte davon, doch das Tier hatte ihn sofort eingeholt. Der breite Kopf traf ihn mit voller Kraft im Rücken, und er stürzte nach vorn. Johan kam auf die Knie, doch da traf ihn der nächste Stoß, die spitzen Hörner des Stiers gruben sich in seinen Rücken, er wurde hochgerissen und drehte sich halb in der Luft, bevor er auf dem Boden aufprallte.

Gunnar hätte am liebsten die Augen geschlossen, doch er konnte den Blick nicht abwenden. Der Stier wich zurück und nahm von Neuem Anlauf, rammte Johan wütend den Kopf in den Leib.

Stille. Johan lag bewegungslos da, mit dem Gesicht nach unten, einen Arm unnatürlich abgewinkelt. Es war nicht zu erkennen, ob er noch lebte. Der Stier stand bewegungslos da. Der massige Körper dampfte.

Wortlos legte Sven den Rückwärtsgang ein und rollte davon, während der Stier ihnen nachsah.

Gunnar starrte ins Leere, als Sven so rasch die Anhöhe hinunterfuhr, dass der Schotter von unten gegen den Wagen prasselte.

Unten angekommen raste er über die Kreuzung bis in Gunnars Einfahrt, wo er mit laufendem Motor stehen blieb.

Gunnar wischte sich mit dem Pulloverärmel den Schweiß aus den Augen. Sven sah nach vorn.

»Warum hast du nicht geschossen?«, brach es aus ihm heraus.

»Das Gewehr war nicht geladen. Ich wollte doch um Himmels willen niemanden erschießen«, schrie Gunnar zurück.

Er blickte auf seine zitternden Hände.

»Du hast die Absperrung gelöst«, murmelte er. »Du hast den Draht ausgehängt. Verdammte Scheiße.«

Sven packte seinen Arm. »Es war ein Unfall, hörst du?«

Gunnar wollte etwas erwidern, doch Sven verstärkte seinen Griff.

»Gunnar, hör zu. Wir wollten nur mit ihm reden. Was passiert ist, war nicht unsere Schuld. Es war ein Unfall, sonst nichts. Und nur du und ich wissen, was wirklich geschehen ist. Niemand außer uns muss es erfahren.«

84

Der Sonntagmorgen war bewölkt, aber warm. Annie setzte sich auf die Veranda vor die Haustür. Ihr war zum Weinen zumute, doch vor allem war sie unbeschreiblich müde. Seit zwei Tagen hatte sie kaum geschlafen. Was machte Johan gerade? Würde er zu ihr kommen? Wollte sie ihn sehen? Nein, es gab keinen Weg zurück. Was geschehen war, war geschehen. Und sie wusste nicht einmal, ob sie darauf vertrauen konnte, dass er die ganze Wahrheit gesagt hatte.

Ein Kuckuck rief in der Nähe, und Annie blickte über den Hof. Der knorrige alte Apfelbaum hatte Knospen bekommen, die Birken schon neue Triebe. Sie lauschte auf den Kuckuck und entschied, dass er irgendwo auf der anderen Seite der Straße sitzen musste, Richtung Osten.

Was sollte jetzt aus Sven und Lillemor werden? Es war sicher nur eine Frage der Zeit, bis herauskam, dass Johan der Vater des Babys war, und das Gerede würde neue Fahrt aufnehmen. Ein richtiger Skandal.

Die Wellen auf dem Fluss hatten weiße Schaumkronen. Sie schloss die Augen und saugte die Luft tief in die Lungen, hielt sie an und atmete langsam wieder aus.

Ein Knattern wurde laut. Sie drehte sich um und sah, wie ein rotes Mofa auf den Hof einbog.

Gunnar Edholm stieg ab und kam zu ihr, ohne Helm und mit abstehenden Haaren.

»Das Krankenhaus hat angerufen«, rief er. »Katta ist wieder bei Bewusstsein. Sie spricht und ist wach. Ich muss hin, aber das Auto ist noch kaputt, kann ich mir deines ausleihen?«

»Oh, wie schön! Natürlich kannst du den Wagen nehmen.«

Annie holte die Schlüssel von der Flurkommode und gab sie ihm.

»Vielen Dank«, murmelte er und ging zum Auto.

»Gunnar!«, rief sie und lief ihm nach.

»Eins noch, bevor du fährst. Vielleicht hast du es schon im Ort gehört, aber am Freitag war ich bei Johan Hoffner, und er hat gestanden, der Vater von Sagas Kind zu sein. Ich bin gespannt, was Katta erzählen wird.«

Gunnar nickte. »Ja, ich weiß.«

»Von wem hast du es gehört?«

Gunnar hustete.

»Sven. Jetzt muss ich aber los«, sagte er und stieg ein.

Sven hatte es Gunnar also schon erzählt. Vielleicht wusste es bereits der ganze Ort?

»Fahr vorsichtig«, sagte Annie, doch Gunnar hatte die Fahrertür schon zugezogen.

Sven fuhr langsam den Wagen aus der Garage. Er hatte keine Sekunde geschlafen. Sobald er die Augen geschlossen hatte, hatte er Johan Hoffner vor sich gesehen. Den Stier. Hoffner, der zu Boden geschleudert wurde. Vor seinen Augen war ein Mann gestorben. Den Anblick würde er nie vergessen.

Es war ein Unfall, sagte er sich wieder. So stand es auf der Website der Lokalzeitung. Ein tragischer Unfall, laut Polizei.

Alle in Lockne wussten, dass der Stier unberechenbar war. Keiner würde weiter darüber nachdenken. Nur er und Gunnar wussten, was da oben passiert war.

Aber Annie musste es erfahren. Er war es ihr schuldig, es ihr schonend beizubringen, bevor sie es selbst herausfand.

Sein Mund war trocken, als er ausstieg. Annie saß auf der Treppe vor der Haustür.

»Hallo, Sven«, sagte sie. »Du hast Gunnar gerade verpasst. Er war hier und hat sich meinen Wagen geliehen. Katarina ist wieder bei Bewusstsein.«

Sven blieb vor der Treppe stehen.

»Aha«, brachte er nur heraus.

»Wie geht es dir?«

»Ich muss dir etwas sagen«, begann er. »Es ist etwas sehr Tragisches geschehen, und ich wollte dir die Nachricht überbringen.«

Er hielt ihr das Handy mit der Website der Zeitung hin. Sie las die Nachricht und sah hinüber zum Hof der Hoffners.

Dann stand sie auf.

»Annie«, sagte Sven, doch sie hob die Hand.

»Schon gut, Sven. Es ist in Ordnung. Ich möchte gern allein sein. Du musst dir keine Sorgen um mich machen.«

»Bist du dir sicher?«

»Ganz sicher. Wir hören uns später, das verspreche ich.«

Sven zögerte. Er sollte sie nicht alleinlassen, nicht nach einer solchen Nachricht. Trotzdem ging er zum Auto, mit einem unbehaglichen Gefühl der Erleichterung in der Brust.

Du solltest dich schämen, dachte er. Du bist ein Feigling, Sven Bergsten. Dein Vater würde sich im Grab umdrehen, wenn er dich so sehen könnte.

Annie setzte sich wieder auf die Treppe. Ihre Augen brannten, doch sie konnte nicht weinen. Johan war tot. Sie würde ihn nie wiedersehen. Johan, der sie nie vergessen hatte. Der aber auch etwas Unverzeihliches getan hatte, etwas, das alles überschattete.

Sie fühlte gar nichts, nur eine unbeschreibliche Leere. Als wäre ihr Körper völlig erstarrt.

Annie bemerkte die Flagge auf dem Hof der Hoffners, die auf Halbmast im Wind flatterte. Pernilla war da oben. Allein. Sollte sie zu ihr fahren?

Ein dumpfer Knall ließ sie zusammenzucken. Zwei Pferde der Hoffners galoppierten mit aufgestellten Schwänzen davon. War das ein Schuss gewesen?

Sie lauschte, hörte dann jedoch nichts mehr. Hatte sie sich getäuscht, oder war das Geräusch wirklich vom Hof der Hoffners gekommen? Pernilla war allein dort und stand sicher unter Schock.

Annie setzte sich aufs Fahrrad und fuhr rasch den Hügel hinauf. Ich habe kein gutes Gefühl, dachte sie, als sie sich dem Hof näherte. Sie wusste nicht, was sie erwartete, nur, dass Pernilla nicht allein sein sollte. Sie hatte gerade ihren Mann verloren, plötzlich und auf tragische Weise. Es war gut möglich, dass sie sich etwas angetan hatte.

Alles wirkte verlassen, niemand war zu sehen. Annie stellte das Rad ab und ging langsam aufs Haus zu. Aus dem Augenwinkel sah sie etwas und erstarrte.

Das riesige Tier lag auf der Seite, am Rand der Koppel. Die Augen waren verdreht, die rosa Zunge hing aus dem Maul. Die Nüstern waren voller Fliegen, und in dem mächtigen Schädel klaffte eine große Wunde. Selbst im Tod sah der Stier Furcht einflößend aus.

Der Geruch nach Benzin schlug Annie entgegen. Sie ging ein paar Schritte auf den Stier zu und entdeckte den Haufen Gerümpel, der neben dem Tier lag, wie eine Art Scheiterhaufen. Wollte Pernilla den Kadaver verbrennen?

Obenauf lag ein Bündel. Sie trat noch näher und erkannte einen leblosen Körper. Glänzendes Fell, Augen, die ins Leere starrten. *Der Kater. Måns.*

Bei dem Anblick wurde ihr eiskalt. Sie wandte sich ab. Doch sie musste wieder zu der Katze sehen. Sie zwang sich, näher heranzugehen. Etwas glänzte im Fell. Sie beugte sich vor. Es sah aus wie eine Kette, aber nichts, was man einer Katze umbinden würde.

Sie löste das Schmuckstück. Drehte den Anhänger um und sah die Buchstaben. S. B.

Sagas Kette.

»Was tust du hier?«, ertönte eine Stimme hinter ihr.

85

Annie wirbelte herum. Pernilla Hoffner stand hinter ihr, mit dunklen Ringen unter den Augen und ungewaschenem, ungekämmtem Haar.

»Entschuldige, ich habe einen Schuss gehört und mir Sorgen gemacht«, sagte Annie, während sie rasch die Kette in die Tasche schob.

Pernilla schnaubte.

»Du hast hier nichts verloren, fahr wieder nach Hause.« Sie schwankte. War sie betrunken?

Ihre Augen waren anders als sonst. Leer. Bodenlos.

Sie drehte sich um und ging Richtung Haus. Annie folgte ihr. Pernilla stieg die Treppe hinauf und öffnete die Haustür. Annie sah das Gewehr, das auf der Bank neben der Tür lag.

Sie konnte Pernilla in diesem Zustand nicht alleinlassen. Vor allem, wenn sie eine Waffe hatte.

»Komm, wir gehen rein. Ich helfe dir.« Sie streckte die Hand aus, doch Pernilla schlug sie weg.

»Ich brauche keine Hilfe«, sagte sie mit belegter Stimme. »Lass mich in Ruhe.«

»Du solltest jetzt nicht allein sein, Pernilla«, erwiderte Annie. »Nicht nach allem, was du durchgemacht hast. Gibt es jemanden, den ich anrufen kann?«

Sie holte das Handy aus der Tasche.

»Nein, niemanden«, rief Pernilla. »Ich habe niemanden. Alle sind weg.« Sie massierte sich die Stirn, und Annie entdeckte rote Striemen über dem Handrücken und an den Unterarmen.

»Du blutest«, sagte sie. »Komm, lass mich dir wenigstens helfen.«

Vorsichtig nahm sie Pernilla am Arm und führte sie ins Bad.

Auf dem Waschbeckenrand standen diverse Tablettenbehälter mit Bezeichnungen, die Annie nicht kannte. Was und wie viel hatte Johans Frau genommen?

Sie bat Pernilla, sich auf den Toilettendeckel zu setzen, und wusch ihre schmutzigen Hände im Waschbecken. Die Unterarme waren mit langen dünnen Rissen übersät, wie von einer Rasierklinge.

»Hast du Verbandszeug?«, fragte sie.

Als Pernilla nicht antwortete, öffnete sie den Badezimmerschrank. Darin fand sie ein paar Pflaster, die sie über die am stärksten blutenden Wunden klebte.

»Woher hast du die?«, fragte sie vorsichtig. »Hast du dich selbst verletzt?«

»Diese verdammte Katze«, sagte Pernilla undeutlich. »Aber jetzt ist sie tot, die auch.«

Der Arzt erklärte einige medizinische Details, doch Gunnar hörte nur jedes zweite Wort. Er wollte zu Katta, wollte sehen, dass sie wach war.

»Kann sie sprechen?«

»Ja, das kann sie, aber lassen Sie es langsam angehen. Bitte bleiben Sie nur kurz«, sagte der Arzt und hielt ihm die Tür auf.

Gunnar ging hinein und setzte sich vorsichtig ans Bett. Die zarte Gestalt unter der Bettdecke sah noch magerer aus als bei seinem letzten Besuch. Nervös strich er sich mit den Händen über die Oberschenkel.

»Hallo, Katta«, sagte er.

Sie lächelte und blinzelte.

»Es ist viel passiert, während du geschlafen hast«, fuhr er fort und tätschelte vorsichtig ihren Arm. »Ich bin trocken. Ich bin in Therapie.«

Er wusste nicht, ob das Mädchen ihm glaubte, aber es protestierte zumindest nicht. Sie fragte nach Joel, und er erzählte, dass der Junge bei der Tante war.

»Er vermisst dich«, sagte Gunnar und wischte sich die Tränen ab, die ihm über die Wangen liefen. Er nahm Kattas dünne Hand. Er hatte so viele Fragen, ob sie die Kraft dazu hatte?

»Erinnerst du dich, was in der Hütte passiert ist?«

Katta schloss die Augen. Gunnar spürte, wie hart sein Herz schlug. Er ballte die Faust. Geliebtes, verfluchtes Kind. Sag bitte nicht, dass du dir das selbst angetan hast. Sag um Himmels willen, dass du es nicht selbst warst.

»Wir wissen bereits alles. Mach dir keine Sorgen. Ich bin nicht böse«, sagte Gunnar rasch und drückte ihre Hand. »Und die Bullen haben das Geld gefunden.«

Das Mädchen begann zu weinen. Verdammt.

»Ich bin nicht böse, wirklich.« Er lächelte. »Ich will nur wissen, ob es so war, wie wir vermuten. Das war er doch, Johan Hoffner, oder?« Gunnar hustete. »Du kannst es ruhig sagen, er ist tot.«

Katta schüttelte ungeduldig den Kopf und versuchte etwas zu sagen, bekam jedoch einen Hustenanfall. Als sie wieder sprechen konnte, beugte sich Gunnar über sie und lauschte. Dann sah er seine Tochter verständnislos an. Wiederholte den Namen, den sie ihm genannt hatte.

»Was zum Teufel!« Er stand abrupt auf und zog umständlich das Handy aus der Tasche.

86

Pernilla sah Annie aus zusammengekniffenen Augen an.

»Warum musstest du auch herkommen und alles kaputt machen?«, schleuderte sie ihr entgegen. »Ich will, dass du verschwindest.«

Annie schluckte. Sie konnte Pernillas Wunsch nicht erfüllen.

»Ich verstehe, dass du verzweifelt bist«, sagte sie. »Ich bleibe gern, dann können wir ein wenig reden. Ich bin deine Freundin.«

Pernilla lachte.

»Was redest du da? Wir sind keine Freunde. Du hast keine Freunde, Annie. Niemand will dich hier haben.«

Annie versteifte sich. *Hör nicht auf sie. Sie weiß nicht, was sie sagt.*

Pernilla sah sie finster an.

»Das ist alles deine Schuld, Annie. Wenn du dich nicht eingemischt hättest, wäre nichts davon passiert. Alles ist deine Schuld. Du fandest dich wohl sehr schlau, als du herausgefunden hast, dass Johan der Vater ist, was?«

Annie schüttelte den Kopf.

»Im Gegenteil. Ich finde das alles schrecklich und bin verzweifelt deswegen«, erwiderte sie. »Es war ein Schock. Ich verstehe, wie es dir gehen muss, Pernilla. Was Johan getan hat, war schrecklich. Unverzeihlich.«

»Im Schlaf hat er deinen Namen gesagt, weißt du«, sagte Pernilla. »Dass er dich liebt. Dass er eigentlich dich wollte. Also verschwinde von hier.«

Annie wich in den Flur zurück. Ich muss einen Krankenwagen rufen, dachte sie. Pernilla stand unter Schock, sie hatte Tabletten geschluckt und könnte sich etwas antun, wenn sie keine Hilfe bekam. Sie holte das Handy aus der Tasche und wollte gerade wählen, als es klingelte.

Es war Gunnar Edholm.

»Wo bist du?«, fragte er scharf.

»Bei Pernilla Hoffner, sie …«

»Sie war es!«, schrie Gunnar. »Pernilla hat Katta die Drogen gegeben. Du musst da weg, los! Ich bin auf dem Weg nach Hause und informiere die Polizei. Schnell weg da, hast du mich verstanden?«

»Okay«, antwortete Annie knapp und beendete das Gespräch.

Sie drehte sich um und zuckte zusammen.

Pernilla stand direkt hinter ihr.

»Wer war das?«, fragte sie.

»Gunnar Edholm«, antwortete Annie, ohne Pernilla anzusehen. »Er braucht mein Auto, ich muss schnell nach Hause.« *Sie weiß nicht, dass er sich den Wagen schon längst geliehen hat.*

Pernilla ging auf sie zu. »Warum?«

Annie drückte wortlos die Haustür auf und steuerte auf ihr Rad zu. Sie zwang sich zur Ruhe.

Ein paar Meter noch. Nicht zu schnell.

Sie packte den Lenker, doch als sie sich umwandte, kam Pernilla auf sie zu und hielt etwas hoch erhoben in der Hand. Annie duckte sich zur Seite, doch es war zu spät. Der Schlag traf sie auf den Kopf, und alles wurde schwarz.

87

Annie schlug die Augen auf. Sie spürte eine Eiseskälte an ihrer Wange. Vorsichtig hob sie den Kopf und erkannte, dass sie bäuchlings auf einem Betonboden lag.

Langsam kam sie auf alle viere, versuchte aufzustehen, doch der Raum kippte zur Seite, und sie sank wieder auf die Knie. Ihr Kopf drohte zu zerspringen, alles drehte sich, und ihr war übel.

Allmählich klärte sich ihr Blick. Sie blinzelte und entdeckte eine Gestalt. Pernilla. Sie hielt das Gewehr in der Hand.

»Du hast wohl gedacht, du könntest mich überlisten, was? Dass du mir entkommen könntest«, sagte sie hämisch grinsend.

Sie hat mich niedergeschlagen, dachte Annie. Will sie mich umbringen? *Mein Handy*. Sie suchte hektisch in den Hosentaschen, doch die waren leer.

Pernilla kam näher und ging vor ihr in die Hocke.

»Ich bin schlauer als du«, sagte sie. »Du dachtest, Johan wäre es gewesen, aber ich erzähle dir jetzt mal, wie es wirklich war. Du sollst alles erfahren, bevor du stirbst. Du wirst nichts mehr kaputtmachen, hörst du? Du bekommst jetzt deine Strafe. Ich hatte gehofft, die Pilze und die Tabletten würden es wie Selbstmord aussehen lassen, aber dann ist dieser Lehrer wie irgendein beschissener Superheld aufgetaucht. Aber jetzt entkommst du mir nicht mehr, jetzt kann dich keiner retten.«

Annie schnappte nach Luft. Das kann alles nicht wahr sein, dachte sie. Ich muss mich irgendwie befreien.

Hinter Pernilla entdeckte sie eine Tür, doch der Abstand betrug mehrere Meter, das würde sie niemals schaffen.

Pernilla sah sie verächtlich an.

»Du bist eine Hexe. Weißt du, was dich enttarnt hat?«, sagte sie. »Der Hexenring in deinem Gras und deine Narbe. Zeichen des Teufels. Und dann die Katze, diese verdammte Katze. Es gab so viele Zeichen.«

Der Garten, der Schatten.

»Hast du vor meinem Haus gestanden?«, brachte Annie heraus.

Pernilla lachte.

»Natürlich habe ich dich im Auge behalten.«

Mühsam kam Annie auf die Füße und wartete ab, bis der Raum zu schwanken aufhörte.

»Pernilla«, bat sie. »Schreckliche Dinge sind geschehen. Du stehst unter Schock, du hast Angst, aber ich werde dir nichts tun. Leg das Gewehr weg, und wir reden in Ruhe über alles.«

»Lass das, Annie. Ich weiß, warum Gunnar angerufen hat.«

Pernilla ging langsam auf Annie zu und blieb dicht vor ihr stehen. Ein süßsaurer Geruch schlug ihr entgegen. Wieder drehte sich alles, und sie musste sich an der Wand abstützen.

»Jetzt weißt du es«, zischte Pernilla. »Wie alles zusammenhängt. Katta wollte sich in Saltviken mit Johan treffen. Sie hatte sich zusammengereimt, dass er der Vater von Sagas Kind sein musste.« Pernilla schnaubte.

»Aber Johan war betrunken und ist auf dem Sofa eingeschlafen. Ich habe gehört, wie sein Handy gepiepst hat und es ihm aus der Tasche gezogen. Aber weißt du, es war gar nicht sein normales Handy. Dieser Mistkerl hatte noch ein zweites für seine schmutzigen Affären. Ich habe die SMS gelöscht und bin an seiner Stelle hingefahren«, sagte sie und lächelte triumphierend. »Mit meinem kleinen Anruf beim Jugendamt hatte ich ja schon dafür gesorgt, dass alle dachten, dass Katta Drogen nimmt. Bei der kleinen Hexe habe ich mich für die Nadelprobe entschieden, aber die Dosis war zu schwach, sie hat es überlebt.«

Pernilla wurde wieder ernst. Über ihrer Oberlippe glänzten kleine Schweißtropfen.

Annie starrte sie an.

»Wie konntest du nur?«, fragte sie erschüttert.

»Ich musste es tun, das ist dir doch wohl klar?«, sagte Pernilla. »Ich konnte sie nicht davonkommen lassen. Sie hätte alles kaputtmachen können.«

Annie blinzelte, kämpfte gegen die Übelkeit an.

»Du wusstest es also bereits. Dass Johan der Vater war?«

»Gut, Annie. Treffer«, erwiderte Pernilla lächelnd und wich ein paar Schritte zurück.

»Willst du wissen, wie ich es erfahren habe? Ich kam früher von der Arbeit nach Hause, und im Stall brannte Licht. Ich dachte, Johan hätte vergessen, es auszuschalten. Aber da standen sie. Mein Johan und diese kleine Hure. Sie haben mich nicht gesehen, und ich habe alles gehört.«

Pernilla spuckte auf den Boden.

»Johan war so schwach«, fuhr sie fort. »Er hätte es nie geschafft, sie loszuwerden. Das musste ich erledigen. Also habe ich dafür gesorgt, dass er ins Krankenhaus kam. Dann habe ich mich um alles gekümmert.«

Himmel, dachte Annie. *Sie hat ihn mit Absicht vergiftet.*

»Sie hat mich erst gehört, als ich schon ganz nah an ihr dran war. Ich habe ihre Halskette zu fassen bekommen und daran gezogen. Es war so einfach. Sie hat kaum etwas gewogen, daher habe ich sie in den Kofferraum gelegt und bin mit ihr zu dem Eisloch gefahren. Da hat sie noch gelebt, hat aber die Wasserprobe nicht bestanden.«

Annie wurde schwarz vor Augen, und sie musste sich übergeben.

Pernilla sah sie voller Abscheu an.

»Alles lief gut, bis du gekommen bist und alles kaputtgemacht hast«, sagte sie.

Annie schüttelte den Kopf. Sie ist krank, dachte sie. Du musst hier raus. Du musst einfach, Annie.

»Aber warum?«, brachte sie heraus.

Pernilla schüttelte langsam den Kopf.

»Sie durfte unser Leben nicht zerstören. Sie war eine Hexe, und Hexen müssen sterben.«

Sie richtete das Gewehr auf Annie.

»Geh!«, brüllte sie.

Annie wandte sich um und ging zu der geschlossenen Tür.

»Aufmachen«, befahl Pernilla.

Annie legte die Hand auf den Türgriff. Sie wird es tun, dachte sie. Sie will dich töten. Das ist deine einzige Chance. Du musst es versuchen.

Mit einem Ruck riss sie die Tür auf, sprang hinaus ins Dunkel und schlug die Tür hinter sich zu.

88

Annie drehte den Schlüssel im Schloss und tastete sich vorwärts. Sie hörte, wie Pernilla an der Tür rüttelte, während sie vorsichtig durch die Scheune ging. Pernillas Wutschreie. Ein schwacher Lichtschimmer. Da, ein kleines Fenster, in einigen Metern Höhe, schmutzig und unerreichbar. Fahles Licht fiel durch Ritzen in der Scheunenwand. Ein großes Viereck. Eine Tür?

Mit beiden Händen drückte sie dagegen. Die Tür gab ein paar Zentimeter nach, doch dann sah Annie durch den Spalt, dass sie von außen mit einem Querholz verriegelt war. *Versteck dich, hier kommst du nicht raus.*

Mit ausgestreckten Händen tastete sie sich voran, stieß mit dem Bein gegen etwas, das mit einem lauten Scheppern zu Boden fiel. Sie stolperte weiter und kam zu einer Betonrampe. Darunter war der Boden mit Heu bedeckt. Ob sie sich da verstecken konnte? Sie musste es versuchen, Pernilla konnte jeden Moment kommen.

Das Heu reichte ihr bis zur Brust, und Annie drängte sich in eine Ecke. Sie legte den Kopf an die Wand und machte sich so unsichtbar wie möglich. Lieber Gott, betete sie. Atme. Beweg dich nicht.

Pernilla warf sich wiederholt gegen die Tür, die Annie verschlossen hatte, und brach sie auf. Mit langsamen, schweren

Schritten ging sie durch den Scheunenraum. Annie schloss die Augen und hielt den Atem an. Gleich werde ich ohnmächtig, dachte sie.

Die Schritte entfernten sich. Es wurde still, und sie lauschte auf Anzeichen, dass Pernilla an ihr vorbeigegangen war. Einige Sekunden vergingen.

Dann erklang ein scharrendes Geräusch, als würde etwas aus Metall über Beton geschleift. Gleich darauf erkannte sie, was es war. Eine Heugabel. Das war es also gewesen, was sie zuvor umgestoßen hatte.

Die Geräusche kamen näher. Pernilla stieß jetzt die Gabel beim Gehen auf den Boden. Annie drückte sich so eng wie möglich an die Wand, doch als die Zinken ihren Fuß trafen, schrie sie laut auf.

Pernilla packte sie und zog sie aus dem Heu. Annie sah auf ihren aufgeschlitzten Schuh. Sie schloss die Augen, schluckte.

Pernilla bückte sich und zog Annie den Schuh so grob vom Fuß, dass Annie aufschrie.

»Ich wusste es! Du blutest nicht«, sagte Pernilla triumphierend.

Annie blickte auf ihren Fuß. Zwei Löcher klafften im Strumpf, doch Blut war keins zu sehen.

»Das ist das Teufelsmal. Du bist eine Hexe, du spürst an der Stelle nichts«, spuckte Pernilla ihr entgegen, wich in die Dunkelheit zurück und war verschwunden.

Annie kam auf die Knie. Ihr Fuß war wie betäubt.

Wohin war Pernilla gegangen? Warum hatte sie Annie zurückgelassen? War das ihre Chance zur Flucht?

Sie sah sich in der Scheune um. Heuballen lagerten neben etwas, das wie ein Holztor aussah. Annie hüpfte auf einem

Bein dorthin und drückte dagegen. Das Tor gab unter ihrem Gewicht nach, öffnete sich aber nicht. Es musste ebenfalls von außen verriegelt sein.

Als sie ein Plätschern hörte, drehte sie sich um und entdeckte Pernilla auf der anderen Seite der Scheune mit einem roten Blechkanister in der Hand. Der unverkennbare Geruch nach Benzin breitete sich aus.

Pernilla stellte den Kanister ab und holte etwas aus der Tasche. Ein Feuerzeug. Das Gewehr lehnte an der Wand, jedoch zu weit von Annie entfernt.

»Hexen sollen in der Hölle schmoren«, verkündete Pernilla und bückte sich mit dem Feuerzeug zum Boden.

Du kannst jetzt nicht abhauen. Du musst kämpfen.

Annie stürzte sich auf Pernilla, die sich nach dem Gewehr streckte, während sich gleichzeitig zischend Flammen über den Boden schlängelten. Annie warf sich nach vorn und bekam das Gewehr zu fassen. Bei der unerwarteten Bewegung verlor Pernilla das Gleichgewicht, fiel zurück und schlug mit dem Hinterkopf auf dem Betonboden auf, was sie jedoch nicht bremste. Sie versuchte, Annie das Gewehr aus den Händen zu winden, doch Annie war stärker. Mit aller Kraft drückte sie mit dem Kolben gegen Pernillas Hals und nahm ihr die Luft.

Pernilla wand sich und versuchte verzweifelt, sich zu befreien. Sie starrte Annie wild an, doch schließlich erlahmte ihre Gegenwehr, und sie blieb reglos liegen.

Annie sank erschöpft zu Boden. Ihre Muskeln gehorchten ihr nicht mehr. Alles brannte und schmerzte wie von unzähligen Ameisenbissen.

Das Knistern und Knacken wurde lauter. Das Feuer zischte,

und der Rauch wurde immer dichter. Sie musste hier raus, sofort.

Sie stemmte sich auf die zitternden Arme. Ihr ganzer Körper bebte, während sie davonkroch. Etwas stürzte herab. Sie hustete, ihre Augen brannten von dem Rauch, doch sie zwang sich weiterzukriechen.

Du darfst nicht aufgeben, sagte eine Stimme in ihr. Sie sah ihren Vater vor sich. *Du musst kämpfen, Annie.*

Plötzlich tauchte die Tür vor ihr auf.

Mit letzter Kraft richtete sie sich auf den Knien auf, tastete blind um sich, suchte nach dem Türgriff. *Da.* Blitze explodierten vor ihren Augen, ihr Gesichtsfeld schrumpfte, und sie fiel nach vorn.

89

Schon von der Anhöhe aus sah Gunnar den Rauch. Als er auf den Hof fuhr, erkannte er, dass fast das gesamte Stallgebäude brannte.

Die Hitze schlug ihm entgegen, als er ausstieg, und er zuckte zurück. Flammen loderten laut knisternd und knackend aus den Stallfenstern.

Er zog das Handy aus der Tasche, doch vor lauter Verwirrung tippte er erst die 90000 ein. Nein, das war die alte Notrufnummer. 112. Jetzt.

Die Zentrale meldete sich wie aus weiter Ferne.

»Es brennt«, schrie Gunnar. »Es brennt wie verrückt.«

Die Stimme fragte, ob sich noch Menschen im Gebäude befanden. Gunnar wirbelte herum. Das Haus, die Koppel. Johan Hoffners Auto stand auf dem Hof. Ein Fahrrad lag auf dem Boden. Eine Tür an der Scheune stand offen.

Gunnar wollte näher herangehen, doch die Hitze und der Rauch waren zu stark. Er schirmte die Augen mit der Hand ab und spähte in das Inferno. Da, da lag jemand in der Türöffnung.

Er zwang sich, näher heranzugehen.

»Ja«, schrie er. »Ich sehe jemanden. Da ist jemand!«

Sein Gesicht brannte, und er hustete. Es war so verteufelt heiß. Die Feuerwehr sei auf dem Weg, informierte ihn die

Stimme und forderte ihn auf, zurückzubleiben. Den Teufel werde ich tun, dachte er und lief geduckt zur Tür, den Arm schützend vor dem Gesicht. Da erkannte er Annie auf dem Boden.

Er packte sie unter den Achseln und schleifte sie außer Reichweite des Feuers und des Rauchs. Dann nahm er das Handy wieder auf.

»Ich brauche einen Krankenwagen!«, schrie er.

Die Stimme bat ihn, nach Lebenszeichen zu suchen. Gunnar legte das Ohr an Annies Mund. Atmete sie? Vielleicht, er wusste es nicht. Ihre Augen waren geschlossen. Vielleicht war sie noch am Leben. Aber sie war so blass.

Gunnar sah zur Straße. »Wo zum Teufel bleibt der verdammte Krankenwagen?«, brüllte er ins Telefon.

90

Annie schlug die Augen auf. Das Licht blendete, und sie schloss sie wieder.

»Sehr gut, Sie sind wach«, sagte eine Stimme.

Sie blinzelte und sah eine blau gekleidete Frau neben dem Bett.

Etwas surrte leise, und das Kopfteil des Bettes hob sich ein Stück. Annie versuchte zu lächeln, doch ihre Lippen waren trocken und rissig.

Eine Uhr über der Tür zeigte halb zehn an.

»Ist es Morgen oder Abend?«, brachte Annie heraus. Ihre Kehle war rau und wund.

»Morgen«, antwortete die Krankenschwester.

Sie reichte Annie einen Becher mit Strohhalm, aus dem sie roten, süßen Saft trank.

»Danke.«

Die Pflegerin erklärte, dass Annie sich im Krankenhaus von Sollefteå befände. Sie habe Glück gehabt und sei ohne Brandwunden davongekommen, man habe sie aber am Fuß operieren müssen. Schwindel und Übelkeit seien normale Nachwirkungen.

Der Fuß. *Die Heugabel.* Annie schloss die Augen.

»Ein Arzt kommt noch zu Ihnen, das kann allerdings etwas dauern«, fuhr die Schwester fort. »Läuten Sie, wenn Sie noch mehr Schmerzmittel oder irgendetwas anderes brauchen.«

Annie räusperte sich.

»Die andere Frau, die mit mir dort war – wo ist sie?«, flüsterte sie.

Die Schwester sah sie verständnislos an. »Gestern sind nur Sie eingeliefert worden, sonst niemand.« Sie deutete auf einen Schrank. »Ihre Wertsachen sind da drin.«

Dann ging sie aus dem Raum.

Annie lehnte sich zurück ins Kissen und schloss die Augen. Sie sah alles wieder vor sich. Den Stier. Die Katze. Pernillas Augen. Das Feuer. Annie hatte gedacht, sie würde sterben.

Sie atmete mehrmals ein und aus. In ihren Schläfen pochte es.

Ein älterer Mann in weißem Arztkittel kam ins Zimmer. Er stellte sich ans Fußende des Bettes und las laut aus der Patientenakte vor.

Annie habe nur leichte Rauchschäden erlitten, erklärte er. Die Operation am Fuß sei gut verlaufen. Sie habe zwar etwas Blut verloren, aber nichts sei gebrochen. Sie bekäme Antibiotika gegen das Infektionsrisiko und müsse noch zwei Tage im Krankenhaus bleiben. Wenn dann alles gut aussähe, könne sie entlassen werden.

Zwei Tage, dachte Annie. Sie wollte einfach nur nach Hause. Es war Montag. Wahrscheinlich wunderte man sich in der Arbeit schon, wo sie war.

»Sie bekommen für nächste Woche einen Termin zur Nachuntersuchung«, beendete der Arzt seinen Besuch und verließ den Raum.

Annie setzte sich auf und schlug die Decke zur Seite. Ihr linker Fuß war verbunden. Sie setzte den rechten Fuß auf den Boden und hielt sich am Nachttisch fest. Auf einem Bein hüpfte sie zum Schrank beim Waschbecken und öffnete die Tür.

Ihre Kleider lagen sorgfältig zusammengefaltet in einer Tüte. Sie stanken nach Rauch. In einer kleineren Plastiktüte lag das Handy, in einer anderen die Silberkette.

Annie schnürte es die Kehle zu. Sie humpelte zurück zum Bett, ließ sich daraufsinken und schaltete das Handy ein.

Helena hatte mehrmals geschrieben. Ich weiß, was passiert ist, schrieb sie. Henrik hat geholfen, den Brand zu löschen. Wenn es nur das gewesen wäre, dachte Annie. Ein ganz gewöhnlicher Brand.

Sie las die nächste Nachricht, die erst vor wenigen Stunden geschickt worden war. Helena hatte Annie krankgemeldet, dabei aber keine Einzelheiten weitergegeben, versicherte sie. Annie solle sich melden, wenn sie sich besser fühlte.

Annie hielt das Handy fest. Wunderbare Helena. Ihr stiegen Tränen in die Augen. Sie legte sich zurück aufs Bett.

Wenn Pernilla tot war, kannte Annie als Einzige die Wahrheit darüber, was auf dem Hof passiert war und was Pernilla gesagt hatte. Wie sollte sie das Sven und Lillemor erzählen? Sollte sie es überhaupt tun?

Es klopfte leise, und die Krankenschwester steckte den Kopf zur Tür herein.

»Ein Polizist möchte mit Ihnen reden«, sagte sie. »Kann ich ihn reinschicken?«

Annie nickte.

Hans Nording kam lächelnd ins Zimmer und setzte sich auf einen Stuhl neben dem Bett.

»Wie geht es Ihnen?«, fragte er.

Annie versuchte zu lächeln.

»Ganz okay.«

»Gunnar Edholm hat Sie gefunden«, berichtete Nording. »Er hat Ihnen das Leben gerettet.«

Die gesamte Scheune sei bei dem schweren Feuer abgebrannt, erklärte er.

»Und Pernilla?«, fragte Annie leise.

»Sie war im Gebäude. Sie ist tot.«

Annie schloss die Augen.

»Aber zuerst einmal möchte ich wissen, warum Sie überhaupt dort waren.«

»Ich habe einen Schuss gehört und mir Sorgen gemacht, deshalb bin ich mit dem Fahrrad hingefahren«, antwortete sie.

»Es ist nämlich noch einiges unklar«, sagte Nording. »Das Feuer scheint gelegt worden zu sein. Und die Spurensicherung hat Überreste einer Waffe gefunden. Sie erzählen mir besser, was auf dem Hof wirklich passiert ist.« Er holte sein Handy aus der Jackentasche und legte es vor Annie ab. »Von Anfang an bitte.«

Nachdem Annie ihren Bericht beendet hatte, saß Hans Nording eine Weile schweigend da.

»Sie sagen also, dass Pernilla Hoffner den Mord an Saga Bergsten zugegeben hat, und dass sie auch Katarina Edholm eine Überdosis Morphium injiziert hat?«

»Ja, und das hier habe ich gefunden.« Annie gab ihm die Kette. »Die hat Saga gehört.«

Nording nahm seine Brille ab und rieb sich die Augen.

»Unglaublich«, sagte er. »Ich habe ja schon viel erlebt, aber das ist wirklich eine ganz schlimme Geschichte.«

»Aber können wir ihr glauben?«, fragte Annie. »Vielleicht war Pernilla so krank, dass sie alles nur erfunden hat?«

»Leider scheint sie die Wahrheit gesagt zu haben. Katarina Edholm hat einen Teil dessen bestätigt, was Sie gerade erzählt haben. Außerdem wissen wir mittlerweile etwas mehr über Pernilla, nachdem wir ihre Familie über ihren Tod informieren wollten. Ihre Eltern sind bereits tot. Ihre nächste Angehörige ist eine zehn Jahre jüngere Halbschwester, die uns einige erhellende Informationen geliefert hat. Fühlen Sie sich in der Lage, das zu hören?«

Annie nickte.

Hans Nording räusperte sich. »Pernillas Vater hat die Familie wegen einer anderen Frau verlassen, mit der er auch ein Kind bekommen hat. Pernillas Mutter hat das nie verwunden und wurde psychisch krank. Der Hof verfiel, und sie mussten in eine Wohnung im Ort umziehen. Pernillas Mutter war wie besessen von der anderen Frau, und sie hat ihren Ex-Mann und seine neue Familie jahrelang terrorisiert. Irgendetwas daran kam mir bekannt vor, und schließlich ist es mir wieder eingefallen. Vor vielen Jahren kam ich gerade frisch von der Polizeischule und war mit meinem Kollegen wegen eines Todesfalls bei einer Familie. Eine Frau war in der Badewanne ausgerutscht und hatte sich den Kopf angeschlagen, woraufhin sie ertrunken war. Sie hinterließ einen Mann und zwei Kinder, einen Teenager und ein fünfjähriges Mädchen. Ich weiß heute noch, wie die beiden Mädchen aussahen. Das ältere hatte rote Haare.«

Er sah Annie ernst an.

»Die Tote war Pernilla Hoffners Stiefmutter. Und kurz danach wurde Pernillas Mutter in die Psychiatrie eingewiesen, wo sie sich erhängt hat. In Pernillas Familie gibt es also psychische Erkrankungen, und sie selbst hat in ihrer Kindheit und Jugend einige Traumata erlitten. Sie sind da einem sehr kranken Menschen in die Hände gefallen.«

Nording schwieg.

»Ich muss mich bei Ihnen entschuldigen, Annie. Ich habe Sie wirklich ernst genommen, ob Sie mir das glauben oder nicht. Sie scheinen eine Art siebten Sinn gehabt zu haben. Außerdem waren Sie unglaublich beharrlich und haben mir mehr Informationen entlockt, als die Polizei eigentlich herausgeben darf.«

»Ich wollte einfach nur wissen, was mit den Mädchen passiert ist«, murmelte Annie. »Aber ich war nicht ganz ehrlich.«

Nording lächelte und neigte den Kopf zur Seite.

»Dass Sie und Saga verwandt waren? Das hatte ich mir schon zusammengereimt. Ich weiß, dass Ihr Nachname ursprünglich Bergsten lautete. Und ich weiß, warum Sie nach Stockholm gezogen sind. Eigentlich bin ich nämlich ein ziemlich fähiger Ermittler.« Er zwinkerte.

Annie lächelte schwach. »Eins noch. Sven und Lillemor scheinen sich mit dem Gedanken arrangiert zu haben, dass Saga ertrunken ist oder sich das Leben genommen hat. Müssen sie wirklich die genauen Todesumstände erfahren? Vielleicht macht das alles nur schlimmer.«

»Ich verstehe Sie, aber sie müssen es auf jeden Fall erfahren.«

Nording stand auf.

»Passen Sie auf sich auf«, sagte er und tätschelte ihren Arm.

»Das mache ich. Dürfte ich Sie noch um etwas bitten? Kann ich es den beiden erzählen?«

Nording runzelte die Stirn.

»Ihnen ist sicher klar, dass das Aufgabe der Polizei ist. Halten Sie das wirklich für eine gute Idee?«

»Ja, mir ist wichtig, dass sie die Wahrheit von mir hören.«

Nording sah sie besorgt an. »Na gut, Annie, dann machen wir es so.« Er verabschiedete sich und verließ den Raum.

Annie seufzte und sah aus dem Fenster. Ein starker Wind war aufgekommen, die Bäume bogen sich in den Böen.

91

Annie zuckte zusammen, als jemand sie am Arm berührte. Die Krankenschwester lächelte sie an. »Tut mir leid, dass ich Sie wecke«, sagte sie, »aber ein Gunnar ist hier und sagt, er kennt Sie. Ist Ihnen ein weiterer Besuch recht?«

Annie antwortete, er dürfe gern hereinkommen, und setzte sich auf. Die Wanduhr zeigte halb zwei, sie hatte einige Stunden geschlafen.

Gunnar kam zögernd und ein wenig ängstlich herein.

»Ich war mit dem Polizisten bei Katta. Sie liegt im Stockwerk über dir«, erzählte er. »Er hat gesagt, dass du wach bist.«

Annie bedeutete Gunnar, er solle sich zu ihr setzen.

»Nording hat mir gesagt, dass du mich gerettet hast. Vielen Dank.«

Gunnar zog die Snusdose aus der Tasche und schob sich einen Tabakpriem unter die Oberlippe.

»Wissen Sven und Lillemor, dass ich hier bin?«, fragte Annie.

»Ja, ich war bei ihnen, nachdem der Krankenwagen dich mitgenommen hatte. Da war mächtig was los. Was zum Teufel ist da oben eigentlich passiert? Warum hat es gebrannt?«

Annie ballte unter der Decke die Faust. *Ich kann es nicht erzählen. Noch nicht.*

»Im Moment erinnere ich mich noch nicht an alles. Erzähl mir lieber von Katta«, bat sie.

»Ja, sie hatte einiges zu berichten«, antwortete Gunnar.

Annie hörte zu, wie Katta Johan Hoffner gebeten hatte, nach Saltviken zu kommen, stattdessen aber Pernilla aufgetaucht war.

»Es war also genauso, wie du es die ganze Zeit vermutet hattest. Katta hat keine Überdosis genommen«, sagte er und drückte sich erschüttert eine Faust gegen den Mund. »Sie hat erzählt, dass Pernilla Silver mit der Leine erwürgt hat.«

Annie schnappte nach Luft. *Das auch noch.*

»Wahnsinn, dass sie so unglaublich verrückt war«, fuhr Gunnar fort. »Ich bin so froh, dass dieses Monster tot ist.«

Er verstummte. Annie wollte ihn nach den Fotos fragen, doch vielleicht wusste er davon noch gar nichts. Und letztendlich spielte es auch keine Rolle.

»Darf ich dich etwas fragen?«, sagte sie. »Ist es besser, die Wahrheit zu wissen, auch wenn sie so furchtbar ist?«

»Ja, definitiv.«

»Besser als zu glauben, dass es eine Überdosis war?«

»Eine Überdosis wäre viel schwerer zu ertragen gewesen. Das Wissen, dass sie so einsam war. Die Vorstellung, dass sie sterben wollte und ich sie nicht retten konnte, das würde ich nicht überleben. Nichts ist schlimmer als zu glauben, dass man nicht bemerkt hat, dass es dem eigenen Kind schlecht ging. Dass man etwas verloren hat, weil man unaufmerksam war. Dass man etwas hätte tun können.«

Er tätschelte ihren Arm.

»Ich möchte dir danken, Annie«, sagte er. »Für den Klinikplatz. Das hat mir das Leben gerettet und den Kindern auch. Ich gehe einen Tag nach dem anderen an, aber bis jetzt bin ich trocken.«

Annie lächelte.

»Ich habe vielleicht dazu beigetragen, aber geschafft hast du es allein, Gunnar. Kerstin wäre stolz gewesen.«

Gunnar strich sich über die Haare.

»Dann sind wir jetzt quitt.« Er lächelte schwach.

Abrupt stand er auf und stellte den Stuhl zur Seite. »Und jetzt reicht es auch mit dem ganzen Elend«, sagte er und ging.

Annie legte sich zurück und schloss die Augen. Für Gunnar war es jetzt vorbei. Ihr hingegen stand noch etwas sehr Schweres bevor. Doch es musste getan werden. Das Schlimmste war bereits passiert, rief sie sich in Erinnerung. Saga war tot. Furchtbarer konnte es nicht werden.

92

Der Fluss glitzerte im Sonnenlicht, die Luft war klar und warm. Kleine Mücken und Fliegen tanzten in den Sonnenstrahlen. Vögel hatten ein Nest in einer Birke gebaut und fütterten eifrig ihren Nachwuchs.

Annie legte die Krücken weg und setzte sich vor Åkes Grab. Das Gras war feucht. Die Grabbepflanzung war verwelkt und musste ausgetauscht werden.

Jetzt kamen die Tränen, als hätte sich ein Ventil geöffnet. Sie seufzte laut. Alles war ausgesprochen. Es war hart gewesen, und sie war dankbar, dass der Pfarrer sie zu Sven und Lillemor begleitet hatte. Er konnte den beiden beistehen, wenn ihnen das Schreckliche, was Annie ihnen erzählt hatte, bewusst geworden war.

Sven und Lillemor hatten es besser aufgenommen als erwartet, auch wenn die wahren Umstände von Sagas Tod unfasslich und schmerzhaft waren. Sie hatten lange über das Leben und den Tod gesprochen, das Unbegreifliche. Laut dem Pfarrer war das der einzige Weg. Über das Geschehene zu sprechen. Immer wieder.

Sie selbst sprach mit einem Grabstein. Es war immerhin ein Anfang. Früher oder später würde sie auch mit ihrer Mutter versuchen zu reden. Birgitta hatte sie warnen wollen, sich aber nicht verständlich machen können.

Annie wischte die Tränen von den Wangen und stand auf, nahm die Krücken und humpelte übers Gras zu Sagas Grab.

Rosa und weiße Blumen waren frisch gepflanzt. Der runde Stein war rosa und grau und glänzte. Die Inschrift war golden. Zwei Leben liegen hier begraben, dachte Annie. Saga und ihr ungeborenes Kind. *Johans Kind.* Und wer würde ihn begraben, nachdem seine Frau auch tot war? Pernilla sollte hier nicht liegen dürfen.

Hexen sollen in der Hölle schmoren.

Ihr Herz verkrampfte sich, und Annie biss sich fest auf die Lippe, um nicht laut zu schreien.

Sie blickte hinunter zu den Feldern. Da entdeckte sie eine Gestalt auf einer Bank beim Urnenhain. Sven.

Leise näherte sie sich von der Seite, um ihn nicht zu erschrecken.

Sven wirkte tief in Gedanken versunken. Die Sonne schien durch sein dünnes Haar, und er erinnerte sie an Åke.

Als Annie sich räusperte, drehte er den Kopf zu ihr.

»Na, sitzt du hier ganz allein?«, sagte sie und neigte den Kopf zur Seite.

»Lillemor hält Mittagsschlaf, aber ich war zu unruhig, deshalb bin ich hergefahren.«

Annie lehnte die Krücken gegen die Bank und setzte sich.

»Wie geht es dem Fuß?«, fragte Sven und nickte zu Annies Bein.

»Ganz okay. Es zieht ein wenig, aber das ist alles.«

»Schön zu hören.« Er blickte auf den Urnenhain.

Schweigend saßen sie nebeneinander.

»Ich gehe im Kopf immer wieder den Tag durch, an dem

Saga verschwunden ist«, sagte Sven leise. »Wenn wir doch nur etwas gemerkt hätten.« Seine Stimme brach.

Annie legte ihm eine Hand auf den Arm. »Grübel nicht über diesen einen Tag nach«, sagte sie. »Saga hat siebzehn großartige, wunderbare Jahre gelebt. Viele, viele Tage.«

Sven sah sie an. Seine Augen wurden feucht.

»Das stimmt. Du bist so klug, Annie«, flüsterte er.

Mit zitternder Hand wischte er sich die Tränen von den Wangen.

Annie legte den Kopf auf seine Schulter.

»Wir haben heute einen Brief von einem Anwalt bekommen«, sagte Sven nach einer Weile. »Johan Hoffners Nachlassverwalter.« Er stockte. »Johan hat uns ein großes Stück Wald überschrieben. So viel, dass wir in Rente gehen und die Schulden bezahlen können.«

Annie nickte langsam.

»Johan hat also versucht, alles wiedergutzumachen.«

»Ja«, antwortete Sven. »Und jetzt ist er tot.«

Er legte die Hand ans Gesicht.

»Wer weiß«, sagte Annie nachdenklich. »Pernilla war so krank. Vielleicht hat sie ihn auch auf dem Gewissen. Wenn sie erfahren hat, dass euch Johan ein Waldstück überschrieben hat … Keiner weiß genau, was da oben an dem Tag passiert ist. Vielleicht hat sie es wie einen Unfall aussehen lassen.«

Sie spürte, wie sich Sven neben ihr versteifte und sich an die Brust griff. Er atmete angestrengt.

»Was ist denn?«, fragte sie.

Er verzog das Gesicht.

»Ich hatte es eigentlich nie erzählen wollen, aber ich kann es nicht länger für mich behalten«, brach es aus ihm heraus. »Wir waren da, Annie. Wir haben gesehen, wie Johan Hoffner gestorben ist. Gunnar und ich.«

»Was habt ihr beiden denn auf dem Hof gemacht?«

Sven schüttelte langsam den Kopf.

»Es war meine Idee«, gab er zu. »Ich wollte Johan zur Rede stellen. Dann kam der Stier und ... Ich habe einen unschuldigen Mann sterben lassen, Annie.«

Sie nahm seine Hand.

»Sven. Es war ein Unfall. Der Stier hat ihn ... Du darfst dich deshalb nicht schuldig fühlen, versprichst du mir das?«

Sven mied ihren Blick und seufzte tief.

»Geschieht denn nichts ohne Sinn, was glaubst du?«, fragte er nach einer Weile.

»Ich weiß es nicht. Vielleicht muss man den Sinn für sich selbst finden?«

Annie sah zur Hecke, wo zwei Kaninchen herumhoppelten.

»Hast du dich entschieden, was du jetzt tun möchtest?«, fragte Sven nach einer Weile.

Annie schüttelte den Kopf.

»Weißt du noch, was der Pfarrer bei Sagas Beerdigung gesagt hat?«, meinte er. »Dass Trauer Liebe ist, die keine Heimat mehr hat.«

Sie nickte.

»Genau so fühlt es sich an«, antwortete sie. »Ich fühle mich gerade etwas heimatlos.«

Sven sah sie ernst an.

»Für uns war es unglaublich wichtig, dass du hier warst. Ich hoffe, dass du in Lockne bleibst, aber ich verstehe, falls es zu schwer für dich ist. Es ist deine Entscheidung. Aber ich möchte dir etwas mitgeben. Lass dich von dem, was passiert ist, nicht vom Leben abhalten.«

Annie sah zum Urnenhain hinüber und zu den Birken, die sich im Wind bewegten. Sie strich mit den Fingern über die Narbe am Hals. Ein Tag, ein Augenblick, der ihr ganzes Leben verändert hatte. Konnte sie diesen Tag begraben, ihr Dasein nicht länger davon bestimmen lassen?

93

Annie stieg langsam aus dem Wagen. Ein leichter Brandgeruch hing noch in der Luft. Sie sollte zum Hof der Hoffners fahren, es sich mit eigenen Augen ansehen. Das Geschehene verarbeiten. Und wenn sie stärker war, würde sie das auch tun.

Die Zeitungen hatten nur berichtet, dass sehr wahrscheinlich eine Frau in den Flammen umgekommen war. Von weiteren Betroffenen stand nichts in den Artikeln, und Annie vermutete, dass die Polizei dafür verantwortlich war.

Sie schloss die Haustür auf und blieb auf der Veranda stehen. Es roch nach Feuchtigkeit und frischem Gras. Sie sah zu dem Hexenring und lächelte, zum Zaun, der dringend gestrichen werden musste, und dem Apfelbaum, der seine wuchernden Äste gen Himmel streckte.

Das alles habe ich, dachte sie. Und ich habe Sven und Lillemor. Und die Liebe, falls ich es wage. *Ein Abschluss. Ein Neuanfang. Keine Angst mehr.*

Sie ging in den Flur, stellte die Krücken ab und nahm das Handy aus der Tasche. Ihr Daumen bebte, während sie Thomas' Nummer heraussuchte und eine Nachricht tippte.

Ihr Finger verharrte über dem Senden-Button. Du musst es tun, dachte sie. Bevor du einen Rückzieher machst.

Ihr Magen machte einen Satz, als sie die Nachricht verschickte.

Dann ging sie ins Bad, öffnete den Schrank und holte die Tablettendose heraus, schraubte langsam den Deckel ab und schüttete den Inhalt in die Toilette. Die weißen Pillen sanken langsam auf den Boden. Sie spülte und sah zu, wie das Wasser alles mit sich riss. Jetzt hatte sie nur noch sich selbst und ihre Ängste. Sie würde es wie Gunnar machen. Loslassen. Sich fallen lassen. Darauf vertrauen, dass alles gut werden würde, selbst wenn es schmerzte.

Als Thomas' Auto eine halbe Stunde später vorfuhr, schlug ihr das Herz bis zum Hals. *Nicht wegrennen.*

Thomas blieb an der Tür stehen, als er ihren bandagierten Fuß sah.

»Du bist verletzt«, sagte er bestürzt.

»Deshalb habe ich dich gebeten, herzukommen«, erklärte Annie und bedeutete ihm, ins Haus zu gehen.

Sie setzte sich im Wohnzimmer aufs Sofa. Nach kurzem Zögern setzte sich Thomas neben sie.

Annie wappnete sich. Wie sollte sie beginnen? Ich muss von Anfang an erzählen, dachte sie. Mit dem Schlimmsten bis zum Schluss warten.

Sie begann mit der Pilzvergiftung. Dann erklärte sie, dass Johan der mysteriöse Fredrik gewesen war, die Verbindung zwischen Saga und Katarina.

Thomas hörte ihr zu, ohne sie zu unterbrechen.

Als sie zu dem Unfall mit dem Stier kam, wurde ihre Brust eng.

»Es war Pernilla Hoffners Mann Johan, der von dem Stier aufgespießt wurde«, sagte sie. »Und Johan war mein erster Freund.«

Sie blickte auf ihre Hände hinab. Plötzlich kamen ihr die Tränen.

Thomas streichelte vorsichtig ihren Arm.

»Aber das ist noch nicht alles.« Sie atmete tief ein und erzählte ohne Umschweife den Rest. Pernillas Geständnis, was sie den Mädchen angetan hatte. Das Gewehr, die Heugabel, der Brand.

Danach starrte Thomas sie sprachlos an.

»Himmel, Annie«, sagte er schließlich. »So etwas Furchtbares habe ich noch nie gehört.« Er beugte sich vor und umarmte sie fest. »Das muss schrecklich gewesen sein. Ich bin völlig schockiert.«

Annie nickte.

»Ich weiß. Es ist kaum zu begreifen. Es kommt mir vor wie ein Horrorfilm.«

Aber es ist wirklich passiert. Das musst du begreifen, Annie.

»Himmel«, sagte Thomas noch einmal. »Da hast du ganz schön was mitgemacht. Wie geht es dir?«

Annie holte Luft.

»Ich muss dir noch etwas erzählen«, erwiderte sie. »Etwas, über das ich noch nie mit jemandem gesprochen habe.«

Thomas sah sie ernst an. »Okay.«

Sie deutete auf die Narbe an ihrem Hals.

»Die hier stammt nicht von einem Fahrradunfall, sondern das, was zu dieser Narbe geführt hat, ist der Grund, warum ich von hier weggezogen bin.«

Sie schloss die Augen und begann mit wild klopfendem Herzen zu erzählen.

Auf dem jährlichen Sommerfest der Fußballmannschaft half sie als Bedienung aus. Es wurde getrunken und gelacht. Sie sah die wohlwollenden Blicke, kümmerte sich aber nicht darum.

Nach dem Essen wurde getanzt, und Christian forderte sie auf. Dann stand Johan plötzlich da. Wollte wissen, was sie da tat. Wollte ihr nicht zuhören, schrie sie an, dass Schluss war zwischen ihnen. Alle sahen es. Sie rannte ihm nach, doch Johan war schon weg. Sie wollte nicht zurück auf das Fest. Stattdessen ging sie zur Rückseite des Vereinsgebäudes. Da tauchte er plötzlich auf. Christian. Er habe den Streit gehört, sagte er. Er nahm sie in den Arm. Sie erzählte ihm alles, und er tröstete sie. Sagte, dass er sie schon immer gemocht habe. Als er sie küsste, ließ sie es zu. Doch dann wollte er mehr, und plötzlich lag sie auf dem Boden. Er hielt ihre Hände mit einer Hand fest, und sie wehrte sich, versuchte, sich loszumachen. Aber sein Griff war so fest. Mit der anderen Hand hatte er schon den Reißverschluss ihrer Hose heruntergezogen. Sie war gefangen. Ein brennender Schmerz an ihrem Hals. Es wurde warm, nass. Blut. Sie drehte den Kopf, sah die zerschlagene Bierflasche. Er lag auf ihr und drückte ihre Beine auseinander. Sie spürte etwas Kaltes, Hartes neben ihrer Hand. Ein Stein. Das Geräusch, dumpf und knackend. Er lag still da. So still. Und sie rannte davon.

Sie verstummte.

»Hast du das bei der Polizei angezeigt?«, fragte Thomas nach einer Weile.

»Ja. Aber er hat behauptet, dass ich es auch wollte«, sagte sie. »Dass ich den Übergriff nur erfunden hätte. Seine Eltern haben mir Geld angeboten, damit ich die Anzeige zurückziehe, aber dann haben sie das Angebot zurückgenommen«, fuhr Annie fort. »Er hat einen bleibenden körperlichen Schaden davongetragen. Irgendetwas mit dem Gleichgewichtssinn, ich hatte einen Nerv oder so getroffen. Er war damals ein junger, vielversprechender Fußballer, doch mit der Verletzung konnte er nicht mehr spielen. Seine Karriere war zerstört.«

Annie hob den Kopf und sah ihm in die Augen. Sie kannte ihn noch nicht gut genug, wusste nicht, was sein Blick bedeutete.

»Okay«, sagte Thomas leise. »Und was wurde aus der Anzeige?«

»Sie wurde eingestellt. Es stand Aussage gegen Aussage, und es gab keine Beweise. Aber ich war bereits verurteilt. Es hatte in allen Zeitungen gestanden, es wurde geredet. Alle wussten, wer er war, und ergriffen Partei für ihn. Man behauptete, ich würde Lügen erzählen. Dass es meine Schuld war. Es war wie …«

»… eine Hexenjagd«, vervollständigte Thomas den Satz.

»Ich musste nach Stockholm ziehen, und es wurde nie wieder darüber gesprochen.«

Thomas sah sie schweigend an. Dann nahm er ihre Hand.

»Danke, dass du es mir erzählt hast. Du sollst dich nicht schuldig fühlen. Denn es war nicht deine Schuld. Verstehst du?«

Sie nickte langsam.

»Danke«, flüsterte sie.

Er holte tief Luft und rückte näher an sie heran, betrachtete sie ernst. Dann beugte er sich vorsichtig vor, strich ihr über den Rücken und umarmte sie.

»Ich habe noch nie mit jemandem darüber gesprochen«,

sagte sie leise. »Aber ich werde mich dem Ganzen jetzt stellen, ganz bestimmt.«

Thomas ließ sie los. Seine Wange an ihrer. Seine Lippen auf ihrem Mund. Sie wich zurück.

»Tut mir leid«, sagte sie.

»Nein, ich verstehe schon«, erwiderte Thomas. »Ich muss mich entschuldigen. Du liebst ihn noch.«

»Nein, das ist es nicht. Johan war meine erste große Liebe, und seither … war ich nicht mehr richtig verliebt«, antwortete sie knapp. »Ich habe alle Gefühle unterdrückt.«

So war es gewesen. Kein Freund. Nur fummelige, zufällige Begegnungen, bei denen sie die Initiative ergriffen hatte. Bei denen sie die Oberhand gehabt hatte. Und immer nur, wenn sie etwas getrunken hatte.

»Aber dass ich Gefühle für dich habe, hast du vielleicht gemerkt?« Thomas lächelte.

Annie nahm seine Hand.

»Ich mag dich auch, Thomas. Sehr sogar. Aber ich muss erst an mir selbst arbeiten. Ich will mich nicht in etwas flüchten, sondern erst alles Geschehene verarbeiten. Ich werde Zeit brauchen.«

Thomas strich ihr über den Rücken.

»Das verstehe ich. Wir haben alle Zeit der Welt.«

Nachdem Thomas gefahren war, stand Annie auf der Veranda und sah über den Hof. Jetzt war es raus. Er wusste alles. Zum ersten Mal hatte sie gewagt, es zu erzählen. Und es war leichter gewesen, als sie gedacht hatte. Kein Widerwillen, nur Befreiung. War das richtig so? Oder stand sie immer noch unter Schock? Hatte sie zu viel gesagt?

Sie schauderte und sah zum Wald hinüber. Einen Augenblick glaubte sie, etwas zwischen den Bäumen zu sehen. Eine Frau mit langem, rotbraunem Haar. Sie schloss kurz die Augen. Die Erscheinung war weg.

Nein, sie ist tot, dachte Annie. Mein Gehirn hat mir nur einen Streich gespielt.

Sie warf einen letzten Blick hinunter zum Fluss, der glatt und schwarz dalag, bevor sie zurück ins Haus ging.

Danksagung

Schriftstellerin zu werden war mein Kindheitstraum. Über Ådalen schreiben zu dürfen, wo ich geboren und aufgewachsen bin, ist ein unbeschreibliches Gefühl. Die Landschaft ist wunderschön und mystisch, und der Ångermanälven verläuft wie eine Ader mitten hindurch. Ådalen hat auch eine dramatische Geschichte, nicht zuletzt wegen der Hexenprozesse im siebzehnten Jahrhundert, die bei *Beuteherz* im Hintergrund eine Rolle spielen. Das Frauenbild und die Schande.

Der Mordfall in diesem Buch basiert auf einem Verbrechen aus meiner Heimatgegend, der »ermordeten Magd in Ådalen«, das sich im neunzehnten Jahrhundert zugetragen hat. Alte Kirchenbücher und das Internet liefern mehr Informationen.

Die Schauplätze, an denen *Beuteherz* spielt, sind weitestgehend wirklichkeitsgetreu wiedergegeben, doch aufmerksame Leserinnen und Leser mit Ortskenntnis haben sicher gemerkt, dass ich zwei Dörfer zusammengelegt habe. Ich habe auch neue Namen für gewisse Orte erfunden. Zum Beispiel gibt es Saltviken in Schweden, aber nicht in Ådalen. Allerdings existiert eine Sommerhauskolonie namens Saltsjön, von der ich mich teilweise habe inspirieren lassen. In der Gegend gibt es viele Kliniken, aber keine, die Svanudden heißt. Auch haben weder das Sozialamt noch die Polizei von Kramfors eine Verbindung zu dieser Geschichte.

Ich kann nicht nachdrücklich genug betonen, dass eventuelle Ähnlichkeiten zwischen Figuren im Buch und lebenden Personen reiner Zufall sind. Dieses Buch ist das Ergebnis meiner blühenden Fantasie, und alle eventuellen Fehler sind allein mir zuzuschreiben.

Viele Menschen haben auf unterschiedliche Weise zu diesem Buch beigetragen, und ihnen allen möchte ich danken.

Zuerst möchte ich meiner persönlichen Agentin 007 danken, Kaisa Palo, sowie der gesamten Ahlander Agency, weil sie mein Manuskript ins Herz geschlossen und mir ein positives Feedback gegeben haben. Ich freue mich so sehr, dass ihr mich vertreten wolltet.

Ich danke dem gesamten Bazar Verlag, vor allem meiner Verlegerin Karin Linge Nordh, weil sie sich in mein Manuskript verliebt und mir meinen Kindheitstraum erfüllt hat. Ich freue mich darauf, dir Ådalen und die Region Höga Kusten zu zeigen.

Ein großer Dank geht an Rebecka Edgren Aldén, die nicht nur eine scharfäugige Redakteurin ist, sondern sich auch Word-Ghostbuster nennen darf, nachdem sie das Rätsel der verschwundenen Kapitel gelöst hat.

Ich danke meiner Lektorin Jenny Bäfving, die schmerzhafte, aber berechtigte und unbezahlbare Kritik geübt hat, nach der das Manuskript gut genug wurde, um angenommen zu werden. Ihr alle in der Buchbranche, die ihr es irgendwann gelesen und mir Rückmeldung gegeben habt: Wegen euch hat sich dieses Mädchen noch ein bisschen mehr angestrengt und es gewagt, an seine Fähigkeiten zu glauben. Vielen Dank, Johanna Schreiber, für die vielen Jahre voller aufmunternder Zurufe und Tipps aus der Branche. Unser Treffen im Zug auf der Rückfahrt von der Buchmesse war so viel mehr als eine Tüte Weingummi.

Dank geht auch an: Susan Holm von der Psychiatrie in Gävle für die Idee mit der belastenden Narbe. Agneta, die Leiterin des Sozialamts in Kramfors, die mich vor vielen Jahren dort herumgeführt und mir ihre Arbeit im ländlichen Raum erklärt hat. Börje Öhman und Josefine Perming Tengqvist von der Polizei Sundsvall für ihre Beiträge zur Polizeiarbeit. Den Ärzten Elin Enfält und Leif Mogen für die medizinische Beratung. Robert Strid vom Rettungsdienst Gästrike für die Brandexpertise. Peter Nyström für den Tipp zu einer Geschichte in Dänemark, die mir zusätzlich bestätigt hat, wie verheerend es sein kann, beim Verschwinden einer jungen Frau automatisch von Weglaufen auszugehen.

Und dann möchte ich noch meinen Freunden und meiner Familie danken. Danke, Jossan, Anders, Kristin und Matilda, dass ihr mir so geduldig zugehört habt, wenn ich endlos über das Buch geredet habe, dass ihr das Manuskript so oft gelesen und kluge Anmerkungen dazu gemacht habt. Danke, Anders Sjödin, lieber Nachbar und der erste Polizist, der den Entwurf lesen durfte und der vor einigen Jahren viel zu früh aus unserer Mitte gerissen wurde. Bestimmt beschwerst du dich jetzt in deinem Himmel darüber, wie ich diesen Nording dargestellt habe, und vielleicht bist du froh, dass ich dem Typen einen anderen Namen verpasst habe. Du wirst schmerzlich vermisst.

Ich danke meiner Mutter, die die alte Geschichte von dem ermordeten Mädchen gefunden und mir damit einen lokalen Mordfall als Grundlage für das Buch verschafft hat. Ich danke meinem Vater dafür, dass ich auf einem Bauernhof aufwachsen und alle Abenteuer in der Natur erleben durfte. Ich danke meiner lieben Schwester Åsa, die mir einen Schreibkurs geschenkt und mir in den Hintern getreten hat.

Ich danke meinen geliebten Kindern Noel und Emma, dass sie voller Liebe und mit Anfeuerungsrufen an mich geglaubt haben. Ihr seid mein Ein und Alles. Ich danke auch allen übrigen Freunden, Bekannten und Kollegen, die mich auf verschiedene Weise im Lauf der Jahre angespornt haben. Ihr wisst, wen ich damit meine.

Zuletzt möchte ich mir selbst danken, diesem kleinen Mädchen, das es gewagt hat, seinen Traum zu verfolgen und mit Durchhaltevermögen, Sitzfleisch und verdammtem norrländischem Starrsinn an seine Verwirklichung geglaubt hat. Wenn ich dadurch auch nur ein einziges kleines Mädchen dazu inspirieren kann, sich an ein Buch zu wagen, bin ich zufrieden.

Ulrika Rolfsdotter, Januar 2021